Une nuit avec Santiago Velázquez

*

Le pacte d’une héritière

*

Retrouvailles à Whitestone Abbey

JENNIE LUCAS

Une nuit avec Santiago Velázquez

Traduction française de
ÉLISABETH MARZIN

AZUR

HARLEQUIN

Collection : Azur

Titre original :
CARRYING THE SPANIARD'S CHILD

Ce roman a déjà été publié en 2019

HARPERCOLLINS FRANCE
83-85, boulevard Vincent-Auriol, 75646 PARIS CEDEX 13
Service Lectrices — Tél. : 01 45 82 47 47 - www.harlequin.fr
ISBN 978-2-2805-0113-2 — ISSN 0993-4448

Composé et édité par HarperCollins France.
Imprimé en décembre 2023 par CPI Black Print (Barcelone)
en utilisant 100% d'électricité renouvelable.
Dépôt légal : janvier 2024.

FSC www.fsc.org MIXTE Papier issu de sources responsables FSC® C159065

Pour limiter l'empreinte environnementale de ses livres, HarperCollins France s'engage à n'utiliser que du papier fabriqué à partir de bois provenant de forêts gérées durablement et de manière responsable.

1

Belle Langtry avait détesté Santiago Velázquez dès le premier instant.

Enfin, pas exactement. Elle était humaine, après tout. Lorsqu'elle l'avait vu pour la première fois en septembre au mariage de leurs amis Darius et Letty, où elle était demoiselle d'honneur et lui témoin du marié, elle avait été fascinée par sa beauté ténébreuse et sa silhouette athlétique. En croisant le regard étincelant de ses yeux de jais, elle avait pensé : « Waouh ! Le rêve ! » Mais à cet instant il s'était tourné vers Darius pour lui dire qu'il était encore temps de changer d'avis et de prendre ses jambes à son cou. Juste devant Letty !

Après avoir échangé un regard interloqué, les futurs mariés avaient préféré en rire, mais à partir de ce moment Belle avait haï Santiago de tout son cœur. Au bout de dix minutes, ils avaient commencé à se quereller. Chacune des déclarations de Santiago, plus cynique et plus odieuse que la précédente, l'avait mise hors d'elle. À la fin du mariage, elle n'avait qu'une envie, qu'il rende un grand service à l'humanité en mourant sur-le-champ. Étant du genre à ne pas mâcher ses mots, elle n'avait pas pu s'empêcher de le lui dire. Il avait répondu par un sarcasme. Et leur relation ne s'était pas améliorée au cours des quatre derniers mois.

Pourquoi fallait-il qu'il la trouve ce soir en train d'arpenter le jardin de Letty et de Darius, en larmes ? À l'arrivée de Santiago, elle regardait l'océan dans l'obscurité, en grelottant dans sa robe noire. Le mugissement cadencé des vagues faisait écho aux battements de son cœur. Toute la journée, elle avait tenu dans ses bras l'adorable nouveau-né de Letty qui pleurait son père, dont c'était l'enterrement. À la fin de la soirée, la souffrance avait fini par la submerger. Elle avait rendu le bébé endormi à son amie en murmurant une excuse, puis elle avait pris la fuite. À peine arrivée dans le jardin, elle avait donné libre cours à ses larmes, aussitôt gelées sur ses joues par le vent glacial.

Elle n'aurait jamais d'enfant.

« Jamais », semblait lui répondre l'océan. « Jamais, jamais... »

— Belle ? Tu es là ?

Elle inspira profondément. Le dernier homme au monde auquel elle voulait se montrer dans cet état ! Elle imaginait trop bien la moue narquoise de l'Espagnol s'il la trouvait en train de pleurer parce qu'elle ne pouvait pas avoir d'enfant... Se précipitant derrière un arbre recouvert de givre, elle retint son souffle.

— Belle, inutile d'essayer de te cacher. Tu es en robe noire dans la neige.

Serrant les dents, elle s'écarta de l'arbre.

— Je ne me cachais pas.

— Que fais-tu ici ?

— J'ai juste besoin d'un peu d'air frais.

Une fenêtre s'éclaira au deuxième étage du manoir, projetant un faisceau lumineux sur Santiago, plus séduisant que jamais en manteau de cachemire noir. Lorsque leurs regards se croisèrent, Belle fut électrisée. À sa grande irritation.

Santiago Velázquez était trop séduisant. Trop sexy. Trop puissant. Trop riche.

C'était un play-boy égoïste et cynique, qui n'aimait que son immense fortune. Nul doute qu'il avait des coffres assez grands pour prendre des bains de billets de cent dollars... Mais bien sûr, la générosité et le respect étaient des notions qu'il trouvait ridicules. On racontait qu'il traitait ses maîtresses d'une nuit avec une muflerie sans égale. Le visage fermé, Belle croisa les bras tandis qu'il la rejoignait. Il s'immobilisa à un mètre d'elle.

— Tu n'as pas de manteau ?

— Je n'ai pas froid.

— Je t'entends claquer des dents. Tu as décidé de te suicider en mourant de froid ?

— Qu'est-ce que ça peut te faire ?

— À moi ? Rien du tout. Mais il me semble qu'il serait inconvenant de ta part d'obliger Letty à organiser de nouvelles funérailles. C'est tellement assommant ce genre de réjouissances. Comme les mariages. Les baptêmes. Et tout le reste.

— Je suppose que tu trouves assommantes toutes les relations humaines impliquant un minimum d'émotion.

Large d'épaules, Santiago ne mesurait pas loin de trente centimètres de plus qu'elle. Et il respirait l'arrogance. Elle avait entendu certaines femmes l'appeler Ángel. Il avait le visage d'un ange, certes... Mais c'était un mauvais ange. Santiago Velázquez était peut-être riche et séduisant, mais c'était également l'homme le plus insensible et le plus méprisable du monde. Il représentait tout ce qu'elle détestait.

— Mais dis-moi...

Il scruta son visage à la lueur du clair de lune qui filtrait à travers les nuages.

— Tu pleures, Belle ?

— Non.

— Si.

Il eut un sourire narquois.

— Je sais que tu as le cœur ridiculement tendre mais même pour toi c'est un peu exagéré. Tu connaissais à peine le père de Letty et te voilà en larmes après son enterrement. Seule dans la neige comme l'héroïne d'une tragédie victorienne.

Belle réprima un soupir. En temps normal, elle aurait laissé échapper une réplique cinglante. Pas aujourd'hui. Elle était trop abattue. Et de toute façon, ce serait le meilleur moyen de s'attirer de nouvelles railleries.

— Que veux-tu ? demanda-t-elle avec lassitude.

— Darius et Letty sont sur le point de se coucher. Letty voulait venir te chercher mais le bébé avait besoin d'elle. Je suis chargé de te conduire à ta chambre et de mettre l'alarme en service une fois que tu seras rentrée saine et sauve.

La voix profonde teintée d'une pointe d'accent espagnol semblait se moquer d'elle. Ce qui ne l'empêchait pas de faire courir des frissons dans tout son corps. Comment pouvait-elle être aussi troublée par un homme qu'elle détestait ?

— J'ai changé d'avis. Je ne dors pas ici cette nuit.

Elle n'avait aucune envie de passer une nuit blanche dans une chambre d'amis sans autre compagnie que ses idées noires.

— Je vais rentrer chez moi.

— À Brooklyn ? Il est trop tard. Tous ceux qui voulaient retourner en ville sont partis depuis des heures. L'autoroute est fermée à cause de la tempête de neige et elle risque de ne pas rouvrir avant plusieurs heures.

— Et toi, que fais-tu encore ici ? Tu ne possèdes pas un hélicoptère et plusieurs avions ? Ne me dis pas que tu es resté par amitié pour Letty et Darius. Je ne te croirais pas.

— Les chambres d'amis sont confortables et je suis fatigué. Il y a deux jours j'étais à Sidney. Et avant ça à Tokyo.

Santiago bâilla.

— Demain je pars pour Londres.

— Comme tu es à plaindre.

Dire qu'elle avait toujours rêvé de voyager ! Malheureusement elle n'avait jamais eu les moyens de s'offrir un billet d'avion, même en classe économique...

— J'apprécie ta compassion. Mais si ça ne te dérange pas d'arrêter de te prendre pour l'héroïne des *Hauts de Hurlevent*, j'aimerais te montrer ta chambre pour pouvoir me retirer dans la mienne.

— Vas-y. Je vais prendre le train.

— Le train ? Comment vas-tu aller à la gare ? Et je ne suis même pas sûr que les trains circulent...

— Alors je rentrerai à pied ! cria-t-elle, exaspérée. Je ne dormirai pas ici !

— Belle, qu'est-ce qui ne va pas ?

La voix de Santiago s'était radoucie. Elle ne l'avait même jamais entendu parler d'une voix aussi douce, songea-t-elle confusément. Il posa la main sur sa joue. C'était la première fois qu'il la touchait, et malgré le froid elle fut aussitôt envahie par une vive chaleur.

— Si ça n'allait pas, pourquoi t'en parlerais-je ? répliqua-t-elle avec agressivité.

Il eut un large sourire.

— Parce que tu me détestes.

— Et ?

— Quel que soit ton problème, tu peux m'en parler parce que tu te moques de ce que je pense.

— C'est vrai.

À vrai dire, c'était tentant... Elle hésita.

— Je ne peux pas prendre le risque que tu le répètes à tout le monde.

— Tu m'as déjà vu commettre une indiscrétion ?

— Non, reconnut-elle à contrecœur. Mais tu es cruel et insultant. Tu dis sans arrêt des horreurs...

— Toujours en face. Jamais dans le dos des gens. Parle-moi, Belle, ajouta-t-il en baissant la voix.

Des nuages masquèrent la lune, les plongeant brièvement dans l'obscurité. Belle fut soudain submergée par le besoin de se confier. Elle avait tellement envie de partager sa peine avec quelqu'un... N'importe qui. Elle avait une très mauvaise opinion de Santiago et c'était sans doute réciproque. Mais curieusement, cette pensée était plutôt réconfortante. Avec lui, elle n'avait pas besoin de faire semblant. Elle n'avait pas besoin d'être positive en permanence. Elle avait appris très jeune à ne jamais exprimer des sentiments négatifs. Quand on était sincère, ça suscitait l'hostilité. Ça faisait fuir les gens. Même et surtout ceux qu'on aimait... Pas de doute, Santiago était le seul à qui elle pouvait parler à cœur ouvert. Parce qu'elle se moquait de le faire fuir. Au contraire. S'il sortait définitivement de sa vie, elle organiserait une grande fête !

— C'est le bébé.

— Howie ? Moi aussi, il me tape sur les nerfs. Les bébés, c'est tout une histoire. Les couches, les pleurs, tout ça... Mais que faire ? Apparemment, des tas de gens en veulent quand même.

— Moi, j'aimerais en avoir un.

La lune perça les nuages. Santiago regarda le visage inondé de larmes de Belle et émit un grognement sarcastique.

— Ça ne m'étonne pas. Une grande sentimentale comme

toi… Mais si tu es assez inconsciente pour vouloir une famille, marie-toi et fais plein de bébés. Personne ne t'en empêche.

— Je… je ne peux pas avoir d'enfant, répondit-elle dans un souffle.

— Comment le sais-tu ?

Elle baissa les yeux sur les traces de pas dans la neige. Le clair de lune dessinait des ombres étranges, mélangeant les siennes et celles de Santiago.

— Je le sais, c'est tout. C'est médicalement impossible.

Elle se prépara aux questions inévitables. « Comment ça, médicalement impossible ? Pourquoi ? » Mais pour une fois Santiago la surprit. Il se contenta de la prendre dans ses bras et de refermer son manteau de cachemire noir sur elle.

— Ça va aller, murmura-t-il en lui caressant les cheveux.

La gorge nouée, elle s'efforça d'ignorer le trouble qui l'envahissait malgré elle.

— Tu dois trouver que c'est ignoble de ma part d'envier Letty alors qu'elle vient de perdre son père. J'ai passé toute la journée à m'occuper de son fils en l'enviant terriblement. Je suis la pire amie du monde.

Il prit son visage entre ses mains.

— Tu sais que je te trouve un peu niaise parce que tu vis sur un petit nuage rose. Un jour tu perdras tes lunettes à verres roses et tu découvriras la cruelle réalité…

— Je…

Il posa un doigt sur ses lèvres.

— Mais ça ne m'empêche pas de voir que tu es une amie formidable.

Le doigt de Santiago était chaud contre la bouche de Belle. Elle fut soudain prise d'une envie irrésistible de refermer les lèvres dessus et de le sucer. Que lui arrivait-il ? Jamais elle n'avait eu une pensée aussi incongrue ! Était-ce normal ? Comment le savoir, vu son manque d'expérience ? En tout cas, malgré son manque d'estime pour Santiago, il était impossible de nier qu'il y avait quelque chose en lui qui l'attirait… et qui l'effrayait à la fois. Tremblante, elle détourna la tête en pensant à toutes les femmes qu'elle avait vues à son bras dans la presse people. Toutes ces femmes, elle les avait méprisées pour avoir accepté de faire partie d'une longue liste de conquêtes. Aujourd'hui, pour la première fois, elle les comprenait…

— En fait, tu as de la chance, reprit-il. Une famille, c'est comme une prison. Tu vas avoir beaucoup mieux que ça.

— Mieux qu'une famille ?

— La liberté.

— Mais je ne veux pas être libre ! Je veux être aimée.

— Nous voulons tous des choses que nous ne pouvons pas avoir.

— Comment pourrais-tu le savoir ? Tout ce que tu veux, tu le prends.

— Tu te trompes. Il y a quelque chose dont j'ai envie. Depuis quatre mois. Quelqu'un. Mais je ne peux pas l'avoir.

Quatre mois… Tout à coup, le cœur de Belle s'affola dans sa poitrine. Il ne voulait tout de même pas dire… ? Serait-il possible que Santiago Velázquez, le célèbre milliardaire new-yorkais qui avait les plus grands top models à ses pieds, désire Belle Langtry, une serveuse du Texas, petite, rondelette et terriblement banale ? Leurs regards se croisèrent dans le clair de lune. Elle sentit des petites étincelles jaillir dans tout son corps, depuis la racine de ses cheveux jusqu'à la plante de ses pieds en passant par les pointes de ses seins.

— Pourquoi ? demanda-t-elle dans un souffle.

— Elle cherche l'amour. Elle me l'a dit et je le vois sur son visage en ce moment même. Elle a besoin d'amour comme elle a besoin de l'air qu'elle respire. Si je cédais à mon envie, elle reporterait tous ses rêves sur moi. Et elle serait très malheureuse.

Belle plissa les yeux. Il ne pouvait pas être sérieux. Il jouait avec elle… Elle s'écarta de lui et le foudroya du regard.

— Arrête.

— Quoi donc ?

— Ta comédie. Certaines femmes seraient peut-être dupes de ton petit numéro mais, moi, je ne crois pas un mot de ce que tu racontes. Si tu avais vraiment envie de moi, rien ne t'arrêterait. Et certainement pas le risque de me faire souffrir. Tu m'attirerais dans ton lit sans le moindre scrupule. Comme le séducteur invétéré que tu es. Alors de toute évidence, tu n'as pas envie de moi. Tu cherches à tromper ton ennui, c'est tout.

— Tu te trompes, Belle.

Il l'attira de nouveau contre lui sous son manteau de cachemire.

— J'ai envie de toi depuis le mariage de Darius et de Letty. Depuis que tu m'as envoyé au diable pour la première fois. Mais, quelle que soit ton opinion à mon sujet, je n'ai pas l'habitude de briser le cœur des jeunes filles romantiques.

Malgré ses efforts pour garder la tête froide, Belle vibrait tout entière d'une fièvre inconnue.

— Tu penses que je tomberais automatiquement amoureuse de toi ?

— Oui.

Elle laissa échapper un petit rire incrédule.

— Tu as vraiment un ego démesuré !

— Dis-moi que je me trompe.

— Tu te trompes.

Elle haussa les épaules.

— Je rêve du grand amour, c'est vrai. Si je rencontrais un homme qui m'inspire du respect et de l'admiration, je pourrais facilement tomber amoureuse. Mais cet homme, ce n'est pas toi, Santiago. Si riche et si sexy que tu sois. Et de toute façon, je n'ai pas envie de toi.

Les yeux noirs de Santiago étincelèrent dans le clair de lune.

— Tu n'as pas envie de moi ?

Il effleura sa lèvre inférieure du bout du pouce en ajoutant dans un murmure :

— Tu es sûre ?

— Oui...

Il fit glisser son autre main le long de son bras en la regardant comme si elle était la femme la plus belle et la plus désirable du monde.

— Et si je t'attirais dans mon lit, tu ne tomberais pas amoureuse ?

— Aucune chance. Je te trouve odieux.

À sa grande irritation, Belle ne parvenait pas à réprimer son trouble. Santiago était parfaitement conscient des frissons qui la parcouraient. Elle le savait… Comme pour le lui confirmer, il esquissa un sourire de pure satisfaction masculine. Il enfonça les doigts dans ses cheveux et elle frissonna de plus belle. Assaillie par des effluves de son parfum de santal, elle avait une conscience aiguë de son corps musclé contre le sien.

— Alors il n'y a aucune raison de te refréner. Oublie l'amour.

Il lui prit délicatement le menton.

— Oublie les regrets, la souffrance, oublie tout ce que le destin te refuse. Le temps d'une nuit, profite du plaisir que tu peux prendre, ici et maintenant.

— Tu parles du plaisir que je peux prendre avec toi ?

Pourquoi n'avait-elle pas réussi à prendre un ton moqueur ? se demanda-t-elle aussitôt avec frustration. Et pourquoi était-elle incapable de s'arracher à ses bras ?

— Le temps d'une nuit, laisse-moi te donner de la joie. Sans engagement. Sans conséquences. Arrête pendant un moment de penser à l'avenir, murmura-t-il d'une voix caressante en posant la main sur sa joue. Le temps d'une nuit, tu peux savourer le plaisir de te sentir intensément vivante.

Électrisée par l'éclat de ses yeux noirs, elle avait l'impression que la nuit glaciale de janvier était aussi chaude que l'air du Texas en plein mois de juillet. Se donner à lui le temps d'une nuit ? Sans engagement ? Sans conséquences ? Elle n'avait jamais fait l'amour. En fait, à vingt-huit ans, elle était déjà une vieille fille qui avait passé sa vie à prendre soin des autres sans jamais réaliser un seul de ses rêves.

Non. La réponse était non. Bien sûr. N'était-ce pas la seule possible ?

Se penchant vers elle, Santiago déposa un baiser sur sa joue. Elle retint son souffle tandis que ses lèvres s'attardaient sur sa peau. Lorsqu'il releva la tête, elle faillit laisser échapper un petit gémissement de frustration.

— D'accord, s'entendit-elle répondre.

Effarée par sa propre imprudence, elle faillit prendre ses jambes à son cou. Puis elle se ravisa.

« Le temps d'une nuit, tu peux savourer le plaisir de te sentir intensément vivante. »

Quand s'était-elle sentie intensément vivante pour la

dernière fois ? Cela lui était-il jamais arrivé ? N'avait-elle pas toujours été une fille sage faisant tout son possible pour plaire aux autres et suivre les règles ? Et que lui avait rapporté sa bonne conduite à part de la souffrance et de la solitude ?

Les yeux étincelants, Santiago referma la main sur sa nuque et se pencha lentement vers elle. Son souffle chaud effleura sa peau. Ses lèvres se posèrent sur les siennes. Sa langue se glissa entre ses lèvres et ce fut comme si tout son corps prenait feu.

Jamais elle n'avait été embrassée ainsi.

Jamais. Les quelques baisers tièdes qu'elle avait échangés sept ans plus tôt n'avaient rien à voir avec *ça*. La bouche de Santiago dévorait la sienne avec avidité tandis que ses mains se promenaient sur son corps avec fébrilité. Les sensations inouïes qui l'assaillaient de toutes parts lui firent oublier toute prudence, toute raison. S'agrippant aux épaules de Santiago, elle se pressa plus étroitement contre lui. Le chagrin qui l'accablait quelques minutes plus tôt s'était volatilisé. Plus rien n'existait que le feu qui la consumait dans la nuit d'hiver au son des vagues qui déferlaient sur le rivage. Combien de temps dura ce baiser ? Quelques secondes ? Plusieurs heures ? Elle aurait été incapable de le dire. Lorsque Santiago finit par s'arracher à sa bouche, une seule chose était claire dans son esprit. Elle ne serait jamais plus la même.

Ils restèrent un instant à se regarder sans rien dire sous les flocons qui recommençaient à tomber. Puis, sans un mot, il la prit par la main et l'entraîna vers la maison. Ils entrèrent dans le manoir du XIXe siècle plongé dans le silence et l'obscurité. Apparemment, tout le monde s'était couché, y compris le personnel. Santiago referma la lourde porte et activa l'alarme. Ils montèrent précipitamment l'escalier, tout juste capables d'arrêter de s'embrasser assez longtemps pour arriver au deuxième étage.

Elle ne pouvait pas faire ça, songea confusément Belle. Prendre pour premier amant un homme qu'elle détestait ? C'était de la folie ! Mais Santiago l'entraîna dans une chambre au bout du couloir avant qu'elle ait le temps de reprendre complètement ses esprits. Il laissa son long manteau de cachemire noir tomber par terre et l'attira contre lui. Prenant son visage à deux mains, il effleura sa lèvre inférieure du bout du pouce.

— Tu es belle, murmura-t-il en enfonçant les doigts dans ses cheveux parsemés de flocons de neige. Si belle...

Il s'empara de sa bouche avec voracité tout en la couvrant de caresses fiévreuses. Le corps en feu, elle sentit les pointes de ses seins se hérisser. Le temps qu'elle prenne conscience qu'il baissait la fermeture Éclair de sa robe, celle-ci tomba à ses pieds. Une heure plus tôt, elle le haïssait. Maintenant elle était à moitié nue dans sa chambre... Après l'avoir allongée sur son lit, il enleva sa veste, son gilet et sa cravate. Puis il déboutonna sa chemise noire sans détacher d'elle son regard étincelant. Elle eut à peine le temps d'admirer son torse musclé avant qu'il la rejoigne sur le lit et l'embrasse avec fougue. Puis il quitta sa bouche pour parsemer son cou de baisers tout en refermant les mains sur ses seins enveloppés de coton blanc. Il les caressa délicatement avant de dégrafer son soutien-gorge et de le jeter par terre.

Lorsqu'il referma les lèvres sur un bourgeon hérissé, elle fut transpercée par mille petites flèches de plaisir. Renversant la tête en arrière en gémissant, elle ferma les yeux tandis qu'il suçait, léchait et mordillait tour à tour les deux pointes frémissantes. Il traça ensuite un sillon de baisers jusqu'à son ventre. Après s'être s'attardé un instant sur son nombril, il lui enleva sa culotte et écarta doucement ses cuisses. La caresse de son souffle chaud fit courir un long frisson le long de son épine dorsale. Puis ce fut sa langue qui effleura le cœur de sa féminité. Elle crut défaillir. Un cri étranglé s'échappa de sa gorge tandis que ses reins se creusaient d'eux-mêmes.

Il approfondit son exploration, accentuant peu à peu la pression et le rythme de ses caresses diaboliques. Les mains crispées sur le drap, elle s'abandonna au tourbillon de sensations inouïes qui l'emportait. Sans interrompre ses coups de langue, il enfonça un doigt dans le cœur de sa féminité, puis un deuxième. Un plaisir inconnu montait du plus profond d'elle. Inexorable. Presque insupportable... Elle fut secouée par une explosion qui lui coupa le souffle. Jamais elle n'avait rien éprouvé d'aussi extraordinaire. Tout son corps n'était plus que jouissance pure.

Se redressant, Santiago acheva de se déshabiller. Puis il prit place entre les cuisses de Belle, encore palpitante de plaisir. Il en rêvait depuis si longtemps… Depuis quatre mois, il rêvait de coucher avec la femme superbe qui ne cachait pas son mépris pour lui. D'embrasser ses lèvres pulpeuses. De serrer son corps nu contre le sien. De voir le désir altérer ses traits délicats. De se perdre dans le cœur brûlant de sa féminité.

Il s'enfonça en elle. Et se figea. Pas un seul instant il n'avait imaginé que…

— Tu es vierge ?

Elle ouvrit les paupières.

— Plus maintenant.

Il crispa la mâchoire.

— Je t'ai fait mal ?

— Non…

Cette ombre sur son visage… Cette note dans sa voix… Il fut envahi par une émotion étrange.

— Tu mens, lâcha-t-il d'un ton bourru.

— Oui.

Elle referma les bras sur ses épaules et l'attira vers elle.

— Mais ne t'arrête pas. S'il te plaît, Santiago…

Il déglutit péniblement. Comment une femme, même romantique et idéaliste comme Belle Langtry, pouvait-elle être encore vierge à son âge au XXIe siècle ? Aucun homme avant lui n'avait touché cette femme exaspérante et sublime ?

Trop dangereux… Il fallait prendre la fuite.

Mais comment s'y résigner ? Le désir qui se lisait sur le visage de Belle raviva celui de Santiago. Il s'empara de sa bouche dans un baiser ardent en la couvrant de caresses. Elle avait un corps parfait… Formes pleines, peau veloutée… N'importe quel homme serait prêt à tout pour avoir une déesse aussi sensuelle dans son lit. Et dire qu'il était le premier…

Sans cesser de l'embrasser, il commença à aller et venir lentement en elle. Ondulant des hanches en gémissant, elle l'incita à accélérer le rythme. Il dut faire appel à toute sa volonté pour garder le contrôle de lui-même. Elle était si brûlante, si ruisselante... Il sentit ses ongles s'enfoncer dans ses épaules, son corps se tendre. Lorsque le plaisir la submergea et que ses gémissements se muèrent en un long cri extatique, il cessa de lutter. D'un dernier coup de reins, il s'enfonça au plus profond d'elle. Balayé par un raz-de-marée d'une violence inédite, il la rejoignit avec un hurlement qui troua le silence de la chambre.

Les yeux fermés, il s'affaissa sur le lit et la serra étroitement contre lui. Pendant quelques secondes, il fut envahi par un sentiment de plénitude qu'il n'avait jamais éprouvé auparavant. Puis ses yeux se rouvrirent brusquement. Le remords l'accabla et un goût âcre lui brûla la gorge.

— Tu avais raison, murmura Belle avec un sourire béat. Je me sens intensément vivante. C'était mieux que dans mes rêves les plus fous. Purement magique.

Elle bâilla avant d'ajouter d'un air rêveur :

— Peut-être qu'au fond tu n'es pas complètement mauvais. Peut-être même que je t'apprécie un peu.

Santiago la contempla à la lueur du rayon de lune qui entrait par la fenêtre. Il venait de vivre l'expérience sexuelle la plus extrême de sa vie. Avec une femme qui n'avait jamais connu d'homme avant lui. Et qui ne rêvait que du grand amour. Que lui avait-il pris ?

C'était de la folie, mais il n'avait jamais ressenti un plaisir aussi intense. Ni éprouvé des sentiments aussi étranges...

Belle bâilla.

— J'espère que personne ne nous a entendus.

— Aucun danger, répliqua-t-il d'un ton brusque. Letty et Darius sont dans l'autre aile et cette maison est en pierre.

— Tant mieux. Je ne m'en remettrais jamais si Letty apprenait ce qui vient de se passer après tout ce que je lui ai dit sur toi.

— Que lui as-tu dit ?

— Que tu étais un sale égoïste qui n'avait pas de cœur.

— C'est vrai.

Elle le considéra d'un air endormi.

— Tu sais, tu as beau dire, l'amour et le mariage, ce n'est pas forcément la prison. Regarde Letty et Darius.

— Ils ont l'air heureux, mais les apparences sont parfois trompeuses.

— Tu ne crois en rien ?

— Si, en moi.

— Ce que tu peux être cynique...

— Je vois le monde tel qu'il est plutôt que tel que j'aimerais qu'il soit.

L'amour éternel ? Une famille heureuse ? À trente-cinq ans, Santiago avait suffisamment vécu pour savoir que les miracles de ce genre étaient très rares. Les tragédies étaient beaucoup plus courantes.

— Tu regrettes déjà d'avoir couché avec moi ? demanda-t-il, incapable d'ignorer les remords qui l'assaillaient.

Belle secoua la tête avec un sourire mutin.

— Tu me fais du bien.

Elle bâilla, ferma les yeux et se blottit contre lui.

— L'idée d'être seule cette nuit m'était insupportable. Tu m'as sauvée...

Sur ces mots, elle s'endormit. Santiago hésita. Il était très tentant de rester pelotonné contre elle dans ce lit tout chaud, pendant cette nuit glaciale de janvier. Et toutes les autres nuits froides qui allaient suivre... « Tu m'as sauvée. » Attention, danger. Avec précaution, Santiago s'écarta de Belle et se leva. Il ramassa son manteau roulé en boule par terre, prit son téléphone dans sa poche et composa le numéro de son pilote.

— Oui, monsieur ?

La voix était endormie. Il était 23 heures.

— Venez me chercher. Je suis à Fairholme.

Il raccrocha. Une dernière fois il regarda Belle endormie. Elle était si belle dans le clair de lune... Une jeune femme candide d'un autre âge. Quoi qu'elle en dise, elle pourrait très facilement tomber amoureuse de lui. C'était inévitable. Il était son premier amant. Furieux contre lui-même, Santiago crispa la mâchoire. S'il avait su... Il avait une règle d'or. Il ne couchait jamais avec une femme qui risquait de se faire des illusions à son sujet. Et il venait juste de le faire avec une jeune fille innocente et romantique. La meilleure amie de la femme de Darius. Il pensa de nouveau aux *Hauts de Hurlevent*. Il n'avait pas lu le roman, mais il savait qu'il finissait mal. Ça parlait d'amour, non ? Ça finissait toujours mal, l'amour. Surtout dans la vie réelle. Il s'habilla sans bruit, puis il prit son sac de voyage. Au moment de franchir la porte, il se retourna. Inutile de lui laisser un mot. Lorsqu'elle se réveillerait seule dans le lit, elle comprendrait. Depuis qu'ils se connaissaient, combien de fois lui avait-elle dit qu'elle le trouvait odieux ?

Elle aurait au moins la satisfaction d'avoir vu juste.

2

Un soir de juillet, dans une rue résidentielle de l'Upper East Side à Manhattan, Belle frissonna malgré la chaleur. Debout sur le trottoir, elle observait le défilé d'invités sur leur trente et un qui arrivaient en limousine, montaient les marches de l'hôtel particulier de Santiago, et sonnaient à la porte pour être accueillis par son majordome. Un majordome... Qui avait un majordome au XXIe siècle ?

Un groupe de jeunes femmes ultra-sexy montaient les marches en gloussant, juchées sur des talons aiguilles de quinze centimètres et vêtues de robes de cocktail haute couture. Belle baissa les yeux sur son T-shirt ample, son short en stretch et ses tongs. Ses cheveux en bataille étaient noués en queue-de-cheval et elle n'était pas maquillée. Si elle entrait dans la maison, elle ne risquait pas de passer inaperçue.

Cet univers n'était pas le sien. Et elle n'avait aucune envie de revoir Santiago après la muflerie dont il avait fait preuve quand ils avaient couché ensemble en janvier. Comment avait-elle pu décider de perdre sa virginité au cours d'une aventure sans lendemain avec ce play-boy cynique ? C'était une erreur qu'elle regretterait toute sa vie. Mais elle ne pouvait pas quitter New York avant de lui avoir annoncé qu'elle était enceinte.

Enceinte. Elle avait encore du mal à y croire. C'était un miracle. Il n'y avait pas d'autre mot. Sept ans plus tôt, un médecin lui avait affirmé catégoriquement que cela ne lui arriverait jamais. Enceinte... Avec un sourire ébloui, Belle posa les mains sur son ventre rond. Contre toute attente, au cours de la nuit où elle avait couché avec Santiago, l'impossible était arrivé. Son vœu le plus cher avait été exaucé. Elle allait avoir un bébé à elle.

Il y avait juste un problème. Le père de son bébé.

Le sourire de Belle s'estompa. Elle avait déjà tenté de prévenir Santiago. Elle lui avait laissé des dizaines de messages pour lui demander de la rappeler. En vain. Elle en avait presque été soulagée. Après tout, c'était une bonne excuse pour céder à son envie. Quitter New York sans lui dire qu'il allait être père. Mais son amie Letty l'avait persuadée de faire une dernière tentative avant son départ. « Les secrets finissent toujours par être découverts, avait-elle plaidé. Ne commets pas la même erreur que moi. » Voilà pourquoi elle se trouvait devant chez lui dans une des rues les plus huppées de Manhattan. Le dernier endroit au monde où elle avait envie d'être.

À l'idée de se retrouver en face de Santiago pour la première fois depuis qu'il s'était esquivé au milieu de la nuit, elle n'avait qu'une envie, faire demi-tour, courir jusqu'à sa camionnette garée deux rues plus loin et foncer sans s'arrêter jusqu'au Texas. Mais elle ne pouvait pas renoncer à tenter une dernière fois de le prévenir qu'il allait être père. Elle avait pour principe de toujours s'efforcer d'agir correctement, même si ça lui coûtait. Belle attendit que la dernière limousine soit repartie, puis elle traversa la rue. L'estomac noué, elle monta l'escalier et frappa à la porte. Le majordome ouvrit, puis, après un bref coup d'œil, il déclara d'un ton dédaigneux :

— Entrée de service à l'arrière.

Elle bloqua la porte avec son pied avant qu'il ait le temps de la refermer.

— Il faut que je voie Santiago. S'il vous plaît.

— Qui êtes-vous ? demanda-t-il, visiblement choqué qu'elle appelle son employeur par son prénom.

— Dites-lui que Belle Langtry a besoin de lui parler. C'est urgent.

Sans masquer sa réprobation, il rouvrit la porte juste assez pour qu'elle puisse se glisser à l'intérieur. Les semelles de ses tongs claquèrent sur le sol de marbre du hall. Par la porte ouverte de la salle de bal, elle aperçut la foule élégante parmi laquelle circulaient des serveurs avec des plateaux en argent chargés de flûtes de champagne. Son cœur fit un bond dans sa poitrine à la vue de l'hôte de la soirée. Imposant et plus séduisant que jamais, Santiago Velázquez éclipsait tous les autres hommes présents. Le majordome indiqua d'un air hautain une porte à l'autre bout du hall. Celle-ci ouvrait sur une pièce aux murs tapissés de livres. Les jambes tremblantes, Belle se laissa tomber dans le fauteuil pivotant situé devant un grand bureau de bois sombre. Encore troublée d'avoir aperçu Santiago, elle était terrifiée à l'idée de se retrouver bientôt face à lui. La nuit où ils avaient couché ensemble, le tourbillon de passion et d'émotion qui l'avait emportée avait dépassé tout ce qu'elle avait imaginé dans ses rêves les plus fous. Elle avait vécu une expérience spectaculaire. Magique.

Jusqu'au moment où il l'avait abandonnée. Elle avait dû descendre seule au petit déjeuner. Elle avait dû cacher sa souffrance et sa confusion, sourire à Letty, Darius et leur bébé, faire comme si rien ne s'était passé, comme si tout allait bien... Elle avait quitté Fairholme et elle était retournée dans son minuscule appartement de Brooklyn, qu'elle partageait avec deux colocataires entretenues par leurs parents, qui se moquaient de ses rêves, de son accent du Texas — à peine perceptible ! — et de son travail de serveuse. En temps normal, elle serait restée imperméable à leurs railleries, mais après sa nuit avec Santiago elle avait eu de plus en plus de mal à les supporter. D'autant plus qu'elle avait continué à passer des auditions sans succès tout en travaillant pour un salaire à peine suffisant pour vivre.

Un mois plus tard, lorsqu'elle avait découvert qu'elle était enceinte, elle avait pris une décision. Son bébé méritait mieux qu'un appartement partagé avec des étrangères, un avenir incertain et des factures impayées. Il méritait mieux qu'un père qui ne prenait pas la peine de la rappeler... Belle était arrivée à New York avec de grands espoirs. Après avoir passé presque dix années à s'occuper de ses deux jeunes frères, elle avait enfin quitté sa petite ville à vingt-sept ans, déterminée à réaliser ses rêves. Elle avait échoué lamentablement dans tous les domaines. Un de ses rêves avait été de bien gagner sa vie. Elle possédait aujourd'hui dix dollars de moins que lorsqu'elle avait quitté le Texas il y avait un an et demi. Un autre rêve avait été de voir son nom en grosses lettres sur une affiche. Elle avait été rejetée par toutes les agences artistiques de New York. Mais le pire... Elle déglutit péniblement. Son rêve le plus cher était de trouver enfin l'amour, le grand amour, celui qui durerait toute la vie. Au lieu de ça, elle était tombée enceinte d'un homme qu'elle détestait et qui n'avait même pas attendu la fin de la nuit pour la laisser tomber.

New York, elle en avait assez. Elle rentrait chez elle. Ses deux valises étaient déjà dans la camionnette. Il ne lui restait plus qu'une chose à faire avant de partir, annoncer à Santiago Velázquez qu'il allait être père. Mais tout à coup elle n'était plus certaine d'en être capable. Le simple fait de l'apercevoir de loin dans la salle de bal lui avait fait un choc. Peut-être ferait-elle mieux de s'en aller... À cet instant, la porte s'ouvrit et Santiago entra dans la pièce.

— Que fais-tu ici ? lança-t-il en dardant sur elle un regard noir.

Après tout ce temps, c'était comme ça qu'il l'accueillait ? Elle se raidit dans le fauteuil et croisa les bras sur son ventre.

— Ravie de te revoir, moi aussi.

Refermant la porte derrière lui, il déclara d'un ton dangereusement posé :

— Je t'ai posé une question. Que fais-tu ici, Belle ? Je crois t'avoir fait clairement comprendre que je ne voulais plus jamais te revoir.

— En effet.

— Comment as-tu osé mentir à mon majordome et raconter que c'était une urgence ?

— Je ne lui ai pas menti. C'est vrai.

— Une urgence. Vraiment ? Laisse-moi deviner. Après tout ce temps, tu as pris conscience que tu ne pouvais pas vivre sans moi et tu es venue me déclarer un amour éternel ?

La voix glaciale et méprisante de Santiago serra le cœur de Belle.

— Ne t'inquiète pas. Je te déteste. Plus que jamais.

Une ombre étrange passa furtivement sur le visage de Santiago, puis il eut un sourire froid.

— Fantastique. Pourquoi viens-tu me déranger chez moi ?

Elle réprima un frisson. Il y avait une telle hostilité dans son regard noir... Comment lui annoncer qu'elle était enceinte de lui ?

— Je suis venue te dire... que je quitte New York...

— C'est ça, ton urgence ?

Il laissa échapper un rire moqueur.

— Ça fait une autre bonne nouvelle à fêter ce soir, en plus du contrat que je viens de signer.

Elle se hérissa.

— Laisse-moi terminer !

— Vas-y. Mais dépêche-toi, mes invités m'attendent, ajouta-t-il d'un air hautain en croisant les bras.

Elle prit une profonde inspiration.

— Je suis enceinte.

Sa voix éteinte résonna dans le silence du bureau. Les yeux noirs de Santiago s'écarquillèrent, lui donnant un air presque comique.

— Quoi ?

Lentement elle se leva du fauteuil et mit ses bras le long du corps pour qu'il puisse voir son ventre rond sous son T-shirt ample. Il resta silencieux et elle retint son souffle en évitant son regard. Tout au fond d'elle, contre tout espoir, elle ne pouvait s'empêcher d'attendre qu'il la surprenne. Qu'il redevienne soudain l'homme chaleureux qu'elle avait entraperçu si brièvement pendant cette nuit glaciale de janvier. Qu'il la prenne dans ses bras et l'embrasse joyeusement.

— Enceinte ? répéta-t-il les yeux étincelants de colère.

— Oui.

À cet instant, il la surprit malgré tout, en faisant la dernière chose à laquelle elle s'attendait. Il s'approcha d'elle et posa les deux mains sur son ventre. Puis il les retira aussitôt, comme s'il s'était brûlé.

— Tu m'avais assuré que c'était impossible.

— C'était ce que je croyais...

— Tu m'avais dit que tu ne pourrais jamais avoir d'enfant !

— C'est un miracle.

— Un miracle ?

Il promena sur elle un regard désabusé.

— Et moi qui te croyais incapable de jouer la comédie... Aucune femme ne m'a jamais menti de manière aussi éhontée. Je te prenais vraiment pour une jeune fille angélique au cœur tendre. Et en fin de compte tu es une femme intéressée doublée d'une comédienne surdouée.

Mortifiée, elle recula d'un pas chancelant.

— Tu penses que je suis tombée enceinte par calcul ?

— Tu m'as bien eu avec tes discours enflammés sur le grand amour ! T'arranger pour que je te trouve seule dans le jardin en train de sangloter parce que tu ne pouvais pas avoir d'enfant... Je suis impressionné. Je n'aurais jamais imaginé que tu mentais aussi bien.

— Je n'ai pas menti !

— Arrête ton cinéma et viens-en au fait. Combien ?

— Combien ? répéta-t-elle avec perplexité.

— Tu ne pouvais avoir qu'une seule raison de me dissuader d'utiliser un préservatif quand tu m'as séduit avec des mines enjôleuses...

— Je n'ai jamais fait ça ! protesta-t-elle avec indignation.

— L'argent. Mais je reconnais que tu l'as gagné. Aucune femme n'a jamais réussi à me duper à ce point. Sauf...

Il s'interrompit brusquement et resta un instant silencieux avant de reprendre :

— Combien veux-tu ?

— Je ne veux pas d'argent. J'estimais juste que tu avais le droit de savoir.

— *Perfecto.*

Il se dirigea vers la porte et l'ouvrit.

— Tu me l'as dit. Maintenant, fiche le camp.

Elle le regarda avec effarement. Comment pouvait-il réagir avec une telle insensibilité en apprenant qu'il allait être père ? Comment pouvait-il ne pas se sentir concerné ? Ne pas envisager d'assumer ses responsabilités ?

— C'est tout ce que tu as à dire ?

— Qu'espérais-tu ? Que je tombe à genoux pour te supplier de m'épouser ? Désolé de te décevoir.

Elle continua de le fixer avec incrédulité. Elle avait attendu vingt-huit ans en rêvant du prince charmant, du grand amour... Pour finir par tomber enceinte de ce mufle ?

— Waouh. Tu as tout compris. Oui, je meurs d'envie de t'épouser, Santiago. Quelle femme ne rêverait pas de devenir l'épouse de l'homme le plus odieux et le plus insensible de la planète ? Quelle femme ne rêverait pas d'élever un enfant avec toi ?

Elle laissa échapper un rire amer.

— Quel père fantastique tu ferais !

Le visage de Santiago se durcit.

— Belle...

— Tu me soupçonnes d'être intéressée ! De t'avoir joué la comédie ! Alors que tu étais mon premier amant !

— Écoute...

— Je n'aurais jamais dû venir ici.

Belle refoula les larmes qui lui brûlaient les yeux. Elle avait déjà pleuré devant lui, il n'était pas question de recommencer. Plutôt mourir que de lui montrer de nouveau sa faiblesse. Elle se dirigea vers la sortie.

— Oublie le bébé. Oublie que j'existe.

Sur le seuil de la pièce, elle se retourna et le regarda une dernière fois.

— J'aurais préféré n'importe quel autre homme comme père de mon bébé. C'est une erreur que je regretterai jusqu'à la fin de mes jours.

Pivotant sur elle-même, elle traversa précipitamment le hall et sortit sans un regard pour le majordome hautain. Elle descendit les marches quatre à quatre, faillit tomber, se rattrapa de justesse. Elle courut jusqu'au bout de la rue dans ses tongs avant de prendre conscience que Santiago ne la suivait pas. Tant mieux. Une fois au volant de sa vieille camionnette Chevrolet de 1978, elle démarra en trombe. Ses mains ne cessèrent de trembler sur le volant qu'après la sortie du Lincoln Tunnel. Dès le jour de leur rencontre, elle avait su que Santiago était un homme sans cœur. Comment avait-elle pu être assez stupide pour coucher avec lui ?

« Le temps d'une nuit, laisse-moi te donner de la joie. Sans engagement. Sans conséquences. »

Sur l'autoroute, elle étouffa un sanglot, les mains crispées sur le volant. Elle était ravie d'attendre un bébé, mais elle donnerait n'importe quoi pour que Santiago ne soit pas le père ! Au cours des derniers mois, voyant qu'il ne la rappelait pas, elle s'était dit que son bébé et elle seraient beaucoup mieux sans lui. Mais secrètement elle espérait un autre miracle. Qu'une fois au courant qu'elle était enceinte il se découvrirait une âme de père. Et de mari. Qu'ils pourraient tous les trois s'aimer et former une famille heureuse. Quelle idiote ! Elle s'essuya les yeux. Non seulement Santiago n'avait pas manifesté le moindre intérêt pour son futur enfant, mais il l'avait insultée et jetée dehors !

Le plus choquant, c'était qu'elle soit surprise. N'avait-il pas été clair dès le début ? Il considérait les enfants comme une responsabilité ingrate et l'amour comme un attrape-nigaud. Belle pleura toutes les larmes de son corps. À minuit, elle s'arrêta dans un motel où elle dormit d'un sommeil agité jusqu'à l'aube. Le lendemain, la conduite sur l'autoroute commença à la calmer. Elle avait l'impression d'avoir évité une catastrophe. La dernière chose dont elle avait besoin, c'était un homme cruel qui la mette dans tous ses états et qui brise le cœur de leur enfant. Mieux valait que Santiago les abandonne maintenant que plus tard.

Le troisième jour, alors qu'elle quittait la région vallonnée de l'est du Texas, le paysage devint plus familier et son cœur plus léger. Elle approchait de chez elle. Il y avait quelque chose d'apaisant dans ces plaines qui s'étendaient à perte de vue sous un soleil éblouissant. Elle sentit un léger frémissement dans son ventre et posa la main dessus.

— Oui, c'est mieux comme ça, murmura-t-elle.

Ce bébé, elle l'élèverait seule. Elle passerait le reste de sa vie à savourer ce miracle et à se consacrer à son enfant. C'était encore le matin mais la chaleur commençait à se faire sentir. La climatisation ne marchait pas, si bien qu'elle roulait les deux vitres baissées. Heureusement qu'il ne pleuvait pas, parce que l'une d'elles était coincée et on ne pouvait pas la relever. En arrivant aux abords de sa petite ville, elle respira profondément. Elle était de retour chez elle. Bien sûr, ce n'était plus la même chose sans ses frères. Ray vivait désormais à Atlanta, et Joe, qui avait vingt et un ans, à Denver. Mais au moins, ici, le monde semblait avoir un sens.

Elle s'engagea dans l'allée et freina brusquement. Il y avait un hélicoptère dans la plaine broussailleuse derrière la maison… Un hélicoptère ? Et ces deux hommes… Ils ressemblaient à des gardes du corps. Était-il possible que… ? Déglutissant péniblement, elle regarda la vieille maison en bois à la peinture écaillée. Son cœur fit un bond dans sa poitrine. Debout sous le porche, les bras croisés et l'air hostile, se trouvait Santiago. Que faisait-il là ? L'estomac noué, elle coupa le contact. Puis elle descendit de sa vieille camionnette et claqua la portière.

— Que fais-tu au Texas ? lança-t-elle en relevant le menton pour tenter de masquer le tremblement de sa voix. Laisse-moi deviner. Tu es venu m'insulter ?

Il descendit les marches branlantes, les yeux étincelants.

— Il y a trois nuits, tu es venue chez moi pour m'accuser…

— De m'avoir mise enceinte ?

Elle leva les bras avec exaspération.

— Quelle accusation horrible ! Pas étonnant que tu m'aies chassée aussitôt !

— Je pensais que tu bluffais. Que c'était une négociation. Je m'attendais à ce que tu reviennes aussitôt en réclamant une somme d'argent.

L'annonce de sa grossesse, une négociation ? Il était vraiment immonde ! La gorge nouée, elle cligna les yeux pour refouler ses larmes et se tourna vers l'hélicoptère.

— Comment as-tu trouvé mon adresse ?

— Facile.

— Tu m'as espionnée ?

Il s'avança vers elle. Ses yeux noirs se promenèrent sur elle, depuis son T-shirt jusqu'à ses tongs. À son grand dam, elle fut envahie par une vive chaleur.

— Tu m'as dit la vérité ? Le bébé est de moi ?

— Bien sûr qu'il est de toi !

— Comment puis-je faire confiance à une menteuse ?

— Quand ai-je menti ? s'exclama-t-elle avec indignation.

— « Je ne peux pas avoir d'enfant. C'est médicalement impossible. »

— Tu es odieux.

Elle frissonna malgré le soleil texan. Santiago parlait d'un ton posé, mais sa colère froide était perceptible. Physiquement il était superbe avec ses yeux noirs, ses cheveux bruns et son corps d'athlète. Dommage que son âme soit encore plus noire que ses yeux... Juste au moment où elle se félicitait d'être débarrassée de lui, voilà qu'il refaisait irruption dans sa vie. Pour quelle raison ?

— Tu as fait ton choix, murmura-t-elle. Tu nous as abandonnés. Le bébé est à moi, maintenant. À moi seule.

Il arqua un sourcil.

— Ce n'est pas comme ça que ça marche.

— Si. Pour moi, c'est comme ça.

— Alors pourquoi m'avoir prévenu que tu étais enceinte ?

— Parce qu'il y a trois jours j'étais assez stupide pour espérer que tu puisses changer. À présent je sais qu'il vaudrait mieux pour mon bébé ne pas avoir de père du tout plutôt qu'un père comme toi.

Elle releva le menton.

— Maintenant, va-t'en de chez moi.

Il la considéra un instant en silence, puis il se tourna vers le pré et le ciel qui s'étendait à perte de vue.

— Je vais te dire ce que nous allons faire, déclara-t-il en se retournant vers elle. Pour commencer, dès aujourd'hui, un test de paternité.

— Quoi ?

— Et s'il s'avère que le bébé est de moi, tu vas m'épouser.

Elle resta un instant sans voix. Était-il fou ? Ou bien était-ce elle ?

— T'épouser ? Tu as perdu la tête ! Je te hais !

— Tu devrais être contente. Ton plan a fonctionné. Reconnais que tu es tombée délibérément enceinte pour m'obliger à t'épouser. Accorde-moi au moins ça.

— Je ne peux pas, parce que ce n’est pas vrai !

— De mon côté, je reconnais que j’ai commis une erreur en te faisant confiance. Je vais payer pour ça.

Il fit encore un pas vers elle.

— Mais toi aussi.

Elle frissonna de nouveau.

— Je n’épouserai jamais un homme que je hais, murmura-t-elle.

— Tu réagis comme si tu avais le choix. Mais tu ne l’as pas.

Il eut un sourire froid.

— Tu feras ce que je dis. Et si le bébé est de moi, tu es à moi.

3

Santiago Velázquez avait appris à ses dépens qu'il y avait deux sortes de gens. Les rêveurs qui ne voulaient pas voir la réalité, et les esprits lucides qui l'affrontaient.

Belle Langtry était une rêveuse. Il l'avait su dès le jour de leur rencontre au mariage de leurs amis en septembre, quand elle n'avait pas cessé de louer « l'amour éternel » des mariés face à leur propre « désert affectif ». Belle voyait la vie à travers des verres roses si déformants qu'ils la rendaient aveugle. Il fallait être aveugle pour croire à l'amour. C'était un mensonge et tout mariage fondé sur lui ne pouvait être qu'un désastre qui prenait fin dans les larmes. Il était bien placé pour le savoir. Sa mère s'était mariée cinq fois et à chaque fois ça s'était mal terminé.

Curieusement, quand il l'avait rencontrée, il n'avait pas été agacé par Belle malgré son enthousiasme et ses illusions. Menue, brune, avec de grands yeux noisette fascinants et des courbes sensuelles, elle l'avait charmé. Et pas seulement à cause de sa beauté. Elle le détestait et elle n'avait pas peur de le montrer. À une exception près, il n'avait jamais rencontré une femme aussi méprisante à son égard. Les femmes étaient prêtes à tout pour avoir accès à son lit et à son portefeuille. C'était devenu terriblement ennuyeux mais il n'en avait pris conscience qu'au moment précis où Belle Langtry l'avait insulté. Elle était différente des autres. Elle l'attirait comme une flamme dans l'obscurité. Son effronterie et son innocence apparente lui avaient fait baisser sa garde. La nuit qu'ils avaient passée ensemble avait été torride et joyeuse à la fois. Il en était presque arrivé à remettre en question sa vision cynique du monde. Mais il y avait trois jours, il avait découvert qu'il s'était trompé à son sujet.

Belle Langtry n'était pas différente des autres. Ce n'était pas une jeune femme candide. Elle feignait de voir la vie en rose pour cacher qu'elle était menteuse et intéressée. Comme tout le monde. Elle n'était pas comme sa mère qui, dans son besoin éperdu d'amour, s'était autodétruite en se berçant d'illusions jusqu'à la fin de sa vie. Non. Belle était comme Nadia. Prête à dire et à faire n'importe quoi pour gagner le gros lot. À Fairholme, par une nuit glaciale de janvier, quand elle avait pleuré dans ses bras dans le jardin enneigé comme si son cœur était en miettes, elle jouait la comédie. Quand il lui avait caressé les cheveux en lui murmurant que tout allait bien se passer et qu'elle avait levé vers lui ses grands yeux noyés de larmes, elle jouait la comédie. Quand elle lui avait dit qu'elle ne pourrait jamais avoir d'enfant et qu'il l'avait embrassée sous le clair de lune pour la distraire de son chagrin, elle jouait la comédie.

Il y avait très longtemps qu'il n'avait pas été dupe à ce point.

Le soir où elle était partie en trombe de chez lui après avoir fait irruption au milieu d'un cocktail pour lui annoncer qu'elle était enceinte, il avait arpenté furieusement son bureau en réfléchissant à ce qu'il ferait quand elle reviendrait lui préciser ses exigences. Parce que, si elle était réellement enceinte de lui, il était hors de question de l'ignorer. Il avait beau mépriser l'amour et le mariage, il n'abandonnerait jamais un enfant comme il l'avait été lui-même doublement.

Qu'allait-elle exiger ? s'était-il demandé. Le mariage ? Un trust au nom de l'enfant ? Ou tout simplement un gros chèque à encaisser immédiatement ? Il avait attendu toute la soirée, les nerfs à vif, mais elle n'était pas revenue. Le lendemain matin, il avait découvert qu'elle avait quitté New York, comme elle avait annoncé en avoir l'intention.

Aujourd'hui, trois jours plus tard, il connaissait tout d'elle, sauf son dossier médical, qu'il comptait obtenir d'ici la fin de la journée. Son détective avait facilement trouvé son adresse au Texas et elle avait été suivie à la trace via le GPS de son portable, par des moyens qu'il ignorait et qui ne l'intéressaient pas. Et enfin, quelqu'un avait vu sa vieille camionnette Chevrolet bleue très repérable, à la station-service située à deux heures de chez elle, la seule station à des kilomètres à la ronde dans ce coin du Texas. Il lui avait alors suffi de venir en hélicoptère depuis le ranch qu'il possédait dans le sud de l'État.

Santiago regarda Belle sous le soleil implacable. Il sentait la sueur perler à son front. En costume, chemise et cravate, il mourait de chaud. Et il n'était pas encore midi… Il crispa la mâchoire. Pas question de laisser le contrôle de la situation à cette comédienne. Il ignorait son objectif, mais, à en juger par sa façon de jouer la partie — avec le sang-froid d'un joueur de poker professionnel —, elle comptait certainement lui demander une somme astronomique. Et ensuite pourquoi en resterait-elle là, puisqu'elle aurait prise sur lui jusqu'à la fin de sa vie ? Elle pourrait essayer d'obtenir la garde exclusive de l'enfant ou élever ce dernier dans la haine de son père en lui racontant toutes sortes de mensonges. Elle ne manquait pas de moyens de pression. D'abord elle l'avait dupé en lui faisant croire qu'elle ne pouvait pas avoir d'enfant. Ensuite elle avait quitté précipitamment New York après lui avoir annoncé qu'elle était enceinte. Tout ça pour une bonne raison. Mener le jeu. Mais il ne la laisserait pas utiliser leur bébé comme un pion. Rien ne pourrait l'inciter à abandonner un enfant. Pas après ce qu'il avait enduré lui-même. Belle ignorait à qui elle avait affaire. Il était prêt à tout pour gagner cette guerre.

Elle se croyait capable de le vaincre ? À dix-huit ans il s'était embarqué clandestinement sur un navire à destination de New York avec l'équivalent de cinq cents dollars en poche. À présent il était milliardaire. Il était actionnaire majoritaire d'un groupe international qui vendait de tout, depuis des chaussures de sport jusqu'à des en-cas industriels, dans le monde entier. Pour arriver là où il était, il fallait avoir un tempérament de gagnant. Belle allait découvrir que c'était lui qui imposait les règles.

— Je ne t'épouserai jamais ! lança-t-elle, les yeux étincelants. Je ne serai jamais à toi.

— C'est déjà fait, Belle. Tu ne le sais pas, c'est tout.

Il se retourna pour faire un signe à son pilote, qui mit en route le moteur de l'hélicoptère. Elle s'esclaffa, visiblement incrédule.

— Tu es fou !

Il la regarda. Même encore aujourd'hui, alors qu'il la considérait comme son ennemie, elle l'attirait plus que jamais. Elle n'était peut-être pas d'une beauté conventionnelle, mais c'était la femme la plus séduisante qu'il avait jamais connue. Sans qu'il le veuille, son regard traça le contour de sa joue, descendit le long de son cou, enveloppa ses seins gonflés par la grossesse. Elle avait raison, songea-t-il avec dérision. Il était fou. Même conscient qu'elle était menteuse et intéressée, il avait terriblement envie d'elle.

— Je n'abandonnerai pas mon enfant, répliqua-t-il d'une voix égale.

Il jeta un coup d'œil par-dessus son épaule à la maison en bois derrière laquelle s'étendait une plaine broussailleuse où quelques arbres décharnés côtoyaient un ruisseau à sec.

— Surtout dans un endroit pareil.

— Tu me juges parce que je n'habite pas un palais ? s'exclama-t-elle d'un air outré.

— Je te juge d'après ce que tu as fait pour échapper à cet endroit.

Il savait tout des circonstances dans lesquelles elle avait grandi ici, pour finir par en partir seulement un an et demi plus tôt. Avait-elle vraiment rêvé de devenir une star de Broadway, ou bien n'était-ce qu'une couverture ? Peut-être avait-elle prévu depuis le début de mettre le grappin sur un homme riche. Peut-être même était-elle devenue amie avec Letty uniquement pour avoir l'occasion de rencontrer des milliardaires... Le seul avantage de cet endroit désert, c'était le ciel à perte de vue. Entre le ciel d'un bleu éclatant et la plaine d'herbe sèche qui s'étendait, elle aussi, à l'infini, le paysage était spectaculaire. Évocateur de liberté. Et de solitude. Mais il y avait toutes sortes de solitudes. On pouvait être seul au milieu d'autres gens, comme il l'avait appris dans son enfance. Son fils ou sa fille ne connaîtrait jamais cette sorte de solitude.

Il ou elle ne se sentirait jamais rejeté. Il y veillerait. Santiago se tourna vers Belle.

— Allons-y.

— Où ça ?

— Faire le test de paternité.

— Il n'en est pas quest...

— Tu me hais, coupa-t-il sèchement. Très bien. C'est réciproque. Mais notre enfant, lui, ne mérite-t-il pas de savoir la vérité sur ses parents ?

À sa grande satisfaction, elle marqua une hésitation. Il avait trouvé le seul argument qui pouvait la fléchir.

— D'accord, lâcha-t-elle d'un ton brusque.

— Tu vas faire le test ?

— Pour mon bébé. Pas pour toi.

Il laissa échapper un soupir de soulagement. Il commençait à se demander s'il n'allait pas être obligé d'employer la force pour la faire monter dans l'hélicoptère. Heureusement qu'elle avait fini par entendre raison. À moins qu'elle ait juste décidé de changer de stratégie ? Crispant la mâchoire, Santiago se tourna vers ses gardes du corps.

— Prenez ses affaires.

Pendant qu'ils sortaient les affaires de Belle de sa camionnette, il la prit par le bras et l'entraîna jusqu'à l'hélicoptère. Quelques secondes plus tard elle était assise à côté de lui sur un des sièges en cuir.

— Je vais faire le test, mais je ne t'épouserai jamais ! cria-t-elle pour couvrir le bruit de l'hélice.

Il lui lança un regard glacial.

— C'est exactement ce que tu recherchais. Alors arrête de jouer la comédie. Je sais qu'en réalité tu es ravie.

— Pas du tout !

— Tu ne te réjouiras pas longtemps.

Il se pencha vers elle.

— Tu vas te rendre compte qu'être ma femme est très différent de ce que tu imaginais. Je ne t'appartiendrai pas, Belle. C'est toi qui m'appartiendras.

Les pupilles de Belle se dilatèrent et il fut parcouru par une décharge électrique. Ses yeux se posèrent d'eux-mêmes sur sa bouche. Elle avait des lèvres si délicieuses... Une flèche de désir le transperça. Il avait toujours été opposé au mariage, mais pour la première fois il en voyait les avantages. Sa colère contre elle n'avait fait qu'aiguiser le désir qu'elle lui inspirait. Et, à en juger par la façon dont elle s'humectait les lèvres du bout de la langue, c'était réciproque. Une fois qu'ils seraient mariés, il l'aurait dans son lit, à sa disposition, aussi longtemps qu'il le souhaiterait. Parce qu'il y avait eu entre eux au moins une chose qui n'avait pas été un mensonge... Alors pourquoi attendre ? Depuis des mois, depuis la nuit torride où il avait été son premier amant, il s'était refusé le plaisir de coucher de nouveau avec elle. Parce que c'était mieux pour lui et, avait-il cru, pour elle. Mais c'était terminé. Ce soir. Il l'aurait dans son lit dès ce soir. Mais d'abord, le plus important.

Santiago mit un casque et s'adressa au chauffeur.

— Allons-y.

Belle regardait les plaines du Texas défiler au-dessous de l'hélicoptère. Elle aperçut des chevaux qui galopaient. Sauvages et libres, à des milliers de kilomètres de toute civilisation humaine. Comme elle les enviait ! La voix de Santiago lui parvint dans son casque.

— Ils sont à moi.

Il indiqua les chevaux d'un air satisfait.

— Nous sommes au nord de ma propriété.

Alors même les chevaux n'étaient pas libres, songea-t-elle avec découragement. C'était la première fois que Santiago et elle s'adressaient la parole depuis qu'ils avaient quitté la luxueuse clinique privée de Houston.

— Tu veux tout posséder, n'est-ce pas ?

— Pourquoi pas ? rétorqua-t-il, les yeux brillants. Mon ranch fait près de deux cents hectares.

— Deux cents... ?

Elle siffla doucement.

— Attends... Tu as acheté le ranch Alford ?

Il arqua un sourcil narquois.

— Tu en as entendu parler ?

— Il est célèbre. Il y a eu un scandale il y a quelques années quand il a été vendu à un étranger. Toi ?

Il haussa les épaules.

— À une époque toutes ces terres appartenaient à des Espagnols. On peut donc considérer que c'étaient les Alford qui étaient les étrangers.

— Ces terres ont appartenu aux Espagnols ?

— La plus grande partie du Texas du Sud a été annexée par l'empire espagnol au temps des conquistadors.

— Comment le sais-tu ?

— La famille de mon père est très fière de son histoire. Lorsque j'étais enfant et que ça m'intéressait encore, j'ai lu des livres sur mes ancêtres. Les origines de la famille remontent à plus de six cents ans.

— La généalogie de la famille Velázquez a été établie sur plus de six cents ans ?

Dire qu'elle connaissait à peine les noms et prénoms de ses arrière-grands-parents...

— Velázquez est le nom de ma mère. Mon père est un Zoya. Le huitième Duque de Sangovia.

Il avait parlé avec un tel naturel qu'elle crut avoir mal compris.

— Ton père est un duc ? Un vrai duc ?

— Oui, et alors ?

— Comment est-il ? demanda-t-elle, très impressionnée.

— Je n'en sais rien, je ne l'ai jamais rencontré, répliqua Santiago d'un ton neutre.

Puis il changea de sujet.

— Voici la maison.

Belle regarda par le hublot et elle eut le souffle coupé. La plaine s'étendait toujours jusqu'à l'horizon, mais, après des kilomètres de broussaille, le paysage était à présent verdoyant. Plusieurs dépendances, des écuries et des enclos étaient encadrés par des rivières bordées d'arbres. Il y avait même un lac, dont l'eau bleue scintillait sous le soleil de fin d'après-midi. À proximité, au sommet d'une petite colline entourée d'arbres, s'étalait une maison de plain-pied à côté de laquelle le ranch du vieux feuilleton *Dallas* pouvait passer pour une cabane de pêcheur.

— Comme c'est vert ! C'est magnifique.

— La propriété est traversée par cinq rivières différentes.

À côté d'un hangar, elle vit un héliport et une piste d'aviation légère.

— Tout ça est à toi ?

— Oui, tout.

Santiago darda sur Belle un regard étincelant et elle entendit l'écho de ses paroles arrogantes. « Si le bébé est de moi, tu es à moi. » Elle frissonna. Le bébé était de lui. Il en avait maintenant la preuve. À la clinique elle avait eu l'impression qu'il était un généreux donateur parce que tout le personnel s'était mis en quatre pour lui. Après les prises de sang, les techniciens du laboratoire avaient effectué l'analyse sur-le-champ.

— En attendant les résultats, souhaitez-vous que je pratique une échographie pour connaître le sexe du bébé ? leur avait demandé la gynécologue obstétricienne en souriant.

Ayant déjà décidé qu'elle préférait avoir la surprise à la naissance, elle s'apprêtait à refuser quand Santiago l'avait regardée avec des yeux brillants. Devant la curiosité presque enfantine qu'exprimait son visage, elle s'était ravisée. S'il tenait vraiment à être ce qu'elle-même n'avait jamais eu — un père aimant —, elle était prête à faire tout son possible pour l'y encourager.

— D'accord, avait-elle dit en s'installant sur la table d'examen.

Quelques minutes plus tard, ils regardaient l'image affichée à l'écran tandis que le médecin promenait la sonde sur son ventre et qu'un bruit sourd et régulier s'élevait dans la pièce.

— Qu'est-ce que c'est que ce bruit ? avait demandé Santiago d'un air inquiet.

Elle l'avait regardé avec surprise. De toute évidence, contrairement à elle, c'était la première fois qu'il entendait ce bruit.

— Ce sont les battements de cœur du bébé, avait-elle dit en souriant.

— Les battements de cœur ?

Toute trace de cynisme avait disparu de son visage d'ordinaire si dur. Il paraissait un autre homme.

— Oui, très distincts et réguliers. Votre bébé semble en

parfaite santé, avait murmuré le médecin. Ici vous pouvez voir la tête, ici les bras… les jambes… et…

Elle s'était tournée vers eux en souriant.

— Félicitations. Vous attendez une petite fille.

— Une fille ! s'était exclamée Belle.

— Une fille ?

Santiago lui avait soudain pris la main et l'avait serrée très fort.

— Quand doit-elle naître ?

— D'après son évolution, elle devrait naître à la date prévue, fin septembre.

— Septembre. Dans deux mois…

Belle avait alors lu sur son visage une émotion qu'elle n'y avait encore jamais vue. De la tendresse. Il n'était donc pas aussi odieux qu'il en avait l'air, avait-elle pensé. Il y avait quelque chose qui pouvait l'émouvoir. Leur bébé. Des larmes de gratitude avaient noyé ses yeux et elle avait pressé sa main. Leur fille aurait un père. Un père qui l'aimerait.

L'hélicoptère se posa et Santiago aida Belle à descendre. Il la rattrapa alors qu'elle vacillait sur ses jambes.

— Ça va ? demanda-t-il d'un air inquiet.

Elle lui adressa un pâle sourire.

— La semaine a été mouvementée.

Il éclata de rire.

— On peut le dire comme ça.

Elle ne l'avait jamais vu rire d'aussi bon cœur. Ça le rendait plus humain. Et encore plus attirant… Avec un pincement au cœur elle se détourna, craignant qu'il lise son émotion sur son visage.

— Et maintenant ? demanda-t-elle d'une voix plus ferme qu'elle ne l'espérait.

— Maintenant ? Il faut penser aux préparatifs du mariage.

Elle s'immobilisa.

— Je ne me marierai pas avec toi ! Nous pouvons très bien nous mettre d'accord sur une garde partagée.

— La décision a été prise.

— Par toi. Pas par moi. Et si tu t'imagines que tu peux me forcer à t'épouser, sur ce ranch ou ailleurs, tu vas être très déçu.

Je n'ai peut-être pas un arbre généalogique vieux de plusieurs siècles ni des ancêtres aristocrates mais je suis très entêtée et j'ai l'esprit de contradiction. Il est hors de question que j'épouse un homme que je n'aime pas et qui ne m'aime pas !

Il l'entraîna vers l'immense maison entourée d'arbres. Une gouvernante les accueillit avec un large sourire.

— Bienvenue au ranch, monsieur Velázquez.

Elle se tourna vers Belle et ajouta :

— Bienvenue, mademoiselle. J'espère que vous avez fait bon voyage.

« Bon » n'était pas le mot que Belle aurait choisi, mais à son grand soulagement Santiago répondit à sa place.

— La journée a été longue, madame Carlson. Pourriez-vous servir des rafraîchissements dans le petit salon ?

— Bien sûr, monsieur Velázquez.

Il l'entraîna dans le couloir jusqu'à une vaste pièce avec de grandes baies vitrées qui donnaient sur une rivière bordée d'arbres. Le soleil qui filtrait à travers le feuillage déposait des taches dorées à la surface de l'eau.

— Que c'est beau, murmura-t-elle.

— Assieds-toi, dit Santiago, qui semblait soudain agacé.

Toujours vacillante, elle ne se fit pas prier et s'installa sur le canapé moelleux en coton blanc qui faisait face aux baies vitrées. Quelques instants plus tard, la gouvernante apparut avec un plateau qu'elle posa sur la table.

— Merci.

— Je vous en prie, monsieur.

Après son départ, Santiago prit un verre sur le plateau et le tendit à Belle. Un cocktail ? se demanda-t-elle avec surprise.

Devant son hésitation, il expliqua :

— Du thé glacé.

Oh ! elle adorait ça ! Elle lui arracha pratiquement le verre des mains et but une longue gorgée. Puis elle se cala sur le canapé avec un petit soupir d'aise.

— Tu n'es pas complètement mauvais, finalement.

— Heureux de te l'entendre dire.

Elle termina son verre et le lui rendit, pleine d'espoir. Avec un sourire amusé, il prit le pichet en céramique posé sur le plateau et la resservit.

— Au fait, si tu envisages de t'enfuir, sache que la route la plus proche est à cinquante kilomètres.

— Je n'envisage pas de m'enfuir.

— Vraiment ?

— Pourquoi le ferais-je ? Tu es le père de mon bébé. Il faut que nous arrivions à nous entendre. Pour elle.

Il la considéra un instant, l'air soudain tendu. Puis il prit une assiette sur le plateau.

— Un cookie ?

— Merci.

Au chocolat, tout chauds sortant du four... Elle mordit dedans et soupira de plaisir. Puis, sentant le regard de Santiago sur elle, elle feignit de se renfrogner.

— Si tu essaies de me manipuler avec des choses délicieuses à boire et à manger pour me convaincre de t'épouser, ne te fais pas d'illusions. Ça ne marchera pas. Mais tu es libre de continuer à essayer, plaisanta-t-elle.

Il se contenta de la regarder, l'air de plus en plus tendu. Il ouvrit la bouche pour dire quelque chose, puis il se ravisa et se leva.

— Excuse-moi, il faut que j'y aille.

— Où ça ?

— Je vais demander à Mme Carlson de te montrer la chambre. Comme tu l'as dit, la semaine a été mouvementée. Repose-toi, si tu veux. Je te verrai au dîner. 20 heures.

Il s'en alla sans un mot de plus.

Que se passait-il ? Mais bon, elle n'allait pas se plaindre, puisqu'il avait laissé le plateau. Belle prit un autre cookie et le dégusta en contemplant les arbres, dont le feuillage frémissait sous la brise. Il s'était donné tout ce mal pour la traîner jusqu'à son ranch et, au lieu de la menacer de représailles si elle n'acceptait pas de l'épouser, il la laissait se reposer après lui avoir offert du thé glacé et des cookies maison ?

Mais il était vrai que les gens étaient souvent surprenants. À commencer par sa propre famille. Belle ne gardait aucun souvenir de son père, qui était mort quand elle était bébé.

Elle avait grandi dans cette maison en bordure de la plaine broussailleuse avec un beau-père, deux jeunes demi-frères et une mère au regard triste qui s'efforçait en vain de protéger ses enfants de son chagrin et de sa maladie incurable. Le beau-père de Belle, un soudeur maigre et laconique, n'avait jamais manifesté beaucoup d'intérêt pour les enfants. Ses journées de travail étaient longues et il passait ses soirées à fumer, à boire de la bière et à houspiller sa femme. Alors que Belle avait douze ans, sa mère était morte et c'était elle que son beau-père s'était mis à houspiller, en la menaçant de la jeter dehors. Elle s'était donc efforcée de mériter d'être logée et nourrie en s'occupant de ses frères, de la cuisine et du ménage. En étant toujours de bonne humeur et souriante. En veillant à ne jamais gêner personne. Elle venait de terminer avec succès ses études secondaires depuis une semaine quand son beau-père était mort subitement d'une rupture d'anévrisme. Ray avait treize ans, Joe onze. Ils n'avaient pas d'autres parents, pas d'assurance vie et presque pas d'économies. Pour éviter à ses frères d'être placés dans une famille d'accueil, elle avait renoncé à sa bourse d'études et elle était restée à Bluebell, où elle avait travaillé comme serveuse pour pouvoir les élever. Ça n'avait pas été facile. À l'adolescence, ses frères se battaient souvent à l'école, et pendant une brève période Ray s'était drogué. À la maison les portes claquaient, les repas qu'elle préparait volaient dans la pièce et « Je te déteste ! » était un cri qui résonnait trop souvent. À peine sortie de l'adolescence elle-même, elle avait dû lutter pour ne pas céder au découragement. Seule, malheureuse, épuisée, elle rêvait de rencontrer un homme séduisant et attentionné qui prendrait soin d'elle. À vingt et un ans, elle était tombée amoureuse. Et elle avait failli ne pas s'en remettre.

— Mademoiselle Langtry ?

La gouvernante apparut sur le seuil du salon, son éternel sourire aux lèvres.

— Si vous avez terminé, je peux vous conduire à votre chambre.

Belle se leva du canapé — un acte simple qui devenait de plus en plus difficile au fur et à mesure que son ventre s'arrondissait

— et elle suivit la femme rondelette aux cheveux grisonnants dans le couloir. Après avoir tourné dans un deuxième couloir, Mme Carlson ouvrit une porte.

— Voici votre chambre.

La pièce immense et très haute de plafond comprenait un dressing et une salle de bains attenante avec des baies vitrées qui donnaient sur la rivière. Cependant, ce n'était pas sa caractéristique la plus notable... Les yeux fixés sur l'énorme lit, Belle déglutit péniblement.

— Quelque chose ne va pas, mademoiselle Langtry ?

— Cette chambre d'amis est vraiment splendide.

La gouvernante pouffa, confirmant ses craintes.

— Chambre d'amis ? Je sais bien qu'on dit que tout est plus grand au Texas, mais tout de même... Des tas de maisons sont plus petites que cette chambre. C'est celle de M. Velázquez.

L'estomac de Belle se noua. Mais, avant qu'elle ne trouve les mots pour expliquer qu'il était hors de question qu'elle dorme avec M. Velázquez, la gouvernante était déjà passée dans la salle de bains, où elle lui montra avec une fierté manifeste la baignoire en marbre avec ses robinets en argent et une lucarne qui laissait passer la lumière du jour par le plafond.

— M. Velázquez a dit que vous étiez fatiguée et pleine de poussière après le voyage. Il espère que vous pourrez vous détendre pendant qu'il travaille cet après-midi. Il y a ici tout ce qui est nécessaire pour prendre un bain.

Elle indiqua les sels de bain, savons, crèmes et shampoings, tous si luxueux que Belle ne les avait jamais vus que dans des magazines féminins. Elle ouvrit ensuite une autre porte et Belle la suivit dans un immense dressing éclairé par un lustre et meublé d'un canapé blanc.

— Il demande que vous portiez ceci ce soir, ajouta-t-elle en ouvrant une penderie vide à l'exception d'une robe rouge. Le dîner sera servi à 20 heures sur la terrasse.

— Elle est splendide, commenta Belle, éblouie.

— Il y a des chaussures, avec des talons de cinq centimètres afin que vous soyez à l'aise.

Mme Carlson baissa les yeux sur le ventre de Belle en souriant et ouvrit un tiroir.

— Et aussi de la lingerie. En soie. Vos autres affaires sont là également.

De la lingerie ? Belle sentit ses joues s'enflammer. Dans le placard, elle vit quelques vêtements qui provenaient de sa valise, mais à part ça les étagères étaient vides.

— Où sont les vêtements de M. Santiago ?

— Dans le dressing du maître de maison.

— Ce n'est pas celui-ci ?

— Oh ! non.

Le sourire de la gouvernante s'élargit encore.

— Ce dressing est destiné à la maîtresse de maison, si par hasard il y en a une un jour.

Se penchant vers Belle, elle ajouta sur le ton de la confidence :

— Vous êtes la première femme qu'il amène au ranch… Mais il est tard. Surtout, n'hésitez pas à prendre tout ce dont vous avez besoin dans la salle de bains. Je dois y aller. Mon petit-fils joue dans un spectacle scolaire à l'école élémentaire d'Alford, ce soir. Le reste du personnel sera parti d'ici 20 heures.

— Vous n'habitez pas tous ici ?

— Mon Dieu, non. Il y a des maisons destinées au personnel de l'autre côté du lac. M. Velázquez et vous, vous serez seuls ici. Bonne nuit, mademoiselle.

Était-ce un effet de son imagination ou bien la gouvernante lui avait-elle vraiment fait un clin d'œil ? Belle suivit Mme Carlson des yeux avec indignation. Que s'imaginait-elle qu'il allait se passer quand Santiago et elle se retrouveraient seuls ?

Il n'allait rien se passer. Rien du tout ! Belle verrouilla la porte de la chambre. Puis elle regarda l'énorme lit. Elle ne le partagerait jamais avec Santiago. Mais puisque pour l'instant il n'était pas là… elle pouvait bien s'allonger quelques minutes.

Lorsqu'elle se réveilla, le jour déclinait. Sans le vouloir, elle avait dormi pendant des heures… En se levant, elle vit la robe rouge dans le dressing et elle alla la toucher. Le tissu était d'une douceur délicieuse. Elle vit l'étiquette et déglutit péniblement. Elle ne connaissait pas grand-chose à la mode, mais elle avait entendu parler de ce grand couturier. Et les chaussures ! Il serait discourtois de ne pas porter cette tenue… Elle prit la robe et des dessous en soie, puis elle se rendit dans la salle de bains. Lorsqu'elle entra dans la cabine de douche hydromassante, elle soupira d'aise sous les six jets d'eau chaude. Pourquoi ne pas essayer le shampoing à cinquante dollars ? Il valait peut-être la peine. Même si n'importe lequel aurait fait l'affaire sous cette douche sublime. Lorsqu'elle eut terminé, elle s'enveloppa dans un drap de bain et brossa ses cheveux mouillés. Dans un tiroir, elle trouva des crèmes, des lotions, des parfums et toutes sortes de fards. Uniquement des produits neufs et des marques prestigieuses qu'elle n'aurait jamais rêvé acheter un jour. Une fois hydratée, maquillée, et parfumée, elle mit le soutien-gorge et la culotte en soie. Et retint un petit gémissement de plaisir. Quelle sensualité... Quelle douceur... Enfin elle enfila la robe rouge, qui lui allait à la perfection, soulignant sans les comprimer ses seins gonflés et son ventre rond. Le tissu fluide et soyeux était une caresse délicieuse sur sa peau. Même ses mains, abîmées par son travail de serveuse, étaient merveilleusement douces grâce aux crèmes et aux lotions. Elle se regarda dans le miroir de la salle de bains. Ses cheveux, qui n'avaient jamais été aussi brillants, ruisselaient sur ses épaules en boucles souples d'un brun profond qui contrastait avec sa peau caramel. Ses lèvres rubis étaient assorties à la robe, et l'éclat de ses yeux noisette était rehaussé par du khôl et du mascara noirs. Pas de doute, elle semblait... différente. Était-ce cet endroit ? Cette robe ? Le shampoing luxueux ? Ou bien le fait de côtoyer Santiago ? D'être enceinte de lui et d'être la première femme qu'il avait jamais amenée dans ce célèbre ranch, qui s'étendait sur cinq comtés du Texas du Sud ?

« La plus grande partie du Texas du Sud a été annexée par l'empire espagnol au temps des conquistadors... Mon père est un Zoya. Le huitième Duque de Sangovia. »

Santiago, fils de duc ? C'était surprenant. Il n'avait pas l'air d'un homme né avec une cuillère d'argent dans la bouche. Oh ! il était très arrogant, bien sûr. Mais il paraissait trop rude, comme quelqu'un qui avait dû tellement se battre pour tout qu'il n'attachait plus d'importance à l'opinion des autres.

« Ton père est un duc ? Un vrai duc ? Comment est-il ? »

« Je n'en sais rien, je ne l'ai jamais rencontré. »

Ça leur faisait un point commun. Le seul souvenir qu'elle avait de son père, c'était une vieille photo de lui fixant l'objectif d'un air ravi alors qu'elle dormait dans ses bras, tout bébé. Si Santiago n'avait jamais rencontré son père, ça expliquait beaucoup de choses. Mais pourquoi ne portaient-ils pas le même nom ? Et si son père était toujours vivant, pourquoi ne s'étaient-ils jamais vus ? Une autre question, plus importante, s'imposa à Belle. Elle regarda son ventre, la robe, les chaussures, les produits de beauté. Pourquoi était-il soudain aussi attentionné avec elle ? Elle ne pouvait pas s'y fier. Depuis qu'ils avaient couché ensemble, elle savait qu'il pouvait être tendre et chaleureux quand il avait envie d'elle, puis la rejeter sans pitié. Il ne pouvait y avoir qu'une seule raison à sa générosité subite. Il avait compris qu'il ne pourrait pas l'obliger à l'épouser, alors il avait décidé de recourir à la séduction. Elle ne se laisserait pas faire.

Pas question.

Elle était prête à partager la garde de leur bébé. Mais pas à partager sa vie, son cœur et son corps. Elle ne serait plus jamais le jouet de Santiago Velázquez et elle ne deviendrait pas sa femme. Il ne restait plus qu'à le lui faire comprendre, pour qu'il la laisse rentrer chez elle. Cinq minutes avant 20 heures, elle quitta la chambre et suivit les couloirs interminables qui traversaient l'immense maison. Malgré tous ses efforts, elle ne parvenait pas à surmonter l'appréhension qui la taraudait. Comment allait-il réagir ? Ouvrant les baies vitrées, elle sortit sur la terrasse qui donnait sur le lac. Des guirlandes lumineuses accrochées à une pergola couverte de fleurs de bougainvillée roses clignotaient dans le crépuscule, tandis qu'une musique douce s'échappait de haut-parleurs invisibles. Santiago était debout devant la balustrade, face au lac dont l'eau sombre rougeoyait sous les rayons du couchant. Il se retourna, incroyablement séduisant dans un smoking qui soulignait sa carrure.

— Bienvenue, dit-il d'une voix profonde.

Leur regards se rencontrèrent.

Belle comprit soudain la véritable raison de sa peur. Son cœur la connaissait depuis longtemps et son corps aussi.

Seul son cerveau avait refusé de l'accepter. Ce n'était pas de la réaction de Santiago qu'elle avait peur. Mais de la sienne. Parce que, lorsqu'elle lui avait offert son corps lors de cette nuit inoubliable, elle lui avait également abandonné sans le vouloir une partie de son cœur...

— Tu es belle, dit-il les yeux brillants.

Il la rejoignit et lui tendit une flûte de champagne. La caressant du regard, il ajouta dans un murmure :

— Plus étincelante que les étoiles.

Lorsqu'elle prit la flûte, leurs doigts se frôlèrent. Ce qu'elle lut dans ses yeux l'ébranla jusqu'au plus profond d'elle. Santiago était déterminé à la conquérir comme il avait conquis le monde. À la gagner comme il avait gagné ses milliards. À régner sur elle comme il régnait sur ce ranch isolé assez grand pour être un véritable royaume.

Il voulait la posséder. Faire d'elle sa femme. Et il n'envisageait pas d'échouer.

4

Il s'était trompé à son sujet. Sur toute la ligne.

Quand il avait quitté New York pour se lancer à la poursuite de Belle, il était persuadé d'avoir affaire à une aventurière doublée d'une comédienne hors pair, qui lui avait menti afin de tomber enceinte de lui et d'en tirer profit. Mais cet après-midi, à la clinique, il avait compris son erreur. Dans le couloir devant la salle d'examen, il avait fixé le médecin avec incrédulité.

— Vous plaisantez ?

La jeune femme avait souri.

— Je ne plaisante jamais dans le cadre de ma profession.

— Vous êtes en train de m'affirmer qu'elle disait la vérité ?

— Mlle Langtry avait de bonnes raisons de penser qu'elle ne pourrait jamais avoir d'enfant. Je viens de recevoir son dossier médical, transmis par l'hôpital de Bluebell. Il y a sept ans, elle a subi une ligature des trompes.

Le médecin avait marqué une hésitation.

— Je ne devrais pas vous parler de ça mais...

Mais elle le faisait et ils savaient tous les deux pourquoi. Il versait chaque année des millions de dollars à sa clinique, afin que les patients sans couverture sociale puissent bénéficier des meilleurs soins sans se préoccuper de leur coût. Il se rappelait encore son premier hiver à New York à dix-huit ans. Il avait été malade pendant des mois mais il n'avait pas consulté de médecin parce qu'il craignait de ne pas avoir les moyens de le payer.

— Belle s'est fait opérer pour être sûre de ne jamais tomber enceinte ? s'était-il exclamé, de plus en plus incrédule. Pourquoi ?

— C'est à elle que vous devrez poser la question.

— Mais elle n'avait que vingt et un ans... et elle était vierge ! Quel médecin serait assez tordu pour procéder à une telle opération ?

— Chose intéressante, le médecin en question a pris sa retraite un mois plus tard. Il s'est avéré qu'il était atteint de démence au premier stade.

— Mais si elle a subi cette intervention il y a sept ans, comment peut-elle être enceinte ?

— Mlle Langtry est jeune...

— Et alors ?

— Il y a un risque de réversibilité. C'est rare mais ça arrive. Le corps trouve un moyen. Les probabilités sont d'autant plus grandes que la patiente est jeune.

— Elle croyait sincèrement qu'elle ne pouvait pas tomber enceinte ?

— Oui. Soit l'opération n'a pas été réalisée correctement, soit son corps est revenu à son état initial au cours des sept dernières années.

Il avait eu l'impression de recevoir un coup de poing dans l'estomac. Tout ce qu'il avait cru au sujet de Belle était faux. Elle n'était pas intéressée. Elle était innocente. Elle disait la vérité depuis le début. Après leur départ de la clinique, dans l'hélicoptère, elle avait refusé de le regarder. De son côté, il avait été incapable de détacher ses yeux d'elle. Son visage délicat, son corps sensuel, dans lequel grandissait son enfant. Poursuivi par le souvenir de la nuit qu'ils avaient passée ensemble, il avait eu une conscience aiguë du moindre de ses mouvements. Il avait été incapable de penser à autre chose qu'à ses gémissements de plaisir, à la façon dont elle s'était ensuite blottie contre lui. « Tu me fais du bien, avait-elle murmuré. Je suis contente que tu sois là. L'idée d'être seule cette nuit m'était insupportable. Tu m'as sauvée... »

S'il l'avait quittée en pleine nuit, c'était parce qu'il savait qu'avec elle sa vie changerait. Et qu'il ne voulait pas que sa vie change. Mais elle avait changé quand même. Contre toute probabilité, Belle était enceinte. À présent, il y avait quelqu'un d'autre à prendre en considération. Son enfant. Il avait eu la confirmation de sa paternité, il avait vu sa fille sur l'écran de l'échographe, et pour la première fois il avait vraiment pris conscience qu'il allait avoir un bébé. Une fille. Une enfant innocente. Elle n'avait pas demandé à être conçue, mais elle pourrait naître sans père. Il ne pouvait pas accepter ça. Il était hors de question que son enfant soit déchirée entre ses parents et qu'elle ait la même enfance que lui, qui avait été rejeté par son père biologique et avait vu sa mère si anxieuse d'être aimée qu'elle avait multiplié les mariages, avec des hommes plus lamentables les uns que les autres. Non. La vie de sa fille serait différente. Elle aurait un foyer stable. Des parents mariés. La sécurité matérielle. Sa fille aurait une enfance heureuse, pleine d'amour. Le temps qu'ils arrivent au ranch il avait déjà pris sa décision. Il avait emmené Belle dans le petit salon avec l'intention de lui imposer le mariage par n'importe quel moyen, y compris des menaces ou du chantage si nécessaire. Mais quelque chose l'avait arrêté. La pensée de leur fille. Vu la façon dont il avait traité Belle après avoir couché avec elle, elle avait toutes les raisons de le mépriser. Il l'avait abandonnée. Il avait ignoré ses messages. Il avait été odieux quand elle était venue chez lui pour lui annoncer qu'elle était enceinte. S'il avait voulu, il aurait pu l'obliger à accepter de l'épouser. Mais il n'avait pas voulu. Il ne voulait pas être son ennemi. Pour leur fille, ils devaient fonder leur mariage sur autre chose que le ressentiment et la haine. Il avait donc changé de tactique. Au lieu de lancer un ultimatum à Belle, il lui avait laissé le temps de se reposer, de se détendre. Et pour sa part il avait pris le temps d'élaborer sa stratégie. Il avait organisé ce dîner avec l'aide de son personnel. La robe avait déjà été achetée à Alford par Mme Carlson, mais il lui manquait encore une chose. Une bague de fiançailles à couper le souffle. Heureusement, il se trouvait qu'il en avait une sous la main, avait-il pensé avec dérision. Une bague en diamant qui dormait dans son coffre depuis des années. À présent elle se trouvait dans la poche de son smoking. Il avait tenté de l'offrir à une autre femme il y avait très longtemps.

Une femme qu'il aimait tellement qu'il avait bâti sa fortune pour tenter de la conquérir. Santiago avait encore la nausée quand il se remémorait le jour où il avait demandé Nadia en mariage comme promis des années auparavant, pour découvrir qu'elle ne l'avait pas attendu. Et l'homme qu'elle avait choisi... Il se raidit. Tout ça, c'était du passé. À partir de maintenant il allait se montrer respectueux et attentionné avec Belle, la mère de son enfant. Elle allait entendre raison et accepter de l'épouser.

Le soleil, boule de feu dans la pénombre du crépuscule, descendait sur le lac quand Santiago entendit la baie vitrée s'ouvrir. Pivotant sur lui-même, il fut ébloui par Belle. Il n'avait jamais vu une beauté aussi éclatante. Ses courbes féminines soulignées par cette robe rouge, ses cheveux bruns qui ruisselaient sur ses épaules, ses lèvres rouge vif, ses grands yeux noisette soulignés par de longs cils gainés de noir...

— Tu es superbe.

Il la rejoignit et lui tendit une flûte. En l'enveloppant d'un regard ébloui, il ajouta dans un murmure :

— Plus étincelante que les étoiles.

Elle prit la flûte et leurs doigts se frôlèrent. Sa peau était d'une douceur exquise. Il mourait d'envie de l'embrasser. Il mourait d'envie de la soulever de terre tel un homme des cavernes pour l'emporter dans la chambre, lui arracher sa robe et lui faire l'amour jusqu'à ce qu'elle crie de plaisir.

— Je ne peux pas boire de champagne, objecta-t-elle.

— C'est du jus de fruits pétillant.

— Du jus de fruits ?

Elle prit la flûte avec un petit sourire nerveux.

— Je ne t'imagine pas buvant autre chose que du café noir et peut-être du whisky.

— C'est une soirée de fête.

— Ah bon ?

— Et si tu ne peux pas boire de champagne, je n'en boirai pas non plus.

Elle plissa le front.

— Je crois savoir pourquoi tu es aussi attentionné avec moi.

— Parce que je sais que j'ai eu tort. Et je suis désolé.

Elle ne pouvait pas imaginer depuis combien de temps il n'avait pas présenté ses excuses à quelqu'un, songea-t-il. Des années ? Des dizaines d'années ?

— Désolé ? Pour quelle raison ?

— Tu pensais vraiment que tu ne pouvais pas avoir d'enfant.

— Pourquoi me crois-tu maintenant ?

— Le Dr Hill m'a parlé de ton opération.

Belle se raidit.

— Elle n'aurait pas dû. Ça ne regarde que moi.

— Plus maintenant. Désormais, tout ce qui vous concerne, toi et le bébé, me regarde.

Il se rapprocha d'elle, vibrant de désir. Son regard se promena sur ses lèvres vermillon, puis descendit le long de son cou jusqu'à son décolleté. Ses épaisses boucles brunes ruisselaient sur sa clavicule, atteignant presque ses seins gonflés qui tendaient le tissu souple de sa robe. Pris d'une furieuse envie de la renverser sur la table et de lui faire sauvagement l'amour, il dut faire appel à toute sa volonté pour garder son sang-froid.

— Si nous dînions ? suggéra-t-il en indiquant les plats disposés sur la table de pierre, décorée de gros bouquets de fleurs.

Il souleva le couvercle en argent du plus gros plat. Lorsqu'elle vit le contenu de ce dernier, elle laissa échapper un éclat de rire incrédule qui l'électrisa.

— Des myrtilles ? Des rouleaux de réglisse ? Je pensais que tu allais me servir quelque chose d'horriblement cher et snob, comme du caviar !

— Je n'ai prévu que des choses que tu aimes.

Il souleva un autre couvercle et sourit en l'entendant pousser un petit cri étranglé.

— De la pizza au jambon et à l'ananas !

— Avec la sauce ranch épicée que tu aimes. Et pour le dessert…

Il souleva un troisième couvercle, révélant une énorme tarte sablée aux fraises avec de la crème fouettée. Elle le regarda d'un air abasourdi.

— Comment sais-tu ?

— C'est de la magie.

— Non, sérieusement.

— J'ai téléphoné à Letty et je lui ai demandé ce que tu aimais. À propos, elle n'a pas paru particulièrement étonnée que je lui pose cette question, ajouta-t-il en arquant un sourcil narquois.

Les joues de Belle s'enflammèrent.

— C'est la seule personne à qui j'ai parlé de toi.

Elle toucha le bord de la pizza et lui lança un regard perplexe.

— La pizza est encore chaude !

Il roula les yeux.

— Il y a un chauffe-plat sous le plateau. Mais si tu m'obliges à tout t'expliquer, la magie disparaît. Assieds-toi, dit-il en tirant une chaise.

Tandis qu'ils dégustaient la pizza, les fruits, et enfin le dessert en buvant de l'eau pétillante, le soleil disparut lentement à l'horizon, teintant le ciel d'un rose pâle qui contrastait avec l'eau noire du lac. Regarder Belle manger était un spectacle très réjouissant, constata Santiago. Elle ne cachait pas son plaisir. Alors qu'elle attaquait sa troisième part de tarte aux fraises, il effleura du bout des doigts le coin de sa bouche.

— Un peu de crème fouettée t'a échappé, commenta-t-il avant de se lécher les doigts.

Il vit ses yeux s'écarquiller et il l'entendit retenir sa respiration. Il faillit l'embrasser, mais il se retint et se cala dans son siège.

— Dis-moi, pourquoi as-tu choisi de subir à vingt et un ans une opération destinée à empêcher définitivement toute grossesse ? Te connaissant, ça paraît absurde.

Elle resta silencieuse et il crut qu'elle n'allait pas répondre. Puis elle posa sa cuillère et dit d'une voix hésitante :

— Mon père est mort quand j'étais bébé. Ma mère s'est remariée quelques années plus tard et elle a eu mes frères…

— Je sais.

— Tu sais ?

Il lui prit la main et elle ajouta aussitôt :

— Bien sûr que tu sais. C'est ton détective qui te l'a dit, n'est-ce pas ?

Elle eut un petit rire amer.

— Alors tu sais que ma mère est morte quand j'avais douze ans et que mon beau-père est mort à son tour six ans après. Je ne pouvais pas laisser mes frères partir dans une famille d'accueil. J'ai donc renoncé à aller à l'université et je suis restée à la maison pour les élever.

Avait-il déjà fait un sacrifice aussi immense pour quelqu'un ? Santiago fouilla dans sa mémoire. En vain.

— Ça n'a pas été facile. C'étaient des adolescents rebelles. J'ai eu des moments de découragement. Et un jour j'ai rencontré Justin. Il était solide et rassurant. Il disait qu'il m'aimait. Quand je lui ai dit que j'étais vieux jeu et que je voulais attendre d'être mariée pour avoir des rapports sexuels, ça ne l'a pas rebuté...

— Pas de sexe avant le mariage ? s'exclama-t-il avec incrédulité.

— Je sais... C'est délirant, n'est-ce pas ? Mais il venait juste de divorcer. Sa femme avait fait une fausse couche tardive qui avait brisé leur couple. Il avait dix ans de plus que moi, mais il disait que ça n'avait pas d'importance. Il était même prêt à m'aider à élever mes frères, qui avaient désespérément besoin d'un modèle masculin.

— Vraiment ?

Santiago se remémora tous les soi-disant « modèles masculins » que sa mère avait épousés. Des hommes dont la conduite n'avait rien d'exemplaire. Aucun de ces mariages n'avait duré plus d'un an.

— Ça paraissait la solution idéale pour tout le monde. Il y avait juste un problème.

La voix de Belle devint presque inaudible.

— Justin ne voulait pas prendre le risque de perdre un autre bébé. Il ne pouvait envisager de m'épouser qu'avec la certitude que nous n'aurions pas d'enfant. Jamais.

Elle baissa les yeux sur son ventre.

— Alors, quelques semaines avant notre mariage, je me suis fait opérer. Ça semblait le seul moyen de rendre tout le monde heureux.

— Et toi ? Est-ce que ça te rendait heureuse ?

Elle ferma les yeux.

— Pas exactement.

— Que s'est-il passé ?

— Il m'a quittée. Juste avant le mariage. Il supportait mal l'abstinence et il est tombé sur sa femme dans un bar. Une chose en a entraîné une autre et elle est tombée enceinte. Il a voulu donner une seconde chance à leur couple. Il m'a avoué qu'il n'avait jamais cessé de l'aimer.

Santiago lâcha un juron espagnol.

— Ils sont heureux à présent. Ils sont mariés et ils vivent à El Paso. Aux dernières nouvelles, ils ont une grande maison et cinq enfants.

Santiago resta silencieux, la mâchoire crispée.

— Je sais ce que tu penses.

Elle leva vers lui des yeux brillants de larmes.

— Vas-y. Dis-moi que j'ai été stupide de sacrifier mes rêves pour l'amour.

Il la contempla. Elle était vraiment magnifique... Il se leva et lui prit la main.

— Viens danser.

— Non, je...

— Pourquoi ? Tu as peur ? demanda-t-il avec un sourire malicieux.

— Bien sûr que non. C'est juste que je ne sais pas danser.

Avec douceur, il la hissa sur ses pieds et la prit dans ses bras. Les guirlandes lumineuses clignotaient dans la nuit, le lac chatoyait sous le clair de lune. Ils étaient seuls.

— Je vais conduire, murmura-t-il en la faisant tournoyer lentement sur les dalles.

Elle était souple et légère dans ses bras. Elle était belle. Généreuse. Elle s'était sacrifiée pour ses frères. Pour l'homme qu'elle avait prévu d'épouser. Quelle mère elle allait faire... Quelle épouse... Plongeant son regard dans le sien, il la serra plus étroitement contre lui. Les yeux noisette s'agrandirent tandis qu'il se penchait avec lenteur. Lorsqu'il captura sa bouche, elle ne résista pas et ferma les yeux. Envahi par un trouble intense qui pénétra au plus profond de son âme, il ferma les yeux à son tour et l'embrassa avec ferveur. Elle lui répondit en se pressant contre lui, parcourue de tremblements.

Puis elle s'arracha à sa bouche, l'air torturé.

— Pourquoi fais-tu ça ? demanda-t-elle d'une voix étranglée.
— Quoi donc ?
— Le grand jeu, répondit-elle d'un ton amer. Comme la nuit où tu m'as séduite. Je ne tomberai plus dans le panneau ! Je ne te laisserai pas me briser le cœur ! Dis-moi juste ce que tu attends de moi.
Il la contempla sous le ciel parsemé d'étoiles. C'était trop tôt. Il avait à peine commencé à la séduire comme il en avait l'intention. Mais elle voulait qu'il lui parle franchement et il allait le faire. Par respect.
— Très bien.
Il mit un genou à terre et sortit de sa poche l'énorme diamant.
— Je veux me marier avec toi, Belle.
Ouvrant de grands yeux, elle les regarda tour à tour, la bague et lui.
— Je sais que je me suis mal comporté avec toi, poursuivit-il. Mais je ne commettrai plus jamais cette erreur. Et je ne te mentirai jamais. Nous ne serons pas seulement des amants. Nous serons des partenaires. Des parents. Je sais que tu rêves d'amour et je regrette de ne pas pouvoir te donner ça. Mais je t'offre quelque chose de mieux.
— Mieux que l'amour ? murmura-t-elle.
— Ma loyauté. Tu ne m'as jamais trahi. Je ne te trahirai jamais. J'ai fait très peu de promesses dans ma vie, mais je t'en fais une aujourd'hui. Si tu m'épouses, tu ne seras plus jamais seule. Notre mariage durera toute la vie.
— Toute la vie ? répéta-t-elle d'un air effaré. Je pourrais éventuellement envisager un mariage temporaire… Pour donner un nom à notre bébé…
— Non, coupa-t-il fermement. Un vrai mariage, Belle. Un vrai foyer. N'est-ce pas ce que tu souhaites ? N'est-ce pas ce que mérite notre bébé ?
— Je ne sais pas…
Il se releva et la prit dans ses bras.
— Je pense que si.
— Je veux épouser un homme que j'aime et que je respecte. Tu n'es pas cet homme, Santiago. Tu le sais.
À sa grande surprise, il eut l'impression de recevoir un coup

de poignard dans la poitrine. Jamais il n'aurait imaginé qu'il pouvait encore souffrir d'être rejeté. Il croyait avoir enterré son cœur depuis longtemps. Il prit une profonde inspiration.

— L'amour romantique... peut-être pas. Mais nous aimerons tous les deux notre fille. Et si tu me donnes une chance, je gagnerai ton respect. J'en fais le serment.

Elle regarda les guirlandes, les fleurs sur la table, la bague qu'il tenait toujours à la main.

— Je ne suis pas ton jouet, dit-elle d'une toute petite voix. Ce n'est pas parce que nous avons couché ensemble une fois et que je suis enceinte de toi que tu peux m'avoir à ta disposition à chaque fois que tu veux t'amuser. Je ne suis pas liée à toi pour la vie.

— Tu te trompes. Tu es liée à moi pour la vie, comme je suis lié à toi depuis l'instant où tu es venue dans mon lit.

— De quoi parles-tu ?

— De toi, murmura-t-il en posant la main sur sa joue. Tu m'as ensorcelé. Depuis cette nuit-là, il n'y a eu personne. Depuis que nous avons couché ensemble, je ne désire plus que toi. Tu m'appartiendras, Belle. Tu n'as pas le choix. Je t'appartiens déjà.

« Je t'appartiens déjà. »

Ce n'était pas romantique. Pas du tout, songea Belle. Il l'avait dit comme s'il se sentait piégé. Oppressé, même. Ses yeux noirs étincelaient...

— Es-tu en train de me dire que... que tu n'as pas couché avec une seule femme depuis tout ce temps ?

— Oui.

— Mais... pourquoi ?

Les yeux noirs lancèrent des étincelles.

— Tu m'as ensorcelé.

« Ensorcelé. » Quel mot étrange... Désuet. Elle eut soudain l'impression de se retrouver des siècles en arrière, à une époque où tout était plus simple. Elle frissonna. Si seulement elle n'était pas aussi consciente du corps puissant de Santiago, tout proche du sien... De son regard pénétrant, de sa bouche sensuelle... Il avait raison, comprit-elle. Elle lui appartenait. Depuis l'instant où il l'avait embrassée, par cette nuit glaciale de janvier. Mais ce n'était pas seulement de l'attirance physique. C'était bien plus que ça. Cette nuit-là elle avait été sincère comme cela ne lui était plus arrivé depuis la mort de sa mère. Elle n'avait jamais besoin de faire semblant avec Santiago. Elle pouvait être vraiment elle-même. Oui, elle avait envie de lui. De sa chaleur. De sa force. Elle désirait l'homme qui l'avait séduite cette nuit-là, pas seulement avec son corps mais avec ses paroles. Une seule chose l'empêchait de retomber dans ses bras. Le souvenir du lendemain matin, quand elle s'était réveillée seule dans le lit. Et de tous les matins suivants, quand il avait ignoré ses messages.

— Je ne peux pas te faire confiance. Je ne peux plus. Si j'accepte de t'épouser, comment puis-je être sûre de ne pas me retrouver seule un jour, le cœur brisé ?

— Ton cœur ne craint rien. Je ne chercherai jamais à te le prendre. Et tu ne seras plus jamais seule.

Il porta la main à ses lèvres et déposa un baiser au creux de sa paume.

— Jamais.

Le contact de sa bouche fit courir dans tout son corps un frisson qu'elle ne parvint pas à réprimer. Elle leva les yeux vers lui, fascinée malgré elle par son beau visage baigné par le clair de lune. Pourvu qu'il n'entende pas son cœur tambouriner dans sa poitrine...

— Je ne peux pas...

— Tu es sûre ? coupa-t-il dans un souffle.

Écartant ses cheveux, il embrassa son front. Ses joues. Elle se mit à trembler, prête à succomber.

— S'il te plaît, ne fais pas ça, supplia-t-elle en posant les mains sur les revers de sa veste de smoking, les yeux noyés de larmes. Tu ne sais pas ce que tu me demandes.

— Dis-le-moi.

Elle crispa les doigts sur le tissu.

— D'abandonner tout espoir d'être aimée. Aujourd'hui et pour toujours.

— Ce genre d'amour est une illusion. Je le sais. Ma mère

travaillait comme domestique dans le palais de mon père quand elle est tombée enceinte de moi. Il était déjà marié et sa femme, la duchesse, était sur le point d'accoucher. Elle ne devait plus lui inspirer de désir, parce qu'un après-midi il a poussé ma mère dans un placard et il l'a embrassée.

Santiago eut une moue dédaigneuse.

— Elle avait à peine dix-neuf ans et la tête pleine de rêves de contes de fées. Elle s'est raconté que le duc l'aimait. Ça n'a pas duré longtemps. Quand elle est tombée enceinte à son tour, il l'a mise à la porte. Du jour au lendemain, elle est devenue une mère célibataire sans ressources. Et les rêves ne paient pas les factures. Elle croyait que seul l'amour pouvait la sauver. Alors elle s'est mariée. Cinq fois.

Santiago ne lui avait jamais parlé de son enfance... Belle répéta dans un souffle :

— Cinq mariages ?

— Et chaque mari était pire que le précédent. À chaque fois elle a eu le cœur brisé. Elle ne voulait pas m'élever seule. La nuit elle ne parvenait pas à se reposer. Elle avait des insomnies. Alors elle prenait des somnifères. Une fois elle en a pris trop et elle est morte.

— Quel âge avais-tu ? demanda-t-elle, atterrée.

— Quatorze ans. Quand je l'ai trouvée, j'ai appelé une ambulance. Les autorités m'ont emmené et j'ai été envoyé dans un orphelinat.

— Pourquoi n'es-tu pas allé voir ton père ?

Santiago émit un grognement méprisant.

— Mon père avait déjà un fils. Un héritier. Il n'avait aucune envie de reconnaître le bâtard né de son aventure avec une domestique. Quand j'ai essayé de le voir à son palais à Madrid, il a fait lâcher ses chiens contre moi.

— Comment a-t-il pu ?

Il détourna les yeux vers le lac et resta un instant silencieux avant de la regarder de nouveau.

— Il m'a rendu un grand service. Et je t'en rends un aujourd'hui en te racontant ça. Les contes de fées n'existent pas. C'est seulement quand on renonce à ce genre de rêve qu'on a une chance d'être heureux.

Belle se mordit la lèvre. Après tout ce qu'il avait vécu, elle comprenait pourquoi il pensait ça, bien sûr. Et pourtant...

— Tu n'as jamais tenté de nouveau de parler à ton père ? Ou à ton demi-frère ?

— Ils ont eu leur chance, répondit-il, le regard dur. J'ai peut-être du sang Zoya mais aujourd'hui ils ne représentent plus rien pour moi. Tu comprends, à présent ? Je n'ai jamais eu l'intention de me retrouver dans cette situation. Je n'ai jamais eu l'intention de me marier ni d'avoir un enfant. Que sais-je du rôle de mari ou de père ?

« Mais je ne tolérerai pas que mon enfant grandisse dans les mêmes conditions que moi. Elle ne sera pas rejetée. Elle ne sera pas élevée dans la pauvreté par une mère perdue dans ses rêves et une succession de beaux-pères indifférents. Elle portera mon nom. Tu vas m'épouser. »

— Il y a d'autres solutions que le mariage...

Il posa la main sur sa joue.

— Tu vas accepter de m'épouser, Belle. Sinon je te garderai ici jusqu'à la naissance du bébé et ensuite je te le prendrai. Tu comprends ?

Il avait parlé d'une voix si douce qu'elle mit quelques secondes à comprendre ses paroles. Horrifiée, elle s'écarta vivement de lui.

— Tu ne ferais pas ça.

— Tu te trompes lourdement si tu crois que j'ai le cœur aussi tendre que toi.

— Alors tu me menaces ?

— Je te préviens, c'est tout. Je ne te laisserai pas faire passer tes rêves stupides avant les besoins de notre bébé. Soit tu pars d'ici avec cette bague au doigt, soit tu ne pars pas du tout.

— Tu ne peux pas vouloir te marier... Être fidèle à la même femme toute ta vie...

— Je respecterai mes engagements, affirma-t-il avec une impatience manifeste. Et j'attendrai de toi que tu en fasses autant.

— C'est facile pour toi de renoncer à l'amour. Tu n'as jamais aimé personne.

Ces paroles résonnèrent dans le silence de la nuit. Il la

regarda un long moment en silence, la mâchoire crispée. Lorsqu'il finit par parler, ce fut d'un ton neutre.

— Alors tu acceptes ?

— Tu ne me laisses pas le choix.

Il glissa à son doigt l'énorme diamant monté sur platine.

— Cette bague signifie que nous sommes liés. Pour la vie.

Elle déglutit péniblement. Le métal précieux était froid et lourd.

— Et maintenant ? Un mariage éclair chez le premier juge de paix ?

— Nous allons nous marier à New York.

Le cœur de Belle se serra. Retour à New York, la ville qui l'avait broyée puis rejetée, avec un homme qui ne l'aimerait jamais et qui, quoi qu'il en dise, recourait au chantage pour l'obliger à l'épouser ?

— De mieux en mieux !

— Notre mariage sera un événement mondain. En tant que mon épouse, tu occuperas la place qui te revient dans la haute société new-yorkaise.

Elle le fixa avec incrédulité.

— Tu as perdu la tête ? Moi ? Une figure de la haute société new-yorkaise ?

— Tu le deviendras.

— Je t'ai déjà dit que je ne t'appartenais pas.

— Tu te trompes.

Santiago lui prit la main et fit scintiller la bague sous le clair de lune.

— À partir de maintenant, si.

Il referma la main sur la sienne et un frisson la parcourut. Sans qu'elle le veuille, ses lèvres s'entrouvrirent. Il l'attira vers lui et prit son visage à deux mains. Quand ses lèvres se posèrent sur les siennes, elle fut électrisée. Enfonçant les doigts dans ses cheveux, il approfondit son baiser. Elle fut submergée par une vague de désir qui lui coupa le souffle. Il la fit reculer contre la colonne blanche de la pergola, parmi les grappes de fleurs rouges. Quittant sa bouche, il traça un sillon de baisers le long de son cou. Assaillie par des sensations délicieuses, elle renversa la tête en arrière et ferma les yeux. Elle sentit ses doigts, légers comme des papillons, effleurer ses seins, son ventre, ses hanches, tandis que ses lèvres poursuivaient leur descente. Il déposa un baiser à la naissance de ses seins au creux de son décolleté, puis il lui murmura à l'oreille :

— J'ai envie de toi. Partage mon lit, cette nuit.

Elle ouvrit les yeux. La lune dessinait des ombres sur le visage de Santiago. Plus que jamais il avait tout d'un mauvais ange. Ángel était d'ailleurs le surnom que lui donnaient les femmes à New York, se rappela-t-elle. Parce qu'il était un tentateur auquel on ne pouvait résister ?

Il la regarda sans rien dire, puis il la souleva de terre et la porta à travers la maison silencieuse jusqu'à sa chambre, où le clair de lune entrait à flots par les grandes fenêtres. Il la reposa par terre avec délicatesse, puis il s'agenouilla pour lui enlever ses chaussures. Se redressant, il s'empara de nouveau de sa bouche dans un long baiser langoureux. Puis, tandis qu'elle s'efforçait de reprendre son souffle, il ouvrit la fermeture Éclair de sa robe et fit glisser lentement celle-ci sur ses seins, son ventre, ses cuisses, jusqu'à ce qu'elle tombe en flaque à ses pieds.

Toujours vêtu de son smoking, il la contempla dans le clair de lune.

— Tu es si belle, murmura-t-il en effleurant son cou.

Ses doigts descendirent lentement jusqu'à un sein, qu'il enveloppa de la main. Elle étouffa un gémissement au contact de sa paume contre la pointe durcie, qui semblait prête à transpercer la soie. Ses mains se promenèrent ensuite sur son ventre, glissèrent sur ses hanches, se refermèrent sur ses fesses. Plaquant son bassin contre le sien, il captura sa bouche dans un baiser vorace. Puis il dégrafa son soutien-gorge, le laissa tomber par terre et prit ses seins dans ses mains comme pour les soupeser. Il pinça délicatement les deux bourgeons hérissés entre ses doigts, puis il se pencha sur l'un d'eux et l'aspira entre ses lèvres. Les sensations qui l'assaillirent furent si intenses qu'elle vacilla sur ses jambes et dut s'agripper à ses épaules. Les yeux fermés, la tête renversée en arrière, elle ne chercha pas à étouffer les gémissements qui lui échappaient tandis qu'il suçait avec avidité la pointe frémissante tout en la léchant du bout de la langue. À force de crisper les doigts sur ses épaules, elle finit par prendre conscience qu'il était encore habillé. Tant bien que mal, elle fit glisser sa veste de smoking sur ses épaules. Il se redressa, l'enveloppa d'un regard étincelant, puis sans la quitter des yeux il déboutonna sa chemise, qui rejoignit bientôt sa veste sur le sol. Il ouvrit sa braguette et fit glisser son pantalon à terre en même temps que son caleçon. Fascinée par sa virilité, elle la prit dans sa main et savoura cette alliance magique de douceur et de dureté.

Ce fut au tour de Santiago de laisser échapper un gémissement.

Il l'entraîna vers le lit et l'installa à califourchon sur lui. Tout en s'emparant de sa bouche dans un nouveau baiser fougueux, il referma les mains sur ses hanches et souleva son bassin. Le contact de sa virilité contre son sexe l'électrisa et elle tressaillit. Il resserra les doigts sur ses hanches pour la maintenir en place puis il entra en elle avec une lenteur exquise, abaissant peu à peu son bassin. Instinctivement elle commença à onduler des hanches, d'abord hésitante, puis avec une assurance croissante. Grisée par les sensations qui l'envahissaient, elle alterna nonchalance et ardeur, jusqu'à ce qu'un tourbillon irrésistible l'emporte. Submergée par une vague de plaisir, elle poussa un gémissement modulé, auquel se mêla un grondement sourd qui s'échappait de la gorge de Santiago. Les mains crispées sur ses hanches, il s'enfonça au plus profond d'elle d'un coup de reins puissant qui décupla son plaisir. Le raz-de-marée qui la balaya lui arracha un cri aigu et il cria avec elle, emporté dans la même spirale de feu.

Lorsqu'elle s'abattit à côté de lui, rompue, il la serra dans ses bras et déposa un baiser sur sa tempe. Mais, alors qu'elle fermait les yeux, elle l'entendit murmurer, si bas qu'elle se demanda si ce n'était pas un effet de son imagination :

— Tu es à moi, maintenant.

5

New York brillait de toutes ses lumières. Assise à côté de Santiago sur la banquette arrière du Cadillac Escalade noir, suivi par un autre SUV occupé par les gardes du corps, Belle était dans une sorte d'hébétude depuis qu'ils avaient quitté l'aéroport dans le New Jersey.

Ils venaient de passer à quelques rues des théâtres de Broadway et Off Broadway qui l'avaient tous rejetée les uns après les autres. Elle s'était dit que si elle pouvait devenir comédienne, si elle pouvait gagner sa vie en se mettant tous les soirs dans la peau de quelqu'un d'autre, elle pourrait être heureuse. Mais la ville lui avait ri au nez. Et Santiago attendait d'elle, une fille de la campagne qui n'avait pas fait d'études, qu'elle s'intègre dans la haute société de cette ville impitoyable ? Qu'elle arbore l'assurance et la classe de rigueur dans les soirées mondaines ? Qu'elle converse brillamment avec les gens en vue et cultivés qu'il fréquentait ? Rien que d'y penser, elle était au bord du malaise...

— Je ne peux pas.

Il ne leva même pas les yeux de son téléphone. Cette même discussion durait depuis qu'ils avaient quitté son ranch dans l'après-midi.

— Mais si.

— Je te ferais honte. Je ne sais pas parler aux gens riches !

Cette fois, il la regarda. Une lueur malicieuse dansait dans ses yeux noirs.

— On leur parle comme aux autres gens.

— Tu comprends très bien ce que je veux dire, rétorqua-t-elle avec une moue boudeuse.

— Ce ne sont pas des gens ?

— Pas des gens *normaux*. Ils sont tous diplômés d'Oxford, de Princeton, ou d'autres universités du même genre. Ce sont des hommes d'affaires milliardaires, des ambassadeurs, des artistes célèbres. Ils ont tous grandi dans des châteaux avec une armée de domestiques. Je n'ai aucun point commun avec eux.

— Si. Moi.

Elle le regarda sans rien dire, puis elle tourna la tête et regarda la ville défiler derrière la vitre. Cette nuit il lui avait donné un plaisir inouï, mais ce matin elle s'était de nouveau réveillée seule. La seule différence, c'était qu'elle avait maintenant un énorme diamant à la main gauche. Si elle avait accepté de l'épouser, c'était parce qu'il ne lui avait pas laissé le choix. Et à présent, elle n'avait plus aucun espoir de trouver un jour le grand amour... Elle regarda la bague qui scintillait sous les lumières de la ville. Un bijou dur et froid. Comme l'homme qui le lui avait donné.

Ce matin en se levant elle avait mis un vieux T-shirt datant du lycée, un short large et des tongs. Elle avait trouvé Santiago à la table du petit déjeuner, en train de boire son café. Vêtu d'une chemise noire et d'un pantalon noir, plus élégant qu'elle ne le serait jamais. Elle s'était immobilisée sur le seuil en se demandant comment il allait la saluer, à présent qu'ils étaient fiancés.

— Bonjour, avait-il dit en la regardant à peine. Nous partons pour New York aujourd'hui.

Pas la moindre chaleur. Pas la moindre allusion à la nuit torride qu'ils avaient passée dans les bras l'un de l'autre. Le sexe avec lui était fantastique, explosif, euphorisant, certes. Mais il était également dépourvu de tendresse. Pas la moindre étincelle de sentiment pour alimenter le feu. Et maintenant il la ramenait dans la ville de conte de fées qui lui avait brisé le cœur...

— Je ne peux pas jouer le rôle de maîtresse de maison pour recevoir à ton côté la haute société new-yorkaise.

— De quoi as-tu peur ?

— On va me rire au nez. Les gens de ce milieu sont encore plus cruels que les directeurs de casting. J'ai vu comment ils ont traité Letty, uniquement parce que son père est allé en prison…

— C'était différent.

— Ils sont plus dangereux que des vipères. Et ils penseront la même chose que toi. Que je suis intéressée et que je t'ai piégé en tombant délibérément enceinte.

— Personne ne pensera ça.

Elle roula les yeux. Sur quel ton arrogant il parlait… Il se croyait vraiment capable de tout contrôler. Même les pensées des autres !

— Je ne suis pas le genre de femme que tu es susceptible d'épouser. Et cette bague…

— Quoi cette bague ?

Pourquoi semblait-il à cran, tout à coup ? L'avait-elle offensé ?

— Elle est très belle, mais à mon doigt elle fait bizarre.

Belle baissa les yeux sur son short et son T-shirt ample qui moulait son ventre.

— Tu devrais avoir pour épouse une héritière, un top model, une star de cinéma ou quelque chose dans le genre. Pas une petite serveuse boulotte.

La mâchoire de Santiago se crispa et son regard devint étrangement dur.

— Ne parle pas de toi-même comme ça. Et de toute façon les stars de cinéma sont surfaites.

— Tu en as fréquenté une ? demanda-t-elle avec perplexité.

Il tourna brusquement la tête vers la vitre.

— L'amour est un miroir aux alouettes, déclara-t-il à voix basse. Il finit toujours par tomber en poussière. Tu devrais te réjouir qu'il soit absent de notre relation.

Elle s'apprêtait à protester quand elle se rappela ce qu'elle avait ressenti quand Justin l'avait laissée tomber juste avant leur mariage. L'amour ne lui semblait plus du tout fantastique à l'époque.

— Ce n'est pas toujours comme ça, plaida-t-elle malgré tout.

— Donne-moi un exemple d'histoire d'amour qui ne se termine pas par un échec.

— Letty et Darius.

— Ils sont la preuve que j'ai raison. Ils ne se sont pas mariés par amour. Ils ont eu de la chance. Ou bien ils ont décidé de s'accommoder de la situation.

Elle se mordit la lèvre, puis dit d'une toute petite voix :

— Nous pouvons peut-être en faire autant.

Elle eut droit à un sourire.

— Mon assistante a déjà organisé un rendez-vous avec l'organisatrice de mariages la plus réputée de la ville.

— Pour toi ?

— Non, toi. C'est toi la mariée. Moi j'ai une entreprise à diriger.

— Je ne me doutais pas que tu étais aussi vieux jeu en matière de répartition des rôles dans le couple.

— Je sais rester à ma place, répliqua Santiago avec un nouveau sourire. Le jour du mariage est toujours celui de la mariée.

L'estomac de Belle se noua.

— Je n'ai pas besoin d'un grand mariage. Nous pourrions nous contenter d'un mariage civil...

— Comme Letty et Darius ?

Cette question la réduisit au silence. Aujourd'hui Letty et Darius étaient heureux, mais leur mariage avait été sinistre.

— D'accord. Comme tu voudras.

Il posa la main sur son épaule.

— Au moins nous savons à quoi nous en tenir. Notre mariage durera. Pas de douces illusions. Tu n'attendras pas de moi que je concrétise tous tes fantasmes de petite fille.

Elle dégagea son épaule.

— Tu ne le pourrais pas, même si tu essayais.

— Je pourrais en concrétiser quelques-uns, murmura-t-il d'une voix rauque qui la fit frissonner.

Au même instant, le SUV s'immobilisa.

— Nous sommes arrivés, monsieur.

— Merci, Ivan.

Santiago se tourna vers Belle.

— Viens. Le personnel attend de faire ta connaissance.

— Tu parles du majordome que j'ai déjà rencontré ? demanda-t-elle avec nervosité.

— Entre autres. Nous avons trois employés qui habitent sur place. Quatre autres vivent ailleurs.

— Juste pour toi ?

— Pour nous, rectifia-t-il en souriant.

Le chauffeur ouvrit la portière, puis pendant qu'il prenait leurs bagages dans le coffre, aidé par Kip, un garde du corps avec des tatouages dans le cou et un regard féroce, Santiago aida Belle à descendre du SUV. Elle regarda l'hôtel particulier et déglutit péniblement. Lorsqu'elle était venue ici quelques jours plus tôt pour annoncer à Santiago qu'elle était enceinte, elle n'aurait jamais pu imaginer qu'elle reviendrait dans cette maison en tant que sa fiancée !

Dans l'immense hall, sept employés en uniforme les attendaient. À la tête de la rangée, le majordome qui l'avait accueillie avec dédain la fois précédente se renfrogna. Elle eut un mouvement de recul, mais Santiago la retint fermement par la main.

— Bonsoir à tous, dit-il d'un ton solennel. Merci d'avoir attendu notre arrivée. Je suis heureux de vous présenter ma future épouse, Mlle Belle Langtry.

— Bonjour, mademoiselle.

— Bienvenue, mademoiselle.

— Enchanté, mademoiselle.

Tous les employés se présentèrent successivement. Au comble de l'embarras, Belle avait le sentiment d'être une usurpatrice. Sa véritable place était parmi les employés. Que savait-elle du rôle de maîtresse de maison dans la haute société ? Son amie Letty était née dans ce milieu, mais pour sa part elle y était totalement étrangère. Et ça se voyait. C'était certain. Elle inclina la tête, les joues en feu.

— En tant que mon épouse, Belle dirigera la maison. S'il vous plaît, donnez-lui toutes les informations dont elle aura besoin.

Il jeta un coup d'œil au majordome.

— Je compte sur vous, Jones.

— Bien sûr, monsieur, répliqua le majordome.

Mais le regard qu'il lança à Belle était loin d'être cordial.

— C'est tout pour l'instant. Vous pouvez disposer, déclara Santiago.

Après le départ des employés, il se tourna vers elle et dit d'une voix douce :

— Je vais te montrer ta nouvelle maison.

Il l'entraîna dans un couloir. Leurs pas résonnèrent sur le sol de marbre tandis qu'il lui montrait de vastes pièces au décor somptueux, avec des moulures au plafond, de grands lustres de cristal, des murs lambrissés de chêne et des cheminées en pierre.

— De quand date-t-elle ?

— De 1899. Elle est assez récente.

— À l'époque ma ville natale n'existait pas encore, commenta-t-elle, impressionnée. Et trois employés vivent ici ? Ça ne fait pas bizarre d'avoir un majordome dans la maison quand on regarde un match de foot à la télé en mangeant des chips, avachi sur son canapé ?

Santiago sourit.

— Le soir les employés se retirent dans leurs appartements, au cinquième étage.

— Au cinquième ? Combien d'étages y a-t-il ?

— Sept en comptant le sous-sol.

— Ce n'est pas une maison, c'est un gratte-ciel !

Le sourire de Santiago s'élargit.

— Viens.

Belle ouvrit des yeux de plus en plus ronds au fur et à mesure qu'il lui faisait visiter le reste de la maison, depuis la cave à vin et la salle de cinéma au sous-sol, jusqu'à la salle de bal au rez-de-chaussée, en passant par les cinq chambres d'amis et les neuf salles de bains.

— À présent, je vais te montrer mon deuxième endroit préféré dans cette maison.

— Tu as même un ascenseur ? s'exclama-t-elle quand il ouvrit la porte de la cabine.

Quelques secondes plus tard, elle sortit sur le toit et resta sans voix. L'eau bleue d'une grande piscine éclairée par des spots invisibles brillait dans la nuit chaude de juillet. Des cabines de bain, des transats et des plantes complétaient le décor. Mais la véritable star, c'était la vue. Tout autour d'eux, des gratte-ciel scintillaient. Elle s'approcha de la balustrade et vit les lumières des voitures qui passaient dans la rue en contrebas. Il y avait une seule tache sombre, qui s'étendait sur la gauche juste à côté de la maison. Central Park.

— Waouh ! Si c'est seulement ton deuxième endroit préféré, quel est le premier ?

— Je vais te montrer, répondit-il d'une voix profonde.

Dans l'ascenseur il appuya sur le bouton du troisième étage. Ils sortirent dans un petit hall dans lequel il n'y avait qu'une seule porte.

— Qu'est-ce que c'est ?

— Ouvre la porte.

Elle s'exécuta et il alluma la lumière, éclairant une chambre encore plus grande que celle du ranch. Un mur entier était occupé par de grandes fenêtres garnies de rideaux transparents, à proximité desquelles trônait un énorme lit. Il y avait un coin salon avec un fauteuil, un bar et une petite bibliothèque. Une coiffeuse complétait le mobilier. Deux portes ouvraient respectivement sur un vaste dressing lambrissé et une salle de bains en marbre. Cette chambre était immense et la sobriété du décor d'un raffinement extrême. Mais de là à la préférer au toit avec sa piscine et sa vue spectaculaire... Belle se tourna vers Santiago avec perplexité.

— Ta chambre ?

Il hocha la tête.

— Pourquoi te plaît-elle davantage que tout le reste ?

Il la rejoignit et posa les mains sur ses épaules, les yeux brillants.

— Parce que tu y seras avec moi.

Elle frissonna, assaillie par le souvenir de la nuit qu'ils avaient passée au ranch. Impossible de prétendre que la perspective de partager le lit de Santiago la rebutait. Il faudrait vraiment qu'elle soit très hypocrite... Elle se mordit la lèvre.

— Que penseraient les employés ?

Il eut un sourire amusé.

— Tu penses qu'ils risquent d'être choqués si je partage

ma chambre avec ma fiancée enceinte ? Ah, *querida*, tu es vraiment d'une candeur incroyable. Les employés sont payés pour penser ce que je veux qu'ils pensent, et ils s'y tiennent.

Elle émit un petit rire incrédule.

— C'est ce que tu attends de moi également ? Que je fasse ce que tu me dis de faire et que je pense ce que tu veux que je pense ?

— Non.

Il la prit dans ses bras et lui caressa la joue.

— Tu n'es pas mon employée, Belle. Ce que j'attends de toi, c'est que tu restes toi-même. Et que tu dises ce que tu penses.

Elle le considéra avec scepticisme.

— Vraiment ?

— Bien sûr, répliqua-t-il en esquissant un sourire malicieux. Pour pouvoir te convaincre de penser comme moi.

Elle roula les yeux.

— Bien sûr.

— Avoir une femme carpette ne m'intéresse pas. Je préférerais que nous nous querellions de temps en temps, et que parfois même nous nous haïssions plutôt que d'être mariés à un fantôme. Quand tu seras en colère, j'attends de toi que tu me le dises, pas que tu me le caches. Tu seras bientôt ma femme, puis la mère de mes enfants…

— *Tes enfants ?*

— Bien sûr. Tu sais à quel point il est important d'avoir des frères et sœurs. Je suis fils unique. Ma vie aurait pu être très différente si j'avais eu au moins un frère ou une sœur. Et tes frères, imagine ce qu'ils auraient pu devenir s'ils ne t'avaient pas eue.

— Bien sûr c'est important, mais…

— Mais.

— C'est juste que tout va trop vite pour moi. J'ai l'impression que ma vie a déjà changé du tout au tout. Organiser un grand mariage ? Avoir d'autres enfants ? Je ne sais pas tenir une grande maison et encore moins diriger du personnel.

— Tu apprendras.

— Je ne sais pas m'habiller avec élégance, et ça se voit…

Elle baissa les yeux sur son T-shirt ample et son short.

— J'ignore tout des usages de la haute société et de…

— J'ai fait prendre un rendez-vous pour toi demain à 11 heures avec une styliste personnelle. Ivan t'y conduira. Kip ira avec toi.

— Pourquoi aurais-je besoin d'un garde du corps ?

— Tu ne seras certainement pas la seule à en avoir un. Ta styliste est…

Belle n'en crut pas ses oreilles. La styliste dont il venait de lui donner le nom était connue pour conseiller de nombreuses stars du cinéma. Sa renommée était telle que même elle en avait entendu parler !

— Un garde du corps, une styliste personnelle…

Elle laissa échapper un petit rire nerveux.

— Je ne suis pas une célébrité !

— À présent, si. À cause de cette bague à ton doigt.

Santiago lui adressa un sourire enjôleur.

— Pour le reste, je t'apprendrai au fur et à mesure tout ce que tu as besoin de savoir. Tu verras, tout va bien se passer.

— Tu parles ! Ça ne marchera jamais, objecta-t-elle, au bord des larmes.

Il fit glisser ses mains le long de ses bras. Elle fut parcourue d'un long frisson, et le désir qui s'empara d'elle relégua ses craintes au second plan.

— Je te guiderai, murmura-t-il en l'entraînant vers le lit. Mais pour l'instant, nous avons mieux à faire.

Quand Belle se réveilla le lendemain matin, le soleil entrait à flots par les grandes fenêtres. Elle s'étira avec volupté, en proie à une douce euphorie consécutive à une nuit de plaisir extrême. Mais son sourire s'estompa lorsqu'elle prit conscience qu'elle se réveillait à New York comme au Texas. Seule dans le lit. Santiago lui avait fait l'amour avec une telle ardeur que ses craintes s'étaient évanouies dans la nuit, réduites en cendres par le feu de la passion. Mais au matin la réalité était beaucoup moins exaltante… Elle jeta un coup d'œil au réveil. 10 heures. Elle se redressa d'un bond, stupéfaite. Quand avait-elle dormi aussi tard pour la dernière fois ? Elle n'en avait aucune idée.

Elle se leva, s'étira encore et sentit le bébé remuer.

— Bonjour, bébé.

Elle se rendit dans la salle de bains et resta un long moment sous la douche. Après avoir brossé ses cheveux mouillés, elle enfila un T-shirt et un short propres. Elle commençait à être vraiment trop serrée dans ses vêtements. Une nouvelle garde-robe ne serait pas du luxe, finalement... Tout en se brossant les dents, elle s'observa dans le miroir. La styliste allait avoir beaucoup de travail... Ignorant l'ascenseur, elle descendit l'escalier. Heureusement que Santiago lui avait fait visiter la maison, sinon elle aurait été complètement perdue... En approchant de la cuisine, elle entendit un rire de femme.

— Il n'est pas sérieux. Nous sommes vraiment censés obéir aux ordres de cette moins-que-rien ? C'est humiliant.

L'estomac noué, elle s'immobilisa devant la porte de la cuisine pour écouter.

— Qui sait ce qu'elle va nous demander.

— Une barre de pole dance ? intervint une autre femme.

— De la couenne de lard dans des bols en argent ? suggéra la première femme.

— M. Velázquez a choisi de l'épouser, rappela la voix du majordome. Par conséquent, nous devons lui obéir. Du moins pour l'instant. Parce que, dès que le gosse sera né, elle se retrouvera dehors. M. Velázquez a rendez-vous avec son avocat aujourd'hui. Sans doute pour rédiger un contrat de mariage en béton...

Il s'interrompit brusquement. Aurait-elle fait du bruit ? se demanda Belle avec inquiétude. Deux secondes plus tard, à sa grande consternation, il passa la tête par la porte. Elle sentit ses joues s'enflammer, alors que de son côté il ne paraissait pas confus le moins du monde. Ce fut même d'un ton suffisant qu'il déclara :

— Ah, bonjour, mademoiselle Langtry. Voulez-vous prendre votre petit déjeuner ?

Comment réagir ? Il savait qu'elle avait entendu la conversation mais il ne manifestait pas le moindre regret. Contrairement à ce qu'avait dit Santiago, ce n'était pas elle qui commandait. C'était le majordome. Ayant subitement perdu l'appétit, elle dit la première chose qui lui vint à l'esprit. Ce qu'elle servait souvent au restaurant.

— Des œufs brouillés avec des toasts… Et un jus d'orange…

— Bien sûr, madame.

Alors qu'elle s'apprêtait à entrer dans la cuisine, il lui barra le passage et lui indiqua le couloir.

— Nous allons vous servir dans la salle à manger, mademoiselle Langtry. Des journaux, du jus de fruits et du café vous y attendent déjà.

Elle mangea seule, assise à une table qui pouvait accueillir au moins vingt personnes. Elle se sentait horriblement mal à l'aise et le *Financial Times* ne lui fut d'aucun secours pour chasser de son esprit les commentaires méprisants qu'elle avait surpris.

« Dès que le gosse sera né, elle se retrouvera dehors. M. Velázquez a rendez-vous avec son avocat aujourd'hui. »

Santiago ne l'avait pas informée de ses projets pour la journée. Il ne lui avait même pas dit au revoir. Il lui avait juste fait l'amour avec fougue pendant la nuit, puis il avait disparu avant qu'elle se réveille. Comme d'habitude. Était-il vraiment avec son avocat en ce moment, en train d'élaborer un contrat de mariage en béton ?

Bien sûr que oui, se dit-elle avec amertume. Il n'aurait jamais confiance en elle. Santiago avait beau enjoliver la situation avec des mots comme « loyauté » ou « vrai foyer », leur mariage ne serait rien d'autre qu'un arrangement régi par un contrat. Et même les gens censés travailler pour elle la méprisaient… Elle n'était pas chez elle dans cet hôtel particulier. Le cœur serré, elle leva les yeux vers les lustres de cristal et les moulures du plafond. Elle posa les mains sur son ventre. Et son bébé non plus. Ses frères lui manquaient. Letty, qui était en Grèce avec sa famille, lui manquait. Ses vieux amis de Bluebell lui manquaient. Par-dessus tout, le pouvoir de contrôler sa vie lui manquait. Pourquoi épouser un milliardaire si elle devait avoir toute sa vie le sentiment de ne pas être à sa place ? Serait-elle un jour méprisée par son propre enfant parce qu'il aurait été élevé dans ce milieu ?

Jones apporta le petit déjeuner sur un plateau d'argent,

puis il s'inclina cérémonieusement avant de quitter la pièce. Avec un petit sourire narquois qui n'échappa pas à Belle. Elle parvint à avaler quelques bouchées, mais tout ce qu'elle goûta avait un goût de cendres. Ce fut avec soulagement qu'elle vit apparaître sur le seuil de la pièce Kip, le garde du corps tatoué.

— Prête à partir, mademoiselle Langtry ?

Ce rendez-vous avec la styliste personnelle l'angoissait, bien sûr. Cependant, elle préférerait aller en enfer plutôt que de rester dans cette immense maison pleine d'employés qui la méprisaient... Elle se leva d'un bond. Mais à son retour en fin d'après-midi elle se sentait encore plus mal. Elle avait été scrutée, tâtée, pomponnée, mais surtout critiquée. Ces cheveux épouvantables ! Cette tenue navrante ! Ces mains abîmées ! La célèbre styliste avait poussé des exclamations horrifiées devant elle, comme si elle était sourde. Elle avait donné à ses assistantes une longue liste d'instructions accompagnées de commentaires peu flatteurs, toujours comme si elle ne pouvait pas l'entendre. Elle s'efforça de rester patiente et silencieuse pendant qu'on choisissait pour elle une garde-robe, une coiffure et un maquillage dignes de son statut d'épouse de milliardaire. Sept heures plus tard, tandis que Kip transportait sa nouvelle garde-robe jusqu'à la voiture, la styliste l'invita à se regarder dans un miroir.

— Qu'en pensez-vous ?

Elle eut le souffle coupé. Ses cheveux bruns, brillants et parfaitement lissés, encadraient un visage métamorphosé par des soins à la pointe du progrès et un maquillage sophistiqué. Quant à sa silhouette de femme enceinte, elle était drapée dans une robe droite noire et une petite cape assortie. Des escarpins à talons, trop hauts à son goût, complétaient cette tenue très chic. Déconcertée par l'étrangère dont le miroir lui renvoyait le reflet, elle répliqua d'une voix mal assurée :

— Je ne me reconnais pas.

La styliste eut un petit rire suffisant.

— Alors j'ai accompli ma mission.

Quelques instants plus tard, Belle pénétra dans l'hôtel particulier d'une démarche mal assurée sur ses talons hauts, avec le sentiment très désagréable d'être ridicule avec sa petite cape. Demain, elle avait rendez-vous avec l'organisatrice du mariage. Mieux valait éviter d'y penser... Santiago lui avait déjà parlé d'une réception qu'il comptait donner dans deux semaines pour officialiser leurs fiançailles. « Une fois que tu te sentiras plus à l'aise. » À l'aise ? Elle était au comble de l'anxiété ! Dans le couloir, elle croisa la cuisinière et la femme de chambre. Les deux femmes se donnèrent un coup de coude discret.

— Vous êtes très chic, madame, commenta la femme de chambre.

Était-ce de l'ironie ?

— Merci, répliqua-t-elle avant de monter au troisième dans l'intention de faire un somme.

Quelques heures plus tard, la même femme de chambre la réveilla en frappant à la porte de la chambre.

— M. Velázquez est rentré, madame. Il demande que vous le rejoigniez dans la salle à manger pour le dîner.

Chancelante, Belle lissa sa robe et se recoiffa du bout des doigts, puis elle descendit au rez-de-chaussée. Lorsqu'elle arriva dans la salle à manger, Santiago écarquilla les yeux, puis il se leva et l'embrassa.

— Tu es très élégante.

Il l'aida à s'asseoir, puis il prit place à côté d'elle en souriant.

— Qui est la reine de la haute société, à présent ?

Il ne sembla pas remarquer son air désabusé. Il ne fit pas non plus de commentaire sur son manque d'appétit. En revanche, quand il l'embrassa dans la chambre un peu plus tard, son absence de réaction ne lui échappa pas.

— Que se passe-t-il ?

— C'est tout ce maquillage, improvisa-t-elle. J'ai l'impression de porter un masque de Halloween.

Il eut un sourire malicieux.

— Je peux arranger ça.

Il l'entraîna dans la douche et la savonna jusqu'à ce qu'elle se sente de nouveau elle-même. Alors seulement, nue devant lui avec son ventre rond et ses seins lourds, la peau toute rose et délicieusement chaude, elle put enfin répondre à ses baisers.

— Voilà qui est mieux, murmura-t-il contre ses lèvres.

Après l'avoir embrassée jusqu'à ce qu'elle vacille sur ses jambes, il ferma le robinet, l'essuya sommairement, puis la ramena jusqu'au lit sur lequel ils se laissèrent tomber encore humides. Il l'installa à califourchon sur lui et posa la main sur sa joue.

— C'est toi qui t'occupes de tout, murmura-t-il.

Elle ne se fit pas prier. Elle l'emporta dans une spirale de feu tourbillonnante, au sein de laquelle leurs âmes semblaient aussi étroitement mêlées que leurs corps. Quand la passion les réunissait, elle oubliait toutes ses angoisses. Tout n'était plus que plaisir pur. Elle était à lui. Il était à elle.

Mais le lendemain matin quand elle se réveilla, elle était seule.

6

Quinze jours plus tard, Santiago rentra du siège de sa société, situé au cœur de Manhattan, la mine sombre.

Velázquez International venait de mener pendant deux semaines des négociations difficiles pour l'acquisition d'une chaîne hôtelière canadienne. Son offre était très avantageuse, mais les Canadiens exigeaient que le rachat n'entraîne pas une compression du personnel. Quel chef d'entreprise serait assez stupide pour prendre un engagement pareil ? À cause de leur obstination, il allait être en retard à ses fiançailles. Et aucun accord n'avait été conclu.

Voilà pourquoi il était aussi nerveux, se dit-il. Ça n'avait rien à voir avec le contrat de mariage qu'il s'apprêtait à présenter à Belle... Le mariage serait célébré début septembre, dans un mois, quelques semaines avant l'accouchement. Ce contrat, il fallait le lui faire signer, bien sûr. Il était milliardaire et elle ne possédait rien. Il ne pouvait pas prendre le risque de perdre la moitié de sa fortune en cas de problème... De plus en plus nerveux, il pénétra dans le hall. La maison était pleine de fleurs, et le personnel — dont plusieurs extra engagés pour l'occasion — attendait l'arrivée des invités. Il prit l'ascenseur jusqu'au troisième et s'immobilisa sur le seuil de la chambre. Vêtue d'une robe noire de coupe sobre, les cheveux relevés en chignon, Belle était en train de mettre ses boucles d'oreilles, debout devant la psyché. Un maquillage subtil mettait en valeur ses traits délicats, et les pendants en diamants qu'il lui avait offerts hier brillaient du même éclat que sa bague de fiançailles. Mais sa peau était pâle sous le maquillage et son regard anxieux, constata-t-il lorsqu'elle se tourna vers lui.

— Qu'est-ce qui ne va pas ?

Elle lui adressa un sourire tremblant.

— Je commençais à me demander si tu allais me laisser recevoir seule les invités.

— Bien sûr que non.

Il laissa tomber sa serviette en cuir et l'embrassa.

— Tu es splendide.

— Alors ça vaut peut-être la peine de souffrir.

— Souffrir ?

Elle indiqua ses escarpins à talons aiguilles, puis elle jeta un coup d'œil à la serviette.

— Alors, quand comptes-tu me le montrer ?

— Quoi donc ?

— Le contrat de mariage.

Il resta interdit. Elle savait ? Oui, bien sûr, elle savait. Belle était à la fois intuitive et intelligente.

— Tu sais que c'est nécessaire, plaida-t-il.

— Oui, je sais.

Pas de protestations ni de plaintes. Elle se contenta de le regarder de ses grands yeux noisette. Bon sang, il avait vraiment l'impression d'être un parfait goujat ! Irrité, il se détourna et entreprit de se changer.

— Santiago, suis-je une femme trophée ? demanda-t-elle soudain.

— De quoi parles-tu ?

— Pendant que j'attendais pour mon rendez-vous avec l'organisatrice de mariages, j'ai discuté avec d'autres clientes. Elles m'ont expliqué ce qu'était la vie d'une femme trophée. J'ai déjà l'uniforme. Robes droites en noir et beige.

De plus en plus irrité, il s'assit sur le lit pour lacer ses chaussures.

— Je ne t'ai jamais dit de t'habiller en noir et beige.

— Toi non, mais la styliste oui. Et elle a insisté pour que je porte des talons aiguilles en toutes circonstances. Pour paraître plus grande. Ce sont de véritables instruments de torture...

Elle regarda ses pieds en soupirant.

— Je suis désolée. Je fais de mon mieux. Je crains juste de ne pas être à la hauteur. De ne jamais être à ma place dans ton milieu.

— De ne pas être à ta place ? Moi non plus, je ne suis pas né dans ce milieu, Belle. Enfant, à Madrid, je ne possédais rien. Et j'ai appris à mes dépens qu'il n'y avait qu'une seule façon de se faire accepter quand on est rejeté. S'imposer. Faire en sorte de ne pas pouvoir être ignoré par les gens.

Elle le regarda un instant sans rien dire, puis elle secoua la tête.

— S'imposer ? Je n'arrive même pas à imposer une seule de mes idées à l'organisatrice de mariages. Notre mariage va être un véritable désastre.

— Pourquoi ?

Elle roula les yeux.

— Elle appelle ça un mariage « post-moderne ». Au lieu d'un bouquet, j'aurai un cactus à la main. Et, au lieu d'un gâteau de mariage traditionnel, nous servirons à nos invités de la crème fouettée saupoudrée d'or. Quand je lui ai dit que je préférais un bouquet de fleurs sauvages et un gâteau traditionnel, elle m'a tapoté l'épaule d'un air indulgent comme si j'étais une gamine capricieuse.

Il pouffa.

— *Querida*, ses propositions ne sont peut-être pas conventionnelles mais c'est la meilleure dans son domaine et je lui ai dit que je veux pour toi le mariage le plus spectaculaire de la saison.

— « Spectaculaire », ça veut dire dépenser des millions de dollars pour des choses ridicules qui ne nous plaisent pas, dans le but d'impressionner des gens qui nous sont indifférents ?

— Tu viens de dire que tu avais envie de trouver ta place. Un grand mariage est une marque de pouvoir.

— Elle veut même m'empêcher d'inviter mes frères. Je suis sûre que c'est parce qu'elle a peur qu'un plombier et un pompier fassent tache dans son décor « post-moderne » !

Santiago plissa les yeux. Refuser que Belle invite ses frères. Il était prêt à se faire une raison pour le cactus et la crème fouettée, mais exclure les proches ? C'était inacceptable.

— Je lui parlerai, promit-il.

Il se leva.

— Nous descendons ?

La main de Belle tremblait, constata-t-il quand elle lui prit le bras.

— Il va y avoir vraiment beaucoup de monde ce soir, murmura-t-elle d'une voix hésitante.

— Tout va bien se passer, assura-t-il d'un ton apaisant.

En réalité, elle avait des raisons d'être nerveuse, reconnut-il intérieurement. Leur « soirée de fiançailles impromptue » avait pris des proportions imprévues. En principe, au mois d'août, la ville était déserte, surtout le week-end. Mais à sa grande surprise, tous les gens qu'ils avaient invités avaient accepté avec empressement. Certains reviendraient même spécialement du Connecticut et des Hamptons. Apparemment, tout le monde était curieux de découvrir la serveuse du Texas qui avait apprivoisé Santiago Velázquez, play-boy notoire.

— Des ragots circulent à mon sujet, dit-elle d'un air abattu.

— Ignore-les.

— Le majordome a raison. Je suis une moins-que-rien.

— Comme je l'étais moi-même quand je suis arrivé aux États-Unis à dix-huit ans.

— Tu n'en as que plus de mérite. Maintenant tu es un milliardaire. Je suis sûre que tu n'as jamais subi un seul échec.

Oh ! si... Cinq ans plus tôt il avait essuyé un échec cuisant. Mais pas question de parler de Nadia à Belle.

Il appela l'ascenseur et fronça les sourcils avec un temps de retard.

— Le majordome a raison ? Qu'est-ce que ça signifie ?

— Il y a quinze jours, j'ai surpris une conversation entre le majordome, la cuisinière et la femme de chambre. Ils n'étaient pas contents d'être sous mes ordres. M. Jones leur a dit que j'étais une moins-que-rien mais qu'ils devaient m'obéir, du moins pour l'instant. Parce que, dès que le *gosse* serait né, tu me mettrais dehors.

— Quoi ?

— Il a compris que je les avais entendus, mais il n'a même pas eu l'air confus.

Santiago était hors de lui. Ses employés se permettaient de dénigrer sa future épouse et son bébé ? Au rez-de-chaussée, il prit Belle par le bras et se rendit à la cuisine. Il y trouva le majordome, en compagnie des deux autres employées qui habitaient la maison. Mme Green, la cuisinière, et Anna, la femme de chambre. Un coup de sonnette retentit et le majordome s'apprêta à quitter la cuisine pour aller ouvrir.

— Restez ici, Jones, intima Santiago d'un ton sec.

Il se tourna vers un des extra qui passait avec un plateau.

— Dites à Kip qu'il est chargé d'ouvrir la porte.

— Kip ?

— Celui qui a un tatouage dans le cou.

Santiago reporta son attention sur ses trois employés habituels.

— Qu'y a-t-il, monsieur Velázquez ? demanda Anna d'un ton anxieux.

— Vous êtes renvoyés tous les trois. Allez faire vos valises. Je veux que vous ayez quitté cette maison dans dix minutes.

— Mais... tous les hors-d'œuvre pour la soirée..., bredouilla Mme Green.

— Qu'avons-nous fait ? demanda Anna.

— C'est vous qui lui avez demandé de nous renvoyer.

Le majordome darda sur Belle un regard venimeux.

— Il a fallu que vous cafardiez, n'est-ce pas ?

— Je n'ai jamais voulu...

Belle posa la main sur l'épaule de Santiago.

— S'il te plaît. Il n'est pas nécessaire de...

Il dégagea son épaule d'un mouvement brusque, les yeux toujours fixés sur les trois employés.

— Cette soirée ne vous concerne plus. Et il ne vous reste plus que neuf minutes.

— Je m'en vais. De toute façon, travailler pour votre femme ruinerait ma réputation, déclara le majordome d'un air dédaigneux. Sa place n'est pas ici !

— Vous êtes inquiet pour votre réputation ? Vous verrez ce qui arrivera si vous osez de nouveau parler à qui que ce soit de Belle avec une telle insolence.

— Santiago, plaida Belle en tirant sur sa manche. Je ne veux pas qu'ils perdent leur travail. J'ai juste...

— J'aurais dû me douter que vous iriez cafter après avoir surpris notre conversation le premier jour.

La cuisinière se tourna vers Belle, la mine consternée.

— Vous nous avez entendus ?

Mais Belle fixait le majordome. Santiago aussi. Et la femme de chambre aussi. L'accent de Jones avait dérapé.

Voilà pourquoi le majordome avait détesté Belle dès le premier regard, comprit Santiago. Elle n'était pas la seule à ne pas se sentir à sa place.

— Vous n'êtes même pas britannique.

— Non.

Jones arracha le tablier qu'il portait sur son costume cravate.

— Né dans le New Jersey. Majordome, terminé pour moi. Aucun salaire ne vaut la peine de jouer cette comédie.

Il jeta son tablier et quitta la pièce.

— Quelque chose à dire avant de partir ? demanda Santiago aux deux femmes.

La femme de chambre se tourna vers Belle, les joues en feu.

— Je suis désolée, mademoiselle Langtry. J'ai plaisanté au sujet de la couenne de lard, parce que j'aime ça moi-même. Mais je la mange en cachette. Je ne voulais pas que M. Jones le sache...

La cuisinière s'avança, l'air confus.

— Et moi j'ai suggéré que vous pourriez demander une barre de pole dance parce que...

La femme rondelette d'une quarantaine d'années devint écarlate.

— J'ai fait du strip-tease pendant quelques mois quand j'étais jeune. Je n'en suis pas fière mais le père de mon bébé nous avait abandonnés. J'avais désespérément besoin de...

Elle se tourna vers Santiago.

— Cet emploi ne figurait pas sur mon CV. Je comprends que vous ne souhaitiez pas me garder. Surtout après ce que j'ai dit. Je m'en vais.

— S'il vous plaît, ne me renvoyez pas, supplia Anna. J'ai besoin de ce travail pour financer mes études de droit. Il n'est pas facile de trouver un emploi dont les horaires sont compatibles avec les cours.

— C'est à ma fiancée de prendre la décision.

— Restez, s'il vous plaît, demanda Belle. Si ça ne vous embarrasse pas trop de travailler pour moi...

— Oh non, pas du tout ! s'exclama Anna. C'est de moi-même que j'ai honte.

— Moi aussi, déclara la cuisinière, les larmes aux yeux. Merci.

Belle leur adressa un sourire ému.

— Je sais ce que c'est d'être enceinte et seule. Personne ne peut vous juger pour avoir cherché par tous les moyens à gagner votre vie pour votre bébé.

Jetant un coup d'œil en biais à Santiago, elle ajouta :

— En fait, vous êtes toutes les deux augmentées.

— Quoi ? s'exclamèrent joyeusement les deux femmes.

— De 30 %.

— Quoi ? s'exclama Santiago, moins joyeusement.

— Une augmentation justifiée par des responsabilités supplémentaires dues au départ du majordome, insista Belle d'un ton ferme.

Argument irréfutable, reconnut Santiago intérieurement, tout en lui jetant un regard noir pour la forme. Et à vrai dire, avoir un majordome, surtout aussi désagréable que Jones, ne lui avait pas été d'une grande utilité.

— D'accord, dit-il d'un ton bourru.

Puis il ajouta à l'adresse des deux femmes :

— Ne donnez pas à ma fiancée des raisons de regretter sa générosité. C'est votre dernière chance.

— Bien sûr, monsieur !

— Reprenez votre travail.

— Tout de suite, monsieur !

Mme Green se précipita vers les énormes fours.

— Oh ! non ! Mes feuilletés au saumon !

Santiago prit Belle à part dans le couloir.

— 30 % ?

Elle releva le menton.

— Elles s'en montreront dignes.

— Très bien. Et moi qui pensais que ce qui me coûterait le plus cher ce serait ta nouvelle garde-robe…

— Et ça ?

Avec un sourire mutin, elle leva la main gauche pour exhiber l'énorme diamant.

— Je n'ose même pas imaginer combien elle coûte.

Rien du tout, songea-t-il avec une pointe de remords.

— Et les boucles d'oreilles, poursuivit-elle en touchant un des pendants en diamants. Tu aurais pu m'acheter des fausses, tu sais. Personne n'aurait vu la différence. Moi la première. C'est vraiment du gaspillage.

Il pouffa, rasséréné. Au moins, les boucles, il les avait achetées spécialement pour elle…

— Tu n'es vraiment pas douée pour jouer les femmes intéressées !

Un nouveau coup de sonnette retentit et il vit Kip se diriger vers la porte, l'ouvrir d'un mouvement brusque et fixer du haut de ses deux mètres dix un ambassadeur visiblement interloqué et son épouse qui, elle, semblait terrifiée.

— Oh ! mon Dieu, murmura Belle en suivant son regard.

— Je ne suis pas certain que Kip possède les qualités requises pour être majordome, commenta-t-il en réprimant un sourire.

— Allons le remplacer.

— Accueillir les invités nous-mêmes ?

— Pourquoi pas ? Tu crains de ne pas savoir le faire ?

Avec un sourire malicieux, Belle lui prit la main.

— Viens, Santiago. Allons les accueillir comme on le fait au Texas.

— Je croyais que tu redoutais les gens de la haute société.

— C'est vrai. Mais ma mère disait toujours qu'il n'y a qu'une seule façon de surmonter sa peur. Affronter ce qu'on redoute.

Devant l'air résolu et le regard brillant de Belle, Santiago fut tenté de lui proposer tout le contraire. Mettre dehors les invités déjà arrivés, verrouiller la porte et faire l'amour sur la table de la réception, entre les bouquets de fleurs et les choux à la crème. Mais il y eut un nouveau coup de sonnette et elle l'entraîna vers la porte.

— Je viens de renvoyer Jones, annonça-t-il à Kip. Assurez-vous qu'il ne parte pas avec l'argenterie.

— Bien, monsieur.

Visiblement soulagé de ce changement de mission, le garde du corps s'esquiva, tandis que Santiago restait au côté de Belle pour accueillir leurs invités. Pour elle, c'étaient tous des étrangers, mais elle leur adressait à chacun un sourire chaleureux, comme si elle était sincèrement ravie de les voir. Certains paraissaient contents, d'autres désarçonnés. Santiago était enchanté.

Pendant plusieurs heures, il fut incapable de détacher son regard d'elle, en proie à un mélange de désir et de fierté. Elle était stupéfiante. Dans cette tenue, avec cette coiffure et ce maquillage, elle était parfaitement à sa place parmi l'élite new-yorkaise. Mieux que ça. Elle surpassait les autres femmes. Oui, c'était de loin la plus belle de toutes. Mais surtout, personne ne pouvait deviner qu'elle appréhendait cette soirée. Il était le seul à connaître ses inquiétudes et il était d'autant plus fier d'elle. Ce soir, il admirait encore plus son courage que sa beauté. Les nombreux bouquets aux couleurs vives qui parsemaient la maison égayaient le décor, et les hors-d'œuvre de Mme Green étaient délicieux. La soirée était très réussie. À cause de Belle, songea Santiago. Elle était la star.

Plus tard dans la soirée, il la vit à l'autre bout de la salle de bal qui souriait à trois membres du conseil d'administration de la chaîne hôtelière canadienne. Il les avait invités au dernier moment sur une impulsion mais il ne s'attendait pas à ce qu'ils viennent. Belle leur dit quelque chose et ils éclatèrent de rire en chœur. Malgré son appréhension, elle était aussi douée pour ce rôle d'hôtesse que Nadia. Peut-être même davantage... Santiago avait rencontré Nadia lors de sa première nuit à l'orphelinat de Madrid, quand il avait quatorze ans. Elle était blonde, belle, âgée d'un an de plus que lui, avec des yeux violets et un rire rauque. Il était tombé tout de suite sous le charme. Quand il lui avait annoncé qu'il allait s'enfuir pour aller vivre chez son père, le duc de Sangovia, elle avait été très impressionnée.

— Emmène-moi, avait-elle supplié.

Il avait accepté. Cachée dans les buissons, elle avait vu les gardes du palais téléphoner à son père, qui avait donné l'instruction de lâcher les chiens contre lui. Il avait échappé de justesse à leurs crocs.

— Pas de chance, hein ? avait-elle commenté froidement, quand il était tombé à ses pieds à l'extérieur de la grille, le pantalon déchiré et les genoux en sang.

Son regard s'était posé sur le toit du palais, à peine visible depuis l'entrée.

— Un jour j'habiterai un endroit comme celui-ci, avait-elle ajouté.

— Pas moi.

Essuyant son visage maculé de poussière, il s'était retourné pour lancer un regard haineux en direction du palais. Puis il s'était relevé lentement.

— Ma maison sera mille fois plus belle que ça. Et tu seras ma femme.

— Ta femme ? avait-elle dit d'un ton dédaigneux. Sûrement pas. Je serai une star de cinéma. Je ne me marierai ni avec toi ni avec personne. À moins que…

Elle avait lancé un nouveau regard rêveur au palais.

— Si tu pouvais faire de moi une duchesse…

Ce n'était justement pas en son pouvoir. Il n'était pas l'héritier légitime. Il était juste un bâtard à qui son père ne daignait même pas accorder une minute de son temps… Il avait ressenti une intense frustration, bientôt balayée par une rage folle. Il deviendrait quelqu'un de plus important que son père. Que son demi-frère. Que tout le monde. Relevant le menton, il avait déclaré :

— Un jour je serai milliardaire. Ce jour-là je te demanderai en mariage. Et tu diras oui.

Nadia avait éteint sa cigarette avec un petit rire moqueur.

— Milliardaire ? D'accord. Demande-moi en mariage à ce moment-là.

Il avait officiellement gagné son premier milliard avant d'avoir trente ans. Mais trop tard. Le jour où sa société avait été introduite en Bourse, il était parti en jet privé pour Barcelone, où Nadia tournait son dernier film. Il avait mis un genou à terre et lui avait tendu la bague en diamants, comme il en rêvait depuis des années.

— Oh ! mon Dieu. Je suis désolée. Tu arrives trop tard. Je viens juste d'accepter d'épouser ton frère.

Elle avait tendu la main gauche pour lui montrer une bague ancienne, somptueuse.

— Je ne pourrai devenir duchesse un jour qu'en épousant l'héritier légitime du duc de Sangovia. Et ce n'est pas toi. Désolée.

Dire que Nadia vivait avec son père et son frère alors que lui-même ne les avait jamais rencontrés ni l'un ni l'autre. Elle était mariée à son frère depuis cinq ans et, en attendant de devenir duchesse, elle se contentait du titre de *marquesa*, en plus de celui de Plus Belle Femme du Monde, que lui avait décerné la presse people...

— Quelle fiancée fantastique vous avez.

Arraché à ses pensées, Santiago se tourna vers Rob McVoy, le directeur général de la chaîne hôtelière canadienne.

— Un homme qui a su se faire aimer de Belle est forcément digne de confiance. J'ai donc changé d'avis. Nous allons signer le contrat.

Santiago s'efforça de masquer sa stupéfaction.

— Vraiment ?

— Notre service juridique contactera le vôtre, répliqua Rob McVoy avant de s'éloigner.

Santiago le suivit des yeux, abasourdi. Après des semaines de négociations ardues dans un climat de méfiance, les Canadiens acceptaient de lui vendre leur entreprise familiale uniquement parce qu'ils venaient de passer vingt minutes à bavarder avec Belle ? Il était toujours en état de choc plusieurs heures plus tard, alors que les derniers invités s'en allaient petit à petit. Belle était déjà montée dans leur chambre. Vu sa grossesse, tout le monde avait compris qu'elle se retire avant la fin de la soirée et lui avait souhaité une bonne nuit avec chaleur. Santiago n'en revenait pas. Comment avait-elle fait pour devenir aussi populaire, aussi vite, auprès de tant de gens ?

Il y avait des exceptions, bien sûr. Quelques femmes envieuses et deux ou trois hommes d'affaires pleins de préjugés. À part ça, tout le monde avait été charmé. Santiago monta au troisième étage et la trouva assise sur leur lit, pieds nus.

— Ces chaussures ! Une horreur !

Laissant tomber sa veste de smoking et son nœud papillon par terre, il s'assit à côté d'elle, prit ses pieds sur ses genoux et entreprit de les masser.

— Oh ! comme c'est bon, murmura-t-elle en fermant les yeux.

— Tu as passé une bonne soirée ?

— Fantastique.

— Non, sincèrement.

— Très bonne.

Il secoua la tête et reprit son massage.

— Tu es vraiment la pire comédienne que j'aie jamais vue.

— D'accord, ça a été une épreuve. D'abord à cause de ces chaussures. Ensuite parce que les gens n'arrêtaient pas de parler de choses que je ne comprenais pas du tout. Fluctuations des marchés, taux d'emprunt à court terme...

Elle bâilla.

— D'autres m'ont parlé de l'exposition d'un artiste dont je n'avais jamais entendu parler. Et, quand je le leur ai avoué, ils m'ont regardée d'un air atterré, avant de m'expliquer que tu possédais un des tableaux. Et ensuite ils m'ont emmenée le voir.

— Quel tableau ?

— Le... Mira ?

— Joan Miró ?

— C'est ça. Ils m'ont expliqué que tu l'avais payé dix millions de dollars et que c'était une affaire. J'ai failli m'écrier : « Ce gribouillis ? J'ai vu des dessins d'enfants plus réussis que ça ! »

Il pouffa.

— Tu as été fantastique, ce soir. À chaque fois que je te regardais, les gens avec qui tu parlais paraissaient subjugués.

Elle rougit.

— Tu dis ça pour me faire plaisir.

— Pas du tout.

— Eh bien, j'ai fait de mon mieux. Quand j'étais trop nerveuse, je me forçais à sourire et à dire un compliment, comme me l'a appris ma mère. « Quelle robe fantastique ! » « Ce collier est une splendeur ! » Ce genre de choses...

— Et les hommes, tu les complimentais sur leur cravate ?

— Je leur parlais de football ou, si ça ne marchait pas, de chevaux. Apparemment, tu connais beaucoup de joueurs de polo. Et, en dernier recours, la politique.

— Tu suis la politique ? demanda-t-il avec surprise.

— Pas du tout. Mais en général, il suffit de lancer la conversation et les gens sont ravis de prendre le relais.

Belle bâilla encore.

— Je suis épuisée. Ça doit faire le même effet de jouer dans une pièce de théâtre. Le rôle de femme trophée...

— Ce soir, tu as décroché un contrat de plusieurs millions de dollars, Belle.

— Pardon ?

— Les McVoy...

— Oh ! les types de Calgary ? Ils étaient tordants. Ils parlaient d'un film d'action qu'ils ont vu hier soir. Avec cette star espagnole, tu sais, la plus célèbre...

Elle roula les yeux.

— Je crois qu'ils sont amoureux d'elle. Elle est mariée avec un prince ou quelque chose comme ça, mais je leur ai dit que rêver ne peut pas faire de mal. Après tout, les stars de cinéma n'arrêtent pas de se marier et de divorcer, non ? On ne sait jamais. Peut-être qu'un jour elle aura envie d'épouser un quadragénaire canadien qui sait jouer au hockey.

Santiago s'éclaircit la voix.

— J'ai négocié pendant des semaines avec les McVoy pour essayer de leur acheter leur chaîne hôtelière. Ils ont fini par accepter ce soir, uniquement à cause de toi.

— De moi ?

— Ils m'ont dit qu'un homme qui a su se faire aimer de toi est forcément digne de confiance.

— Oh. Je ne leur ai jamais dit que je t'aimais, précisa-t-elle précipitamment, les joues en feu.

— Ils ont dû arriver à cette conclusion parce que nous sommes sur le point de nous marier. Tourne-toi.

Il commença à lui masser le cou et les épaules. Elle poussa un petit soupir d'aise, puis elle tourna la tête vers lui.

— Qu'est-ce qui t'a amené à refuser l'idée d'amour ?

Les mains de Santiago s'immobilisèrent.

— Je t'ai parlé de mes parents.

— Ce n'est pas la seule raison, n'est-ce pas ? Il y a autre chose. Quelqu'un d'autre.

Devant son silence, elle insista d'un air implorant.

— Tu connais la triste histoire de ma vie sentimentale, mais j'ignore tout de la tienne...

— Tu as raison. Il y a eu une femme.

Pourquoi était-il en veine de confidences ? se demanda-t-il. Il n'avait jamais parlé de Nadia à personne.

— Quand j'étais adolescent, j'ai rencontré une fille à l'orphelinat. Elle était belle, blonde, avec des yeux violets... Plus âgée que moi. Dégourdie et courageuse. Nous avions tous les deux de grands projets d'avenir. Nous voulions conquérir le monde.

Il eut un sourire désabusé.

— À quatorze ans je lui ai demandé de m'épouser. Elle m'a dit de tenter de nouveau ma chance une fois que j'aurais fait mes preuves. Alors j'ai fait mes preuves.

— C'est-à-dire ?

— Je suis devenu milliardaire. Pour elle.

Belle écarquilla les yeux.

— Quoi ?

Il détourna le regard, la mâchoire crispée.

— Ça m'a pris seize ans, mais, quand ma société a été introduite en Bourse il y a cinq ans, je suis retourné en Espagne avec une énorme bague en diamants.

Il jeta un coup d'œil machinal à la main gauche de Belle, mais par chance elle ne s'en aperçut pas. Elle était suspendue à ses lèvres.

— Que s'est-il passé ?

— Je suis arrivé trop tard. Ce que je pouvais lui offrir ne lui suffisait pas. Elle venait de se fiancer avec mon frère.

— Ton *frère* ?

— Elle m'a dit que, si elle avait été attirée par Otilio, c'était en partie parce qu'il me ressemblait. Dans une version « améliorée », plus riche en options. Je ne pouvais même pas lui en vouloir. Épouser l'héritier de la famille Zoya lui assurait non seulement la fortune mais aussi la célébrité. Et plus tard, à la mort de mon père, le titre de duchesse.

— De tous les hommes sur terre... ton frère !

— J'ai su par la suite que leur mariage, célébré à Madrid, a été un événement mondain marquant.

— Quelle femme odieuse ! s'exclama Belle avec une indignation manifeste. Pas étonnant que tu aies une vision aussi négative de l'amour et du mariage ! Qu'as-tu fait après avoir appris qu'elle allait épouser ton frère ?

— Je suis revenu à New York et j'ai redoublé d'ardeur au travail. À présent je suis plus riche que les Zoya. Ils possèdent une *estancia* en Argentine, alors j'ai acheté un ranch deux fois plus grand au Texas. Ils collectionnent les œuvres d'art. Ma collection est plus riche que la leur. Mais à présent ils ne sont plus rien pour moi.

— Ils sont ta famille.

— Ils ont choisi de m'exclure.

Belle prit Santiago dans ses bras et le serra contre elle. Peu à peu, il sentit la tension dont il n'avait pas eu conscience jusque-là se relâcher. Il s'écarta d'elle et cala derrière son oreille une mèche qui s'était échappée de son chignon. Elle venait de lui manifester sa compassion et de lui offrir du réconfort, après avoir joué brillamment toute la soirée son rôle de maîtresse de maison. Grâce à son charme, elle lui avait même permis de décrocher un contrat. Et tout cela, sans rien demander en échange. Il avait envie de lui faire plaisir. De lui offrir un présent. Mais les bijoux, les vêtements ou les œuvres d'art la laissaient indifférente. Alors quoi ? Oui, bien sûr !

— Je vais annuler tous les rendez-vous avec l'organisatrice de mariages, annonça-t-il. Comme ça, nous pourrons nous marier selon tes souhaits.

À sa grande satisfaction, le visage de Belle s'éclaira.

— Vraiment ?

— Pour commencer, tu pourras inviter tes frères, bien sûr. J'enverrai mon jet privé les chercher. Et rien ne nous oblige à nous marier à la cathédrale. Personnellement, la seule chose qui m'importe, c'est que nous devenions mari et femme avant la naissance de notre bébé.

— Et si nous nous mariions ici ?

— Dans cette maison ?

— Oui. J'aurais un bouquet de fleurs sauvages au lieu d'un cactus. Un vrai gâteau au lieu de crème fouettée. Et nous servirions de la nourriture que les gens auraient vraiment envie de manger !

— Ah, Belle...

En riant, il lui prit le visage à deux mains.

— Dire que tu avais peur de ne pas être à ta place dans la haute société ! Non seulement tu es parfaitement à ta place, mais tu surpasses toutes les autres femmes, *querida*. Ce soir tu étais la plus belle. Aucune autre ne t'arrivait à la cheville. Je n'arrivais pas à détacher mes yeux de toi.

Elle rosit, visiblement ravie.

— C'est vrai ?

— Il y a juste une chose qui cloche. Cette robe. Elle me rend fou.

— Pourquoi ?

— Parce que je suis impatient de te l'enlever.

7

Pour Santiago, le sexe avait toujours été simple. Facile. Un bref plaisir vite oublié.

Avec Belle, c'était différent. Brûlant. Explosif. Addictif. C'était devenu une drogue. Qui, comme toutes les drogues, avait des effets indésirables. Il ne pouvait rien refuser à Belle. Pour lui faire plaisir, il avait décidé de se passer des services de l'organisatrice de mariages, alors que celle-ci aurait fait de cette journée l'événement mondain de l'année. Le choix de Belle, un mariage très simple dans l'intimité, sans apparat ni couverture médiatique, n'aurait bien sûr pas le même retentissement. Mais il voulait lui faire plaisir.

Et ce n'était pas tout. Il se surprenait de plus en plus souvent à penser à elle dans la journée au lieu de se concentrer sur ses affaires. Il avait consacré pratiquement vingt ans à l'expansion de Velázquez International, dont il avait fait une multinationale propriétaire de marques prestigieuses dans des domaines aussi divers que l'alimentation et le tourisme de luxe, en passant par les chaussures de sport. Au cours des cinq dernières années, il avait encore accéléré sa croissance en multipliant les rachats de sociétés. Mais aujourd'hui, alors qu'il était en train de signer les documents relatifs à sa dernière acquisition, un laboratoire spécialisé dans les compléments alimentaires basé à Copenhague, ce n'était pas de la satisfaction qu'il ressentait mais de la frustration. Parce qu'il n'avait qu'une envie. Être chez lui avec Belle. Au lit dans ses bras. Pire encore, quand il l'embrassait, il se surprenait à éprouver une émotion qu'il s'était juré de bannir à tout jamais de sa vie. Elle ne lui inspirait pas seulement du désir. Il tenait à elle. Assis à son bureau, Santiago sentit un grand froid l'envahir. Il ne pouvait pas se permettre d'être vulnérable. Il l'épousait dans quelques semaines, puis ils élèveraient un enfant ensemble. Le mariage se justifiait par sa volonté de donner son nom ainsi qu'un foyer stable à son enfant. Mais éprouver des sentiments pour Belle... il ne pouvait pas se le permettre. Il ne pouvait pas prendre le risque de voir de nouveau l'amour semer le chaos dans sa vie. Au fil des jours, la nervosité de Santiago s'accrut. Plus le mariage approchait, plus il lui apparaissait comme un piège. Une bombe à retardement. Qui exploserait le moment venu. Et qui détruirait tout. Il était de plus en plus tenté de prendre la fuite. *Pas question. Je me suis engagé. Envers Belle. Envers notre enfant. Je ne peux pas les abandonner.* Mais plus les jours passaient, moins il parvenait à réprimer ses craintes.

Le jour du mariage, Belle se réveilla avant l'aube. Elle ouvrit les yeux dans la lumière pâle de septembre et son cœur se gonfla de joie. C'était la première fois qu'elle ne se réveillait pas seule. Ça ne pouvait être qu'un heureux présage pour leur mariage. Un sourire ému aux lèvres, elle écouta sa respiration profonde dans la pénombre. Ce soir, à la lueur des bougies dans leur jardin sur le toit, elle deviendrait officiellement Mme Santiago Velázquez. Le mois qui venait de s'écouler avait été riche en petites joies imprévues. Elle avait apporté des touches personnelles à la décoration de la maison pour rendre celle-ci plus douillette. Car elle se sentait désormais chez elle ici. Depuis le départ du majordome, elle était devenue amie avec Dinah Green, la cuisinière, et Anna Phelps, la femme de chambre. Elle les aidait souvent dans leurs tâches, pour le plaisir de passer un moment en leur compagnie, mais aussi parce qu'elle aimait s'occuper de la maison. Elle avait aidé Anna à réviser ses examens et appris de nouvelles recettes auprès de Dinah. Elle avait d'ailleurs proposé à la cuisinière de cuisiner à sa place pendant toutes les vacances, afin qu'elle puisse aller voir son fils à Philadelphie. C'était toutes les trois ensemble qu'elles avaient préparé le mariage, auquel n'étaient invités que la famille et les amis proches. La cérémonie, célébrée par un juge ami de Santiago, serait brève. Suivrait un dîner à table au cours duquel serait servi un rôti de bœuf accompagné d'asperges grillées. Ils danseraient ensuite au son d'un trio de jazz, tout en buvant du champagne et en dégustant le gâteau.

Santiago travaillait beaucoup et rentrait souvent tard, mais ils dînaient ensemble tous les soirs dans la salle à manger. Le week-end, il l'emmenait dans des petits cafés — ce qui lui plaisait beaucoup — ou dans des restaurants chics — ce qu'elle appréciait beaucoup moins. Récemment, ils avaient vu à Broadway une célèbre comédie musicale qui se jouait à guichets fermés. Ce soir-là elle avait pris conscience qu'elle n'enviait pas la comédienne qui tenait le premier rôle. Loin d'être frustrée de ne pas être sur scène, elle n'aurait échangé pour rien au monde sa place dans la salle à côté de Santiago, qui avait posé une main protectrice sur son ventre. Elle n'avait pas pu s'empêcher de le contempler dans la pénombre. Sentant son regard sur elle, il lui avait pressé doucement la main. Puis presque aussitôt, il l'avait lâchée.

C'était curieux. À certains moments elle avait le sentiment qu'ils étaient très proches, unis par une complicité merveilleuse. Puis tout à coup il semblait soudain distant. Parfois même il quittait brusquement la pièce. Peut-être avait-il des problèmes professionnels. Ou peut-être était-ce l'approche de la naissance de leur bébé qui le rendait nerveux. L'accouchement était prévu dans trois semaines... Elle avait tellement hâte de tenir enfin leur bébé dans ses bras. Au début il dormirait dans un berceau en osier à côté de leur lit, mais la chambre d'enfants était déjà prête à l'accueillir. Quel plaisir elle avait pris à la décorer ! Des tableaux aux tons pastel représentant des personnages de la littérature enfantine égayaient les murs rose pâle. Le mobilier était constitué d'un beau berceau blanc, d'une table à langer et d'un rocking-chair. Et dans le coin veillait un énorme ours en peluche blanc. Santiago était arrivé avec, hier soir, et l'avait monté dans la chambre avec l'aide de Kip.

Elle avait éclaté de rire.

— Il n'y en avait pas un plus grand ?

— Non, et heureusement parce que j'aurais été obligé de le faire passer par la fenêtre à l'aide d'une grue. Celui-ci tient tout juste dans l'ascenseur.

— Tu es génial, avait-elle déclaré en l'embrassant joyeusement. Dire que de mon côté je n'ai rien fait d'autre pour le bébé que de feuilleter le livre des prénoms.

— Tu as trouvé quelque chose ?

— Eh bien… Peut-être.

Il semblait de si bonne humeur qu'elle s'était hasardée à suggérer :

— Que dirais-tu de l'appeler Emma Valeria, du nom de nos mères respectives ?

Le visage de Santiago s'était aussitôt fermé.

— Donne-lui le prénom de ta mère, si tu le souhaites. Mais oublie la mienne.

Et il avait quitté la chambre d'enfants. Ses brusques changements d'humeur étaient très déroutants. Mais bon, il était inutile de se torturer l'esprit. Aujourd'hui ils se mariaient. Et pour la première fois depuis qu'elle le connaissait, elle ne s'était pas réveillée seule. Elle se leva avec précaution et se dirigea sans bruit vers les fenêtres pour contempler New York. Dans la rue, des taxis et des piétons matinaux circulaient déjà. Ce soir, peu après la tombée de la nuit, Santiago et elle seraient unis par les liens du mariage, entourés de leurs proches. Letty et Darius étaient rentrés de Grèce avec leur bébé, et Letty la rejoindrait quelques heures avant la cérémonie pour l'aider à se coiffer et à se maquiller.

Deux jours plus tôt, Santiago avait envoyé son pilote chercher les frères de Belle. Ray à Atlanta, où il possédait désormais son entreprise de plomberie, et Joe à Denver, où il suivait une formation de pompier. Belle avait pleuré à leur arrivée. Ils ne s'étaient pas vus depuis deux ans, et ils s'étaient étreints tous les trois en silence pendant un long moment. Ses frères étaient tout excités à l'idée d'avoir une nièce. Ils s'étaient extasiés sur la taille de son ventre et sur celle de la maison.

— Tu vis dans un autre monde, Belle, avait commenté Ray.

Quant à Joe, il lui avait demandé :

— Tu es heureuse, n'est-ce pas, Belle ? Je veux dire... Je sais que cet homme a des jets privés et des grandes propriétés, et tout ça, mais est-ce qu'il t'aime ? Et toi, tu l'aimes ?

Devant son air presque suppliant, elle n'avait pas eu le cœur de lui dire la vérité.

— Bien sûr qu'il m'aime.

À cet instant, une évidence s'était imposée à elle.

— Et je l'aime, avait-elle ajouté, consciente de dire cette fois la vérité.

Deux jours avant son mariage, elle avait été obligée de regarder la réalité en face. Elle était amoureuse de Santiago. Quand elle avait fini par accepter de l'épouser — parce qu'il ne lui avait pas laissé le choix —, elle s'était dit qu'elle parviendrait à se faire une raison, parce que, s'il ne l'aimait pas, ça n'avait rien de personnel. C'était dans son caractère. Il était juste incapable d'éprouver de l'amour. Mais elle se trompait.

« Je suis devenu milliardaire. Pour elle. »

Elle entendait encore la voix rauque avec laquelle il lui avait parlé de la femme dont il était tombé amoureux quand il était adolescent. Santiago était capable d'aimer. Il avait tant aimé cette femme qu'il avait vécu pendant des années avec pour seul objectif de la conquérir. Comme dans les contes de fées qu'elle lisait à ses frères quand ils étaient petits... Mais dans son cas, le conte de fées s'était mal terminé. La princesse l'avait dédaigné parce qu'il n'était qu'un bâtard, rejeté par son père. Debout devant la fenêtre, Belle inspira profondément. À quoi bon se torturer l'esprit ? C'était de l'histoire ancienne. La femme en question avait épousé le frère aîné de Santiago et ils vivaient en Espagne, de l'autre côté de l'océan. Ici, à New York, c'était un autre conte de fées. Santiago était le prince, superbe et distant, et elle la paysanne qui rêvait de le conquérir. Mais comment faire ? Elle se retourna et le contempla. Allongé entièrement nu, le drap enroulé autour de ses jambes, il était splendide. À chaque fois qu'elle contemplait son corps, elle était éblouie. Si seulement elle parvenait à gagner également son cœur... Elle rejoignit la salle de bains et resta un long moment sous la douche en s'efforçant de surmonter l'angoisse qui l'étreignait à l'idée d'épouser un homme qui ne l'aimerait jamais. Était-il encore amoureux de cette femme ? Non. C'était exactement le genre de question qu'il fallait bannir de son esprit. Leur enfant les rapprocherait peut-être, se dit-elle tout en sachant que c'était une illusion. Santiago serait un bon père. Il aimerait leur fille, elle le savait. Mais ce n'était pas pour ça qu'il éprouverait pour elle autre chose que du désir et de l'estime. Il ne l'aimerait jamais comme il avait aimé cette belle Espagnole autrefois… Elle sortit de la douche, s'enveloppa dans un peignoir et regarda l'énorme diamant qui scintillait à son doigt. Cette bague était lourde et encombrante mais aussi très belle. Il l'avait choisie spécialement pour elle. Est-ce que ça ne voulait pas dire quelque chose ?

Lorsqu'elle regagna la chambre, Santiago était parti. Il l'avait prévenue qu'il devait travailler et qu'il rentrerait un peu avant l'heure de la cérémonie. Malgré tout, elle n'avait pas pu s'empêcher d'espérer qu'il changerait d'avis et qu'il resterait avec elle… Une nouvelle bouffée d'angoisse la submergea. N'était-elle pas sur le point de commettre la plus grosse erreur de sa vie ? Mais de toute façon, il était trop tard pour les doutes. *Je l'épouse aujourd'hui.*

Elle prit le petit déjeuner avec ses frères, avant qu'ils quittent la maison pour aller voir la statue de la Liberté et l'Empire State Building, puis le reste de la journée passa avec une lenteur désespérante. À la fin de l'après-midi vint enfin le moment de se préparer. Dans son dressing, elle caressa la robe empire en dentelle crème qu'elle avait achetée dans une friperie de Chinatown et qu'elle aimait beaucoup. Toujours oppressée, elle prit une profonde inspiration. Après avoir appliqué de la lotion à la rose sur sa peau, elle mit les dessous achetés pour l'occasion. Un ensemble soutien-gorge, culotte porte-jarretelles en soie blanche, ainsi que des bas blancs. Letty allait arriver d'un instant à l'autre pour l'aider à se coiffer et à se maquiller. Il fallait qu'elle parvienne à masquer son angoisse sous un masque de jeune mariée au comble du bonheur…

Au bord du malaise, elle s'apprêtait à enfiler sa robe quand la porte s'ouvrit à la volée.

— Santiago ! Que fais-tu ici ? Tu ne sais pas que ça porte malheur de voir la mariée dans sa robe avant…

Elle s'interrompit brusquement.
— Qu'est-ce qui ne va pas ?
— Mon frère...
— Il est ici ?
— Il est mort.
— Quoi ?
— Il est mort il y a deux jours.
— Je suis désolée.
Spontanément, elle laissa tomber sa robe par terre et le prit dans ses bras.
— Que s'est-il passé ?
— Otilio a eu une crise cardiaque alors qu'il était au volant. C'est un miracle que personne d'autre n'ait été blessé.
— Je suis désolée. Même si tu ne l'as jamais rencontré, c'était quand même ton frère, et...
— L'enterrement a lieu demain à Madrid.
— Oh. Tu vas le manquer. Tu...
Elle croisa son regard et elle comprit.
— Tu vas à Madrid.
Il hocha brièvement la tête.
— Je pars tout de suite.
— Mais... Notre mariage...
— J'ai demandé à mon assistante d'appeler tout le monde. Je suis désolé, Belle. Il doit être reporté.
En totale contradiction avec ce qu'elle venait juste de dire, elle murmura :
— Mais tu ne le connaissais même pas...
— Mon père a besoin de moi.
— Il t'a appelé ?
Il crispa la mâchoire.
— Non. C'est la veuve de mon frère qui a appelé. Elle m'a demandé de venir, pour mon père.
— La veuve...
Il fallut quelques secondes à Belle pour prendre conscience des implications de ce mot. Puis elle recula d'un pas, chancelante. La *veuve* de son frère. La seule femme que Santiago avait jamais aimée était libre. Comment était-elle pour qu'il soit tombé amoureux et qu'il ait consacré une partie de sa

vie à tenter de la conquérir ? Superbe, spirituelle, élégante, sexy, sophistiquée ? Comment pourrait-elle rivaliser ? Belle avait l'impression qu'une poigne de fer lui broyait le cœur.

Elle s'efforça de se ressaisir.

— Ça a dû être... bizarre de lui parler après toutes ces années.

— En effet. Elle m'a dit que mon père veut me voir. Il n'a plus personne d'autre. Sa femme est morte depuis des années. Otilio et Nadia n'ont pas eu d'enfant. Je suis le dernier Zoya.

— Tu veux dire que... ?

— Au bout de trente-cinq ans, le Duque de Sangovia souhaite me reconnaître comme son fils.

La poigne de fer se resserra encore sur le cœur de Belle. Sa vie et celle de son bébé venaient juste de changer, parce qu'un homme qu'elle n'avait jamais rencontré avait eu une crise cardiaque en Espagne.

— Je suis désolé d'être obligé de reporter le mariage, ajouta Santiago.

L'était-il réellement ? se demanda-t-elle aussitôt.

— Je viens avec toi.

— Le vol est trop long et l'accouchement trop proche.

— Ça ira. Tu as un jet privé, non ? J'ai vu l'obstétricien hier matin. Tout est normal et il n'y a aucune raison que j'accouche avant terme.

— Tu serais prête à faire un voyage aussi long pour assister aux funérailles d'un homme que tu n'as jamais vu ? À quelques semaines de l'accouchement ? Après que j'ai reporté notre mariage ?

— Bien sûr, répliqua-t-elle la gorge nouée. Je vais être ta femme.

Il crispa la mâchoire.

— D'accord.

Elle déglutit péniblement. Il ne semblait pas particulièrement ravi...

— À moins que tu ne veuilles pas que je t'accompagne.

— Ce n'est pas ça. J'ai peur que le voyage te fatigue.

— Ça ira. Je ne peux pas te laisser affronter ça tout seul.

— C'est une attention délicate. Mais à vrai dire, ça ne me surprend pas de ta part. Tu es si généreuse.

Pourquoi ce compliment ne la réconfortait-il pas ? Pourquoi avait-elle l'impression qu'il sonnait comme une accusation ? Il promena son regard sur ses dessous de soie blanche, mais sans paraître la voir vraiment.

— Change-toi et fais tes bagages. Nous partons dans dix minutes, dit-il en quittant la pièce.

Elle le suivit des yeux, plus angoissée que jamais.

8

Madrid, ville royale.

Alliance fascinante d'histoire et de modernité, depuis la majestueuse Plaza Mayor construite à l'époque des Habsbourg jusqu'à la Gran Vía parfois surnommée le Broadway madrilène, en passant par les innombrables musées regorgeant de chef-d'œuvre de renommée mondiale.

Santiago n'y était pas revenu depuis qu'il l'avait quittée à dix-huit ans dans l'intention de faire fortune aux États-Unis. L'adolescent sans ressources et rejeté était désormais un puissant milliardaire. À quatorze ans, il avait supplié son père de le recevoir. Aujourd'hui, c'était le Duque de Sangovia qui le sollicitait. Ou plutôt c'était Nadia qui l'avait fait de sa part. Ça avait été étrange d'entendre sa voix au téléphone, comme celle d'un fantôme disparu depuis longtemps qui ressuscitait soudain. Il n'avait rien ressenti, pas même de la haine. Peut-être devrait-il la remercier. Après tout, c'était elle qui l'avait incité à devenir l'homme qu'il était aujourd'hui. Puissant. Riche. Sans cœur. Santiago regarda par la vitre de la limousine que le Duque de Sangovia avait envoyée à l'aéroport privé et qui les conduisait, Belle, leurs deux gardes du corps et lui à travers les embouteillages. À l'origine petit village médiéval, Madrid était devenue la capitale du royaume d'Espagne lorsque Philippe II avait décidé d'y installer la cour. Déjà, à l'époque, les Zoya servaient le roi, se battant pour lui tout en bâtissant leur propre empire familial. Chaque génération était devenue plus riche et plus puissante que la précédente. Son demi-frère Otilio était né avec le titre de *marqués*, et aurait dû hériter de celui de duc. Aujourd'hui, aux funérailles d'Otilio, il rencontrerait son père pour la première fois de sa vie. Ce qu'il savait de lui se résumait aux nouvelles publiées dans la presse et aux rares histoires que lui avait racontées sa mère quand il était petit. Et puis il reverrait Nadia, la femme qu'il avait aimée autrefois.

Le ciel était gris, la pluie tombait. Le temps idéal pour des funérailles. Belle était assise à côté de lui sur la banquette, vêtue d'une robe droite noire et d'une longue veste noire. Une tenue élégante mais peu adaptée à une femme enceinte de plus de huit mois et dans laquelle elle semblait mal à l'aise. Pendant le vol, elle était restée silencieuse, le laissant seul avec ses sombres pensées. Elle ne lui avait pas reproché d'avoir reporté leur mariage. Pas une seule fois. Combien de femmes se montreraient aussi compréhensives ? Sans doute même pas une sur un million. Mais Belle était comme ça. Compatissante. Généreuse. Santiago était en proie à un tourbillon d'émotions qui menaçait de le submerger. Pendant la plus grande partie de sa vie il avait étouffé ses sentiments. Aujourd'hui, il n'était pas certain de pouvoir continuer longtemps.

— Oh ! mon Dieu, murmura Belle à côté de lui. Tous ces gens sont là pour l'enterrement de ton frère ?

Perdu dans ses pensées, il n'avait pas vu la foule qui se pressait sur le trottoir aux abords de la cathédrale, derrière un cordon de policiers. Le chauffeur se gara et descendit pour leur ouvrir la portière. Santiago descendit de voiture puis il aida Belle à descendre à son tour. Il l'entraîna vers la cathédrale tandis que le chauffeur tenait un parapluie au-dessus de leurs têtes.

— On dirait que tout Madrid est là, murmura-t-elle. Il était très connu ?

— Ce n'est pas pour lui qu'ils sont là.

— Que veux-tu dire ?

— Il y a quelque chose que je ne t'ai pas dit à propos de sa femme...

Avant que Santiago ait le temps de terminer sa phrase, la lourde porte de la cathédrale s'ouvrit et ils pénétrèrent à l'intérieur. La nef était bondée.

— Il est mort si subitement, entendit-il alors qu'ils tentaient de se frayer un chemin dans l'allée centrale. Mourir si jeune, quelle tragédie…

— Sa pauvre femme…

— Oh ! elle… Il paraît qu'ils étaient séparés depuis des années. Elle se réjouit sans doute de la publicité gratuite que ça représente pour la sortie de son prochain film.

Serrant les dents, Santiago continua d'avancer en tenant fermement Belle par la main. La foule s'écartait maintenant sur leur passage, parcourue par des murmures.

— Le fils caché du duc…

— Un milliardaire américain…

À en juger par les regards qu'il surprenait, cette foule composée d'aristocrates, de membres de familles royales et de politiciens du monde entier l'admirait. Comme il rêvait de l'être autrefois. La mâchoire crispée, il avança encore, Belle juste derrière lui. Il s'immobilisa à la vue du cercueil, recouvert d'un drap sur lequel étaient brodées les armoiries de la famille. Deux personnes étaient installées au premier rang. Un vieil homme en fauteuil roulant. Son père. Beaucoup plus vieux que sur les photos qu'il avait pu voir. L'air revêche et la peau si pâle qu'elle semblait transparente. À côté de lui, une main posée sur son épaule, une femme vêtue d'une robe noire courte et coiffée d'un petit chapeau noir avec une voilette. Nadia. À trente-six ans, elle était grande, mince, blonde, délicate. D'une beauté sublime. Un goût métallique envahit brièvement sa bouche, comme le souvenir furtif d'un poison qui avait failli être fatal. Nadia leva les yeux et son regard violet le transperça.

Elle se pencha pour murmurer à l'oreille de l'homme en fauteuil roulant. Le Duque de Sangovia regarda alors pour la première fois son fils illégitime de trente-cinq ans. L'espace d'une seconde, Santiago retint son souffle. Puis il se remit à respirer normalement. Que lui importait ce que cet homme pensait de lui aujourd'hui ? Derrière lui il entendit un juron étouffé. Stupéfait, il se retourna vers Belle. Jamais elle n'avait juré devant lui…

— C'est elle ton ex ? Nadia *Cruz* ?

— Et alors ?

— Elle est célèbre ! J'ai vu ses films ! C'est une des plus grandes stars de cinéma du monde !

— Je sais, répliqua-t-il avec impatience en avançant jusqu'au bout de l'allée sans la lâcher.

— Santiago ! Dieu merci tu es enfin là ! s'exclama Nadia en espagnol en tendant les deux mains. Dépêche-toi, ça va commencer. Nous t'avons gardé une place...

Elle eut un froncement de sourcils irrité en voyant Belle.

— Qui est-ce ?

— Ma fiancée, répondit-il dans la même langue. Belle Langtry.

Nadia eut un sourire froid.

— Nous n'avons gardé qu'une seule place, dit-elle en anglais. Le premier rang est réservé à la famille. Il faut qu'elle aille derrière.

— Elle reste avec moi, répliqua Santiago.

Au même instant, son père s'avança vers lui dans son fauteuil.

— Tu vas t'asseoir entre Nadia et moi, dit-il d'un ton impérieux sans un regard pour Belle.

Belle dégagea sa main de celle de Santiago.

— Pas de problème. Je vais trouver une autre place, dit-elle avant de disparaître.

Le chœur commença à chanter et Santiago se retrouva assis entre le père par qui il rêvait d'être accepté autrefois, et la femme qu'il avait follement aimée. Il tourna la tête. Belle était assise trois rangs derrière eux. Pâle, les yeux brillants, l'air triste. Était-elle affectée par la mort d'un homme qu'elle n'avait pas connu ? Leurs regards se croisèrent et elle lui adressa un sourire encourageant. Toujours si attentionnée. Si généreuse. L'incitant à lui faire confiance. À l'aimer. L'ensorcelant pour le conduire à sa perte. Il se détourna et regarda devant lui, au comble de la confusion. La cérémonie commença et il resta hébété sur son siège. Il entendit vaguement les paroles des officiants qui faisaient l'un après l'autre l'éloge de son frère. Il n'aurait jamais imaginé se retrouver un jour assis à côté de son père, le duc, à une place d'honneur, à la vue du monde entier. Il surprit une ou deux fois le regard du vieil homme sur lui, humide et dérouté. Après la cérémonie, il fut entraîné avec les autres jusqu'à la limousine, qui avait été aménagée pour recevoir le fauteuil de son père et qui devait les conduire au *palacio* Zoya, pour la réception. Il promena son regard autour de lui.

— Où est Belle ?

— C'est réservé à la famille, objecta Nadia.

Il l'ignora et fit demi-tour. Il trouva Belle dans la cathédrale.

— Viens avec moi.

— Où ? demanda-t-elle, visiblement mal à l'aise.

— Au palais.

Cette fois, pas question de la laisser s'esquiver. La tenant fermement par la main, il l'emmena jusqu'à la limousine et la fit monter à l'arrière, où Nadia et son père étaient déjà installés. Ces derniers regardèrent le ventre de Belle, et détournèrent aussitôt les yeux comme si sa grossesse était un affront personnel. Un silence assourdissant régna dans la limousine pendant le court trajet jusqu'au Palacio de las Palmas, situé au cœur de Madrid. Le palais dont son père l'avait chassé en faisant lâcher les chiens contre lui quand il avait quatorze ans. La limousine franchit la grille, traversa les jardins plantés de palmiers qui donnaient son nom au palais, et s'arrêta devant une imposante demeure de style néoclassique. Alors que Santiago s'apprêtait à descendre, le duc posa une main tremblante sur son épaule.

— Je remercie Dieu que tu sois venu à moi, mon garçon, dit-il en espagnol. Tu es tout ce qui me reste. En vérité, *mi hijo*, tu es le seul à pouvoir sauver cette famille.

Quelle journée interminable, songea Belle avec épuisement en regardant le château vieux de cinq cents ans, perché au sommet d'un mont escarpé. Huit heures de vol. Des funérailles nationales ou presque. Découvrir que l'ex de Santiago n'était autre que *Nadia Cruz*. Une réception dans un palais madrilène. Et enfin une heure et demie de route jusqu'au village de Sangovia, niché au fond de la vallée dominée par ce château, fief ancestral des Zoya. Elle trébucha sur les pavés mouillés par la pluie et Santiago la rattrapa par le bras.

— Ça va ?

Elle se força à sourire.

— Ça va.

Quel mensonge ! Ça ne pouvait pas aller plus mal. Santiago avait reporté leur mariage. Son ex était une star de cinéma aussi belle que célèbre. Et son père l'avait ignorée superbement toute la journée, même quand ils étaient assis à quelques centimètres l'un de l'autre dans la limousine… Au Palacio de las Palmas, elle était restée à l'écart pendant que Santiago, en compagnie de son père et de Nadia, remerciait personnellement tous les présidents, premiers ministres, membres de familles royales et autres personnalités d'être venus rendre un dernier hommage au défunt *marqués*. La réception avait duré des heures et elle ne s'était jamais sentie aussi peu à sa place. Dire qu'elle avait été impressionnée par la maison et les amis de Santiago à New York… Ce n'était rien en comparaison. À la fin de la réception, au lieu de prendre congé de son père et de Nadia comme elle l'avait espéré sans trop y croire, il l'avait informée qu'il restait en Espagne, au château de Sangovia, en compagnie de son père et de Nadia.

— Jusqu'à ce que la succession d'Otilio soit réglée.

— Nous sommes obligés ? avait-elle demandé.

— Toi non. Tu peux repartir pour New York ce soir.

Quand elle avait protesté, il lui avait rappelé qu'elle devait accoucher dans trois semaines. De toute évidence, il avait hâte de se débarrasser d'elle… Plaidant qu'elle était épuisée et qu'elle ne voulait pas reprendre l'avion, elle avait obtenu de rester.

— Juste un jour ou deux, avait-il précisé. Ensuite tu rentres.

Et il ne lui avait pas adressé un seul mot pendant tout le trajet en limousine en compagnie du duc, de la star et des gardes du corps… Ils pénétrèrent dans le château. De loin il paraissait beau mais l'intérieur était sinistre. Avec ses murs de pierre très épais et ses fenêtres étroites, il était sombre et froid. Le duc parla à Santiago en espagnol, puis il s'éloigna dans le couloir. Nadia dit quelques mots dans la même langue, puis elle disparut à son tour. Une petite toux se fit entendre.

Santiago et Belle se retournèrent et virent une femme de chambre en uniforme.

— Je vais vous conduire à vos chambres, dit-elle en anglais.

Ils longèrent un couloir froid et humide, puis ils montèrent un escalier abrupt jusqu'au deuxième étage. La femme de chambre ouvrit une porte sur une chambre au décor suranné, meublée d'antiquités parmi lesquelles un lit à baldaquin. Belle regarda par la fenêtre, qui donnait sur la vallée.

— Très joli, dit-elle poliment.

— Merci, répliqua la femme de chambre. À présent, je vais vous conduire à votre chambre, *señorita*.

— Pardon ? Ma fiancée reste avec moi.

— Je suis désolée, *señor*, mais M. le duc désapprouve que des couples non mariés partagent la même chambre, déclara la femme de chambre d'un air embarrassé.

— Oh ! vraiment ? C'est pour ça qu'il avait l'habitude d'attirer ses domestiques dans les placards ?

— *Señor...* ?

— Oubliez ça. Mais vous pouvez dire à M. le duc que...

— Non, Santiago.

Belle posa la main sur son bras.

— Ce n'est pas grave. Il est chez lui. Il vient de perdre son fils. Je peux dormir dans une autre chambre pendant une nuit ou deux.

Le regard noir, Santiago ouvrit la bouche, puis il se ravisa.

— Très bien. Emmenez-nous à sa chambre.

— C'est que... M. le duc a demandé que vous redescendiez tout de suite au salon, *señor*. Je peux conduire Mlle Langtry en haut.

— En haut ? C'est-à-dire ?

— Eh bien...

— Laisse, Santiago, intervint Belle. Ton père a besoin de toi. Vas-y.

— Tu es sûre ?

— Oui.

— Je viendrai te dire bonne nuit.

— D'accord.

— Par ici, *señorita*.

Belle suivit la femme de chambre jusqu'au bout du couloir. Elles prirent un escalier en colimaçon. Longèrent un autre couloir. Montèrent un autre escalier, très raide. Puis un troisième, encore plus raide. Belle dut s'arrêter deux ou trois fois et s'appuyer au mur pour reprendre son souffle. Elles arrivèrent dans une tour et prirent un escalier en bois. Enfin, la femme de chambre ouvrit une porte au bout d'un couloir et se tourna vers Belle, visiblement gênée.

— Voici votre chambre, *señorita*.

Ils l'avaient reléguée dans un grenier, quatre étages plus haut que la chambre de Santiago...

— La salle de bains, ajouta la femme de chambre en ouvrant une porte.

De la taille d'un petit placard, celle-ci comportait des toilettes, un lavabo sans miroir et une douche minuscule.

— Je suis désolée, *señorita*.

Belle se força à sourire.

— Ça va aller.

Quelques minutes plus tard, un autre domestique apporta le sac de voyage de Belle, essoufflé, le regard noir, comme si c'était à cause d'elle qu'il avait été obligé de monter autant de marches. Belle mit son pyjama, se brossa les dents, et s'allongea sur le lit à une place au sommier défoncé. Étouffant un bâillement, elle lutta pour rester éveillée. Elle attendit. Attendit.

Il ne vint pas.

9

Un verre de whisky à la main, Santiago regarda son père avec incrédulité.

— Pardon ?

— Tu vas rester en Espagne. Comme mon héritier.

Santiago fit quelques pas dans l'immense salon aux murs tapissés de livres reliés, que personne n'avait dû toucher depuis des années. Quand il était descendu, son père lui avait servi un whisky, puis il avait énoncé ses exigences sans préambule.

— Tu m'as ignoré toute ma vie. Pourquoi voudrais-je être ton héritier ? demanda-t-il froidement.

— C'est dans l'ordre des choses.

— Ça ne l'a pas été pendant trente-cinq ans.

— Tout a changé avec la mort d'Otilio. Je vais bientôt mourir à mon tour, Santiago. Tu es le dernier des Zoya. Si tu ne reprends pas le flambeau, il n'y aura jamais d'autre Duque de Sangovia.

— Pourquoi devrais-je me sentir concerné ? Tu as abandonné ma mère. Tu m'as abandonné avant même que je sois né. Que m'importe le duché ? Je suis à la tête de ma propre entreprise. Mon propre empire. Ma vie n'est pas en Espagne.

— Elle pourrait l'être.

— Je suis venu aux funérailles d'Otilio par respect, rien de plus. Et parce que j'étais curieux de rencontrer l'homme qui n'a jamais voulu me reconnaître.

— Et pour voir Nadia ? demanda le duc d'un ton narquois.

Santiago resta sans voix.

— Elle a été une bru exemplaire, reprit son père. Belle,

élégante, célèbre. L'épouse parfaite. À part l'absence d'héritier. Mais il n'est peut-être pas trop tard.

— Que veux-tu dire ?

— Je sais qu'il y a eu quelque chose entre toi et Nadia. C'est peut-être le destin qui s'est manifesté. Elle a peut-être encore une chance de concevoir l'héritier Zoya. Avec toi.

Santiago fixa le vieil homme avec effarement.

— Tu as perdu la tête ? Tu as vu ma fiancée. Notre bébé doit naître dans trois…

— Il faut que tu la laisses tomber, coupa sèchement le duc. Cette petite paysanne ne sera jamais acceptée à Madrid dans le milieu qui est le tien.

— Tu oublies que je n'ai pas grandi dans ce milieu mais dans un orphelinat. Parce que j'ai été rejeté par mon père…

— C'est différent. Tu es quand même mon fils. Tu as du sang Zoya. Tu as bâti tout seul un empire commercial et ta réussite inspire le respect.

Malgré lui, Santiago éprouva une pointe de fierté. Mais il se ressaisit aussitôt.

— Tu voudrais que je l'abandonne comme tu as abandonné ma mère ? lança-t-il d'un ton méprisant.

— *Sí*. Et pour les mêmes raisons. Je ne pouvais pas divorcer de ma femme, la duchesse, pour m'enfuir avec une domestique. J'aurais perdu la fortune qu'elle m'a apportée, et j'aurais déshonoré mon nom.

— Parce que séduire une domestique de dix-huit ans et abandonner ton fils, tu trouves ça honorable ?

— Parfois il faut faire des choix difficiles. Cette Belle n'est rien du tout. Amuse-toi avec elle si tu veux, reconnais son enfant si tu veux, mais ne l'épouse pas. Pour devenir mon héritier, il faut que tu fasses un mariage digne du futur Duque de Sangovia.

— Je me marierai avec qui je voudrai. Toi, Sangovia et Nadia vous pouvez aller au diable.

— N'épouse pas cette Américaine. Tu crois vraiment qu'elle pourrait être heureuse ici, dans ce milieu ? Ce serait cruel pour elle. Et pour l'enfant. Quitte-la.

Santiago ouvrit la bouche pour protester, puis il la referma.

Il était vrai que Belle avait le regard triste depuis leur arrivée à Madrid…

— Excusez-moi, monsieur le duc, c'est l'heure de votre médicament, annonça un infirmier depuis le seuil du salon.

Le duc fit rouler son fauteuil vers la sortie. En passant devant Santiago, il lui agrippa le bras d'une main tremblante.

— Tu as le pouvoir de choisir, *mi hijo*. Laisse tomber la fille. Accepte ton héritage. Deviens le futur duc afin de perpétuer un nom dont le prestige remonte à plusieurs siècles. Le duché, ton empire commercial et une épouse comme Nadia feraient de toi un des hommes les plus puissants du monde. Penses-y.

Santiago resta seul dans le salon avec son verre de whisky. Son père lui offrait ce dont il rêvait autrefois. La légitimité. Mais il avait une autre raison d'être tenté par sa proposition. Depuis quelque mois, il commençait à éprouver des sentiments pour Belle. Elle était devenue beaucoup trop importante pour lui. Il avait besoin d'elle. Et il ne supportait pas de la voir malheureuse. Aujourd'hui il avait décidé de la renvoyer à New York parce qu'il craignait qu'elle accouche loin de chez eux. Mais il avait suffi qu'elle lève vers lui son regard suppliant pour qu'il cède. C'était dangereux. Il ne voulait être dépendant de personne. Il ne voulait éprouver de sentiments pour personne. Ça rendait trop vulnérable. Parce qu'un jour ou l'autre on finissait par être trahi. Il l'avait appris à ses dépens auprès de Nadia.

« Je sais qu'il y a eu quelque chose entre toi et Nadia. C'est peut-être le destin qui s'est manifesté. Elle a peut-être encore une chance de concevoir l'héritier Zoya. Avec toi. »

Il n'en avait pas cru ses oreilles. Cette idée lui répugnait. Nadia était très belle, certes, mais elle avait l'âme d'un serpent. À l'idée de la toucher, il n'éprouvait que du dégoût.

Mais au moins, elle ne représentait plus aucun danger pour son cœur. Contrairement à Belle. À vrai dire, quand il avait appris la mort de son frère, quand il avait pris conscience que l'enterrement était l'excuse idéale pour reporter le mariage, il avait été soulagé. Lui qui n'avait jamais eu peur de rien, il avait peur d'épouser Belle. Parce qu'elle avait trop de pouvoir sur lui. Santiago quitta le salon et monta au deuxième étage.

Arrivé devant la porte de sa chambre, il se rappela la promesse qu'il avait faite à Belle. Il l'imagina dans un lit quelque part à l'étage du dessus. Il avait envie de la voir, de la prendre dans ses bras, de l'embrasser... Il pourrait redescendre et demander à la gouvernante de lui expliquer où se trouvait sa chambre. Il avait tellement envie de sentir son corps contre le sien... Non. Il ne voulait pas être dépendant. Il pouvait se passer d'elle. Il entra dans sa chambre et referma la porte derrière lui. Cette nuit il dormirait seul.

Belle se réveilla seule dans le grenier et se redressa d'un bond. Santiago n'était pas venu lui dire bonne nuit. S'efforçant d'ignorer la souffrance qui l'étreignait, elle se leva, prit tant bien que mal une douche dans la minuscule salle de bains, se maquilla légèrement et mit une robe neuve qui moulait un peu trop son ventre. Elle se rendit à la chambre de Santiago. Personne. Elle descendit au rez-de-chaussée, erra dans les couloirs et finit par trouver une domestique qui parlait anglais et qui lui indiqua le chemin de la salle du petit déjeuner. Elle y trouva Santiago, qui avait visiblement déjà mangé. Il posa son journal et se leva.

— Tu m'as manqué cette nuit.

— Excuse-moi. Je n'ai pas pu monter, répliqua-t-il, le regard fuyant.

Puis il l'embrassa sur la joue comme si elle était une étrangère. Elle prit conscience qu'il était en costume.

— Tu vas quelque part ?

— À Madrid, chez le notaire. Et ensuite au musée pour étudier la possibilité de faire une donation et de créer une aile au nom de mon frère.

— Otilio était un amateur d'art, commenta Nadia qui venait d'arriver dans la pièce dans un claquement de talons aiguilles.

Elle adressa un sourire éclatant à Santiago.

— On y va ?

Oh ! non ! Belle regarda Santiago.

— Je viens avec vous.

— Ce n'est pas nécessaire.

— Mais j'en ai envie.

— Tu vas t'ennuyer.

— S'il te plaît, insista-t-elle en tendant la main.

À son grand soulagement, il la prit.

— Comme tu veux...

— Ce n'est vraiment pas nécessaire, mademoiselle Langtry, intervint Nadia, visiblement très contrariée.

Belle se félicita intérieurement. Cette femme avait peut-être le pouvoir de l'exiler dans le grenier, mais, si elle s'imaginait qu'elle allait renoncer à Santiago sans se battre, elle se faisait des illusions.

Un peu plus tard, alors que le duc et Santiago discutaient avec le notaire dans son bureau, les deux femmes étaient assises dans la salle d'attente. Mal à l'aise, Belle s'efforçait de masquer sa nervosité en lisant un magazine. En espagnol. Et à l'envers.

— Comme c'est charmant, dit soudain Nadia d'une voix suave.

Réprimant un soupir, Belle retourna le magazine. Mais ce n'était pas celui-ci que regardait Nadia. L'actrice tendit la main et effleura le diamant qui scintillait au doigt de Belle.

— Oh ! la bague ?

Belle sourit.

— Je l'adore. Et sa demande en mariage était très romantique.

D'accord, elle prenait des libertés avec la vérité mais le sourire suffisant de cette femme était insupportable !

Nadia eut un sourire mielleux.

— Je sais que le recyclage est très tendance, mais là c'est tout de même un peu exagéré. Vous ne trouvez pas ?

— Que voulez-vous dire ?

— Oh ! vous ne saviez pas ?

Le sourire de Nadia s'élargit.

— C'est avec cette bague que Santiago m'a demandée en mariage autrefois.

Belle eut l'impression que son cœur volait en éclats.

— Non, vous vous trompez. Il l'a choisie pour moi.

— Oh ! il ne vous a rien dit ? Quel petit cachotier... Il a

voulu me l'offrir il y a cinq ans. Malheureusement, j'étais déjà fiancée. Mais je reconnais mes diamants.

Belle eut un haussement d'épaules qui se voulait désinvolte.

— Même si c'est la même bague, nous n'avons pas la même histoire. Je n'ai jamais trahi Santiago.

— Vous êtes juste tombée enceinte.

— Et vous, vous lui aviez laissé un espoir pendant des années pour finalement épouser son frère.

Nadia eut un sourire triomphant.

— Aujourd'hui, je suis libre.

— Vous pensez que vous pouvez me le prendre ?

— Vous êtes moins stupide que vous en avez l'air, finalement.

— Vous ne méritez pas d'être la femme de Santiago.

— Je le mérite plus que vous.

— Je l'aime.

— Ça, je le crois aisément.

Les célèbres yeux violets plongèrent dans ceux de Belle.

— Mais lui, vous aime-t-il ?

À son grand dam, Belle sentit ses joues s'enflammer. Tout le problème était là… Il l'avait prévenue qu'il ne l'aimerait jamais, mais elle n'avait pas pu s'empêcher d'espérer qu'il change.

— Il m'a demandée en mariage…

— Il m'a demandée en mariage la première. Avec cette bague. Vous ne trouvez pas curieux qu'il l'ait gardée toutes ces années ?

Nadia se pencha en avant.

— La bague était pour moi. Son amour était pour moi. Et il me les redonnera bientôt l'une et l'autre.

Le cœur de Belle battait si fort qu'elle n'arrivait plus à respirer.

— Vous… vous trompez…

— Je suis l'égale de Santiago. Son âme sœur. Ce que vous n'avez jamais été et ne serez jamais.

— Vous avez renoncé à lui.

— J'ai été obligée de faire un choix difficile pour obtenir ce que je voulais. Santiago comprend ce genre de chose. Il m'aime depuis l'adolescence. Nous sommes faits l'un pour l'autre.

Nadia promena sur Belle un regard méprisant.

— Vous croyez vraiment qu'il vous choisira maintenant que je suis libre ?

Le cœur de Belle se serra. Non... Et c'était ça le plus douloureux...

— Vous avez deux possibilités, poursuivit Nadia d'un ton doucereux. Soit vous renoncez à lui avec dignité. Soit vous assistez à votre défaite sans rien pouvoir faire pour l'empêcher. Si vous l'aimez vraiment, quittez-le en lui laissant une bonne image de vous.

Désespérée, Belle sentit sa fille donner des coups de pied. Elle posa les mains sur son ventre.

— C'est le père de mon enfant.

— Quand nous serons mariés, je lui donnerai un autre bébé. Il oubliera le vôtre.

Nadia sourit.

— Santiago est un homme d'honneur. Il assumera toujours ses responsabilités envers vous et votre enfant. Vous ne manquerez jamais de rien. Vous n'aurez plus jamais besoin de travailler. Estimez-vous heureuse. Quittez l'Espagne. Allez chercher ailleurs l'amour que Santiago ne vous donnera jamais.

Belle avait l'impression que son cœur ne battrait plus jamais normalement.

Alors que la porte du bureau s'ouvrait et que les hommes en sortaient, Nadia murmura :

— Plus vite vous renoncerez, mieux ce sera pour tout le monde. Surtout pour vous.

Puis elle se leva avec un sourire éclatant à l'adresse du duc et de Santiago.

— Vous avez enfin terminé, messieurs ? Parce qu'on nous attend au musée. Ce que vous pouvez être bavards, vous les hommes, plaisanta-t-elle.

Belle se leva comme un automate. Personne ne lui prêtait attention. Dans la limousine elle resta silencieuse à côté de Santiago. Il lui lança un regard curieux, mais elle détourna les yeux. « Il m'aime depuis l'adolescence. Nous sommes faits l'un pour l'autre. » Elle déglutit péniblement en regardant sans les voir les rues de Madrid inondées de soleil. Elle ne connaissait Santiago que depuis un an. Il ne l'avait jamais aimée. Et ils n'avaient rien en commun. Elle, petite campagnarde du Texas. Lui, descendant d'une lignée d'aristocrates remontant au Moyen Âge.

« Santiago est un homme d'honneur. » C'était vrai. Il était déterminé à donner à leur fille une enfance plus heureuse que la sienne. Il ne renierait pas ses engagements.

Mais comment accepter qu'il tienne parole et qu'il l'épouse s'ils devaient tous les deux se retrouver piégés dans un mariage sans amour ?

10

Santiago jeta un coup d'œil à Belle. Elle était étrangement calme, depuis qu'ils avaient quitté le bureau du notaire. Et elle fuyait son regard…

Un cahot secoua la limousine et la chaussure de Santiago heurta un escarpin. Il leva les yeux vers Nadia, assise en face de lui. Elle battit des cils et lui adressa un sourire charmeur. De toute évidence, son père n'était pas le seul à croire qu'il avait du pouvoir sur lui. C'était incroyable… Nadia n'avait-elle donc pas compris qu'il n'éprouvait que du mépris pour elle ? Son père et elle croyaient-ils vraiment pouvoir l'acheter en lui faisant miroiter un duché ? Il jeta un nouveau coup d'œil à Belle, qui continuait de regarder par la vitre. Il s'autorisa à la contempler plus longuement et une émotion étrange gonfla son cœur. C'était une femme exceptionnelle. Sa loyauté, sa générosité, son honnêteté forçaient l'admiration. Il ne pouvait plus se passer d'elle ? Quoi de plus compréhensible ? Et pourquoi considérer ça comme un problème ? Tout à coup il n'avait plus peur. Il voulait qu'elle l'aime. Il voulait l'aimer en retour. Non. Il était ridicule. Belle ne pouvait pas être aussi loyale, généreuse et honnête qu'il le pensait. S'il baissait sa garde, il le regretterait.

Le directeur du musée les reçut dans son bureau, où on leur proposa du champagne ou du café. Pendant toute la discussion, Belle resta à l'écart, pâle, l'air perdu. Nul doute que, si elle devenait duchesse en Espagne, elle serait très malheureuse. Elle qui n'appréciait pas la haute société new-yorkaise ! Être obligée de se plier aux règles de l'aristocratie européenne, de supporter le snobisme et l'hypocrisie d'une grande partie de ses membres… Non. Elle ne supporterait pas.

Belle monta péniblement l'escalier de la tour, ouvrit la porte de sa chambre et se laissa tomber sur le lit. Jamais elle n'avait vécu une journée aussi épuisante et démoralisante à la fois. Pendant que Santiago, Nadia et le duc buvaient un verre dans le salon, elle allait se reposer un peu… Lorsqu'elle se réveilla, la pénombre avait envahi la pièce et le visage de Santiago était penché sur elle. Crispé par la colère.

— C'est ça ta chambre ? Ce réduit ?

— Que fais-tu ici ? Que se passe-t-il ?

— Je suis venu te chercher pour dîner. Nadia n'envoie jamais personne te prévenir, n'est-ce pas ?

— Non. Elle te veut pour elle.

— Tu sais ?

— Bien sûr. Mais elle ne t'aura pas.

Soudain pleine de courage, Belle posa la main sur la joue de Santiago et plongea son regard dans le sien.

— Parce que je t'aime, Santiago…

Puis elle se mit à trembler, terrifiée. Que lui avait-il pris ? Pour masquer sa peur et sa confusion, elle se redressa et l'embrassa sur la bouche. C'était la première fois qu'elle prenait l'initiative. Et dans la minuscule chambre, un miracle se produisit. Santiago répondit à son baiser avec une ferveur égale à la sienne, se cramponnant à ses épaules comme s'il était en train de se noyer. Mais soudain il s'arracha à sa bouche, le regard froid.

— Je ne t'ai jamais demandé ton amour, Belle. Je n'en ai jamais voulu.

Elle eut l'impression de recevoir un coup de poignard dans le cœur. Il l'avait pourtant prévenue depuis le début…

— Je sais que tu ne veux pas, mais…

— Nous en discuterons plus tard, coupa-t-il en la prenant par la main pour l'aider à se lever. Il faut descendre. Ils nous attendent pour dîner.

Ils descendirent tous les escaliers sans un mot. Dans

l'immense salle à manger aux murs tapissés de tableaux qui semblaient dater de plusieurs siècles, le duc et Nadia étaient assis à une table pouvant accueillir au moins trente personnes. Nadia lança un regard moqueur à Belle.

— Nous avons failli attendre… Pourtant vous n'avez pas l'air d'être le genre de fille à arriver en retard.

— Arrête ton petit jeu, intima sèchement Santiago.

— Je ne vois pas ce que tu veux dire.

— Bien sûr que si. Tu fais tout pour l'humilier. À commencer par la reléguer dans la tour.

Santiago se tourna vers Belle et sa voix devint douce.

— Assieds-toi à côté de moi.

Le cœur lourd, Belle mangea sans appétit en buvant de l'eau pendant que les autres discutaient en espagnol en dégustant du vin. Dès qu'elle eut fini de dîner, elle se leva, impatiente de s'échapper. Santiago l'arrêta d'un regard.

— Il faut que nous parlions.

L'estomac noué, elle le suivit dans le jardin hispano-mauresque derrière la cour du château. Quelques points de lumière brillaient dans l'obscurité parmi les palmiers. Des fontaines murmuraient dans le silence de la nuit. Santiago croisa les bras.

— Retire ce que tu m'as dit tout à l'heure.

— Je ne peux pas.

— Je te renvoie à New York.

— Tu restes ?

— Oui.

Elle étouffa un petit rire noyé de larmes.

— Bien sûr. Tu n'as jamais vraiment eu envie de m'épouser. Tu voulais juste assumer tes responsabilités envers notre bébé.

— C'est toujours le cas. Mais je t'avais prévenue dès le début que l'amour ne ferait jamais partie du programme. Je suis désolé.

Elle tenta de sourire. Elle en fut incapable. Il fallait en finir au plus vite, décida-t-elle. Sinon elle risquait de le supplier de la garder… Elle enleva la bague de fiançailles et la lui tendit.

— Tiens.

Il resta immobile. Pourquoi ne la prenait-il pas ? À quoi

jouait-il ? Elle la glissa dans la poche de sa veste en prenant soin de ne pas le toucher. De nouveau elle essaya de sourire. De nouveau elle échoua.

— Elle n'a jamais été à moi, de toute façon. Tu l'as achetée pour elle.

Santiago tressaillit.

— Elle te l'a dit ?

— Chez le notaire.

Elle laissa échapper un petit rire amer.

— Toujours pleine d'attentions avec moi... Mais vous vous connaissez depuis toujours. Je comprends pourquoi tu l'aimes.

— Pardon ? Ne dis pas de bêtises. C'est la veuve de mon frère. Il vient à peine d'être enterré.

— Et maintenant elle est libre. La seule femme que tu as jamais aimée. Vous deviendrez duc et duchesse. Et vous vivrez dans un château.

Il posa la main sur sa joue.

— Arrête de dire des bêtises. Mais il vaut mieux en rester là. C'est mieux pour toi, Belle. Je ne peux pas te donner l'amour que tu mérites. Sans moi tu auras une chance de trouver le bonheur.

— Et notre bébé ? demanda-t-elle, la mort dans l'âme.

— Nous allons nous organiser pour partager la garde, comme tu l'avais suggéré au départ. Ni toi ni notre fille ne manquerez jamais de rien. Tu n'auras pas besoin de travailler. Et je vous achèterai une maison à New York. Celle que tu choisiras.

La gorge nouée, elle baissa les yeux sur sa main nue. Quand elle serait partie, il verrait tous ses rêves d'enfant devenir réalité. Il deviendrait un Zoya. Il aurait son père. Son rang d'héritier. La femme qu'il aimait. Elle devait l'accepter. Lui rendre sa liberté et reprendre la sienne. Elle inspira profondément.

— Je partirai demain.

— Ce soir serait mieux. Je vais appeler mon pilote pour qu'il prépare le jet.

Au prix d'un effort surhumain, elle parvint à contenir ses larmes.

— Tu es si pressé de te débarrasser de moi ?

— Quand la décision est prise, il vaut mieux en finir au plus vite. Tu mérites mieux que moi. Un homme qui t'aimera.

C'était une rupture de fiançailles entre gens civilisés. Ils garderaient de bonnes relations pour élever leur bébé et ils diraient à leurs amis que la décision avait été prise « d'un commun accord ». Oui, tout cela était très digne...

— Très bien. Je vais faire mes bagages, dit-elle avec le sentiment d'avoir pris cinquante ans en cinq minutes.

Mais, au moment où elle se retourna, il lui saisit le poignet.

— À moins que...

— À moins que... ?

— Dis-moi que tu m'as menti. Si tu m'assures que tu ne m'aimes pas, si tu ne me demandes pas ce que je ne peux pas te donner, nous pouvons nous marier comme prévu.

Il était toujours prêt à l'épouser ? Elle sentit son cœur se gonfler d'un espoir fou. Puis il se serra de nouveau. Non. C'était lui qui avait raison. Elle méritait d'être aimée. Pourquoi renoncerait-elle à son rêve ?

— Non.

— Non ?

Elle releva le menton.

— Je ne suis pas une star de cinéma, je n'ai pas de titre ni de fortune, mais j'ai des rêves moi aussi. Et je ne veux pas y renoncer. Je veux être aimée. Et un jour je le serai.

Elle eut un petit sourire triste.

— J'aurais juste préféré que ce soit par toi.

— Belle...

Le visage inondé de larmes, elle posa la main sur sa joue.

— Je t'aimerai toujours, Santiago. Dire que nous aurions pu être heureux ensemble...

Se hissant sur la pointe des pieds, elle déposa un baiser sur ses lèvres. Puis elle pivota sur elle-même et courut vers le château, aveuglée par ses larmes. Elle monta dans sa chambre en haut de la tour et jeta quelques affaires dans son sac. Lorsqu'elle redescendit, une limousine l'attendait dans la cour.

— Je vais prendre votre sac, mademoiselle, dit le chauffeur.

Elle monta sur la banquette arrière et se retourna pour regarder une dernière fois le château. La silhouette de Santiago se découpait sur la fenêtre éclairée de la bibliothèque. Était-ce elle qu'il regardait ? Avait-il des regrets ?

11

Debout devant la fenêtre de la bibliothèque, Santiago regarda la limousine disparaître dans la nuit. Laisser partir Belle était la chose la plus difficile qu'il avait jamais faite dans sa vie. Plus tard dans la nuit, il chercha en vain le sommeil, hanté par l'image de Belle dans son jet, seule au-dessus de l'Atlantique. Et si l'avion s'abîmait en mer ? Et si l'accouchement se déclenchait à bord ? Pourquoi n'avait-il pas demandé à un médecin de l'accompagner ? Parce que la voir partir était si douloureux qu'il avait eu hâte de mettre fin à ce supplice…

Il finit par se lever à l'aube, épuisé et rongé par l'angoisse. C'était le milieu de la nuit à New York, mais tant pis. Il téléphona au pilote, qui l'informa poliment qu'ils étaient arrivés sains et saufs à New York et que Mlle Langtry était attendue à l'aéroport par son chauffeur et son garde du corps.

— Il y a un problème ? demanda le pilote.

— Non, pas de problème.

Santiago raccrocha et descendit au rez-de-chaussée, où il prit son petit déjeuner en lisant le journal sans un mot, comme son père et Nadia. Le reste de la journée se déroula dans une sorte de brouillard, essentiellement au téléphone pour régler les affaires de son père ou les siennes, dont le rachat d'une société japonaise. Il n'appela pas Belle. Il s'efforça de ne pas penser à elle et de rester concentré sur son travail. Au dîner, son père et sa belle-sœur se répandirent en commentaires méprisants à propos de Belle. Santiago resta silencieux, les yeux fixés sur son verre de vin rouge. Suivit une diatribe de son père contre un « paysan cupide » qui refusait de lui vendre sa société et dont il envisageait de provoquer la faillite pour lui donner une leçon.

— Bonne idée, approuva Nadia.

Santiago resta silencieux, les yeux fixés sur son assiette en porcelaine bordée d'or vingt-quatre carats. Dire qu'il avait décidé de ne pas penser à Belle... Elle ne quittait pas son esprit un seul instant ! Belle avait mis de la joie dans sa vie morne et froide d'homme d'affaires milliardaire. Elle avait tenté d'être son soleil, sa lumière, sa chaleur. Elle lui avait offert son amour et il l'avait renvoyée.

— Tu es bien calme, *mi hijo*.

— Je n'ai pas très faim, excusez-moi.

Il se leva et quitta la pièce. Dans le couloir il s'adossa au mur lambrissé de chêne et inspira profondément. Demain son père devait annoncer lors d'une conférence de presse qu'il allait le reconnaître, lui donner son nom et lui transmettre la propriété de ses sociétés pour qu'il les intègre à son groupe. Il entreprendrait également les démarches pour le faire reconnaître comme héritier de son duché. Il était sur le point d'obtenir tout ce dont il avait toujours rêvé. Et il ne s'était jamais senti aussi frustré... Il ferma les yeux et crut sentir des effluves du parfum fruité de Belle. Il prit son téléphone et composa le numéro de la cuisine de sa maison de New York.

— Résidence Velázquez.

— Bonjour, madame Green. Je me demandais juste si ma femme...

Belle n'était pas sa femme, se rappela-t-il soudain avec un pincement au cœur. Elle n'était même plus sa fiancée... Il s'éclaircit la voix.

— Ne dérangez pas Belle, s'il vous plaît. Je voulais juste savoir si elle s'était remise de la fatigue du voyage.

Il y eut un long silence.

— Monsieur Velázquez, vous n'êtes pas au courant ?

— De quoi ?

— Mlle Langtry est à l'hôpital... Le travail a commencé.

Il crut que son cœur cessait de battre.

— Mais c'est trop tôt...

— Les médecins sont inquiets. Elle ne vous a pas appelé ?

Non, bien sûr que non. Pourquoi l'aurait-elle appelé après tout ce qu'il lui avait dit ?

— Merci, madame Green.

Il fut pris de vertige et s'appuya contre le mur.

— Quelque chose ne va pas ?

La voix de Nadia le hérissa.

— Mauvaises nouvelles ? ajouta-t-elle en regardant son téléphone, qu'il serrait dans sa main.

— Belle est à l'hôpital.

— Accident ?

— L'accouchement s'est déclenché plus tôt que prévu.

Elle haussa les épaules.

— Peut-être que ça va mal se passer. Sinon, tu es piégé pour les dix-huit prochaines années. Avec un peu de chances, elles vont toutes les deux y rester et… Arrête ! Tu me fais mal !

Santiago tressaillit. Il regarda sa main crispée sur l'épaule de Nadia, ses doigts enfoncés dans sa peau. Il la lâcha comme s'il venait de se brûler.

— Tu es venimeuse.

— Toi aussi. C'est pour ça que nous sommes faits l'un pour l'autre.

— Mon frère vient d'être enterré.

— C'est toi que je voulais.

— Tu as eu une drôle de façon de le prouver.

— Que veux-tu, je ne pouvais pas deviner que tu deviendrais aussi riche.

Nadia inclina la tête, battant des cils.

— Et puis je voulais devenir duchesse.

— Tu me dégoûtes.

— Alors pourquoi as-tu renvoyé cette fille ? Attends… Oh ! non. *Tu l'aimes*.

Elle eut un sourire moqueur.

— D'un amour tendre et sincère.

— Pas du tout.

— Si. Et ce bébé aussi. Tu as eu envie de me tuer à l'instant, à cause de ce que j'ai dit. Tu les aimes toutes les deux.

Santiago fixa Nadia, abasourdi. C'était ridicule. Il n'aimait pas Belle. Il l'avait laissée partir parce que c'était mieux pour elle. Et parce que sa famille avait besoin de lui en Espagne...

Non, finit-il par reconnaître. S'il avait renvoyé Belle, c'était parce qu'elle représentait une tentation redoutable. Lui qui s'était juré de ne plus jamais aimer personne pour ne plus jamais souffrir, il éprouvait depuis quelques mois des sentiments de plus en plus profonds pour Belle. Il avait beau refuser de l'admettre, il avait beau lutter, il tenait tellement à Belle que pour lui son bonheur passait avant tout le reste. Sa famille n'était pas ici, en Espagne.

Sa famille, c'était Belle. Belle et le bébé.

Santiago vacilla sur ses jambes sous le regard incrédule de Nadia.

— Alors c'est vrai...

Des étincelles de rage jaillirent de ses yeux violets.

— Tu me préférerais cette moins-que-rien ?

Santiago ne l'entendait pas. Il ne pensait qu'à Belle. À sa générosité, sa compassion, sa gaieté. À ses grands yeux noisette noyés de larmes et à ses lèvres tremblantes.

« Je t'aimerai toujours, Santiago. Dire que nous aurions pu être heureux ensemble... »

Ce qu'elle lui avait offert, c'était l'amour avec un grand A. Sincère. Loyal. Inconditionnel. C'était la complicité, la solidarité, la confiance absolue. La joie de partager les petits et les grands plaisirs. La force de partager les malheurs et de se soutenir mutuellement. Le bonheur de fonder une famille, de voir grandir ses enfants. La certitude qu'on était prêt à s'engager pour la vie. Oui, sa vraie famille, c'était Belle.

Et en ce moment même elle était à New York. En train d'accoucher. Seule.

Il tâta sa poche intérieure. Il avait son passeport.

— Il faut que j'y aille.

— Mais... Où ça ? s'exclama Nadia. Et la conférence de presse de ton père, demain ?

— Dis-lui d'oublier.

— Tu nous quittes ?

Il regarda Nadia une dernière fois.

— Je suis désolé. Je ne tiens pas réellement à toi ni à lui.

Sois honnête. Vous ne tenez pas à moi vous non plus. Vous m'avez ignoré jusqu'au moment où vous avez eu besoin de moi.

— Mais tu es censé devenir l'héritier... Tu es censé faire de moi une duchesse...

Il secoua la tête.

— Dis à mon père que, s'il veut un héritier, il n'a qu'à t'épouser lui-même.

Sur ces mots, Santiago quitta le château de Sangovia. Il en avait terminé avec ses rêves d'enfant. Il n'avait plus qu'un seul rêve. Un rêve d'adulte. Ancré dans la réalité. Et pour protéger ce rêve il était prêt à tout risquer. Y compris son cœur. Y compris son âme.

— Encore un peu, plaida Letty.

Belle haletait, les yeux brouillés de larmes de douleur. La contraction s'arrêta. Voulant faire preuve de courage, elle avait refusé la péridurale. Un choix qu'elle regrettait amèrement. Les contractions duraient depuis des heures, mais le moment de la délivrance n'était pas encore arrivé. Après avoir semblé pressée d'arriver, sa fille prenait maintenant tout son temps.

Letty lui tendit un bol de glace pilée. Elle suça un morceau avec délectation.

— Merci d'être là. J'espère juste que je ne t'ai pas brisé la main.

— Ça va...

Letty plissa les yeux.

— Ce n'est rien par rapport à la douleur que je vais ressentir après avoir giflé Santiago la prochaine fois que je le verrai. Après la façon dont il t'a traitée... Quel minable !

— Ne parle pas de lui comme ça. Il a fait... de son mieux...

Belle inspira profondément tandis qu'une nouvelle contraction commençait.

— Il ne pouvait... pas...

Un bruit dans le couloir attira l'attention des deux amies.

— Qu'est-ce que... ?

L'infirmière présente dans la salle sortit en fermant la porte derrière elle. Mais le bruit s'intensifia.

— Va… voir…, demanda Belle.

— Pas question que je te laisse.

— Si… Ça me… distrait… de…

Letty hocha la tête à contrecœur et sortit dans le couloir. Des hurlements retentirent. Belle en oublia un instant la douleur. La troisième guerre mondiale venait d'éclater dans le couloir ? Les hurlements s'interrompirent et la porte s'ouvrit à la volée. Santiago ?

Elle rêvait ? Elle était morte ?

Une vive douleur la transperça et elle tendit la main. Il la rejoignit en deux enjambées et referma la sienne dessus. La douleur était de plus en plus forte, mais avec Santiago à son côté elle se sentait plus forte, plus courageuse. Et puis elle pouvait serrer sa main aussi fort qu'elle le voulait, elle ne risquait pas de lui faire mal. Elle n'avait pas besoin de se modérer… Elle étreignit sa main en criant.

Lorsque la contraction fut terminée, Santiago avait les larmes aux yeux.

— Je t'ai fait mal à la main ? s'exclama-t-elle, inquiète.

— Mal à la… ?

Il baissa les yeux sur sa main d'un air interloqué.

— Non…

— Alors pourquoi… ?

— Je te demande pardon, dit-il d'une voix étranglée.

À sa grande stupéfaction, il tomba à genoux à côté du lit. Le regard qu'il plongea dans le sien la bouleversa.

— J'ai été lâche, murmura-t-il. J'avais peur de reconnaître ce que je ressentais. Je croyais pouvoir me passer de toi et passer ma vie dans un cocon d'insensibilité. Je ne peux pas. Et je ne veux pas.

— Que dis-tu ?

— Tu es tout ce que je croyais ne pas mériter. J'ai besoin de toi, Belle.

Il prit une profonde inspiration.

— Je t'aime.

Elle resta bouche bée.

— Je croyais que tu n'aimais que Nadia…

— Nadia ? Juste une femme trophée que je convoitais quand j'étais jeune. Toi, tu n'as rien à voir avec ce genre de femme.

Elle se mordit la lèvre, le cœur serré.

— En effet…

— Tu es bien plus précieuse. Tu es ma partenaire. Mon âme sœur. Mon amour. Et, si tu veux toujours de moi, ma femme.

Elle ouvrit de grands yeux.

— Ta…

Une nouvelle contraction lui arracha un cri étranglé et elle chercha désespérément sa main. Il se redressa aussitôt, la prit dans la sienne et la tint contre son cœur.

Il la tint pendant une éternité, lui parlant en espagnol et en anglais, l'apaisant avec sa voix profonde, lui donnant la force d'endurer la douleur. Quand la contraction s'apaisa, l'infirmière regarda sous la couverture.

— Je vais chercher le médecin.

Belle et Santiago restèrent seuls.

— Merci, murmura-t-elle. D'être là. Pour notre bébé.

L'anxiété se peignit sur le visage de Santiago.

— Juste pour le bébé ? Il est trop tard, c'est ça ? Je t'ai trop fait souffrir pour pouvoir espérer ton pardon ?

— Tu m'aimes vraiment ? demanda-t-elle d'une voix tremblante.

Le regard de Santiago s'éclaira.

— De tout mon cœur. De toute mon âme. Je t'aime.

Se penchant sur elle, il embrassa son front trempé de sueur.

— Aime-moi, murmura-t-il. Pardonne-moi. Épouse-moi.

Était-elle en train de rêver ? Mais après tout, quelle importance ?

— Oui.

La joie éclata sur le visage de Santiago.

— Tu veux bien m'épouser ?

Elle hocha la tête. Il se précipita vers la porte et appela deux personnes. Un homme en costume noir, suivi par Letty qui portait un sac de la boutique de cadeaux de l'hôpital.

— Je te présente John Alvarez, le pasteur de l'hôpital. Il va nous marier.

Elle ouvrit de grands yeux.

— Maintenant ?

— Pourquoi ? Tu es prise ? plaisanta-t-il.

Elle pouffa, puis redevint sérieuse.

— Mais... Tu ne voulais pas un grand mariage ?

— Nous avons déjà le certificat de publication des bans. Je ne veux pas vivre un instant de plus sans t'avoir pour femme. Je t'aime, Belle.

— Je t'aime aussi, murmura-t-elle, les yeux noyés de larmes.

Elle l'attira vers elle et l'embrassa en riant. Puis elle laissa échapper un gémissement à l'approche d'une nouvelle contraction.

— Mais il vaudrait mieux se dépêcher.

Aussitôt, deux anneaux dorés provenant de la boutique de cadeaux furent glissés à leurs doigts et ils furent déclarés mari et femme. Juste à temps.

— Tous les gens qui ne sont pas de la famille, dehors ! lança l'infirmière en chassant le pasteur et Letty dans le couloir.

Au même instant, le médecin arriva.

— Très bien, Belle, dit-il en souriant. Vous êtes prête à pousser ?

Quarante-cinq minutes plus tard, leur fille, nommée Emma Jamie Velázquez, en l'honneur de sa grand-mère et de son grand-père, venait au monde. Quelques instants après, à la vue de son mari — son mari ! — qui tenait tendrement leur fille dans ses bras, Belle fut envahie par un bonheur indicible.

— Voici quelqu'un qui veut te dire bonjour, dit-il en lui mettant délicatement leur fille, un beau bébé de trois kilos six, dans les bras.

Elle l'enveloppa d'un regard ébloui, et des larmes inondèrent ses joues. Elle qui avait longtemps cru qu'elle ne pourrait jamais avoir d'enfant... C'était un miracle.

— Comme elle est belle.

— Comme sa mère.

Santiago se pencha sur elle et l'embrassa sur le front.

— Je vous aime, madame Velázquez.

En entendant son nouveau nom pour la première fois, elle fut assaillie par une bouffée de joie.

Letty passa la tête par la porte, puis elle entra dans la chambre et admira le bébé avant de se tourner vers Santiago.

— Euh... Tu me pardonnes pour la gifle ? J'ai des remords, maintenant.

— Je l'ai méritée, répliqua-t-il en se frottant la joue. Merci pour les alliances.

Letty eut un sourire malicieux.

— Le choix a été facile. C'était soit celles-ci, soit des anneaux en sucre. Mais au fait, les tourtereaux, le pasteur a été obligé d'écourter la cérémonie ! Il a omis : « Vous pouvez embrasser la mariée. »

Santiago enveloppa Belle d'un regard étincelant.

— Le couronnement d'une journée parfaite.

Elle sourit à travers ses larmes.

— Et toi qui disais que tu ne te marierais jamais ! plaisanta Darius Kyrillos.

— Ça c'est vrai, tu nous l'as assez répété ! renchérit Kassius Black.

Santiago sourit à ses deux amis.

— Depuis quand changer d'avis est-il interdit ?

Les trois hommes dégustaient des grillades, installés sur un canapé dans un coin de la salle de bal de la maison de l'Upper East Side.

Officiellement, la soirée était organisée pour célébrer le baptême d'Emma, âgée de six semaines. Officieusement, c'était également la réception du mariage de Belle et de Santiago. Une foule joyeuse était rassemblée. Amis, parents — dont les frères de Belle —, voisins, employés et famille des employés. Barbecue, épis de maïs et glaces maison constituaient le menu, le tout arrosé de bière ou de champagne. On était au mois de novembre, Thanksgiving n'était pas loin, mais Belle avait décrété avec un grand sourire qu'elle voulait une soirée « comme à la maison ». Il y avait donc un groupe de bluegrass. Les mines perplexes des quelques dignitaires étrangers invités avaient rapidement laissé place à des sourires ravis et beaucoup dansaient. Des enfants couraient partout, la pagaille était joyeuse et les conversations pleines d'entrain.

Le seul absent côté famille était le Duc de Sangovia, qui venait d'épouser son ex-belle-fille, la star de cinéma. Des gens qui ne reculaient devant rien pour obtenir ce qu'ils convoitaient. À l'idée qu'il avait failli choisir de faire partie de leur univers, Santiago avait des frissons rétrospectifs.

Assis avec ses deux amis, il contempla sa fille, qui s'était endormie dans ses bras. Au bout de six semaines, il commençait à se sentir pro en tant que père. Un sentiment exaltant. Kassius et Darius, qui étaient venus en compagnie de leurs femmes et de leurs enfants respectifs, regardèrent eux aussi le beau bébé joufflu.

— Les bébés sont adorables, déclara Kassius.

— Surtout quand ils dorment, précisa Darius.

— C'est ce que je voulais dire.

— Aux bébés endormis...

Santiago leva son mug de bière.

— ... Et aux épouses resplendissantes.

Ils trinquèrent tous les trois avec précaution pour ne pas réveiller Emma.

Santiago vit Belle de l'autre côté de la salle et comme toujours il eut le souffle coupé. Elle était magnifique avec ses cheveux bruns qui ruisselaient sur ses épaules. Et terriblement sexy dans cette robe rouge qui mettait en valeur ses courbes féminines... Leurs regards se croisèrent à travers la foule et il fut électrisé.

Demain ils partaient en lune de miel pendant deux mois — avec Emma bien sûr — à travers le monde. Belle ayant organisé la soirée, il avait insisté pour s'occuper de la lune de miel.

— Quelles sont tes cinq destinations de rêve ? avait-il demandé.

— Paris... Londres.

Elle s'était mordu la lèvre.

— Les marchés de Noël en Allemagne. Tokyo. Ou peut-être... des vacances à la plage en Australie ? La Grande Barrière ?

Elle avait secoué la tête en soupirant.

— Je suis heureuse de ne pas être chargée de choisir !

En fait, il n'avait pas choisi non plus. Ils iraient partout. Emma serait un bébé globe-trotter avant même d'avoir arrêté le biberon.

Belle les rejoignit sur le canapé.

— Ça va, les garçons ? Vous vous amusez bien ?

— Oui ! répondirent-ils tous les trois en chœur.

Elle sourit à Santiago.

— Tu viens m'aider à découper le gâteau ?

— Tout de suite.

Il se leva en tenant leur bébé contre son torse. De sa main libre, il saisit le bras de sa femme, l'attira vers lui et l'embrassa. Pas un baiser furtif. Un baiser fougueux qui se prolongea encore et encore, jusqu'à ce que des applaudissements et des cris malicieux retentissent. Elle s'écarta lentement de lui, les pupilles dilatées.

— En quel honneur ?

— Le commencement d'une vie entière à t'aimer.

TARA PAMMI

Le pacte d'une héritière

AZUR

HARLEQUIN

Titre original :
BOUGHT WITH THE ITALIAN'S RING

Ce roman a déjà été publié en 2019.

1

Un frisson courut le long du corps de Pia, échauffé par deux heures de danse ininterrompues. Un signal d'alarme. Comme si soudain, à l'instant même où *il* pénétrait dans la pièce, un vent glacé avait chassé la brise tiède qui entrait par les fenêtres de la vaste maison de son grand-père, où se donnait ce premier bal qu'il lui offrait.

Raphael Mastrantino.

Le filleul et protégé de son grand-père, P-DG de Vito Automobiles, révéré par le Tout-Milan comme un demi-dieu.

Elle sentit les autres femmes frémir silencieusement elles aussi, tandis qu'elles le contemplaient avidement pour mieux détailler ensuite entre elles ses atouts.

Dès l'instant où elle avait retrouvé Gio, ce grand-père si longtemps perdu de vue, qui, au début de l'été, l'avait enfin reconnue comme sa petite-fille, il n'avait été question que de Raphael Mastrantino. Et pour une fois, son grand-père si enclin à tout dramatiser n'avait rien exagéré.

Aucun autre homme n'aurait pu faire son entrée dans la salle de bal avec tant d'arrogance et d'assurance, comme s'il possédait à la fois la propriété et les gens qui y vivaient.

Dans sa chemise blanche, il avait une telle allure qu'il ridiculisait les smokings des autres. Il lui avait suffi d'apparaître pour faire tourner toutes les têtes.

Son regard traversa la pièce, accrocha celui de Pia et s'y tint, comme s'il cherchait à lire au fond de son âme. Comme s'ils étaient reliés par un arc électrique — une expérience qu'elle avait souvent réalisée devant ses élèves de CM2.

Aucun adjectif n'était assez éloquent pour décrire la virilité de Raphael Mastrantino, la largeur de ses épaules, la minceur de sa taille, la longueur de ses jambes. Les traits de son visage aux angles marqués étaient de ceux qu'on voyait sur les statues. Pia dut faire un terrible effort pour ne pas flancher sous l'intensité de ce regard.

Il demeura impassible, sans esquisser le moindre sourire. Même de si loin, son œil cynique et évaluateur exprimait une ironie qu'elle ressentait jusqu'au bout des orteils. Toisée de cette façon, elle sentit son sang se glacer. Pourquoi le filleul de son grand-père la méprisait-il à ce point ?

Pia décida de faire mine d'ignorer sa présence — ce qui était à peu près aussi facile que pour la Terre d'ignorer celle du soleil. Tête baissée, elle se fraya un chemin hors de la piste de danse.

Hélas, elle ne tarda pas à se heurter à un mur de virilité si ferme qu'elle en eut le souffle coupé.

En jurant à mi-voix, Pia releva la tête et croisa le regard le plus sombre qu'elle ait jamais vu, ombré de cils plus longs que n'en avait jamais produit le plus performant des mascaras.

Comment avait-il pu se rapprocher d'elle aussi vite ?

Il posa les doigts sur ses bras nus, entre sa robe et ses gants, et pressa sa chair avec une certaine insistance. Comme s'il devinait qu'elle aurait bien aimé lui échapper.

Jamais elle ne s'était sentie à l'aise avec les hommes, ni habile à user du langage subtil et sophistiqué du flirt que tous ses collègues instituteurs — du moins les plus jeunes — pratiquaient avec aisance. Même avec Frank, elle avait mis deux mois à prononcer une phrase sans trop d'efforts.

Mais en cet instant, il lui semblait qu'elle était nue, comme si ses pires angoisses (sa solitude après la mort de sa grand-mère, son besoin compulsif de s'enraciner quelque part, n'importe où) s'affichaient sur son front, sous le regard scrutateur de cet homme.

— Vous ne chercheriez pas à m'échapper, par hasard,

cara mia ? dit-il d'une voix profonde, une voix de velours qui résonna au plus profond de son être.

En le heurtant, elle avait projeté les mains en avant, et elles étaient restées posées sur lui. Il accentua sa pression sur les poignets de Pia, comme pour lui intimer de mettre fin à cette situation.

— Vous ne dites rien ? reprit-il d'une voix plus froide, presque irritée. Vous communiquez avec les hommes en les palpant ?

Elle retira immédiatement les mains, comme si elle s'était brûlée.

— J'ai mal à la tête, dit-elle enfin, ce qui était vrai, en partie du moins. Je n'ai pas l'habitude de porter tant de bijoux, et ces talons ridicules me détruisent les pieds. Excusez-moi, je vous prie.

— Vous mentez d'une façon très charmante, mademoiselle.

Il avait proféré cette accusation d'une voix si douce qu'elle mit quelques secondes à comprendre l'insinuation.

— Et maintenant, vous allez me dire que vous détestez ce genre de réception, mais que vous tenez à faire bonne figure pour faire plaisir à Gio. Que tout ça, les bijoux, la robe, les chaussures, ce n'est pas votre tasse de thé, ajouta-t-il, prononçant ces trois derniers mots avec une caricature d'accent américain. Vous n'avez pas du tout apprécié de danser avec tous les hommes qui vous ont invitée. Vous avez passé la soirée à souffrir et à vous sacrifier.

Effectivement, c'était exactement ce qu'elle avait ressenti. Cette robe, ces escarpins, ces bijoux, cette coiffure compliquée, ce n'était pas elle. Mais elle s'était bien tenue. Parce qu'elle voulait que Giovanni soit fier d'elle. Parce qu'elle aurait aimé être une autre, ne serait-ce qu'une soirée. Une femme sophistiquée, charmante et raffinée, pas du genre à croire n'importe quel mensonge et à se retrouver croulant sous les dettes.

Or ce type arrogant laissait entendre qu'elle n'avait qu'un seul but : attirer l'attention et se mettre en valeur.

— Vous vous êtes déjà forgé une opinion à mon sujet, monsieur Mastrantino.

— Comment savez-vous qui je suis ?

— Gio m'a dit que vous étiez le plus beau, le plus puissant

et le plus arrogant des hommes. Il avait raison, déclara-t-elle en rougissant.

Pia s'aperçut soudain que tous les regards étaient fixés sur eux. En découvrant la chevelure d'argent de son grand-père, elle jeta à celui-ci un regard de détresse. Hélas, Giovanni continua à bavarder comme s'il ne l'avait pas remarquée. Envahie par une bouffée d'angoisse, il lui semblait que Raphael Mastrantino, Gio et même les invités jouaient tous à un jeu dont on ne lui avait pas communiqué les règles.

— Dans ce cas, vous êtes avantagée puisqu'il ne m'a rien dit de vous. Jusqu'à ce que je reçoive l'invitation, je ne savais même pas que vous existiez. Un bal en l'honneur de Pia Alessandra.

Bien qu'elle soit plutôt élancée, il était bien plus grand qu'elle. Pour la première fois de sa vie, elle se sentait petite, et même frêle.

— La petite-fille de Giovanni est de retour dans sa famille aimante après une longue absence. Un vrai joyau de la couronne qu'il expose devant toute la bonne société.

Pia tiqua. Pourquoi cet homme lui en voulait-il à ce point ? Malgré cela, sa respiration s'était précipitée, et à l'intérieur de son corps, on aurait dit que tout était bouleversé, comme des molécules qu'on aurait fait chauffer.

— Vous êtes la Cendrillon de l'année, poursuivit-il avec un rictus ironique. Je suppose que Giovanni vous a même acheté un prince pour danser avec vous jusqu'à ce que sonne le dernier coup de minuit ?

« Vous a acheté un prince ? » Comme s'il fallait payer quelqu'un pour qu'il l'invite à danser ! Pia sentit le sang se retirer de son visage. Raphael ne pouvait savoir quelle blessure terriblement douloureuse il venait de lui infliger.

— Gio sait bien que je ne cherche pas à...

Les mots lui restèrent dans la gorge tandis qu'elle se rappelait tous ces hommes qui, ce soir, l'avaient sollicitée. Elle se demandait soudain pourquoi Gio avait invité tant de jeunes gens bien sous tous rapports ; et pourquoi chacun d'eux avait foncé droit sur elle. Certes, elle était l'invitée d'honneur, mais quand même... Beaucoup d'autres femmes assistaient à ce bal.

— Je me trompe ? demanda-t-il sur un ton plein d'ironie.

Pourquoi croyez-vous que tous ces hommes se sont précipités pour danser avec vous ? À cause de votre merveilleuse beauté ? De votre charmante conversation ? De votre magnétisme irrésistible ?

Il la toisa avant de détourner dédaigneusement la tête. À chaque nouvelle question, Pia fut obligée de reconnaître qu'il avait raison. Mais plutôt mourir que de rester là sans rien dire à écouter ses moqueries.

Elle voulut tourner les talons mais trébucha et laissa échapper un petit cri de douleur en glissant sur le sol. Avant que ses fesses aient touché le carrelage noir et blanc, deux bras solides la saisirent par la taille, non sans lui frôler les seins. Une onde de chaleur brûlante lui envahit le bas-ventre. Elle s'agrippa à Raphael Mastrantino, le souffle court.

Lentement, avec précaution, il la remit debout d'un geste aussi fluide qu'efficace et s'agenouilla devant elle. Le cœur de Pia se mit à battre la chamade. Dans la salle de bal, le silence était tel que si on avait fait tomber une épingle, cela aurait eu l'air d'une explosion.

Il leva vers elle son visage austère et lui souleva très doucement le pied. Ce faisant, une mèche de ses cheveux noir de jais lui tomba sur le front. Il fixa le pouls qui battait violemment au niveau de la gorge de Pia, puis son regard se posa sur ce que son décolleté dévoilait de ses seins. Sa bouche se crispa en un rictus de contrariété. Il baissa vivement la tête et posa le pied droit de Pia sur sa cuisse gauche. En appuyant du bout des doigts sur ses épaules, elle sentit les muscles de Raphael se raidir.

En proie à une agressivité inaccoutumée, elle espéra que le talon de son stiletto laisserait une trace sur cette chair dure comme le roc.

Les doigts de Raphael défirent avec habileté la bride de sa sandale, qu'il lui ôta prestement avant de tâter avec précaution sa cheville nue. Pia tressaillit de douleur, non sans y prendre toutefois un certain plaisir.

Il pinça les narines et sa bouche se crispa tandis que ses

longs doigts caressaient la trace rouge laissée par la bride sur la peau de Pia, d'avant en arrière, lentement, jusqu'à ce qu'elle laisse échapper un petit gémissement rauque.

Il soutint son regard en continuant à la masser d'un air légèrement provocateur.

Un désir brûlant, interdit, inonda le ventre de Pia, et son cœur se mit à battre au rythme de ces caresses. Quand la main de Raphael remonta vers son mollet, elle retira brusquement son pied.

Mais au même instant, elle perdit l'équilibre et s'effondra sur lui.

Il la stabilisa, non sans pousser un juron, mais son visage se retrouva scandaleusement plaqué contre le ventre de Pia. Son souffle chaud déclencha un spasme si puissant dans le sexe de Pia qu'elle ne put retenir un gémissement.

Il la prit par la taille pour redresser son corps frémissant d'un désir incontrôlable.

— Lâchez-moi ! lui intima-t-elle.

Il haussa les épaules en la fixant d'un air parfaitement innocent.

— Si je vous lâche, vous allez tomber.

Cet homme était dangereux, trop habile à lui faire éprouver des sensations vertigineuses — cette difficulté à respirer, cette contraction au creux du ventre, cette chaleur qui envahissait tous ses muscles.

Cette fois, au lieu de s'appuyer des deux mains, elle posa la main droite sur l'épaule de Raphael pour assurer son équilibre et se débarrassa de son autre sandale. Puis elle les prit toutes les deux dans la main gauche, murmura un merci hâtif en direction de l'épaule de Raphael et se redressa.

Elle avait à peine fait deux pas qu'il se dressait de nouveau face à elle.

— Minuit n'a pas encore sonné. Vous n'êtes pas obligée de quitter le bal.

Pia le regarda, toujours déstabilisée par leur fugace intimité. Ce corps mince et puissant avait laissé sur elle une marque indélébile.

— Vous n'êtes pas un prince, plutôt une sorte de diable.

2

Pia enchaînait les longueurs dans la piscine de Gio comme si le diable était à ses trousses.

Le diable, ou Raphael Mastrantino...

L'arrogance et la séduction faites homme.

Mieux valait passer sa rage dans la piscine ! Quand il l'avait tenue dans ses bras, elle l'avait trouvé si rassurant, si solide. Elle sentait encore l'emprise de ses doigts autour de sa taille, le contact de ses longues cuisses contre les siennes...

La seule satisfaction qu'il lui restait était de l'avoir surpris, même s'il ne s'était pas privé de se moquer d'elle.

Raphael Mastrantino et elle ne jouaient pas dans la même cour. Si elle n'avait pas été sur son trente et un et si son grand-père ne s'était pas nommé Giovanni Vito, il ne l'aurait ni regardée ni invitée à danser. Et elle avait encore du mal à comprendre pourquoi il s'était jeté sur elle de cette façon.

Toutes ces pensées importunes avaient fini par lui faire perdre son rythme de nage. Au moment où elle décidait de sortir de l'eau, elle aperçut Raphael debout sur le bord.

L'éclat des projecteurs soulignait la largeur de ses épaules. Par l'ouverture de sa chemise à moitié déboutonnée, elle aperçut la naissance de pectoraux impressionnants et une légère toison brune. Sa chevelure noire lui parut un peu décoiffée. Elle frissonna en découvrant la tournure que prenaient ses pensées.

Il tenait une bouteille de pinot grigio et deux verres.

— Il m'a fallu soudoyer un des serveurs pour qu'il me dise où vous trouver.

— Monsieur Mastrantino, vous ne me plaisez pas.

— Au contraire, je crois que je vous plais un peu trop. Même si vous cherchez à le cacher.

Quel toupet, ce type ! Jamais de sa vie Pia n'avait croisé un homme aussi exaspérant.

— Ce n'est pas parce que mon corps reconnaît en vous le mâle alpha et le trouve attirant que mon esprit approuve ce choix. Je sais que c'est dû à l'évolution des derniers millions d'années et à la réaction chimique qui pousse toute femme à préférer le meilleur reproducteur.

Une lueur étrange passa dans le regard de Raphael. Il eut une moue amusée.

— Vous avez décidé d'abandonner la comédie de la bouche tremblante et des soupirs pantelants ?

Il avait presque l'air déçu.

— L'éloignement m'a permis de comprendre que c'était hormonal. Ce n'est que de très près... que vous...

Pia maudissait son bégaiement qui soudain la trahissait. Elle haussa les épaules, s'efforçant de paraître naturelle.

— Bref, à votre contact, je ne suis pas capable de maîtriser mes réactions, mais n'en tirez aucune conclusion.

Il lui suffisait de voir ce superbe visage pour sentir un frémissement sur sa peau. Sans parler de parties intimes de son corps qui ne s'étaient jamais encore manifestées avec tant... d'exubérance.

— Appelez-moi Raphael, voulez-vous ?

— C'est inutile.

Il posa la bouteille et les verres sur la table, s'installa sur une chaise longue et recommença à l'observer d'un regard inquisiteur.

— Vous avez l'intention de prendre le large chaque fois que vous me verrez approcher ?

— Je suis très impressionnée par votre assurance, votre pouvoir et votre richesse. Vous dirigez un groupe automobile d'envergure mondiale. Vous contrôlez et gérez non seulement les finances de Gio, mais également celles de votre mère et de toute votre famille. Pour ma part, j'ai décidé de consacrer cet été à mieux connaître mon grand-père. Je l'ai laissé organiser ce bal parce que cela lui tenait vraiment à cœur, mais je doute que nous passions plus de temps ensemble.

— Même quand l'été sera fini ?

— En ce moment, je suis ici en vacances. Mais j'ai une autre vie. Ailleurs.

Une vie sans sa grand-mère, sans le moindre ami proche. Une vie où personne ne s'intéressait vraiment à elle. Ce qui avait fait d'elle une proie si facile pour Frank.

— Gio est-il au courant de vos intentions ?

— Non, répondit-elle, excédée. Pourquoi me regardez-vous de cette façon ?

— Vous n'êtes plus la même que tout à l'heure.

— Pendant toute la soirée, j'ai eu peur de renverser quelque chose sur ma jolie robe qui avait coûté si cher. Je suis plus maladroite que mes élèves et je n'ai pas l'habitude de porter des verres de contact. Mais maintenant, sans cette coiffure alambiquée et ces peintures de guerre, je me sens plus naturelle, dit-elle en essorant une mèche de cheveux.

— Vos élèves ? demanda-t-il en la fixant, l'air fasciné.

— J'enseigne en primaire.

Il sembla ébahi, même si son regard s'attardait un peu trop longtemps sur sa bouche et sur la courbe de ses épaules nues, visibles au-dessus de la surface. Un frisson coula le long de l'échine de Pia.

— Prof en primaire ? Je suis mort de curiosité à votre sujet, ce qui m'arrive assez rarement, je dois dire.

Une légère brise nocturne agitait à présent les arbres qui bordaient la piscine.

— Qu'est-ce que vous avez contre moi ? lança-t-elle.

Il inclina la tête avec une moue démoniaque.

— Rien, si ce n'est que vous manipulez un vieil homme qui déborde d'affection pour vous.

Ces mots choquèrent tellement Pia qu'elle lâcha le bord de la piscine. Elle but la tasse, avant de ressortir en toussant et crachant. Comment pouvait-il imaginer qu'elle en avait après la fortune de Gio ?

— Vous devriez sortir avant d'être complètement gelée.

Pia n'avait même pas remarqué qu'elle claquait des dents.

— Non, répondit-elle sans chercher à dissimuler sa colère. Je vous ordonne de partir et de me laisser seule.

Il fit mine d'ôter sa chemise, dévoilant une peau hâlée et une impeccable musculature.

— Si vous ne sortez pas, je...

Excédée, elle monta les marches, vaincue.

Dès que Pia fut hors de l'eau, Raphael l'enveloppa dans un vaste drap de bain. Le cœur battant, elle repoussa d'une main tremblante les cheveux qui ruisselaient sur son visage.

Comme si elle était une gamine, il lui frotta les bras sans ménagement, de haut en bas. Les joues de Pia s'empourprèrent quand il en vint à sa poitrine, à ses hanches et à son dos. Ses grandes mains ne s'attardèrent nulle part, toutefois une onde brûlante lui traversa le ventre.

— Vous êtes restée dans l'eau bien trop longtemps, déclara-t-il d'une voix un peu rauque. Asseyez-vous !

Elle s'assit docilement sur une chaise longue. Il lui tendit un verre de vin, et c'était exactement ce dont elle avait envie.

Elle en but une gorgée en silence. Durant quelques minutes, ils restèrent assis côte à côte dans leurs chaises longues sans rien dire. Sans se regarder non plus. Mais l'attirance qu'elle avait ressentie dans la salle de bal rendait l'air presque électrique. Il lui semblait encore sentir les doigts de Raphael sur son corps glacé. Le plus bel homme qu'elle ait jamais connu...

Elle n'avait pas à en avoir honte. Mais elle n'avait pas non plus envie de se confronter à lui, ni de penser qu'elle valait moins que lui parce qu'elle n'était ni sophistiquée, ni belle, ni bien éduquée. Pour lui ôter le peu de confiance qu'elle avait en elle, Frank lui avait suffi.

— Je n'ai qu'un désir : passer l'été avec mon grand-père. Je ne vois vraiment pas en quoi cela vous regarde.

— Je suis l'ami de Giovanni, et je suis bien plus fiable que tous les membres de sa famille réunis, ces nuls qui ne cherchent qu'à se goberger à ses dépens sans cesser de se chamailler. Alors oui, si vous le traitez mal, ça me regarde.

— Je ne vois pas ce que j'ai pu faire pour que vous me détestiez à ce point.

— Je suis convaincu que vous n'aurez aucun scrupule à tromper un vieil homme qui vous a ouvert les bras sans même vérifier que vous êtes bien celle que vous prétendez.

— Et en plus, vous m'accusez d'imposture ? s'étrangla Pia.

— Tout laisse à penser que vous n'êtes pas celle que vous prétendez…

Pia serra les poings. Elle aurait voulu le frapper pour effacer de son visage cet air satisfait et condescendant.

— Ma *nonna*, Lucia, a été la maîtresse de Gio, répondit-elle, le cœur battant. Elle l'a quitté à la suite d'un différend pour s'exiler aux États-Unis. Mes parents sont morts quand j'avais trois ans. C'est elle qui m'a élevée. Après sa mort, j'ai retrouvé des lettres destinées à Gio et je l'ai appelé. C'est la vérité.

— La vérité, c'est aussi qu'il vous a donné en un mois, depuis que vous êtes ici, des milliers de dollars.

Elle rougit de honte et regretta que le sol ne puisse s'ouvrir sous ses pieds pour l'engloutir. Et elle ne pouvait même pas en vouloir à Raphael de la considérer comme une aventurière. Mais de là à l'accuser de n'être venue en Italie que pour ça !

— Gio n'aurait pas dû vous dire…

— Je surveille ses finances, la coupa-t-il. Ses trois ex-femmes ont appris qu'il valait mieux qu'elles se contentent de ce qu'il leur donne plutôt que de s'en prendre à moi.

Pia se força à le fixer droit dans les yeux.

— Votre hypothèse se fonde sur une unique transaction dont vous ignorez la raison, se défendit-elle.

— Je me fonde sur des faits, pas sur des sentiments. Cela fait longtemps que j'ai appris cette leçon.

Le drap de bain glissa et la chevelure de Pia se répandit sur son dos. Une fois mouillé, ce maillot une pièce se révélait assez impudique, mais elle prit le parti de s'en moquer : elle était bien décidée à s'expliquer avec Raphael ; même si elle devait lui révéler l'épisode le plus humiliant de sa vie…

— Gio m'a donné cet argent pour rembourser une dette.

— Avant de reprendre contact avec lui, vous vous étiez renseignée à son sujet, n'est-ce pas ?

— À quoi bon discuter si vous ne me laissez pas la moindre chance ? répondit Pia, les doigts crispés sur le pied de son verre. Certes, vous devez protéger Giovanni, mais si son bonheur est en jeu, vous pourriez au moins me laisser une chance.

Elle n'allait quand même pas le supplier de la croire ! Elle se leva, tremblant de chagrin et d'humiliation. Il lui prit le poignet et un courant brûlant lui traversa le corps. Elle lui arracha sa main, haletante.

— Restez ! ordonna-t-il, avec dans la voix une tension qui la surprit. Je vais vous écouter. Quant à vous croire...

Elle se rassit, tête baissée. Les mots lui échappaient de nouveau. Elle reprit son souffle.

— Si j'ai contracté cette dette, c'est parce que j'ai fait la folie de tomber amoureuse d'un escroc.

Le visage de Raphael s'assombrit.

— Tomber amoureuse d'un escroc ? Que voulez-vous dire ?

— Après avoir soigné *nonna* pendant deux ans, quand j'ai repris mon travail à l'école, j'ai fait connaissance du nouveau prof de gym. Durant des semaines, il a cultivé mon amitié, avant de me proposer de sortir avec lui. Au bout de quelques mois, il a prétendu être tombé amoureux de moi. Je l'ai cru et quand il m'a confié ses problèmes d'argent, je lui en ai prêté. Encore et encore. Je lui ai donné le peu que *nonna* m'avait laissé et quand je n'ai plus rien eu...

Les mots se bloquèrent dans sa gorge.

— Toutes mes économies y sont passées, reprit-elle avec peine. J'ai même contracté un emprunt sur sa demande, soi-disant pour rembourser un usurier.

Il laissa échapper un juron. Cela voulait-il dire qu'il la croyait ? Au fond, elle s'en fichait. Frank l'avait trompée de la pire des façons, et rien de ce que Raphael pourrait dire ou croire n'aggraverait les choses. Cette certitude lui donnait une étrange force.

— Ainsi, vous êtes vraiment aussi douce et naïve que vous en avez l'air ? Comment avez-vous pu faire assez confiance à un homme pour lui donner tout ce que vous possédiez ?

La jeune femme sursauta comme s'il l'avait giflée, mais Raphael étouffa le regret qui naissait en lui. Non, il n'allait

le sien. Jusqu'à ce qu'un baiser chasse d'elle les soucis que lui avait causés un autre homme.

Dio ! Cela faisait cinq heures qu'il la connaissait et il tombait déjà dans le panneau de sa candeur. Comme Giovanni, qui aurait fait n'importe quoi pour elle. Mais Gio ne l'avait pas seulement couverte de vêtements et de diamants, il l'avait aussi livrée à une horde affamée de Milanais en mal d'ascension sociale. Si c'était une voleuse, elle serait au moins capable de se débrouiller toute seule.

Il lui prit la main et sentit des cals dans sa paume. Surpris, il l'examina.

— D'où viennent ces cals ?

Il fallait qu'il sache comment elle avait vécu, s'il n'y avait pas de zones d'ombre, un mensonge susceptible de détruire ce savant édifice.

— Je pourrais vous poser la même question, répliqua-t-elle en fronçant les sourcils. Je m'imaginais les mains d'un P-DG bien manucurées.

— Je suis d'abord un mécanicien auto et ensuite un P-DG. Dès que j'ai un moment, je restaure des voitures anciennes. À vous.

— Je sculpte des jouets en bois. C'est ma passion. Frank m'avait créé une boutique en ligne qui a rencontré pas mal de succès auprès des parents d'élèves grâce au bouche-à-oreille.

Sa jolie bouche s'était crispée en prononçant le prénom de son ex. Raphael revint à sa préoccupation initiale. Tout commençait à se mettre en place. Si elle cherchait à les escroquer, il la ferait mettre en prison, mais il lui fallait d'abord revenir sur ses préjugés et envisager que Gio avait eu raison de lui faire confiance. Elle connaissait des détails concernant Lucia et son grand-père que personne d'autre ne pouvait savoir — du moins, c'était ce que Gio avait dit à Raphael. Et, de son côté, il avait toujours su juger les gens.

Après le suicide de son père, il lui avait fallu distinguer parmi les créanciers ceux qui accepteraient d'attendre, ceux qui resteraient loyaux au souvenir terni de son père et ceux qui feraient tout pour humilier sa mère et ses sœurs si lui-même échouait.

Pia était innocente… Il avait du mal à supporter l'idée de cette horde de jeunes Italiens qui allait fondre sur elle. Dès cette première soirée, il lui avait fallu s'imposer face aux prétendants qui entouraient la jeune femme. S'il n'avait pas agi de la sorte, un autre aurait très bien pu se retrouver ici à sa place. Contempler le clair de lune dans les yeux de Pia à sa place. Admirer son corps mince et tonique moulé dans son maillot de bain presque transparent à sa place. Aurait-il noté comme lui le mélange sans artifices de chagrin et de joie qui brillait dans son regard quand elle parlait de Lucia et de Giovanni ?

— Même si je dois sculpter un million de jouets en bois pour rembourser Giovanni, je le ferai ! déclara-t-elle en lui jetant un regard farouche.

— En admettant que vous disiez la vérité, je veux savoir si vous n'allez pas lui briser le cœur, rétorqua-t-il d'une voix dure.

Elle poussa un léger soupir qui mit à vif les nerfs de Raphael. Était-elle consciente de l'excitation qu'elle faisait naître en lui ? Savait-elle ce que provoquait cette façon qu'elle avait de le fixer comme si elle cherchait à lire au fond de son âme ?

— Pourquoi croyez-vous que j'aie accepté cette comédie ridicule ? demanda-t-elle en désignant la maison dissimulée dans l'ombre. J'ai sans doute eu tort de parler de Frank à Giovanni. Tous ces hommes qu'il a invités et qui se sont précipités sur moi… Je n'ai compris ses intentions que lorsque vous m'avez fait remarquer l'intérêt que je suscitais chez eux. Il doit croire que je suis incapable de me prendre en charge, c'est clair.

Raphael se répéta qu'il avait été cruel de se moquer d'elle. Et il y avait en plus cette attirance si particulière. Il supportait mal d'imaginer Pia affronter tous ceux qui ne voyaient en elle qu'un moyen de s'enrichir sans effort.

— Et vous en êtes capable ?

— Même dans le cas contraire, je n'aurais que faire de l'aide d'un homme dans votre genre, lança-t-elle en s'écartant de lui.

— Un homme dans mon genre ?

— Mon expérience avec Frank m'a servi de leçon. Dès que l'argent s'est tari, il s'est empressé de me quitter. Vous êtes comme lui, beau, arrogant et plein d'assurance, mais à la puissance dix. À peine avez-vous regardé une femme qu'elle est déjà à vos pieds. Et les hommes aussi cherchent à vous plaire, parce qu'ils aimeraient être comme vous. Ce pouvoir, ce charme, vous les exercez sur tous ceux que vous croisez pour les plier à vos désirs. Moi par exemple, vous allez utiliser l'attirance que je ressens à votre égard pour prouver que vous avez raison et me remettre à ma place ; c'est-à-dire bien au-dessous de vous. Je peux supporter vos accusations, même si elles n'ont aucun fondement, mais pas que vous vous moquiez de moi comme vous ne cessez de le faire.

— Bien au-dessous de vous ? répéta-t-il.

Elle lui jeta un regard d'une infinie tristesse. Jamais personne ne l'avait regardé avec tant d'émotion et tant de franchise.

— La place d'une petite prof timide et ennuyeuse qui ne connaît rien aux hommes.

En l'entendant prononcer ces mots, il sut immédiatement qui les lui avait jetés au visage.

— Peu m'importe que vous me croyiez ou non, poursuivit-elle, mais gardez vos distances. Pour vous assurer que je ne cherche pas à tondre Gio, vous n'avez pas besoin de me voir, n'est-ce pas ?

Avec ses épaules bien droites et la ligne gracieuse de son dos, on aurait dit une nymphe, songea Raphael, fasciné, en la regardant s'éloigner. Si c'était une aventurière, il la coincerait. Et si elle était vraiment la petite-fille de Gio, elle n'était pas pour lui.

C'était pourtant la discussion la plus sincère qu'il ait jamais eue avec une femme.

3

« Gardez vos distances ! »

Les mots de Pia résonnaient dans la tête de Raphael tandis qu'il arpentait la propriété pour s'assurer que les employés avaient bien remis tous les invités dans leurs voitures. Dès que la salle de bal fut rangée, il envoya le personnel se coucher.

Il ne savait pas ce que Gio avait pensé de ce bal, mais pour lui, c'était une parfaite réussite. Pia s'était montrée sincère, même si les accusations qu'il lui avait lancées l'avaient blessée. Néanmoins, autre chose le tracassait.

« ... Que vous vous moquiez de moi comme vous ne cessez de le faire. »

S'était-il moqué d'elle parce que, avec ses soupirs et sa naïveté apparente, il la trouvait suspecte, ou parce qu'il méprisait son innocence et les étoiles qui brillaient dans ses yeux ? Il secoua la tête : mieux valait en rester là. Il venait de prendre cette décision lorsqu'il vit Giovanni venir vers lui. Celui-ci l'invita dans son bureau. Raphael le suivit.

À l'intérieur, son parrain lui tendit un verre de vin rouge.

— Tu ne devrais pas être déjà au lit ? demanda Raphael en voyant Gio se laisser tomber en soupirant sur le canapé.

À cause de la vivacité d'esprit de Gio et de son penchant pour les coups tordus, on avait tendance à oublier qu'il était âgé. Sa main tremblait quand il porta le verre à sa bouche.

— Tu es bien trop excité, Giovanni. Ce n'est pas bon pour...

— Que penses-tu de ma petite-fille ?

Raphael haussa les épaules, sachant qu'il ne pourrait éviter le sujet.

— Je ne serais pas surpris d'apprendre qu'elle a été fabriquée pour toi, sur mesure.

— Comment ? Pourquoi ?

Raphael fixa son verre, mais ce qu'il y vit, c'était la ligne fluide du dos de Pia, et la goutte d'eau qui coulait le long de sa joue. Et aussi son regard outré quand il l'avait accusée.

— Elle comble un peu trop parfaitement tes attentes, tu ne trouves pas ?

— Alors tu reconnais qu'elle est parfaite ? lança Gio avec un petit sourire en coin.

Raphael se passa la main dans les cheveux, frappé par l'évidence de son désir. Car c'était bien du désir qu'il éprouvait pour Pia, mais un désir inconnu, qu'il n'avait jamais ressenti de façon si farouche, si complexe. Et pas question de laisser entrevoir à Gio que sa prétendue petite-fille l'attirait...

— Ce n'est pas ce que je voulais dire, Gio. Une orpheline surgie de nulle part, timide et innocente, qui traverse l'océan à la recherche de l'amant de sa grand-mère... Tu as toujours eu envie d'un enfant, de quelqu'un à aimer. Et elle, elle sait parfaitement faire vibrer cette corde sentimentale.

— Elle ne ressemble en rien à Lucia, si passionnée...

— ... Ni à son calculateur de grand-père, si tant est que tu sois vraiment son aïeul.

— *Si.* Elle est jeune et tendre. J'ai l'impression qu'il n'a pas été facile pour elle de s'occuper de Lucia. Pas étonnant que cet homme s'en soit pris à elle !

— As-tu vérifié ses dires avant de la présenter à tout Milan avec son héritage pendu autour du cou ?

Gio fronça les sourcils.

— Elle est notre petite-fille, à Lucia et à moi. Je n'ai aucun doute là-dessus.

— Excuse-moi de garder mes larmes pour plus tard.

— Tu es trop dur, Raphael. Tu te méfierais de ton ombre.

— Je suis réaliste. Et après trois mariages, tu devrais l'être, toi aussi. Ainsi, tu verrais au-delà de ses grands yeux innocents et de sa naïveté.

Il y eut un silence. Raphael sentait la migraine lui battre les tempes. Cette discussion était très pénible, mais impossible d'y échapper. Giovanni l'observait par-dessus son verre.

— J'ai vu la façon dont tu la regardais et entendu une partie de ce que tu lui as dit. Tu t'es montré excessivement cruel.

Raphael blêmit. Gio avait raison, et encore, il n'avait pas entendu la suite, au bord de la piscine. Il avait horreur de perdre le contrôle d'une situation ou de lui-même, mais par la faute de Pia, il avait commis ces deux erreurs et visé là où il était certain de lui faire le plus mal. Comme s'il avait eu de l'acide dans la bouche.

— Et tu n'as pas volé à son secours, même si tu savais à l'avance ce qui allait se passer. À quel jeu joues-tu, Gio ?

— Je savais que tu voulais la cuisiner, chercher des failles dans son histoire. Mais j'ignorais que tu danserais avec elle, que tu la harcèlerais jusqu'à ce qu'elle s'enfuie. Et que tu finirais par perdre ton légendaire sang-froid, dit-il comme s'il réfléchissait devant un puzzle compliqué. Que t'a-t-elle dit quand tu l'as coincée à la piscine ?

Raphael frémit. Il avait vraiment failli l'embrasser. Si Gio le savait...

— Tu me fais espionner par tes employés ?

Soudain le visage du vieil homme s'éclaira. Ses yeux étincelèrent d'un éclat qui donna à Raphael la chair de poule.

— Tu t'es montré plus impitoyable que tu n'aurais dû, lança Gio. En fait elle te plaît !

Son parrain éclata de rire en se frappant très fort la cuisse. Raphael était convaincu que c'était précisément ce que Gio avait souhaité.

— Je te rappelle que la personne dont il est question est ta petite-fille.

— Elle a réussi à percer tes défenses, comme on dit. Et cela ne t'a pas plu. Dis-moi, tu t'intéresses à Pia ?

Raphael se carra dans son siège.

— Tu parles d'elle comme d'une vache que tu viendrais de mettre en vente.

Il n'avait plus qu'une idée en tête, partir. Échapper à cette discussion et à cette femme. Giovanni était le seul à voir au-delà de sa brutalité, parce qu'il l'avait connu avant qu'il devienne dur et cynique et savait qu'il ne voulait montrer aucun signe de faiblesse ou de vulnérabilité. L'attirance incompréhensible qu'il ressentait pour Pia était un signe de faiblesse. Mais pas question de partir avant de savoir ce que son parrain avait en tête.

— Réponds à ma question.

— Il est rare que je m'intéresse à une femme plus d'une nuit. Surtout à une femme qui s'enfuit dès que je lui effleure la main.

Un éclair de mauvais augure passa dans l'œil de Gio et sa bouche eut un rictus qui présageait le pire. Une expression qu'il réservait en général aux parasites de sa famille ou à ses ex insatiables.

— Inutile de la rabaisser !

— C'est moi qui la rabaisse ? Dis-moi, Giovanni, si c'est vraiment ta petite-fille, qu'est-ce que ça change ?

— Ça change qu'elle possède déjà une part de mon cœur et que je ferai tout ce que je pourrai pour bien me comporter envers elle. Ça change qu'elle héritera de tout ce que je possède, y compris de mes actions de Vito Automobiles.

Raphael faillit s'étrangler avec une gorgée de vin. *Dio !* Giovanni allait léguer ses actions à Pia . ? Ces actions, il les voulait. Ces dernières années, il avait dix fois proposé à son parrain de les lui racheter, pour avoir la main sur toute la compagnie. Pour une raison inconnue, le vieil homme avait toujours refusé. Même si Raphael était le seul à exercer un pouvoir à la fois de direction et d'exécution sur Vito Automobiles, Gio ne voulait pas quitter le conseil d'administration. Il aimait trop manipuler les gens.

— Donc ces actions vont se retrouver entre les mains d'une femme qui, de son propre aveu, avait tellement besoin d'amour et de reconnaissance qu'elle s'est laissé berner par un voyou ? Non contente de lui donner le peu d'argent qu'elle possédait, elle s'est endettée pour ne pas le perdre. Et c'est elle qui va hériter de ta fortune ? Avec tous ces chacals qui lui tournent autour ?

— C'est pour cette raison que je veux m'assurer que tout ira bien. Si je meurs demain, Pia restera seule au monde.

— Tu as donc averti tout Milan de ce legs qu'elle porte comme un panneau publicitaire. Dès demain matin, elle sera assaillie !

— Je n'ai fait aucune publicité, Raphael, répondit Gio en lui jetant un regard empli d'une tristesse inaccoutumée. J'ai simplement voulu fêter sa présence dans ma vie. Après des années passées à me demander ce qu'était devenue Lucia, j'ai enfin quelqu'un à aimer. Je veux lui donner tout ce qu'elle pourra désirer. La chérir, la dorloter, la protéger. C'est une enfant, et elle est si... innocente, si fragile. Tu veux vraiment m'empêcher de réparer mes erreurs et de montrer enfin ma petite-fille au monde entier ? De chercher parmi ces chacals, comme tu dis, un homme digne d'elle ?

Par un terrible effort de volonté, Raphael réussit à se contenir. Ainsi, il avait vu juste : Gio cherchait à acheter un prince charmant pour Pia. Il lui laisserait tout, y compris ses actions. Et lui n'y pourrait rien.

— Ça te regarde. Mais ne lui donne plus d'argent. Pas jusqu'à ce que j'aie vérifié ce qu'elle raconte.

— Fais ce que tu as à faire. Et qui sait ? Peut-être finira-t-elle par occuper mon fauteuil au conseil d'administration ?

Jamais Raphael n'accepterait de voir balayées tant d'années de travail.

— Une prof de primaire ! Et tu vas la lâcher devant le conseil d'administration, ce bassin infesté de requins ? Ils vont la dévorer toute crue !

— Tu seras là pour la conseiller et la guider.

Raphael se leva et reposa son verre.

— Jamais je n'aurai le temps ni la patience d'enseigner quoi que ce soit à cette femme. Entre Alyssa et Vito Automobiles, j'ai déjà assez à faire.

Il n'en dit pas plus. Giovanni avait toujours eu un faible pour Allegra, l'ex-femme de Raphael et mère d'Alyssa. Mais il refusait que son parrain se mêle de ses affaires et n'avait aucune envie de s'occuper de Pia.

— Du moment qu'elle reste à l'écart de V.A., reprit-il en se dirigeant vers la porte, peu m'importe que tu lui laisses ta fortune.

Lorsque son filleul fut sorti du bureau, Giovanni poussa un petit soupir de satisfaction. Au bout du compte, Raphael et Pia risquaient de lui en vouloir, mais ça lui était égal. Il n'y avait qu'un homme au monde à qui il voulait confier sa petite-fille : celui en qui il avait toute confiance pour diriger son entreprise...

4

Luttant contre son envie de tourner les talons et de s'enfuir en courant, Pia contempla l'imposante enfilade de bureaux réservée à Raphael, au dixième étage de Vito Automobiles. Un sol de marbre resplendissant séparait les ascenseurs de la zone des bureaux.

Elle repensa aux mots qu'elle lui avait lancés dix jours plus tôt : « Gardez vos distances. » Si seulement elle réussissait à être un peu plus à l'aise en sa présence ; si seulement elle ne se sentait pas complètement liquéfiée quand il était dans les parages...

Jamais elle n'avait éprouvé pareille attirance, et elle se sentait incapable de la contrôler. Elle se demandait encore comment limiter les dégâts quand il surgit de son bureau, vêtu d'une chemise blanche aux manches remontées qui révélaient des avant-bras ombrés de poils bruns et une Rolex étincelante. Ses cheveux auraient nécessité une bonne coupe et ses yeux étaient très cernés. Il était si beau cependant qu'elle dut reprendre son souffle.

— Pia ? Cela fait longtemps que vous attendez ?

Le regard de ses deux assistants se posa sur elle ; ils baissèrent la tête en débitant un flot de paroles en italien.

Pia se força à s'approcher de Raphael.

— Je viens d'arriver et je... Je n'ai pas pris la peine de m'annoncer.

Il contempla sourcils froncés sa blouse légère, son short en jean (Pia eut l'impression qu'il avait soudain rétréci) et ses sandales à semelles compensées. Comme s'il y avait vraiment chez elle quelque chose qu'il détestait.

— Entrez.

Elle crispa les doigts sur son sac.

— Ce n'est rien d'important. Je vous parlerai une autre fois, quand vous viendrez voir Gio.

Son idée lui paraissait soudain ridicule, déplacée. Elle voulut tourner les talons avant que Raphael soit trop près d'elle mais son odeur virile la fit chanceler. Il posa les doigts sur son bras nu, déclenchant une sensation perturbante, et elle se retrouva en train de marcher à côté de lui.

— Je ne veux pas être dérangé, dit-il à ses assistants avant de leur refermer au nez la porte de son bureau.

Seigneur, elle était seule avec lui à présent...

Pour se donner une contenance, Pia examina la pièce immense : au centre se dressait un bureau d'acajou. D'un côté l'espace salon, de l'autre une porte qui devait mener à une chambre et à une salle de bains. Elle resta debout près du bureau tandis que Raphael s'appuyait avec nonchalance à la porte.

— Que venez-vous faire en territoire hostile ?

— Vous vous inquiétez pour ma sécurité ? répondit-elle, poussée par un démon qu'elle ignorait jusque-là.

Il roula des yeux si comiquement qu'elle ne put s'empêcher de sourire.

— La petite-fille américaine de Giovanni Vito fait le buzz. Vous êtes devenue la cible de tant d'hommes.

Elle soupira, regrettant que Raphael ne puisse la voir telle qu'elle était. Pia, pas la petite-fille intrigante de Giovanni. Mais dans ce cas, il ne l'aurait sans doute même pas remarquée.

— J'ai demandé à Emilio de m'accompagner, expliqua-t-elle, puisqu'il emmenait Gio en ville, chez sa sœur.

Le regard de Raphael s'attarda sur sa bouche une fraction de seconde. Heureusement, songea-t-elle, le bureau cachait le tremblement de ses jambes.

— Laquelle ?

— Ce vieux dragon de Maria.

Il leva un sourcil. Elle rougit.

— C'est elle qui a provoqué la rupture entre ma grand-mère et lui en racontant des tas de mensonges, ajouta Pia. Cela a fait tourner leur jeune amour à l'aigre.

— S'ils s'étaient vraiment aimés, ils n'auraient pas cru aux mensonges de Maria. Lucia ne serait pas partie de l'autre côté de l'océan et Gio ne se serait pas marié trois fois pour guérir son cœur brisé.

— Je sais ce que *nonna* a souffert chaque jour de sa vie. Et je... J'ai envie de vous frapper plutôt que de vous laisser détruire le souvenir de leur amour.

Il s'écarta de la porte avec une grâce féline qui fit battre plus vite le cœur de Pia.

— Quand je pense que Giovanni prétend que vous êtes douce comme un agneau et prête à aimer n'importe qui...

Il parlait comme s'il doutait qu'un tel être puisse exister. Elle s'écarta du bureau avant qu'il arrive jusqu'à elle.

— En général, je ne suis pas rancunière.

— C'est une menace, Pia ? s'enquit-il derrière elle, bien plus près qu'elle ne l'aurait voulu. De quoi puis-je encore vous accuser pour que vous me jugiez impardonnable ?

— Ma *nonna* était tout pour moi, et je ne peux vous pardonner de dire du mal d'elle. Mais même si je regrette vos accusations, j'essaie de comprendre la raison de votre comportement. Vous aimez Gio, n'est-ce pas ?

Une ombre passa dans le regard de Raphael.

— Il est le seul à avoir cru en moi. Sans jamais rien exiger.

En constatant l'émotion que trahissait sa voix et la franchise de son regard, Pia frissonna. Tel était donc le vrai Raphael, inconnu de tous parce qu'il se montrait rarement. Un homme pour qui elle avait du respect et de la considération. Il lui prit le bras avant qu'elle s'éloigne.

— Si vous n'étiez pas si nerveuse, je vous dirais la vraie raison de mon comportement.

— Et quelle est-elle ?

— Êtes-vous bien certaine de vouloir la connaître ?

Non. Ce petit jeu est bien trop dangereux...

Pia s'assit sur le canapé. À son immense soulagement, Raphael s'assit en face d'elle en dépliant ses longues jambes juste à côté des siennes, mais sans les toucher.

— Vous cherchez à m'éviter.

— Je cherche à éviter tous les hommes de Milan, rétorqua-t-elle. Sans y parvenir.

— Donc, Gio est toujours décidé à trouver un prince charmant pour sa parfaite princesse. Mais dites-moi, si vous le laissez vous acheter un gentil mari bien convenable, c'est que l'amour vous a déçue ?

Elle se leva si vite que la tête lui tourna.

— Si vous ne cherchez qu'à vous moquer de moi…

Il lui saisit le bras pour l'arrêter.

— *Mi dispiace, si ?*

— Vous ne pouvez pas me dire n'importe quoi et ensuite croire que ça va passer avec un mot d'excuse. J'aurais préféré ne pas vous mêler à tout ça, et si je suis venue, c'est que je n'avais pas le choix. Et aussi que je vous fais confiance, croyez-le ou non.

Il la fixa droit dans les yeux, écrasant et dominateur. Elle soutint son regard pour lui prouver que, même s'il la faisait trembler, elle restait forte. Ce fut lui qui se détourna le premier, avant de reprendre son masque impassible.

— Dites-moi pourquoi vous êtes ici.

— Vous aviez raison, Giovanni a donné ce bal pour m'exhiber devant de possibles prétendants. Depuis cette fameuse nuit, je n'ai plus eu un moment à moi. Il m'a traînée de fête en fête, de brunch en brunch, comme si j'étais une… une mule dont il veut se débarrasser.

Les lèvres sensuelles de Raphael esquissèrent un sourire.

— Ce n'est pas drôle. Je ne peux pas faire un pas sans tomber sur le petit-fils ou le fils ou le lointain cousin d'un ami de Gio. Il y en a tant que je ne retiens même pas leurs prénoms. Si je refuse de sortir, Gio me demande de leur faire visiter la propriété. Si je refuse d'aller à une fête, il m'y accompagne malgré tout et m'abandonne avec eux. Je sais, et vous savez, et tout le monde sait que ce ne sont pas mon charme irrésistible et ma personnalité brillante qui les attirent, mais Gio refuse de le reconnaître. Et il fait semblant de ne pas entendre quand je lui dis que la plupart d'entre eux sont totalement...

— ... Idiots ? proposa Raphael.

— J'en ai assez de ces faux-semblants, de leurs regards brûlants et de leurs hymnes à ma prétendue beauté ! Ce matin, je me suis fait un panier de pique-nique et je suis partie aux confins de la propriété pour leur échapper.

— Personne ne peut résister à Gio quand il a une idée en tête.

— Vous, il vous écoutera. Il croit que vous pouvez faire des miracles.

— Je l'ai déjà mis en garde à ce sujet. Mais il est bien décidé à vous trouver un...

Il s'interrompit et leva les mains, paumes tendues en signe d'apaisement.

— Ne tuez pas celui qui apporte la mauvaise nouvelle, reprit-il. Pourquoi ne lui dites-vous pas vous-même d'arrêter ?

— Chaque fois que j'essaie, il devient sentimental et commence à ressasser toutes les erreurs qu'il a commises au sujet de Lucia, et il regrette que j'aie dû affronter seule des hommes comme Frank. Il se met presque en colère. Il divague et prétend que, vous et moi, on se retrouvera seuls au monde après sa mort. Vous savez, il se sent aussi responsable de vous.

— Vous avez sans doute déjà compris que votre grand-père est le plus roué des manipulateurs, *si* ?

— C'est horrible.

— Ça n'en est pas moins vrai. Giovanni serait capable de vous faire dire que le soleil tourne autour de la Terre.

— Mais alors, vous ne croyez plus que je joue la comédie ?

— Un enquêteur privé m'a confirmé que vous êtes bien la petite-fille de Lucia. Et de Giovanni.

Raphael n'avait pas rendu visite à Gio depuis qu'il avait reçu cette confirmation, quatre jours plus tôt, et il avait beau réfléchir, il ne savait pas comment composer avec cette certitude. Ou ne pas composer. Il connaissait cent femmes plus belles et plus sophistiquées que Pia, prêtes à lui offrir le genre de relations qu'il souhaitait. Des femmes qui ne le regardaient pas avec cet air de convoitise à peine dissimulée. Des femmes qui n'étaient pas la petite-fille de son parrain.

Il avait choisi d'attendre. De se dire que c'était l'attrait de la nouveauté, la franchise de ses aveux, son allure innocente. Il avait toujours préféré les femmes expérimentées, au lit comme dans la vie courante. Pourtant, dès qu'il avait aperçu Pia devant son bureau, elle l'avait profondément troublé.

Aujourd'hui, elle avait vraiment l'allure d'une professeure des écoles : lunettes à monture noire, cheveux sommairement relevés en chignon retenu par une baguette de bois, blouse à fleurs et vieux short en jean qui mettait en valeur ses longues jambes et ses fesses joliment rebondies. Pas de maquillage.

On aurait pu la trouver quelconque, mais au-delà des apparences, il savait que cette femme était douée d'une sensibilité particulière. Que s'il la touchait, elle réagirait de façon tout aussi passionnée que lui. La blouse à fleurs la faisait paraître plus fragile et il aurait aimé en suivre du doigt l'encolure. Ou, pourquoi pas, du bout de la langue... Il aurait voulu ôter cette baguette de ses cheveux pour qu'ils retombent sur ses épaules. Et faire glisser ce short sur ses cuisses pour caresser sa peau si douce...

Il se massa les tempes en s'efforçant de chasser ce fantasme de son esprit. Même adolescent, jamais il n'avait rien ressenti de ce genre. Il n'en avait pas eu le temps.

— Vous avez fait enquêter sur ma vie par un détective privé ? s'offusqua Pia.

Il haussa les épaules.

— Gio s'est fait arnaquer par ses trois ex-épouses. Et à présent, il leur verse d'énormes pensions alimentaires, dit-il en se rasseyant sur le canapé.

Elle se rassit à son tour à l'autre bout.

— Vous êtes un monstre d'arrogance et de perversité.

— Si vous me disiez plutôt enfin pourquoi vous êtes venue.

— L'autre soir, nous avons eu une discussion extrêmement pénible. Vous m'avez acculée et forcée à dire des choses horribles, déclara-t-elle, les yeux pleins de larmes.

Brusquement, Raphael sentit sa colère céder la place à une étrange tendresse qui lui gonfla le cœur. Il se pencha et prit les mains de Pia dans les siennes. Mais à peine les avait-il touchées qu'une bouffée de désir l'envahit. Les cals rugueux de ses paumes, la minceur de ses poignets, ses ongles au vernis écaillé : en elle, tout le subjuguait. Il leva les yeux et découvrit sa moue empreinte de tristesse.

— Que s'est-il passé ?

Elle lui retira ses mains, qu'il lâcha à regret.

— De tous les hommes qui me... poursuivent, si l'on peut dire, celui que je préfère est Enzo, parce que, en passant du temps avec lui, je réussis à éviter tous les autres. J'apprécie sa compagnie et depuis deux semaines, nous sommes devenus inséparables ou presque. Il est gentil, sincère, et il m'a dit d'emblée que...

— Enzo Castillaghi ? intervint Raphael, brusquement inquiet.

— Oui. Il m'a tout de suite dit qu'il était gay, mais que si sa famille l'apprenait elle le rejetterait. Giovanni et Stefano, le père d'Enzo, sont visiblement ravis qu'on se plaise ensemble.

Raphael sursauta.

— Stefano ? Il est venu chez Gio ?

Pia acquiesça.

— Je n'avais pas réalisé que Gio était au courant de mes relations avec Enzo. Hier, son père et lui ont surgi à l'improviste pour déjeuner et ensuite, dans le jardin, Enzo m'a demandé de l'épouser pendant qu'ils nous observaient de la terrasse. Il m'a dit qu'il m'aimait bien et que nous pourrions faire un mariage de convenance qui lui permettrait de ne plus avoir ses parents sur le dos et à moi d'échapper à la surveillance de Gio. En attendant mieux, en quelque sorte.

Raphael ne put retenir un juron. Comment Gio avait-il pu s'entendre avec Stefano Castillaghi alors qu'il savait à quel point il le détestait, et pour une excellente raison ? Il y avait quelque chose qui clochait. À la pensée que Pia pourrait épouser Enzo tandis que Stefano tirerait les ficelles pour mettre la main sur Vito Automobiles, son sang ne fit qu'un tour.

— Raphael, vous avez l'air horrifié. La famille Castillaghi est à ce point terrible ?

— Enzo est inoffensif mais totalement sous la coupe de son père. De son côté, Stefano...

— Oui ?

Raphael se demanda si Pia se rendait compte qu'elle s'était rapprochée de lui sur le canapé. Il lui aurait suffi de tourner la tête pour que leurs bouches se touchent. Une bouffée de parfum réchauffée par la peau tiède de Pia vint lui chatouiller les narines. Quel diable, ce Giovanni !

— Stefano a été pendant vingt ans l'associé de mon père, reprit-il, et nos deux familles étaient très proches. Mais avec un troisième partenaire, ils ont fait des investissements peu avisés et très risqués. Quand ça a mal tourné, nous nous sommes aperçus que Stefano et le troisième associé avaient réussi à se dégager financièrement et que mon père était le seul débiteur légal. Nous avons tout perdu du jour au lendemain, l'affaire, notre maison, les voitures, parce que mon père a tenu à tout rembourser. Mais il n'a pas eu assez d'argent.

— Stefano et l'autre n'ont pas été impliqués légalement ?

Raphael avait horreur d'évoquer cette période. De parler de ce père qu'il considérait autrefois comme un héros. Le vide qu'il avait laissé n'avait fait que renforcer son amertume.

— Non.

— Vous ne m'avez pas tout dit, lança-t-elle d'une voix tremblante. Votre père, que lui est-il arrivé ?

— Il s'est suicidé.

En silence, Pia prit les mains de Raphael. Sans savoir pourquoi, il s'accrocha à ses doigts et une faille s'ouvrit dans son cœur.

— Votre père, c'était un type bien ? demanda-t-elle timidement.

Cette question que personne ne lui avait jamais posée pénétra dans sa tête comme une flèche et s'y logea profondément, douloureusement.

— C'était un lâche, répondit-il d'une voix dure.

Ces mots le blessèrent. Encore. Après tant d'années.

— Vous... Vous aviez quel âge ?

— Dix-sept ans.

— Raphael, vous ne croyez pas... ?

Il s'écarta d'elle. Pas question de discuter plus longtemps de son père ni du passé.

— Je dois tout à Giovanni, mais que je sois damné si je laisse Stefano poser un doigt sur Vito Automobiles. Qu'avez-vous répondu à Enzo ?

Elle chercha son regard en soupirant.

— J'ai refusé. Il est gentil, sa proposition me permettrait d'échapper à cette situation, et peut-être même que cela soulagerait Gio. Mais le mariage, c'est sacré. Enfin, pour moi du moins. Je ne peux pas davantage épouser Enzo par commodité que je ne pourrais vous épouser pour faire plaisir à Gio.

— Pourtant, je l'emporte sur Enzo. Au moins sur un point...

Le simple fait de pouvoir plaisanter avec elle alors qu'il venait d'évoquer Stefano Castillaghi en disait long sur l'attirance qu'il éprouvait.

— Ça ne vous ennuie pas trop de me laisser terminer mon histoire ? demanda-t-elle en rougissant, visiblement excédée.

Il aimait bien la voir énervée comme ça.

— *Si.*

— Après leur départ, Gio m'a dit que je devrais accepter la demande d'Enzo, qu'il ferait un très gentil mari. Quand je lui ai fait remarquer que je n'avais pas l'intention de me marier dans un avenir proche, il m'a paru... contrarié. Je lui ai dit que j'en avais assez qu'il essaie de me manipuler, et il m'a répondu qu'il avait bien le droit de me choisir un mari, pour être sûr qu'aucun homme ne me trahirait plus comme Frank l'avait fait. On s'est chamaillés. Je lui ai dit que s'il continuait à me harceler je finirais par partir définitivement, comme *nonna*, ajouta-t-elle en s'essuyant les yeux d'un revers de main. Il est devenu tout pâle et il n'a plus rien dit. Un des employés a alors appelé son médecin. Ce n'était pas un simple accès de colère, comme d'habitude, Raphael. Le médecin a mis longtemps à arriver et j'ai cru...

Elle se mit à sangloter. Raphael la prit dans ses bras. Elle se laissa aller contre lui, sans forces. Nouant les bras autour de son cou, elle posa le visage contre son torse. Il sentit sa gorge se serrer bizarrement. Il ne se faisait pas de souci pour Gio :

ce vieux diable allait vivre jusqu'à cent ans et en profiter pour bien les torturer, Pia et lui.

Non, ce qui le bouleversait, c'était l'immense chagrin qu'elle ressentait. Jamais encore il n'avait vu quelqu'un pleurer de cette façon. C'était comme si elle était anéantie. Soudain, il se reprocha son cynisme et sa dureté. Même dans ces conditions, il ne pouvait s'empêcher d'être ému par le contact de son corps mince contre le sien.

— Pia, qu'est-il arrivé à Gio ?

— On n'en sait rien, mais je ne veux pas le perdre alors que je viens juste de le retrouver. Quand je l'ai vu allongé sur ce lit, sans défense… J'ai pensé à *nonna*. S'il lui était arrivé quoi que ce soit, jamais je ne me le serais pardonné. Je ne peux pas continuer à lui donner des soucis !

— Vous ne pouvez pas vous marier avec un homme gay, même si vous le trouvez gentil, protesta-t-il, incapable pour le moment de démêler les motivations machiavéliques de son parrain.

En reniflant, elle s'essuya les joues.

— Non. J'étais en train de travailler sur un jouet, et brusquement, j'ai trouvé une solution idéale.

Raphael lui prit les mains et les ôta de son cou parce qu'il lui était difficile de garder son calme alors qu'il sentait ses seins contre son torse, la pression de ses cuisses contre les siennes, le contact de sa taille et de ses hanches sous ses doigts, son odeur si douce et si tendre. Au point de provoquer une érection de plus en plus évidente… Il fallait absolument qu'il s'écarte !

Soudain, elle comprit ce qui se passait et ouvrit de grands yeux. Son visage et son cou s'empourprèrent. Elle recula comme si elle s'était brûlée.

— Désolée. Je ne m'étais pas rendu compte. Je voulais juste…

Feignant un calme qu'il était loin d'éprouver, Raphael remplit un verre d'eau et le lui tendit. Pia réalisait-elle qu'il avait de nouveau failli l'embrasser ? Était-elle à ce point naïve ? Ne voyait-elle pas combien elle était attirante, à sa façon ? Ce Frank avait-il complètement sapé sa confiance en elle ? Et ce n'était rien à côté de ce qu'elle risquait de subir de la part du gentil Enzo et de ce tordu de Stefano !

Cette perspective suffit à éteindre son désir. Il ne pouvait pas laisser Stefano mettre ses vilaines mains sur l'entreprise dont il avait fait un leader mondial. Mais il n'y avait guère de solutions, du moins une solution qui n'implique pas Pia. Quant à s'impliquer, *lui*, *avec* Pia, cela lui faisait froid dans le dos. Même s'il en avait envie. Un nœud coulant était en train de se resserrer autour de son cou...

— Vous avez une idée ? demanda-t-il d'une voix dure.

— Eh bien, nous pourrions faire semblant... Enfin... De nous intéresser l'un à l'autre, balbutia-t-elle, avant de s'arrêter en le voyant ouvrir de grands yeux. Comme si on sortait ensemble et qu'on était tellement... amoureux que plus rien ni personne ne comptait.

Pia s'interrompit, en nage, angoissée. Seigneur, qu'est-ce qui lui avait pris ? Elle s'était humiliée face à cet homme qui semblait horrifié à la simple idée qu'ils pourraient sortir ensemble...

— Gio se fait une haute idée de vous, reprit-elle après une profonde inspiration. S'il ne vous jugeait pas si inaccessible, je suis certaine qu'il nous aurait poussés l'un vers l'autre.

— Pardon ?

— Depuis que je suis arrivée à Milan, je n'ai pas cessé d'entendre parler, par Gio et par un tas d'autres gens, du genre de femme qui vous plaît. Alors jamais il ne serait assez stupide pour espérer qu'il se passe quelque chose entre nous. Paradoxalement, ce serait pourtant la solution idéale.

— Je dois le reconnaître, votre raisonnement est assez tordu pour prouver que le sang des Vito coule dans vos veines, ironisa Raphael.

— La plupart des hommes que j'ai rencontrés ces dernières semaines arrêteraient de me tourner autour s'ils savaient que vous avez des vues sur moi. Vous les impressionnez tous.

— Et vous accepteriez que j'aie *des vues sur vous* ?

— C'est un peu démodé, mais à mon sens, c'est le seul moyen de les tenir à l'écart, dit Pia en frissonnant. De cette façon, vous, vous vous assurez que je ne mets pas la main sur la fortune de Gio. Lui sera ravi qu'il se passe quelque chose entre vous et moi, et moi... Moi, je peux faire des projets. Comme si je passais un pacte avec le diable.

— Pour vous, je suis donc un démon ? s'enquit-il, d'une voix qui fit courir un frémissement le long de l'échine de Pia.

— Oui.

Raphael n'était ni le diable ni le prince charmant. Plutôt le Grand Méchant Loup. Et parfois, un loup savait vous protéger et tenir les autres en respect. Néanmoins, comment gérerait-elle cette prétendue relation alors qu'elle ne pouvait même pas le regarder sans se sentir fondre ? Mais il n'y avait aucune autre solution pour assurer la tranquillité d'esprit de Gio. Et la sienne.

Il s'approcha et lui releva le menton.

— Comme ça, vous faites des projets ?

— Cela ne vous regarde pas.

— Si je me prête à cette comédie, je dois tout savoir de vous, Pia.

Cela sonnait comme une prise de possession.

— À quoi bon, du moment que ce n'est qu'une comédie ?

Le silence. Et un regard intense de ses yeux noirs. Pia se tortilla comme un poisson au bout d'une ligne.

— Je... Je pensais rester ici jusqu'à la fin de l'été. Mais hier soir, en voyant la réaction de Gio, j'ai compris qu'il me serait très difficile de repartir. Là-bas, il n'y a plus rien qui me retienne. Alors au risque de confirmer vos pires soupçons, j'ai décidé de rester pour m'occuper de lui. L'idée de le laisser seul aux mains d'un personnel rémunéré me noue l'estomac.

Les traits de Raphael se durcirent.

— Prendre soin de Gio ou de tout autre homme de son âge, c'est un boulot à plein temps, Pia.

— Je le sais. Quand *nonna* était malade, il n'y avait plus qu'elle et moi. J'ai pris un long congé et je me suis occupée d'elle pendant deux ans. Je peux...

— Vous aviez quel âge ?

— Vingt ans. Je n'avais travaillé que quelques mois.

— Et vous n'avez pas eu envie de vivre ? D'avoir un travail, des amis ? lança-t-il sur un ton dubitatif.

Comme si son expérience personnelle ne lui permettait pas d'ajouter foi à ses paroles, songea Pia.

— Il n'y avait personne d'autre. Je sais que vous êtes là pour Gio, mais vous êtes si occupé...

— Oui, cette comédie servirait nos intérêts à tous les deux. Mais Gio et les autres croiront-ils vraiment que je puisse être irrésistiblement attiré par une...

Il s'interrompit et l'observa des pieds à la tête, avec une intensité qui excita Pia et l'embarrassa tout autant.

... Une prof de primaire timide, quelconque et ennuyeuse ? poursuivit-il. Je n'en jurerais pas.

Elle prit son sac, au comble de la fureur, et lui fit face, indignée de le voir sourire. Quel toupet !

— Il me sera tout aussi difficile de me comporter comme si vous étiez un don du ciel ! rétorqua-t-elle sèchement. Mais pour Gio, je ferais n'importe quoi.

Il lui prit les mains et les serra avec un sourire diabolique.

— Il ne suffira pas de faire comme si vous m'aimiez bien, *cara mia*. Il va d'abord falloir arrêter d'être aussi nerveuse avec moi. Vous devrez faire semblant de m'adorer.

De ses deux bras tendus, il la coinça, dos à la porte.

— Et de ne pas pouvoir vous empêcher de me toucher, ajouta-t-il en lui soufflant dans le cou.

— Non.

Tout son corps fondait, comme si son sang se transformait en miel liquide.

— *Si.* On ne vous a donc pas tout dit à mon sujet ?

Pia ne pouvait détacher le regard de sa bouche — sa lèvre supérieure bien dessinée et sa lèvre inférieure si sensuelle. Aucun autre homme n'avait une bouche pareille. L'envie de la goûter, de presser son corps contre ces muscles puissants devenait presque douloureuse. Comment pouvait-elle éprouver une telle attirance ?

— On dit que vous avez eu de nombreuses maîtresses mais que vous n'avez jamais été amoureux. Pourtant, ça ne décourage pas la plupart des femmes.

— Si tout Milan doit croire que nous sommes ensemble,

je ne pourrai voir personne d'autre, même en cachette. Alors, libre à vous de…

Un frémissement d'excitation parcourut Pia, qui lui posa la paume sur la bouche pour qu'il se taise. Si elle voulait continuer à vivre en Italie, et à vivre auprès de Gio, il lui faudrait, dans une certaine mesure, partager aussi la vie de Raphael. Dans ce cas, pas question de continuer indéfiniment à se torturer parce qu'il lui plaisait. Ni à le laisser se moquer d'elle comme il aimait le faire. En elle, quelque chose se rebellait.

— Peut-être n'aurai-je pas tant de mal que ça à faire semblant d'être votre petite amie. Il y a quelques jours, j'ai réalisé quelque chose au sujet de mes relations avec Frank : si j'avais eu plus d'expérience des hommes, à la fois sur le plan sentimental et sur le plan sexuel, je ne me serais pas laissé prendre à ses mots doux.

C'était une chose de vouloir lui rabattre son caquet et une autre de le faire en sentant sa barbe naissante et ses lèvres sous sa paume.

Il la prit par le poignet. Leurs visages se touchaient presque et elle pouvait voir ses pupilles très dilatées. Il lui sembla soudain qu'il n'était plus en train de jouer.

— Je n'avais pas encore réalisé à quel point nous sommes faits pour cette comédie, ajouta-t-elle, fébrile. Je ne suis pas le genre de femme qui vous intéresse, et de mon côté, jamais je ne pourrais avoir de relation avec un homme comme vous.

— Vraiment ? lança-t-il avec un petit rire.

— Non. Vous êtes trop arrogant, cynique et… beaucoup trop beau pour moi. Il faudrait que je passe ma vie à chasser les femmes qui vous courent après, et chaque jour on me rappellerait la chance que j'ai eue de vous conquérir. Entre nous, ce serait trop inégal. Amour ou pas, je suis bien décidée à ne pas vivre avec un homme qui me méprise et qui croit qu'il me fait une faveur en restant avec moi.

Il lui sembla qu'il rougissait.

— Pia, quoi qu'ait pu vous dire ce salaud…

— N'oublions pas que vous méprisez le mariage, le coupa-t-elle.

Elle n'avait vraiment rien à faire de sa pitié.

— Vous tenez toujours à vous marier ?

— Bien sûr ! Je refuse de laisser Frank briser la confiance que j'ai toujours eue en la vie. Mes parents, autant que je le sache, étaient tout l'un pour l'autre. Je veux un mari qui respecte notre relation, qui me fasse confiance et qui veuille passer sa vie avec moi. Mais en attendant, pourquoi ne pas m'exercer avec vous ?

— Je ne comprends pas très bien ce qu'implique le fait de *vous exercer avec moi*, comme vous dites, répondit-il, sur un ton si équivoque que Pia rougit jusqu'aux cheveux.

Sans répondre, elle se glissa hors de la pièce, mais le rire de Raphael l'accompagna dans sa fuite et lui resta dans les oreilles jusque chez elle.

Seigneur, dans quoi venait-elle de s'engager... ?

5

Habillez-vous pour moi ce soir.

Pia reçut ce texto en fin d'après-midi, quelques heures après avoir conclu son accord avec Raphael, alors qu'elle s'apprêtait à sortir avec Gio.

Un dîner était prévu chez Theresa, une des sœurs de Raphael, l'occasion parfaite de rendre publique leur relation. Elle imaginait déjà la lueur arrogante dans ses yeux, et son sourire satisfait.

Lorsque Gio passa la prendre dans le hall, il la trouva en train de lire ce message, d'abord perplexe, puis furieuse. Cet Italien arrogant ne perdait rien pour attendre et n'allait pas tarder à regretter l'ordre qu'il lui avait donné, se dit-elle en souriant malgré elle. Quand Gio lui demanda ce qui la faisait sourire, elle rangea instinctivement son téléphone. Puis, réalisant qu'en fait c'était pour son grand-père qu'elle se lançait dans cette comédie, elle finit par le lui montrer à contrecœur. Il le contempla si longuement qu'elle se demanda si elle n'avait pas commis une terrible erreur. Quand il leva enfin les yeux vers elle, Pia s'attendait à ce qu'il lui pose mille questions, qu'il soit intrusif, qu'il fasse des projets. En certaines occasions, il pouvait se montrer aussi impulsif et capricieux qu'un enfant.

Mais il ne dit rien. Ni ne posa la moindre question.

— C'est un type bien, mais très dur. Ne le laisse pas te briser comme j'ai brisé Lucia, *si* ? lui dit-il seulement.

Plus tard, sur la route qui les menait chez la sœur de Raphael, elle le sentit à la fois soucieux et soulagé. Comme s'il savait déjà que cela arriverait. Comme s'il l'avait voulu.

Toutefois, en entrant dans la villa de Theresa, une élégante demeure de style méditerranéen aux murs blancs couverts de vigne vierge, Pia regretta de s'être lancée dans cette comédie sans issue. En souriant, elle serra des mains et échangea des baisers mondains avec quelques invités. La villa baignait dans une lumière dorée. Des tables avaient été disposées dans une cour immense et il y régnait une ambiance festive. Des enfants se poursuivaient en riant et les gens bavardaient en petits groupes. Au moment où Gio et elle firent leur entrée dans la cour, tous ces visages souriants se figèrent.

Elle essaya de se détendre sous les regards qui convergeaient vers eux. Elle connaissait déjà beaucoup de monde, en particulier deux hommes rencontrés le jour du bal. Soudain, son plan lui parut ridicule, complètement stupide. Comment faire semblant d'être la fiancée de Raphael devant tous ces gens alors que cette idée la mettait si mal à l'aise, même si ça avait aussi quelque chose de très excitant ?

D'ailleurs, où se cachait son prétendu fiancé ?

Elle fit connaissance des quatre sœurs de Raphael et de leurs maris, ainsi que d'une ribambelle de nièces et de neveux, d'une armée de cousins et de leurs épouses, de deux tantes et enfin de sa mère, Portia Mastrantino. Dans son regard, elle lut la même méfiance que dans celui de son fils.

Tout le monde était en short ou jupe et T-shirt ; Pia se félicita d'avoir choisi un haut uni en coton bleu marine, un short imprimé et des espadrilles compensées, contrairement aux instructions de Raphael.

Après plus d'une heure de sourires contraints, Pia aspirait au repos. Elle se réfugia à l'intérieur de la maison. Ce fut là qu'elle trouva Raphael, assis sur une chaise longue, en short cargo et T-shirt bleu marine qui dévoilait ses bras puissants. Il ne l'avait pas vue. Il lui semblait différent, mais toujours aussi séduisant. Le soleil qui entrait par l'immense baie vitrée faisait paraître sa peau plus mate et ses épaules plus larges sous le fin coton qui moulait son torse.

Sur ses genoux, il tenait une adorable petite fille qu'il faisait glisser le long de ses jambes comme sur un toboggan. Quand il faisait mine de la lâcher, elle se mettait à crier en riant. Chaque fois qu'il la rattrapait à la dernière seconde, elle poussait un cri perçant et remontait sur ses genoux, avant de lui passer les bras autour du cou et de poser sur sa joue un baiser mouillé.

La joie et l'amour brillaient dans les yeux de Raphael et il attendait avec un bonheur évident qu'elle l'embrasse encore une fois. Pia ressentit un pincement de jalousie. Tant de cynisme lorsqu'il s'adressait à elle, et maintenant, tant d'affection envers cette fillette… Était-ce sa nièce ? Ou la fille d'un cousin ?

Soudain, la petite eut un hoquet et son visage se crispa. Sur un ton impérieux, Raphael réclama un verre d'eau. Immédiatement trois brunes ravissantes, vêtues à la dernière mode, se précipitèrent, le couvant du regard et attendant visiblement ses ordres. Il ne sembla pas y prêter attention, ni remarquer qu'elles s'étaient rapprochées de lui à le toucher.

Pia fut d'abord extrêmement gênée, puis submergée par une onde de possessivité qui la déstabilisa. Lui jetait-elle, elle aussi, des regards de ce genre, débordant d'un désir à peine caché ? L'attirance qu'elle éprouvait se lisait-elle ainsi sur son visage ? Sans parler de l'impression de n'être rien à côté de cet essaim de femmes qui bourdonnaient autour de lui comme des abeilles autour d'un pot de miel.

En sentant un frémissement sur sa nuque, Raphael leva les yeux tandis qu'Alyssa posait un nouveau baiser sur sa joue. Debout au centre de la pièce, Pia le fixait d'un air stupéfait. Le contre-jour mettait en valeur sa mince silhouette vêtue d'un simple T-shirt et d'un short qui soulignait ses longues jambes hâlées. Elle avait eu beau tresser sa longue chevelure, le combat était perdu d'avance et des mèches folles lui encadraient le visage.

À côté des autres femmes, vêtues par de grands couturiers et arborant des sacs de marque et des diamants aux oreilles et aux poignets, elle avait l'air d'une fleur des champs au milieu d'orchidées artificielles.

Sur son visage, il lut un mélange d'émotions ; cette vulnérabilité déclencha en lui une vague de désir accompagnée d'un élan protecteur. Feindre d'avoir une liaison avec elle, même si elle n'y voyait aucun mal, n'était pas sans risque, et l'instinct de Raphael lui enjoignait de garder ses distances.

Mais comment aurait-il pu l'abandonner aux chacals que Giovanni avait lancés sur elle ? Et aux manigances ridicules de celui-ci ? L'idée qu'elle accorde son amitié à un autre homme, même Enzo, lui semblait insupportable. Comment cela allait-il se passer entre eux ? Cette question le hantait depuis qu'il avait accepté son plan.

— Pia ? murmura-t-il.

Elle leva vers lui ses yeux lumineux. Sous ce regard plein d'un désir sans artifices, le corps de Raphael frémit d'un instinct viril.

Elle rougit violemment.

— Je vous cherchais, déclara-t-elle en remontant ses lunettes sur son nez. Je ne crois pas que nous devrions...

— Je vous présente ma fille, Alyssa, la coupa-t-il abruptement.

Au même instant, sa mère et Giovanni pénétrèrent dans la vaste pièce avec un groupe d'amis.

— Votre fille ? s'exclama-t-elle, les yeux comme des billes. Vous avez une fille ?

La fillette s'écarta de Raphael pour se précipiter vers Pia et s'enrouler comme du lierre autour de sa jambe nue avant de lever les yeux vers elle. Pia la souleva dans ses bras en riant.

À l'arrière-plan, Raphael entendit Gio dire que tous les trois formaient un joli tableau. Il imagina le choc qu'allait ressentir sa mère, les rumeurs, les ragots. Il n'avait jamais cru au destin ni à une puissance supérieure. S'il avait tracé sa route, c'était toujours par ses propres décisions et ses propres actes. Même après que Giovanni l'avait pris sous son aile, il avait toujours fixé lui-même le but à atteindre, dans sa vie privée comme en affaires. Pourtant, en voyant Alyssa attraper une mèche de cheveux de Pia, il sentit qu'il ne pouvait déjà plus revenir en arrière.

Il rit en l'entendant demander à sa fille dans son mauvais italien de la lâcher. Lorsqu'elle eut reposé Alyssa sur le sol,

Pia se mit à genoux en face d'elle ; alors, sa fille la serra dans ses bras.

Durant l'heure qui suivit, Raphael observa avec amusement la façon dont Pia et Alyssa se faisaient mutuellement du charme. Sa fille, qui d'habitude avait du mal à supporter les étrangers, semblait faire d'instinct confiance à la jeune Américaine ; celle-ci de son côté, si mal à l'aise au milieu de la foule sophistiquée des invités, avait l'air ravi.

Quand Alyssa commença à donner des signes de fatigue, Pia la prit dans ses bras. Sa fille, qui ne se laissait habituellement coucher par personne d'autre que lui-même, sa mère ou Theresa, se nicha contre sa poitrine en suçant son pouce avant de sombrer dans le sommeil.

— Ne la réveillez pas, chuchota Pia quand Raphael tenta de détacher de son petit poing la mèche de cheveux de Pia qu'elle agrippait.

— À moins que vous ne teniez à ce qu'elle saccage votre superbe chevelure, ce qui serait dommage, il faut bien en passer par là. Croyez-moi, elle m'a déjà arraché des poignées de cheveux.

— Ça ne se voit pas.

Il lui prit Alyssa et la donna à sa sœur, qui les contemplait avec de grands yeux. Celle-ci disparut pour aller coucher sa nièce. Pia et lui s'isolèrent dans un coin de l'immense salon.

— Vous ne m'aviez pas dit que vous aviez une fille.

— Cela ne concerne que moi, répondit-il sur un ton plus sec qu'il ne l'aurait voulu.

Le regard de Pia s'assombrit, mais elle leva le menton d'un air de défi.

— Sa mère est-elle ici, elle aussi ? Je ne me sentirais pas très à l'aise si...

— Allegra ne fait plus partie de nos vies. Elle a perdu tous ses droits sur Alyssa.

— Si j'avais su que vous aviez une fille, jamais je ne vous aurais proposé de... de jouer cette... comédie, balbutia-t-elle.

Raphael ne put masquer sa surprise. Elle était bien la

première à ne pas tenter de se servir d'Alyssa pour se rapprocher de lui. D'ailleurs, elle paraissait toujours privilégier les autres — sa *nonna*, Gio, Alyssa — alors que même sa propre mère, qui adorait pourtant ses petits-enfants, tentait parfois de se servir d'Alyssa pour le manipuler.

Pia... Se pouvait-il vraiment qu'elle soit différente ?

— Est-ce que vous bafouillez toujours quand vous parlez de ce que font les hommes et les femmes ? lança-t-il.

— Peut-être vaudrait-il mieux qu'Alyssa sache que vous et moi... Enfin que je...

— Ma mère et ma sœur Theresa sont seules autorisées à s'occuper d'elle. Et quand j'ai besoin d'une femme, je m'arrange pour que cela se passe hors de cette ville.

— Quand vous avez *besoin d'une femme*, répéta-t-elle d'un air dégoûté. C'est horrible ! Tellement... biologique. Si j'ai bien compris, jamais plus vous n'aurez besoin d'une femme pour quoi que ce soit d'autre que satisfaire vos besoins ?

— Exactement. Je n'ai aucune intention de me remarier.

— Et l'affection, la tendresse... ?

— Jamais je n'ai rencontré une femme qui m'inspire ce genre de sentiments. Quant à Alyssa, elle m'a moi, et comme compagnie féminine, ma mère et mes sœurs, dit-il en faisant un pas vers Pia qui recula d'autant. Ma mère comprendra que je ne veuille pas discuter de notre relation devant Alyssa. Aujourd'hui, elle était censée la garder chez elle, mais je suppose qu'elle tenait trop à vous connaître.

— Quand je lui ai été présentée... elle..., commença Pia, hésitante, avant de poursuivre : je me trompe peut-être, mais je n'ai pas l'impression de lui avoir plu.

— C'est vrai.

— Pourquoi ? Elle ne me connaît pas.

— Vous êtes en concurrence pour la fortune de Gio.

— C'est horrible. Vous aussi, vous avez la même angoisse de voir rétrécir votre part du gâteau ? Peut-être est-ce vous qui cherchez à me manipuler ?

Raphael éclata de rire, comme si l'idée était ridicule.

Seigneur, cette confiance immense qu'il avait en lui... Giovanni lui avait raconté comment son filleul avait fait entrer Vito Automobiles en bourse et augmenter les dividendes. Son grand-père lui avait confié, avec bizarrement une ombre de regret dans la voix, que dans les changements qu'il avait imposés le jeune P-DG inflexible avait obtenu les résultats qu'il souhaitait : davantage de profits, une hausse de la valeur des actions. Raphael ne faisait confiance à personne et ne tolérait aucune faiblesse, ni de sa part ni des autres. Le souvenir du suicide de son père jetterait toujours une ombre noire sur sa vie.

— Si vous êtes riche, pourquoi votre mère se fait-elle tant de souci ? demanda Pia.

Il haussa les épaules, mais en voyant sa bouche se crisper, elle sut que sa question avait fait mouche.

— Elle a grandi dans une famille très riche, et mon père lui a toujours assuré le même train de vie. Quand nous avons tout perdu, même notre maison, beaucoup de nos amis et de nos relations nous ont tourné le dos. Elle l'a très mal supporté ; elle ne sortait plus de sa chambre et refusait de manger. Elle n'était plus que l'ombre d'elle-même.

— Ça n'a pas pu être plus dur pour elle que pour votre père, n'est-ce pas ? demanda Pia avec une pointe d'ironie.

Il fronça les sourcils sans faire de commentaire.

— Excusez-moi, reprit-elle. C'est seulement que votre père a été trahi par des gens en qui il avait confiance, des gens avec qui il avait partagé des angoisses, des rêves, des espoirs. Votre mère, elle, a continué à vivre, pour vous et pour vos sœurs. Qu'est-ce que la richesse au regard d'une famille et d'amis qui vous aiment ?

— Vous croyez vraiment à ce que vous dites ? l'interrogea-t-il, le regard fiché dans le sien.

— Je... Je peux m'imaginer ce que votre père a dû ressentir, bredouilla-t-elle, mal à l'aise. Ce que Frank m'a fait est très peu de chose en comparaison, mais il y a des jours où je n'arrive même plus à avoir confiance en mon propre jugement. Des jours où je ne peux pas croire qu'il m'ait aidée à sortir du brouillard après la mort de *nonna*, m'ait persuadée de mettre le pied dehors pour une soirée, uniquement pour me tromper. D'ailleurs, en se comportant comme il l'a fait, Gio ne m'a pas aidée. Quand quelqu'un me dit quelque chose de gentil, je n'arrive pas à le croire. J'imagine une arrière-pensée. Paradoxalement, c'est pour cette raison que j'ai confiance en vous.

— Paradoxalement ?

— Oui, à cause de votre hostilité, de vos soupçons. Je peux compter sur votre franchise brutale, même si je déteste vos insinuations. C'est pourquoi je vous... apprécie. Mais je ne comprends toujours pas pourquoi votre mère ne m'aime pas.

— Elle vit dans la terreur que je prenne les mêmes risques financiers que mon père et que je perde tout. Elle a exigé que je lui garantisse un revenu à vie, ainsi qu'à mes sœurs et à Alyssa.

— Un fonds que vous n'êtes pas autorisé à investir dans vos affaires ? s'enquit Pia, stupéfaite.

Ainsi, la mère de Raphael n'avait pas confiance en les capacités de son fils, et son obsession de l'argent était plus forte que son affection pour celui-ci.

— *Si.* Et puis, ces dernières années, elle s'était habituée à entendre Gio proclamer à cor et à cri qu'il allait tout me laisser. Il le laissait entendre pour contrer ses ex, qui exigent sans cesse qu'il augmente leurs pensions. C'était aussi une sorte d'assurance, au cas où je ferais faillite. Une assurance que vous menacez désormais.

Pia hocha la tête. Elle comprenait mieux qu'il ait pu supposer qu'elle voulait tondre Gio. Dans la mesure où sa mère le considérait comme une source de revenus, il s'était obligé à jouer ce rôle de pourvoyeur de fonds. L'avait-on même autorisé à faire le deuil de son père avant de devenir soutien de famille ?

Car en dépit de tout, il s'intéressait à sa famille. Pia lui avait reproché sa dureté, mais il avait quand même endossé la responsabilité de ses sœurs et de sa mère.

Et il adorait sa fille.

Soudain, elle comprit Raphael, mieux qu'elle ne l'aurait voulu, au-delà de sa dureté et de son cynisme. Cet homme valait vraiment la peine d'être connu. Et c'était bien ce qui la terrorisait, plus que tout le reste.

6

Raphael demeura un moment immobile tandis que Pia le fixait sans ciller. Dans la lumière du soleil, elle lui paraissait d'une exquise innocence ; un désir permanent lui chauffait le sang dès qu'elle était dans les parages. Sous son regard, il se sentait nu, prêt à lui avouer des secrets qu'il n'avait jamais encore révélés à personne. Au-delà des mots, il découvrait en lui des émotions qu'il n'avait pas même entrevues : la honte du suicide de son père, blessure qui avait trop longtemps suppuré, et la douleur d'une trahison qu'il avait jusque-là ignorée.

Ce père, il l'avait adoré, et du jour au lendemain, son héros l'avait à la fois trahi et abandonné, ne lui laissant que le souvenir de sa faiblesse. Raphael avait l'impression de perdre le contrôle, ce qui le rendait hargneux.

— Cela vous étonne que Giovanni essaie de vous imposer un homme qui vous protège ? Vous me regardez comme si vous vouliez me dévorer tout cru !

— Pas n'importe quel homme. Vous, répliqua-t-elle en rougissant. Ça m'a fait plaisir de vous voir vous occuper si bien de votre fille.

Au lieu de le calmer, cette constatation l'énerva davantage. Cette femme lui mettait la tête à l'envers.

— Vous me preniez pour un monstre sans cœur ?

Il fit encore un pas en avant et elle en fit un en arrière.

— Tout prêtait à le croire.

— Arrêtez de vous défiler.

— Et vous, arrêtez de me coller, répondit-elle, au bord de la panique. Ce serait une très mauvaise idée, à tous points de vue.

Chaque fois qu'il se rapprochait, il pouvait voir son pouls palpiter au creux de sa gorge. Comme s'ils étaient reliés par un arc électrique. Mais en dépit de cette attirance, il commençait vraiment à croire qu'elle ne voulait rien avoir à faire avec lui, et cette idée l'agaçait. Jamais depuis son adolescence, quand il était devenu plus grand, plus costaud que les autres, une femme n'avait repoussé ses avances. Surtout depuis qu'il avait rétabli puis décuplé la fortune familiale et qu'il passait pour l'homme le plus puissant de Milan.

— Qu'est-ce qui serait une mauvaise idée ? demanda-t-il en se rapprochant une fois de plus.

— Pourquoi Gio s'est-il fixé sur Enzo, alors qu'il sait que vous détestez son père ? Vous avez raison, il nous a...

— ... Manipulés, *si*.

Raphael était furieux que Gio se soit servi de Stefano pour le manœuvrer, mais Pia avait raison : s'il ne faisait rien pour le calmer, son parrain, croyant agir pour leur bien, allait vite devenir incontrôlable.

— Laissons Gio s'imaginer qu'il a gagné et le monde entier croira que vous m'avez ensorcelé.

— Et moi, je devrais être ravie qu'il ait imaginé ce subterfuge pour vous forcer à vous intéresser à moi ? Comme si j'étais un vieux débris dont il veut se débarrasser ? Ou un pion bien placé pour mettre le roi mat ?

— C'est un grand manipulateur, *si*, mais ça ne veut pas dire qu'il ne se fait pas vraiment de souci pour vous. Et puis c'est vous qui m'avez proposé de jouer la comédie, non ?

— Peut-être, mais...

Avant qu'elle puisse terminer, Raphael la prit par le bras, l'entraîna dans le petit salon adjacent et l'attira à lui. Puis il posa doucement les lèvres sur celles de Pia.

Il voulait seulement, se dit-il, lui démontrer que, même s'il l'attirait, le monde n'allait pas s'arrêter de tourner. Et qu'elle avait trouvé en lui une solution parfaite à tous ses problèmes.

Sauf que ces belles raisons s'évanouirent à la seconde où leurs bouches s'unirent. Les mains de la jeune femme se posèrent sur son torse. Elle poussa un petit gémissement de plaisir et ses doigts se crispèrent sur sa chemise.

Un baiser… Il n'irait pas plus loin. Goûter à cette bouche sensuelle et provocante. Pour voir si elle était aussi tendre qu'elle en avait l'air. Jamais encore on ne l'avait regardé comme le faisait cette femme. Comme si son fantasme le plus secret devenait réalité.

Il la prit par le cou et glissa la langue entre ses lèvres tremblantes. Elle gémit doucement, ce qui lui échauffa le sang. Et elle frémit. Son corps vacilla tandis que le sexe de Raphael durcissait. Sans cesser de l'embrasser, encore et encore, il s'efforça de contrôler le désir qui bouillonnait en lui.

Elle se serra contre lui jusqu'à ce que ses petits seins soient complètement plaqués contre son torse. Il lui caressa lentement le dos pour apaiser son frémissement, consumé d'un désir dévorant.

— Embrasse-moi, *bella*.

Ce qu'elle fit. Lentement. Tendrement.

Elle posa sur le coin de sa bouche un baiser aussi léger qu'une aile de papillon tout en agaçant sa lèvre inférieure du bout de la langue. D'un coin de sa bouche à l'autre, elle continua à l'embrasser, jusqu'à ce qu'il ait l'impression que tout son corps était chauffé à blanc. Dressée sur la pointe des pieds, elle plongea les doigts dans ses cheveux pour l'attirer à elle. Le désir de Raphael se fit plus pressant, sa faim plus dévorante.

Avec un soupir rauque, il l'interrompit et la prit à bras-le-corps. Il chercha sa langue de la sienne, en un baiser beaucoup plus charnel. Il aurait aimé qu'elle se rende, mais il savait d'instinct qu'avec Pia il devrait user de tendresse. Non qu'elle soit si délicate, mais il faudrait y mettre les formes pour garder intacte sa tendre innocence.

En frémissant, elle se lova contre lui, sans cesser de le caresser de la langue. Il poussa un long gémissement en sentant leur baiser devenir plus passionné encore. Douce et brûlante, Pia était comme une drogue à laquelle il n'avait jamais goûté. Aussi réactive et vorace que lui. Il la plaqua contre lui pour lui mordiller la lèvre inférieure. Elle gémit, un tendre gémissement de reddition, de soumission.

Il se demanda si, malgré le nombre de ses conquêtes, il avait déjà eu une érection aussi dure. Il poussa Pia contre le mur et lui releva une jambe, qu'il enroula autour de sa taille. *Dio*, quelle sensation incroyable ! Il souleva la jeune femme des deux mains pour mieux la serrer contre lui et se nicher doucement dans son entrejambe. Il aurait voulu la pénétrer dans l'instant, bouger en elle tandis qu'elle le fixerait de ses grands yeux...

Un toussotement derrière lui le ramena au réel. Raphael s'écarta de Pia comme s'il s'était brûlé et un juron lui monta aux lèvres. Mais Gio s'éloignait déjà...

Raphael brûlait de terminer ce qu'ils avaient entrepris. *Dio*, jamais un simple baiser ne lui avait fait pareil effet ! Et presque sous les yeux de sa mère, de ses sœurs et du Tout-Milan ! S'était-il déjà retrouvé dans une telle situation ? Dans un tel état ?

En reprenant son souffle, il compta jusqu'à dix, sans que son érection devienne moins dure ni moins douloureuse.

Les yeux toujours aussi agrandis dans son visage de gamine, Pia le dévisageait, appuyée contre le mur, les cheveux en désordre, la bouche gonflée par leur baiser. Raphael fut pris d'un sentiment de satisfaction sauvage. Rien à voir avec ses habituelles maîtresses sophistiquées qui connaissaient la musique. Cette femme ne se contenterait pas d'une simple partie de jambes en l'air, ni même d'une courte liaison. Elle ne connaissait rien au sexe, elle l'avait elle-même reconnu, mais quel tempérament !

Elle arborait un air si confus et en même temps si innocemment sensuel que cela suffit à éteindre le feu qui courait dans ses veines, remplacé par un étrange sentiment de malaise. Comme s'il avait éprouvé une émotion bien plus complexe que le plaisir d'un simple baiser.

— Pia ?

Elle posa un doigt sur ses lèvres.

— Je me sens... comme si..., balbutia-t-elle en passant sur ses seins une main tremblante. J'ai le cœur qui bat si fort. Jamais Frank ne m'a embrassée comme ça. Il a essayé, mais moi, jamais je n'ai rien éprouvé de semblable. Comme si je me noyais et si je volais en même temps.

Il serra les poings tandis que les mots de Pia résonnaient voluptueusement au creux de son ventre.

— Pourquoi t'es-tu arrêté ? reprit-elle.

Raphael nota avec satisfaction qu'elle le tutoyait, à présent.

— Parce que j'ai failli te prendre comme ça, contre le mur. Et alors, j'ai entendu Gio…

— Me *prendre* ? chuchota-t-elle.

Elle baissa les yeux sur l'entrejambe de Raphael et rougit.

— Oh !

— Ne me regarde pas comme ça, lança-t-il, furieux, avant de refermer violemment la porte restée ouverte tout le temps de leur échange sensuel.

Lentement, elle s'écarta du mur, le corps tremblant. Tout son visage exprimait la passion.

— Et toi, pourquoi tu me regardes ainsi, comme si j'avais fait quelque chose de mal ?

— Ce n'était qu'un baiser, Pia.

Pourtant, en trente-quatre ans, jamais il n'avait à ce point perdu la tête. Jamais il n'avait essayé de prendre une femme contre un mur, ni ressenti si désespérément le besoin de protéger et de posséder quelqu'un, comme si sa vie en dépendait.

— Vraiment ? Parce que ça avait l'air…

— … Juste d'un baiser, lança-t-il, avec tant de hargne qu'elle sursauta. Une pure comédie, une démonstration à destination de Gio, de ma mère et de tout Milan. J'ai embrassé des dizaines de femmes de cette façon. Un instant de plaisir et rien d'autre, rien dont il faille s'inquiéter. Ni sur quoi on puisse rêver. Ce n'est pas parce que tu t'enflammes à la première étincelle que nous allons bien nous entendre.

Elle rougit, l'air horrifié. Raphael serra les poings. *Dio, pourquoi te comportes-tu de cette façon avec cette femme ?*

C'était la petite-fille chérie de Gio. Alors la toucher s'il n'avait pas l'intention d'aller plus loin, l'embrasser alors qu'il la savait innocente… ? Mais quelque chose d'elle s'était glissé sous sa peau et y demeurait. Et son regard excitait son désir, comme si elle voyait au-delà de sa dureté et de son cynisme.

Pia avait le plus grand mal à retenir ses larmes. Des larmes de rage et de frustration. Comment Raphael avait-il pu l'embrasser et ensuite lui reprocher d'avoir aimé ça ? Pia avait l'impression de sentir encore cette pulsation entre ses cuisses, le souffle brûlant de Raphael sur sa joue, ses doigts crispés sur ses fesses.

Ce baiser lui avait procuré un tel plaisir qu'en ce moment encore, il lui semblait avoir des ailes. Et pourtant, Raphael paraissait bien décidé à la ramener à la réalité.

Une pure comédie ? De qui se moquait-il ?

— Nous sommes aussi responsables l'un que l'autre de ce baiser, dit-elle d'une voix vibrant de frustration et de colère. Mais toi, tu me reproches de l'avoir apprécié plus que je ne l'aurais dû ?

— J'ai perdu mon sang-froid. Ça ne se reproduira pas.

— Le baiser ou la perte de sang-froid ?

Pia se souvint de son érection pressée contre son ventre. Là aussi, il avait fait semblant ? Il ouvrit la bouche, mais elle ne le laissa pas parler.

— Tais-toi, tu risquerais de dire quelque chose d'impardonnable.

Il détourna la tête. De profil, au vu de la crispation de sa mâchoire, l'effort qu'il faisait pour se contrôler était plus évident encore.

— Tu te sens bien ? s'enquit-il.

— Non, je ne me sens pas bien.

Elle aurait préféré mentir, mais à quoi bon ? Elle ne serait jamais capable de jouer la comédie, ni d'être belle et sophistiquée. Pourquoi l'avait-elle choisi, lui, pour jouer le premier rôle dans cette farce ?

— Je ne peux pas embrasser un homme avec passion et oublier ça froidement dans la minute qui suit.

Il voulut lui prendre les mains, mais elle se déroba. Le visage de Raphael se crispa.

Il regrette de m'avoir embrassée, et pourtant, il n'aime pas que je lui échappe. Qu'attend-il de moi ?

— Il le faudra bien, dit-il. Si nous voulons être crédibles, nous devrons faire semblant d'être intimes.

Cette constatation fit frémir Pia.

— Contrairement à toi, je suis incapable de faire la part des choses et de tourner le bouton quand ça m'arrange.

— Et moi, tu crois que ça m'arrange que tu aies déboulé comme ça dans ma vie ? D'abord, Gio se démène pour que tout Milan se bouscule dans ton sillage. Puis il utilise ces fichus Castillaghi pour que je m'intéresse à toi. Dois-je me concentrer sur les menaces de mon ex concernant Alyssa ou sur le nouveau piège où tu vas te laisser prendre ? À cause de toi, toute ma vie est chamboulée.

Pia tressaillit. Regrettait-il vraiment à ce point de l'avoir rencontrée ? Malgré ses efforts, ses yeux se remplirent de larmes. Raphael dut sentir son désarroi car il resta silencieux et se passa une main sur le visage. Quoi qu'il en dise, il était clair que ce baiser ne l'avait pas laissé indifférent. Il tendit la main et lui caressa la joue du bout du doigt. La tendresse de ce geste émut Pia presque autant que leur baiser.

— Tu m'as embrassée comme si tu ne pouvais plus t'arrêter, tu me reproches d'avoir bouleversé ta vie, et maintenant, tu me traites comme si j'étais ton bien le plus précieux. Je ne te comprends pas, Raphael.

— Rien de bon ne peut sortir de tout ça. Je ne veux jamais me remarier, encore moins retomber amoureux. Et toi, malgré tout ce que t'a fait cet homme, tu as encore des étoiles dans les yeux. Si je t'ai embrassée, c'est que je n'ai pas pu m'en empêcher, reconnut-il, avant de laisser échapper un soupir rageur. Tu me rends fou. Du matin au soir, je ne pense plus qu'à une chose : au plaisir que j'aurais à te sentir jouir entre mes bras. Mais tout ce que je peux offrir à une femme, c'est une nuit de plaisir, au mieux une liaison aussi courte que torride. Pour toi, ce n'est pas la même chose, pas vrai ?

— Je... je ne crois pas.

Il jeta un dernier regard brûlant à sa bouche et tourna les talons, laissant Pia aussi bouleversée que si la terre s'était mise à trembler.

Une liaison avec Raphael — ou même une nuit... Sentir son corps puissant sur le sien, l'accueillir en elle... De telles pensées la faisaient trembler et brûler, dans l'attente d'une jouissance qu'elle pressentait divine. Mais ce qui l'effrayait le plus, c'était son cœur, qu'elle sentait battre follement. Frank l'avait seulement meurtri. Raphael, lui, risquait de le broyer.

Définitivement.

7

Les semaines qui suivirent leur baiser suffirent à balayer les derniers doutes de Pia concernant la promesse de Raphael : « J'ai perdu mon sang-froid. Ça ne se reproduira pas. »

Si elle avait pu croire un instant qu'il la désirait, même malgré lui, la politesse glacée qu'il lui témoignait depuis l'avait convaincue du contraire. Oublié, leur baiser. Il ne la touchait plus qu'en public, et quand il s'y sentait obligé, c'était du bout des doigts, comme si elle risquait de le contaminer.

La nouvelle que Raphael Mastrantino sortait avec la petite-fille de Giovanni Vito s'était répandue comme une traînée de poudre, tandis qu'une vague de canicule s'abattait sur Milan. Si Pia avait redouté de se retrouver sous les projecteurs en qualité de petite-fille américaine de Gio, ce fut bien pire dès qu'on sut qu'elle avait éveillé l'intérêt de Raphael. Les marques de possessivité dont il faisait preuve en public eurent tôt fait de décourager tous ses autres prétendants, comme elle l'avait souhaité. Quant à Giovanni, tout en se prétendant ravi de la tournure des événements, il semblait étrangement abattu.

Pia n'avait pas imaginé que leur petite comédie produirait cet effet sur lui, ni que mieux elle connaîtrait Raphael, plus il lui paraîtrait digne de son admiration.

Il se comportait en fils parfait, en frère parfait, en patron parfait, encore qu'un peu trop distant à en croire ce qu'on lui avait dit lors d'une fête organisée à son bureau. D'après Gio, c'était un parfait filleul. Enfin, comme l'avait exposé en détail une femme lors d'une soirée, sans savoir que Pia se trouvait derrière elle, un parfait amant. À moins que cette garce ne l'ait repérée et ne se soit arrangée pour qu'elle l'entende…

Devant le Tout-Milan, Gio et sa propre famille, Raphael jouait parfaitement la comédie de l'amoureux attentif. Chaque jour, il envoyait des fleurs à Pia, des bonbons ou quelque gâterie. Lorsqu'elle lui avait demandé s'il avait pris un abonnement auprès d'une conciergerie qui s'en chargeait pour lui, il s'était contenté de grommeler quelque chose en italien. Pour lui, elle n'était donc qu'un boulet, une ligne à rayer sur sa liste de tâches quotidiennes.

Entre le contrat qu'il était sur le point de signer avec un groupe japonais et le temps qu'il consacrait à Alyssa, il n'était par ailleurs guère disponible. Pour lui, cette comédie n'était qu'un mauvais moment à passer, alors que pour Pia, le moindre contact physique, même soigneusement maîtrisé, constituait une véritable torture. Chaque fois qu'elle se retrouvait avec lui, elle était partagée entre le désir de s'enfuir et le regret de ne pas obtenir davantage.

Comme si ça ne suffisait pas, chaque soir, Raphael rendait visite à Gio pour échanger quelques mots ; parfois, ils dînaient dehors face au spectaculaire coucher de soleil qui teintait le ciel de rose et d'orangé. Après le repas, Pia se joignait parfois à eux. Elle apportait un morceau de bois et travaillait tranquillement tout en écoutant Raphael commenter la politique de Vito Automobiles. Il parlait d'une voix profonde et assurée, dans un italien qui détendait Pia, et même si elle ne comprenait que quelques phrases, sa façon de parler trahissait sa passion pour son métier et son affection pour Gio.

Dans ces moments-là, elle aurait pu l'écouter toute la nuit. Pourtant, elle le savait, on racontait qu'il était surtout intéressé par l'héritière de Vito Automobiles et qu'il ne l'aurait jamais regardée si elle n'avait pas été la petite-fille de Gio ; ce qui la blessait profondément.

Un soir qu'ils avaient prévu de sortir, Pia avait convaincu Raphael d'emmener Alyssa. Elle adorait la fillette, et à sa grande honte, elle ne se sentait pas le courage d'affronter

Raphael en tête à tête. Il venait de rentrer d'une semaine de voyage, et en le voyant arriver avec dans les bras Alyssa qui riait à gorge déployée, elle comprit qu'elle aurait le plus grand mal à l'oublier.

Ils passèrent les deux heures suivantes dans une *gelateria* de Menaggio, un des villages pittoresques qui bordaient le lac de Côme. Ensuite, tandis que Raphael garait la voiture en face de la maison de sa mère, chez qui Alyssa devait passer la nuit, Pia prit dans ses bras la fillette endormie. Lorsque Raphael tendit les mains pour reprendre sa fille, Pia fit non de la tête. Chaque fois qu'ils étaient tous les trois ensemble, elle se sentait comme la pièce de puzzle qui manquait entre eux deux. Ridicule... D'autant que même s'il le lui avait demandé, jamais elle n'aurait pu vivre avec lui. Il était trop dur, trop rigide...

Raphael lui jeta un regard bizarre.

— Passe devant, chuchota-t-elle.

En le suivant dans le couloir, elle réalisa que la maison était vide.

— Je vais la mettre en pyjama, dit-elle à Raphael.

De nouveau, ce regard, plus inquisiteur encore.

— Tu peux me faire confiance.

La bouche de Raphael se crispa comme si elle venait de proférer une menace.

— Ma mère m'avait pourtant promis qu'elle serait là...

— Tu ne veux pas que j'interfère dans la vie d'Alyssa, c'est ça ? demanda Pia tout en ouvrant les tiroirs à la recherche d'un pyjama.

Elle avait tellement envie qu'il se laisse un peu aller avec elle, qu'il lui parle de sa vie privée, lui confie ce qu'il n'avait jamais dit à personne. Qu'avait bien pu lui faire son ex pour qu'il ne fasse plus confiance à aucune femme ?

Elle aurait voulu que cette comédie devienne la réalité, être celle pour qui il renoncerait à toutes les autres femmes et à toutes les règles qu'il s'était fixées.

— Je sais que tu es un père merveilleux, mais je saurai parfaitement m'occuper d'elle. Pendant ce temps, tu devrais appeler ta mère.

Au lieu de le rassurer, ces mots semblèrent l'énerver davantage et il quitta la pièce d'un pas rageur. Avec une grimace, Pia s'aperçut que la fillette avait bavé sur son T-shirt.

Quand elle le rejoignit dans le salon, Raphael se leva et son regard tomba sur le T-shirt taché.

— Tu aurais dû m'appeler quand elle s'est réveillée !

— Elle ne s'est pas réveillée.

C'était la première fois qu'ils se retrouvaient seuls depuis la réception chez la sœur de Raphael.

— Tu as un rendez-vous ? demanda-t-elle. Je peux rester ici jusqu'à ce que ta mère arrive, tu sais.

— Elle sera là dans une minute et je t'abandonnerai pour filer à mon rendez-vous.

Pia acquiesça. Le ton bizarre de Raphael et son regard fuyant la mettaient très mal à l'aise.

— Qui dois-tu voir ? demanda-t-elle avec une indifférence affectée.

— Une vieille amie. On se voit chaque fois qu'elle vient à Milan. J'avais complètement oublié, mais puisqu'elle est là...

— Célibataire ?

— *Si.*

— Tu sors avec elle ?

Son silence révéla à Pia tout ce qu'elle voulait savoir.

Va-t'en ! lui criait une petite voix intérieure. *Tire un trait sur lui et sur toute cette histoire.*

— Si tu sors avec elle, elle risque d'en parler et ça va revenir aux oreilles de Gio. Elle est au courant de nos prétendues fiançailles ?

— Elle a sûrement dû en entendre parler.

— Et elle t'a quand même appelé ?

Au lieu de lui répondre, Raphael appela Emilio de son portable et demanda au chauffeur de venir prendre Pia, avant de raccrocher.

— Il est tard. Tu ferais mieux de rentrer.

— Je ne comprends pas comment elle peut accepter de sortir avec toi tout en sachant que tu es fiancé.

— « Sortir » n'est pas le mot juste. Ava et moi, on se connaît depuis la fac. On est amis et...

— Amants ?

Leurs regards se soudèrent et ne se lâchèrent pas. Entre eux, un océan de non-dits. Il finit par acquiescer.

— Alors tu la vois uniquement pour...

Pia s'interrompit, les joues en feu, tandis que l'image de Raphael embrassant une femme sans visage envahissait son esprit. L'imaginer avec une autre la rendait physiquement malade.

— ... Pour *baiser*, reprit-elle avec une grimace de dégoût.

— En ce moment j'ai besoin de n'importe qui, sauf toi.

— Tu n'as donc pas de cœur ?

— Pas de cœur ? répéta-t-il d'une voix sans timbre. Tu commences à te prendre à ton propre mensonge, *cara mia*. Je ne me rappelle pas t'avoir promis quoi que ce soit, et surtout pas de t'être fidèle. Pour moi, Pia, tu ne comptes pas. Jamais nos routes ne se seraient croisées si tu n'étais pas la petite-fille de Gio, sa précieuse princesse. Poser la main sur toi me coûterait beaucoup trop cher.

Chaque mot était une flèche empoisonnée qui s'enfonçait dans la chair de Pia. Comment pouvait-elle se laisser rudoyer de cette façon ?

— Toujours la même franchise brutale, hein ? Au moins, on sait où l'on en est. Mais je n'en peux plus de cette comédie. Je ne peux plus faire semblant d'être ta petite amie. Frank avait raison, je ne suis pas suffisamment sophistiquée pour ce genre de... Appelle ça comme tu voudras et trouve une autre façon de mettre ta fichue entreprise à l'abri des manœuvres de mon grand-père. Personnellement, j'en ai terminé avec ça. Et avec toi.

Elle se détourna en s'essuyant les yeux. Pas question qu'il la voie pleurer. Sa pitié l'aurait anéantie.

En arrivant à la porte, elle vit que la paume de Raphael la maintenait fermée. Elle ne se retourna pas. Elle n'aurait pas supporté de le regarder.

— Moi qui croyais pourtant commencer à te comprendre ; qui me disais que tu n'étais peut-être pas seulement l'homme d'affaires ambitieux et impitoyable dont tu as l'air.

Dans son dos, elle percevait la tiédeur de son corps, son

odeur. Si elle reculait d'un pas, elle tomberait dans ses bras. Comme elle aurait aimé s'y perdre…

— Toi, toute cette comédie, ça me rend fou, murmura-t-il d'une voix rauque. Tu ne t'en rends pas compte ? Je n'en dors plus, je n'arrive plus à travailler. Tu es…

Elle lui coupa la parole avant qu'il puisse continuer :

— Je sais parfaitement que je suis en train de ruiner ta vie. Mais tu crois que, pour moi, c'est facile ? Tous ces ragots, ces allusions méprisantes, comme quoi si tu es avec moi, c'est uniquement à cause de l'argent de Gio. C'est comme si je me retrouvais avec Frank. Mais cette fois, je sais ce qu'il en est.

— Si jamais je tombe sur ce salaud, je lui casserai les dents.

— Dis-moi, l'autre jour, chez ta sœur, tu as dit la vérité ou tu as seulement cherché à me ménager ? C'est uniquement parce que tu étais en manque que tu as failli perdre le contrôle ? Dis-moi seulement que ça ne te gêne pas de sortir avec une autre femme alors que c'est moi que tu désires, et je perdrai mes lunettes roses.

Raphael ne put répondre, même si la seule idée de toucher Ava suffisait à le révulser — ce serait comme s'il se trahissait lui-même.

Même la veille, à Venise, où il avait eu rendez-vous avec une vieille amie avec l'intention de passer directement du restaurant à sa chambre d'hôtel, il avait dû faire un effort terrible pour aller jusqu'au bout du dîner. Tout ce qui l'avait frappé chez cette femme qu'il connaissait depuis des années, c'étaient sa fragilité après deux divorces, son sourire faussement chaleureux tandis qu'elle lui faisait du pied sous la table, et l'insignifiance totale de leur relation.

Par la faute de Pia, cette innocente aux idées démodées sur l'amour, le couple et le respect, il commençait à trouver toutes ses anciennes relations sordides et stériles. Elle avait mis sa vie sens dessus dessous. Il ne lui devait rien, mais il tenait à ce qu'elle le voie tel qu'il était. Il allait lui dire qu'il n'était pas un héros, et en tout cas pas son héros à elle. Et pourtant, ces mots ne parvenaient pas à franchir ses lèvres…

Tout ce qu'il voyait, c'étaient ses grands yeux trop perspicaces. Sa poitrine haletante. Son visage qui trahissait chacune de ses émotions, et aussi ce désir qu'elle ne cherchait même pas à dissimuler. Et la facilité avec laquelle elle avait pénétré dans sa vie — et dans celle de sa fille. Une sirène à l'appel de qui il était incapable de résister.

Il posa les lèvres sur les siennes dans un baiser avide et rude qui ne lui ressemblait pas. Il se mit à lui dévorer la bouche, à la mordre et à la lécher jusqu'à ce qu'elle se cabre de plaisir en gémissant.

— C'est bien ce que tu voulais, non ? demanda-t-il en relevant sa jupe.

Il étouffa son oui sous ses baisers tout en caressant sa peau soyeuse. Il la désirait maintenant et ici même. Il aurait voulu s'introduire en elle pour se débarrasser de cette folie. Comment avait-elle pu l'ensorceler à ce point ?

Il lui mit une main sous les fesses tout en introduisant l'autre entre ses cuisses. Sans cesser de l'embrasser, il écarta sa culotte. Une onde de désir parcourut ses reins tandis que ses doigts caressaient sa douce toison et s'y aventuraient.

Elle était prête.

Il l'appuya à la porte et lui releva la jambe. Sans lui laisser le temps de protester, les lèvres toujours soudées aux siennes, il la caressa, lui arrachant des gémissements. Puis il enlaça sa langue à la sienne et accentua la pression de ses doigts. À peine lui eut-il frôlé le clitoris qu'elle jouit. En sentant ses spasmes sous ses doigts et en entendant ses cris, il ne put plus se contenir.

Il aurait voulu l'embrasser tendrement, lui dire qu'elle était si belle dans sa passion que tout homme serait tombé à genoux devant elle. Or, il ne lui dit rien. Car plus que jamais, il comprenait ce soir à quel point ils étaient dangereux l'un pour l'autre ; si elle était capable de lui faire perdre tout contrôle, de son côté il risquait de lui faire oublier la raison.

Il s'écarta d'elle sans même la soutenir quand elle reposa le pied au sol, les jambes vacillantes, en détournant la tête, les yeux clos.

Mais il vit parfaitement la larme unique qui coulait sur sa joue.

— C'est tout ce que je peux t'offrir, Pia. Tout ce que je peux offrir à une femme.

Puis il sortit de la pièce.

8

— Comment oses-tu trafiquer derrière mon dos après tout ce que j'ai fait pour toi ?

Giovanni avait pénétré en trombe dans son bureau, tel un éléphant en train de charger. Raphael se refusa à lever la tête et termina la lecture du document qu'il consultait. L'affection qu'il éprouvait à l'égard de son parrain était comme un baume contre la culpabilité que lui inspiraient ses propres décisions. Il était tout pour lui. Il lui avait appris à se laisser guider par ses rêves, avait détecté son talent pour concevoir des voitures et cru en lui, contrairement à sa propre mère.

Cela faisait une semaine que Raphael s'attendait à cette offensive, depuis qu'il s'était mis à racheter le plus d'actions possible de l'entreprise, tout en s'efforçant de convaincre les membres du conseil d'administration d'en évincer Gio.

S'il réussissait, jamais son vieux protecteur ne pourrait faire entrer Stefano Castillaghi au conseil d'administration, ni manœuvrer Raphael à sa guise. Mais bien sûr, Gio avait ses espions au sein de l'entreprise, tout comme lui avait les siens dans la maison de Gio.

Il referma le dossier et se carra dans son siège.

— Bonjour, Giovanni, dit-il avant de lever les yeux pour croiser le regard de son parrain.

À quatre-vingt-quatre ans, celui-ci était encore têtu comme une mule et solide comme un chêne. Pourtant, sa peau mate lui parut plus pâle que de coutume. Inquiet, il se leva tandis que Gio s'avançait vers lui. Raphael tenta de faire taire son anxiété. Toute marque d'émotion serait pour son parrain un signe de faiblesse qui le ravirait.

— Tu as l'air de péter le feu, Giovanni.

Celui-ci se dirigea vers un canapé, fulminant d'une de ses fameuses colères.

— Si je pète le feu, comme tu dis, c'est que mon filleul, à qui j'ai tout appris, me poignarde dans le dos, cria-t-il, avant d'enchaîner avec le récit détaillé de sa trahison.

Raphael pâlit, sans chercher à se défendre cependant.

— Peux-tu m'expliquer pourquoi tu t'emploies à me débarquer de ma propre compagnie ? conclut Gio.

— Je fais le ménage, comme j'aurais dû le faire depuis des années.

— Tu es le P-DG. Que peux-tu vouloir de plus ?

— Tu sais aussi bien que moi que le quart des membres du conseil cherche à m'évincer. Je ne tolérerai plus la moindre défiance. Désormais, cette entreprise m'appartient.

— Personne n'oserait remettre ton autorité en question. Ils savent que c'est toi qui as fait grimper le prix de l'action. Mais tu as la réputation d'être féroce et si certains se tournent vers moi, c'est parce qu'ils savent que tu les détestes.

— Je les déteste parce qu'ils le méritent : la moitié d'entre eux a tourné le dos à mon père au moment critique. Je ne veux plus m'encombrer de ces traîtres.

Pia avait affirmé que ceux en qui il avait eu le plus confiance l'avaient trompé. Lui, il avait toujours vu les actes de son père avec les yeux d'un garçon de dix-sept ans, jamais comme ceux d'un homme qui avait été trahi, d'un homme qui avait voulu conserver son honneur jusqu'à son dernier souffle.

— Ton travail t'épuise, soupira Gio, et ça te coûte cher. Cette compulsion à en vouloir toujours plus…

— C'est ce qui me permet d'offrir à ma famille le train de vie auquel elle est habituée.

— C'est vrai. Tu es obsédé par ce désir que ta famille retrouve son statut social. Mais Marco n'aurait pas voulu que tu y sacrifies ton bonheur personnel.

Raphael serra les poings.

— Je ne ressemble en rien à mon père !

Gio sembla aussi courroucé que s'il venait de proférer un blasphème.

— Raphael, en affaires, tout le monde peut se tromper. Faire de mauvais choix, des investissements peu avisés.

La gorge serrée, Raphael s'abandonna à la rancœur qu'il accumulait depuis tant d'années et n'avait jamais osé formuler :

— Il s'est comporté comme un lâche ! Il aurait dû se montrer plus fort.

Pour moi, songea-t-il non sans une certaine honte.

— Il adorait ta mère, est-ce que tu le sais ? Il avait mis des années à développer sa petite affaire tout en tentant d'obtenir sa main. Mais dès la première difficulté, Portia s'est effondrée. Elle lui a fait des reproches. L'incapacité de ta mère à le soutenir, la déception de tes sœurs, le comportement parasite de tes oncles, de tes tantes et de tes cousins, voilà ce qui l'a prématurément conduit à la tombe. Personne n'a plus cru en lui, pas même la femme qu'il aimait.

Raphael tressaillit comme si on l'avait giflé. Il avait toujours considéré son père comme un lâche. Mais si on lui avait tout simplement brisé le cœur ? S'il n'avait pas pu supporter de se sentir diminué aux yeux de la femme qu'il aimait ? Son père avait toujours été un homme dévoué qui aimait du fond du cœur sa femme et sa famille, mais sa vulnérabilité avait causé sa perte.

— Tu m'as acculé dans un coin, dit Raphael. Et il a fallu que je me batte.

— Quel est le rapport ?

— Le rapport, c'est Pia !

Gio haussa les épaules en examinant ses ongles.

— Je ne vois pas ce qu'elle a à voir avec ce rachat d'actions.

— *Basta !* Stefano Castillaghi, ça te dit quelque chose ? Tu crois que je vais laisser ce salaud toucher à Vito Automobiles ? J'en ai plus qu'assez de tes manigances !

— Alors tu t'es fiancé à Pia ?

Gio le fixait d'un air satisfait. En constatant qu'il avait vu juste, Raphael sentit son sang bouillir dans ses veines.

— Dis plutôt qu'elle m'a demandé de me prêter à cette comédie, et que j'ai accepté. Avec tes exigences et tes problèmes de santé, tu as réussi à lui faire peur. Elle s'en est remise à moi en dernier recours.

Au lieu de l'explosion de colère à laquelle il s'attendait, il y eut un court silence. Gio avait-il compris qu'ils lui avaient eux aussi joué la comédie ?

— Plus personne ne se risquera à s'approcher d'elle, marmonna son parrain. Du moins personne qui s'intéresse à sa fortune. Le mois dernier, tout le monde a pu constater à quel point tu te montrais possessif à son égard. Tu la fixais comme un chien affamé contemple une gamelle de viande fraîche.

— Ne sois pas si grossier ! C'est de ta petite-fille dont tu parles.

— Puisque tu as tellement envie de la protéger, pourquoi ne vas-tu pas jusqu'au bout de cette comédie ? Épouse-la, Raphael, tu as besoin de compagnie. Et ma part de V.A. sera à toi. Tout ce que je te demande, c'est de prendre soin d'elle quand je ne serai plus là. Épouse-la.

Raphael leva les yeux au ciel. Toutes ces simagrées depuis le soir du bal pour en arriver là…

— Tu sais très bien que je ne me remarierai jamais.

— Pia n'a rien à voir avec Allegra, ni avec aucune femme que tu aies connue.

— Elle n'est pas mon genre, répondit Raphael, même si le sentiment inverse commençait à faire son chemin en lui. Elle n'est ni belle ni sophistiquée, et elle est bien trop naïve. Et puis, elle a tendance à se faire des idées.

Cela faisait pourtant un moment qu'elle l'obsédait, et cette frustration lui mettait les nerfs à fleur de peau, d'autant plus qu'il la voyait tous les jours. Après le coup qu'il lui avait fait chez sa mère, elle évitait de croiser son regard. Ils ne riaient plus ensemble. Il lui avait suffi d'un geste pour arracher à Pia ses lunettes roses, mais il n'avait pas réalisé à quel point cela le perturberait lui aussi de se dévaloriser aux yeux de la jeune femme. Il avait cru nécessaire de l'éloigner, stratégie qui s'était retournée contre lui. Il se détestait pour ce qu'il lui avait fait.

— Une fille avec plus de personnalité que de clinquant, ce n'est pas ton genre, en effet, lui assena Gio, perspicace.

Raphael ne contesta pas ce jugement. Par le passé, il s'était laissé éblouir par le clinquant, et il s'y était brûlé les ailes. Allegra était dorée et étincelante de l'extérieur, mais sans la moindre substance. Autrefois, la mère de Raphael avait été surnommée la « Beauté de Milan », sans pour autant être cruelle et capricieuse comme Allegra. Elle les avait même aimés, ses sœurs et lui, à sa façon. Toutefois, Gio avait raison : elle n'avait pas su aider son mari au moment où il en avait eu le plus besoin.

Pia était différente de sa mère ou d'Allegra, autant qu'il était lui-même différent de son père. Jamais il ne ferait confiance à quelqu'un comme son père l'avait fait. Jamais, contrairement à lui, il n'aurait besoin de l'aide d'une femme. Il n'avait pas ce genre de faiblesse.

Et pourtant...

Comme s'il sentait la victoire proche, Giovanni voulut lui porter l'estocade :

— Si tu ne comprends pas que je t'offre tout ce que tu désires sur un plateau, tu es vraiment trop stupide ! Mais je ne te laisserai pas chasser ma petite-fille d'ici.

Il se leva. De nouveau, Raphael fut frappé de le découvrir si vieux et si fragile, malade même.

— Qu'est-ce que c'est que cette histoire, encore ?

— Elle parle de rentrer quelque temps aux États-Unis, et c'est ta faute. J'estime que tu me dois la tranquillité que j'éprouverai quand je la saurai entre tes mains. Avant que...

Giovanni s'effondra soudain. Raphael le rattrapa in extremis au moment où il glissait par terre.

Une demi-heure plus tard, tandis qu'il regardait le personnel médical emmener son parrain, Raphael comprit que tout venait de changer. Il ne parvenait plus à contrôler son attirance pour Pia et la santé de Gio se dégradait, sans parler de cette bande de requins prêts à dévorer sa petite-fille. Il n'y avait plus qu'une seule solution.

Son destin était scellé, lié à celui de Pia, même s'il devait lui ôter toutes ses illusions car jamais il ne pourrait lui donner ce qu'elle espérait. Mais il l'empêcherait au moins de chercher à l'obtenir de quelqu'un d'autre.

9

L'appartement de Raphael était situé dans un quartier huppé et branché de Milan. Après la semaine éprouvante passée à l'hôpital au chevet de Gio, le luxe des lieux mettait Pia mal à l'aise. Pourtant, elle n'avait pas discuté lorsque Raphael lui avait proposé de venir se reposer une nuit chez lui.

Ils savaient tous les deux qu'elle avait besoin de faire un break. D'après les médecins, l'attaque que Gio avait subie n'était pas trop grave, mais celui-ci allait devoir suivre un régime.

Elle se versa un verre de chianti et traversa l'espace ouvert, très contemporain. Elle aurait préféré que Raphael soit là, mais il avait à peine pris le temps de lui faire visiter l'appartement avant de décamper, comme s'il avait eu peur qu'elle se jette sur lui. Elle eut un rire amer en se revoyant lui demander s'il ne craignait pas qu'elle lui vole sa part de la fortune de Gio. Il était clair qu'il était trop riche pour avoir besoin de l'argent de son parrain.

Elle explora les lieux : la cuisine étincelante de chromes et d'acier, la salle de gym suréquipée, le bureau avec sa table d'acajou, ornée d'une photo d'Alyssa, et de hautes étagères chargées de livres sur l'automobile et ses techniques, le salon et les deux chambres d'amis.

Ensuite, Pia prit une longue douche dans la salle de bains de sa chambre. Elle se rendit compte qu'elle n'avait rien apporté pour se changer. Dans un placard de sa chambre, elle dénicha une chemise blanche, ainsi que des sous-vêtements de femme tout neufs, qu'elle enfila non sans s'interroger. Le soutien-gorge était trop grand de deux tailles. Puis elle passa la chemise, qui devait appartenir à Raphael car elle lui arrivait aux cuisses.

Inutile de se mentir, elle le désirait toujours autant. Malgré la gêne qui persistait entre eux, elle n'avait pu s'empêcher de goûter la chaleur de sa présence tout au long de la semaine écoulée.

Avec son efficacité et sa rudesse habituelles, il avait chassé les hordes d'amis plus ou moins intéressés de Gio qui tentaient d'investir l'hôpital ; quand l'un d'eux l'avait traité de traître, il s'était contenté de hausser les épaules. Il s'était montré inflexible, comme s'il pouvait garder Gio en vie par la seule force de sa volonté. Et il lui avait insufflé à elle aussi cette force, cette conviction. Quand il avait grommelé que ce vieux renard ne réussirait pas à les manœuvrer, Pia avait même souri.

Pia avait appris à le connaître, à voir au-delà de son apparente froideur. L'attaque de Gio l'avait ébranlé, elle devinait que quelque chose le rongeait, mais aussi qu'il ne voulait pas en parler — et surtout pas avec elle. Il ne voulait rien avoir à faire avec elle, c'était clair.

Tout en sombrant dans le sommeil, elle se dit qu'elle n'avait pas d'autre homme que Raphael pour la protéger. Pas d'autre homme qu'elle ait envie de connaître. Pas d'autre homme pour qui elle aspire à risquer son cœur.

Il était 2 heures du matin. Raphael venait juste de finir de dîner. Il se versait un verre de vin rouge quand il entendit des pas derrière lui. *Dannazione !* Il avait pourtant tout fait pour ne pas la réveiller.

Sans se retourner, il aperçut le reflet de Pia sur la baie vitrée. Vêtue d'une chemise blanche qui lui arrivait à mi-cuisses et dévoilait ses longues jambes nues, elle se frottait les yeux, encore à moitié endormie. Il aurait mieux fait de rester à l'hôpital, comme le lui avait soufflé son instinct.

Ce soir, il avait enfin donné sa réponse à Gio.

— Raphael ? dit-elle d'une voix rauque.

Il avala une gorgée de vin avant de se retourner.

La chevelure de Pia formait comme un halo autour de son visage. Ces derniers jours, il n'avait cessé de l'observer, et son désir n'avait fait que croître. Il l'avait maîtrisé car il n'avait pas l'intention de la prendre s'il ne décidait pas de s'engager dans une relation ; pas l'intention de se trouver pris dans un engrenage. Or désormais plus rien ne le retenait. Rien ne pourrait l'empêcher de la posséder.

— Excuse-moi de t'avoir réveillée. Tu retournes au lit ?

Elle secoua la tête et la masse de ses cheveux lui tomba sur le visage. Un geste plein de féminité, qui paraissait spontané. Raphael garda ses distances, comme si cela pouvait suffire à calmer les battements lourds de son cœur.

— J'étais déjà réveillée depuis quelques minutes, je ne sais pas pourquoi, dit-elle en se frottant les yeux.

Jamais il n'aurait imaginé la voir là, dans son appartement, en pleine nuit, à moitié nue, elle qui s'était toujours montrée si rétive à son égard.

— J'ai fait un cauchemar, poursuivit-elle. J'ai cru que j'avais perdu Gio et que tu... Et alors, je me suis réveillée en sursaut.

Elle s'appuya au mur, ce qui fit remonter la chemise et dévoila encore quelques centimètres de cuisses hâlées. De plus, cette posture faisait saillir ses petits seins ronds. Le corps de Raphael se tendit un peu plus. Elle était sexy, attirante comme un cadeau qu'il avait trop envie de déballer. *Dio !* Il ferait mieux d'aller se coucher, et elle aussi. Chacun dans son lit. Pourtant, il ne put s'empêcher de demander :

— Et moi, Pia, qu'est-ce que je faisais dans ton cauchemar ? J'étais plus méchant que dans la vraie vie, quand je suis parti après t'avoir fait jouir ?

— Tu criais que tout était ma faute, que j'avais tué Gio...

Il s'approcha d'elle en prenant bien garde de ne pas la toucher.

— Tu as eu une semaine éprouvante. Allons nous coucher et dormir vingt-quatre heures de suite.

L'image de leurs deux corps endormis, enlacés en cuillère l'un contre l'autre, s'imposa à l'esprit de Raphael.

— Avec toutes ces idées qui me tournent dans la tête, jamais je ne pourrai dormir, répliqua-t-elle. Si je te pose une question, tu me répondras franchement ?

— Si je peux, répondit-il à contrecœur, d'un air méfiant.

Avec ses sœurs, et même avec Allegra, il s'était toujours montré protecteur. Malgré tout ce que sa femme lui avait fait, c'était lui qui l'avait poussée à entreprendre une cure de désintoxication. Devant Pia, au contraire, il prenait conscience de ses propres défauts, comme si elle lui brandissait un miroir dans lequel il n'avait aucune envie de se regarder. Mais il ne voulait pas lui faire de mal, ni dire quoi que ce soit qui risquerait de blesser son âme innocente.

— Est-ce moi qui ai provoqué l'attaque de Gio ?

— Pia...

— Non, je t'en prie. Tu l'ignores, mais quelques heures avant, je lui ai dit que je voulais quitter l'Italie.

Il resta silencieux, incapable de la mettre au courant de la discussion qu'il avait eue avec Gio.

— J'avais envie de m'éloigner un moment, reprit-elle. Je lui ai dit que j'allais rentrer aux États-Unis pour régler quelques affaires en suspens, mais que ce n'était que temporaire...

— Parce que tu voulais m'éviter après ce que je t'avais fait ? Tu n'as pas pensé à la façon dont Gio allait réagir ? Quand une situation devient difficile, tu te contentes de prendre la fuite, comme quand ce type t'a arnaquée ?

Elle pâlit sous l'attaque, mais leva fièrement le menton, comme d'habitude.

— Je n'ai pas voulu prendre la fuite. J'avais besoin de faire un break. C'est dur de vivre près de toi tout en sachant que tu ne me supportes pas.

— Mais...

— Pas de mensonges ! J'ai toujours apprécié ta franchise et je compte sur ta sincérité. Mais dès que nous sommes ensemble, tu as du mal à me regarder, lui reprocha-t-elle, d'un ton si triste que Raphael en fut retourné. Tu... Je t'ai forcé à me donner quelque chose contre ton gré.

— *Dio mio !* Qu'est-ce que tu t'imagines ? Quand vas-tu finir par comprendre que...

— Pour toi, je suis un nouveau boulet, c'est clair. Une personne de plus dont tu te sens responsable, qui dépend de toi, que tu en aies ou non envie. Je ne t'en veux pas, je vois toutes les responsabilités que tu assumes et à quel point tu prends ce rôle au sérieux. Mais je ne supporte pas d'être dans ce lot. Comment convaincre Gio que je suis capable de me prendre en charge moi-même ?

Il tendit la main pour lui caresser la joue.

— Et si je te disais que rien ne m'a jamais été plus difficile que de te dire non ? Chaque fois que je ferme les yeux, j'ai l'impression de sentir ton sexe sous mes doigts. Chaque fois que j'entends ta voix, je me rappelle ta façon de gémir. Chaque matin, je me réveille en érection et je m'en sors comme un adolescent en pensant à ton corps nu enlacé au mien.

Elle le contempla d'un air ébahi, les yeux pleins d'un désir si évident que Raphael eut envie de la prendre là, sur-le-champ. Il lui saisit la main et la posa sur son pantalon que tendait une douloureuse érection.

— Je ne peux pas sentir ton parfum sans devenir dur comme ça. Et maintenant, *tesoro*, tu me crois enfin ?

Les yeux remplis de larmes, Pia posa la tête au creux de son épaule. Envahi par une émotion qu'il peinait à identifier, Raphael enfouit le visage dans ses cheveux. De la tendresse, découvrit-il soudain. Il la désirait, mais pas pour une nuit ou pour une courte liaison, comme il l'avait prétendu avec cruauté. La vision de Pia entre les bras d'un autre homme suffisait à le rendre fou. Qu'ils le veuillent ou non tous les deux, elle lui appartenait.

— Je veux me montrer égoïste, poursuivit-il. Te prendre égoïstement, et tant pis pour les conséquences. Même si tu es la petite-fille de mon parrain.

Pia recula, le cœur battant. Elle sentait encore l'érection impressionnante de Raphael sous sa paume, et la tension radicale qui émanait de lui.

— Je ne suis pas *que* sa petite-fille. Je suis Pia, et je voudrais...

Il lui couvrit la bouche de la paume en l'attirant à lui.

— Regarde-moi. Et écoute-moi, *cara mia*, chuchota-t-il en lui caressant les cheveux. Pour la beauté, le raffinement ou quoi que ce soit d'autre dont tu craindrais de manquer, aucune femme que je connais ne t'arrive à la cheville. Et c'est exactement pour ça que j'ai tant de mal à te prendre.

— Mais tu ne me prends pas, Raphael. C'est moi qui me donne à toi. Comme je l'ai décidé.

Il jura à mi-voix et lui prit le visage entre les mains, avant de poser les lèvres sur les siennes dans un baiser avide. Elle ouvrit la bouche et poussa un gémissement qu'il ressentit dans chacun de ses nerfs.

Pia avait rêvé de ce désir fiévreux, de voir cette lueur étrange dans les yeux de Raphael : parmi toutes les femmes, ce superbe mâle l'avait élue. Tous les malentendus et tous ses doutes s'évaporèrent dans l'air soudain brûlant. De la langue, il suivit la commissure de ses lèvres. Elle noua les mains sur sa nuque, avant de plonger les doigts dans ses cheveux, une intimité à laquelle elle aspirait depuis si longtemps.

Tout le corps de Raphael frémit.

— Laisse-moi te goûter, *cara mia*. Laisse-moi te prouver à quel point j'ai envie de toi, besoin de toi.

Elle ouvrit la bouche et le baiser sensuel de son bel Italien, divine promesse, lui décocha des flèches de plaisir dans tout le corps. Lorsqu'il cessa sa délicieuse torture, Pia était pantelante entre ses bras musclés.

— Je suis incapable de te susurrer des mots doux ou de te faire des promesses, Pia. Veux-tu quand même de moi ?

10

Les genoux tremblants, Pia dévorait Raphael des yeux. Avec sa chemise déboutonnée, son jean taille basse et ses cheveux en broussaille, il était un fantasme qui prenait vie. Mais c'était son regard qui lui coupait le souffle. Un regard si plein de désir que tout son corps en frémissait. Un regard plus interrogateur et plus agressif qu'elle n'aurait jamais pu l'imaginer. Mais tel était Raphael, dur et pourtant si tendre à la fois. Sans rien de doux ou de romantique. Sans rien de sensible ni d'enjôleur. Et pourtant, sa féminité palpitait comme jamais.

— Pas un mot, *cara mia*.

Ses traits et son regard exprimaient un désir si vrai, si absolu, qu'il était plus réel, plus évident que n'importe quel mot tendre qu'il aurait pu lui dire. Tout le contraire de Frank.

— Je te connais, Raphael, et j'ai envie de toi, dit-elle simplement.

Il la souleva d'un geste parfaitement contrôlé. Elle noua les bras autour de son cou. Les battements assourdissants de leurs cœurs parfaitement accordés lui apportèrent un peu de calme.

Il gagna sa chambre et la déposa sur le lit immense. Des draps gris foncé, assortis aux rideaux, donnaient à la pièce une note très masculine. Sans la quitter du regard, il ôta prestement sa chemise. En découvrant son torse puissant et ses larges épaules, la respiration de Pia s'accéléra. Une toison légère couvrait son poitrail en se rétrécissant pour disparaître dans son jean qui mettait en valeur la minceur de ses hanches.

Mais Pia fut immédiatement fascinée par le renflement de son pantalon, preuve indubitable de la puissance de son désir.

— Qu'est-ce que ça te fait de me voir comme ça ? demanda-t-il.

Elle releva la tête et ses joues s'embrasèrent. Il commença à déboutonner son pantalon. Elle allait se redresser pour le toucher quand il lui écarta les jambes, la laissant muette de saisissement.

— Qu'est-ce que tu ressens en regardant mon érection, Pia ?

Elle noua les bras autour de sa taille et se cacha de nouveau le visage contre sa poitrine. Tout ce qu'il disait provoquait en elle un désir puissant, une profusion de sensations inimaginables.

— Raphael, s'il te plaît… Je ne peux pas parler…

Du doigt, elle effleura sa petite cicatrice sur la lèvre supérieure.

— Désolée, mais je suis incapable d'exprimer ce que je ressens. Je…

— *Nessuno !* la coupa-t-il, une lueur dissuasive dans le regard. Ne t'excuse jamais de ce que tu es, Pia. Pas devant moi. Jamais devant moi. Je te l'interdis.

Cet ordre absurde la fit sourire. Comme s'il pouvait l'empêcher… Quelle arrogance !

— J'ai pourtant entendu dire que les hommes aimaient les femmes qui prenaient des initiatives, au lit.

Elle était heureuse d'être là, avec lui, grisée par la perspective de sentir bientôt son corps nu contre le sien, mais plus encore de pénétrer dans le secret de son cœur.

— Je ne sais pas ce qu'on a pu te raconter, mais ta timidité me prouve à quel point tu as envie de faire ça.

— De faire quoi ?

Pour toute réponse, il se contenta de déboutonner sa chemise. En sentant ses doigts sur ses seins, elle ne put retenir un cri. Doucement il l'allongea sur le lit et posa la bouche sur sa poitrine, ponctuant chaque mot d'un baiser.

— Ce que je veux de toi, ce qui me ferait plaisir, je vais te l'enseigner, *si* ?

— Je veux te faire plaisir, chuchota-t-elle.

Le regard de Raphael se fit plus torride encore.

— Tu y parviens parfaitement, dit-il sans cesser de

l'embrasser. Mais ce qui te fait plaisir à toi, nous allons le découvrir ensemble.

— *Si*, répondit-elle, emportée sur un nuage de sensations délicieuses.

Les prunelles de Raphael s'assombrirent encore en s'attardant sur ses seins aux bouts douloureusement tendus. Aucun homme ne l'avait jamais vue dans cet état, soumise à une telle tension et prête à un abandon que jamais elle n'aurait pu imaginer. Il posa sur son ventre un baiser délicat, lui prit la taille à deux mains. Elle goûta la fraîcheur des draps contre sa peau brûlante tandis qu'il lui léchait les seins. Pia se tendit vers sa bouche et s'accrocha à son cou. Elle ferma les yeux. Chaque sensation lui parut alors amplifiée, comme si un kaléidoscope se déployait sous ses paupières closes, comme si chacun de ses sens était sur le point d'exploser, comme si elle renaissait à la vie.

Le contact de ses lèvres, les mots d'italien qu'il balbutiait, tout contribuait à l'exciter, à la rendre plus chaude et plus prête à le recevoir.

Soudain, à son grand regret, il releva la tête. Elle ouvrit les yeux, haletante. Dans ceux de Raphael, elle lut un mélange de plaisir sauvage et de possessivité.

— J'aimerais que tu puisses te voir en cet instant, *cara mia*. Tes yeux sont si grands qu'ils te mangent le visage, ta bouche est rouge et gonflée par mes baisers, ta peau est frémissante...

Tout en Raphael exprimait un désir immense et de sombres fantasmes, dans lesquels elle aspirait à se laisser embarquer. Sans qu'il reste rien d'elle qu'il n'ait pas touché, qu'il n'ait pas pris. Qu'il ne possède pas.

— Ce que tu ressens pour moi n'a rien de honteux, *tesoro*. Pas plus que ce que tu attends de moi.

Sa bouche se referma sur le mamelon dressé de Pia et l'aspira. Elle sursauta et serra les cuisses, assaillie par le flot de sensations qui se concentraient là.

Il la caressa entre les jambes tout en aspirant de nouveau

son mamelon. Sans la quitter des yeux, il massa son sexe. Puis il glissa un doigt en elle. Elle poussa un petit cri.

— Tu ne l'as encore jamais fait ? demanda-t-il doucement, comme s'il craignait de lui faire peur.

Pia ne put répondre, trop focalisée par les caresses qu'il lui dispensait du pouce. Comme s'il avait trouvé le point où se concentrait tout son être, sans cesser de bouger en elle ses autres doigts. Son corps se tendit comme un arc.

— J'aimerais que tu me répondes, *mia bella*.

Elle fit non de la tête tout en se cabrant contre sa paume.

— Non. *Per favore*, Raphael...

— Tout ce que tu veux, *bella*.

Son pouce se remit à l'ouvrage, pressant et caressant son clitoris jusqu'à ce qu'elle halète. Ce que lui faisait Raphael était réellement magique ; le monde se concentrait en une pure sensation née de ses caresses expertes. Des vagues d'un plaisir insensé la soulevaient et la projetaient dans l'espace avant de refluer sous une forme différente. Elle finit par retomber sur le lit, extatique, cherchant désespérément à conserver le contact tandis que se calmaient peu à peu les spasmes de son bas-ventre. Du doigt, elle repoussa une mèche qui était tombée sur le front de Raphael.

— Oui, touche-moi, *bella*. Autant que tu veux.

Avec un soupir, elle laissa courir ses doigts le long de son corps. Il se mit à quatre pattes au-dessus d'elle, les muscles tendus. Elle aurait aimé lui faire perdre son sang-froid, le rendre fou de plaisir et de désir, tout autant qu'elle. Elle fit glisser les mains le long de son dos nu. Il interrompit un baiser pour lui sourire. Ses yeux gardaient captifs ceux de Pia.

— Tout se lit sur ton visage. Tu me dis en toute franchise ce que je te fais, ton corps frémit dès que je l'effleure du bout du doigt...

Lentement, il fit descendre son pantalon et son boxer. Comment pouvait-il savoir exactement ce qu'elle brûlait d'entendre et à quel point elle avait envie de lui plaire même si elle se gardait bien de le montrer ?

Il s'allongea au-dessus d'elle de façon que leurs corps se

frôlent, des épaules aux pieds. Pia l'attira à elle des deux mains, s'abandonnant à ses sensations.

— Sens-tu à quel point j'ai envie de toi ?

Pour toute réponse, elle lui agrippa les flancs, ce qui rendit plus dure encore l'érection impressionnante de son amant.

— Écarte les jambes, chuchota-t-il.

Elle obéit. En sentant le sexe de Raphael effleurer le sien, Pia éprouva une sensation d'une intensité inconnue. D'une main, il lui prit les poignets et les lui ramena derrière la tête tandis que de l'autre il s'introduisait en elle.

— Tu es parfaite, Pia. Faite pour moi.

En sentant son sexe dressé dans le sien, elle fut prise d'un long frisson, accentué encore par le souvenir de son précédent orgasme. Elle poussa un cri et enfonça les ongles dans les épaules de Raphael. Elle avait l'impression qu'un piment rouge lui entrait dans le corps. Contre son oreille, il se mit à chuchoter de ferventes promesses et des mots doux, comme si la douleur qu'elle ressentait lui était insupportable.

— Regarde-moi. Je te jure que le plus difficile est passé.

Pia ouvrit les yeux, terrifiée à l'idée de lui laisser voir ce qu'elle ressentait, ou croire qu'elle n'était pas consentante. Mais les yeux de Raphael brillaient d'un éclat chaleureux qui balaya toutes ses appréhensions. Il s'enfonça un peu plus.

— Désolée. Je ne voulais pas...

— Inutile de t'excuser. Je risque d'ailleurs de te faire encore un peu mal avant de pouvoir te donner du plaisir.

Des gouttelettes de sueur perlaient à son front et sa peau était comme un velours humide sous les doigts de Pia. Son visage était si tendu qu'elle comprit qu'il faisait tout pour se contrôler.

— Peu importe que tu me fasses mal. J'ai envie que tu continues.

— Embrasse-moi, *cara mia*. Comme si c'était vrai.

Pia serra les poings et posa les lèvres sur les siennes. Dégageant ses mains, elle le prit par les cheveux pour le faire descendre et placer sa bouche sous le meilleur angle. Pour la première fois, il la laissait prendre l'initiative d'un baiser. En l'entendant gémir à son contact, elle glissa doucement la langue dans sa bouche, lui arrachant un grognement rauque. Il se cabra contre elle.

Lentement, son corps s'habituait à sa présence et se détendait. Quand il se mit à bouger en douceur, à petits coups, ce fut comme s'il écrivait en elle un poème de plaisir. Poussée par un instinct inconnu, elle noua les jambes autour de ses hanches. Elle avait toujours été déroutée par l'intimité crue, par l'absence d'inhibition que supposait le sexe, gênée par la perspective de s'abandonner à ce point. Mais maintenant, rien ne lui paraissait plus naturel que de se retrouver au lit avec Raphael, les yeux dans les yeux, et de partager ce moment exceptionnel. Rien ne lui semblait plus parfait que leurs deux corps imbriqués, emportés dans un tourbillon de plaisir.

Il lui souleva les fesses des deux mains pour masser son clitoris à chaque poussée, jusqu'à ce qu'elle atteigne l'extase. Il observait son visage avec intensité et passion, comme s'il la possédait par ce regard.

— Je t'appartiens, Raphael, murmura-t-elle, le cœur battant à se rompre.

Il s'enfonça plus profond, plus vite, en murmurant son prénom, le corps tendu vers elle. Puis, en poussant un cri guttural dont elle se souviendrait toujours, il explosa en elle.

Les mains de Raphael se crispèrent sur les hanches de Pia, puis il s'affaissa sur elle de tout son poids.

Dans la lumière du matin qui commençait à filtrer à travers les rideaux, baignant leurs corps dans une lueur orangée, Pia avait l'impression qu'une tempête la secouait. Certaines de ses collègues ne prétendaient-elles pas que quand les hommes avaient joui ils s'éloignaient toujours parce qu'ils n'aimaient pas les pots de colle ? Elle aurait pourtant eu très envie de se coller à Raphael, de respirer l'odeur musquée de leurs corps enlacés, de goûter leur bienheureuse tiédeur.

Lorsqu'il finit par s'écarter, le cœur de Pia se serra. Elle ferma les yeux, mais sentit qu'il contemplait son dos. Il y eut un mouvement de drap, puis elle entendit le bruit de ses pas. Une douleur plus aiguë que celle qu'elle avait ressentie dans son corps emplit son cœur. Il n'avait sans doute que faire de la tendresse et des mots doux...

Pourtant, lorsqu'il revint se mettre au lit un peu plus tard, il lui prit la main, qu'il se mit à caresser. Le cœur de Pia se gonfla de joie. Elle réalisa soudain qu'elle pourrait passer l'éternité ainsi. Contrairement à Raphael, à qui quelques mois semblaient déjà trop longs, songea-t-elle, le cœur lourd.

— Tourne-toi vers moi, ordonna-t-il soudain.

Comme elle s'y refusait, il la remit sur le dos d'une petite poussée. Au plus léger mouvement, elle sentait une gêne entre ses cuisses. Cela n'échappa pas à Raphael.

— Tu as encore mal ?

Elle rougit et fit non de la tête. Puis elle perçut comme une hésitation dans son regard. Il lui prit le visage et posa sur sa bouche un baiser si doux qu'il lui serra le cœur. Jamais elle ne pourrait se lasser de ses baisers, ou de ce regard qui disait qu'il avait envie d'elle. Il posa le bras sur sa poitrine. Pia se raidit en tentant de remonter le drap.

— J'aime t'avoir dans mon lit et savoir que je suis le seul à connaître ta vraie personnalité si passionnée, aussi explosive qu'un feu d'artifice. Oui, le seul, *cara mia*.

Elle poussa un long soupir et se blottit entre ses bras.

— Raphael, il faudrait qu'on parle...

— Non, il faut plutôt qu'on dorme. Des heures et des heures. Quand nous nous réveillerons, tu n'auras plus mal et nous pourrons recommencer. En attendant, dors, *tesoro*.

Pia s'endormit aussitôt.

La sonnerie du téléphone de Raphael réveilla Pia, qui mit quelques secondes à émerger. Mais la gêne entre ses cuisses eut tôt fait de lui rappeler la nuit précédente. Il posa un baiser sur son épaule avant de se mettre à rouspéter en entendant la sonnerie retentir de nouveau. Remontant le drap contre elle, Pia lui fit face. Avec ce regard ensommeillé, dans la lumière du matin, il était plus beau encore qu'à l'accoutumée. Avec une immense douceur, il posa le pouce sur sa bouche.

— Tout va bien ?

Elle acquiesça, incapable de trouver les mots pour exprimer le merveilleux bien-être qu'elle ressentait. Il l'embrassait quand la sonnerie de son téléphone retentit de nouveau. Il murmura quelques mots dans l'appareil avant de filer, nu, en direction de la salle de bains.

Tandis qu'il prenait sa douche, Pia enfila rapidement la chemise empruntée à Raphael et sortit dans le couloir pour regagner sa chambre. Elle avait à peine fini de se doucher et de passer une autre de ses chemises quand il entra, visiblement très contrarié. Ses cheveux noirs étaient encore humides et son jean mal boutonné lui tombait sur les hanches. Pia sentit une onde de désir lui parcourir le ventre.

En un clin d'œil, il la souleva et la transporta sur le lit de sa propre chambre.

— Je t'avais pourtant dit que nous ferions le tour du cadran !

Elle rit en repoussant les mèches qui lui tombaient sur le visage, ne sachant pas si elle devait se réjouir de le voir si possessif. Il s'installa sur le lit et l'assit entre ses jambes.

— Raphael, c'était qui au téléphone ?

— Mon avocat. Il m'a annoncé qu'Allegra venait de sortir de sa clinique.

— Ton ex ? Et comment va-t-elle ?

— Apparemment, elle a terminé le programme. Elle est sevrée et semble contrôler ses addictions. Pas de petit ami dans les parages et elle a terriblement envie de revoir Alyssa.

Pia aurait aimé lui poser plus de questions au sujet de cette femme avec laquelle il avait été naguère marié.

— J'ai entendu ta mère dire qu'elle était très belle.

Immédiatement, elle regretta ces paroles, mais Raphael ne semblait pas avoir remarqué l'hésitation dans sa voix.

— Elle est extrêmement belle, répondit-il avec un regard lointain. Tous les hommes rêvaient de la posséder. Parmi tous ceux qui lui couraient après, j'avais le plus gros compte en banque. Alors c'est moi qu'elle a choisi.

— Tu crois vraiment que c'était son unique motif ? demanda Pia, choquée par son cynisme. Tu es très séduisant. Ne fais pas ton modeste.

— Ce qui a séduit Allegra en moi, c'est le pouvoir et la

fortune, même si mon physique a pu contribuer. Elle proclamait qu'elle m'aimait, mais les actes comptent davantage que les paroles. J'étais trop épris pour m'en rendre compte, et tout son comportement prouve que ce n'était pas moi qui l'intéressais mais d'épouser Raphael Mastrantino.

— Donc tu ne te sens pas coupable de cet échec ?

— Quand on ne se sent pas fautif, on ne se fait pas de reproches. Si Frank t'a abusée, ce n'est pas ta faute.

— Mais toi, tu l'aimais ? Quand les gens croient que je n'entends pas, ou au contraire parce qu'ils veulent que je les entende, ils dissèquent ton mariage. Ils racontent que tu as couru après Allegra pendant trois ans et que c'était le mariage du siècle.

Raphael fronça les sourcils. Visiblement, Pia avait fait le tour du sujet, mais il n'y avait aucun jugement dans sa voix. Il la prit dans ses bras et l'attira tout contre lui. Il croyait bien se connaître, mais chaque fois qu'elle creusait un peu, il découvrait du nouveau. Pas toujours du positif, mais de l'inattendu. Il réfléchit à sa question : avait-il aimé Allegra ?

Grisé par son succès chez Vito Automobiles, gonflé par le pouvoir, il avait décidé qu'elle était la candidate idéale avant même de la connaître. Grâce à lui, sa famille avait échappé à la ruine et à une banqueroute infamante, et il ne manquait plus alors à sa réussite qu'une épouse socialement parfaite.

— Non, je ne l'aimais pas. Avec le recul, je comprends que je lui ai fait sans doute autant de mal que sa mère, qui multipliait les liaisons et l'avait complètement négligée. Jamais je n'aurais dû l'épouser. Elle avait besoin de quelqu'un de doux, d'aimant ; or tout ce que je voulais, c'était une femme trophée.

Il se laissa tomber sur l'oreiller. Que de temps il avait mis à comprendre !

— C'est positif pour Alyssa que sa mère ait pu mener à bien ce programme, déclara Pia d'une voix apaisante.

— Peu importe, je lui ai tout pardonné : d'avoir eu des liaisons derrière mon dos, de m'avoir menti au sujet de…

Une lueur dure passa dans son regard. Mais Pia commençait à voir au-delà de cette apparente dureté. Et à comprendre que Raphael ressentait les émotions très profondément. Plus qu'il ne le comprenait lui-même. Seulement, il préférait refouler tout ça. Submergée de tendresse à son égard, elle posa la tête contre sa poitrine.

— Une fois, alors qu'Alyssa avait un mois à peine, j'ai trouvé Allegra à la maison, complètement droguée. Gio, sa propre mère et même la mienne ont tous plaidé sa cause et m'ont dit que l'addiction était une maladie, qu'elle n'avait plus toute sa tête. Mais elle est adulte, et responsable de ce qu'elle fait. Jamais je n'oublierai ça. Jamais elle ne reposera les mains sur ma fille.

— Ça sonne tellement définitif, protesta Pia, avant d'ajouter presque malgré elle : cherches-tu à protéger Alyssa ou à punir Allegra ? Ou à punir ton père… ?

Il lui jeta un regard si courroucé qu'elle s'attendit au pire. Était-elle allée trop loin en débusquant une vérité désagréable ?

— Il n'y a que toi qui aies été capable de comprendre ce qui se cachait sous ma colère contre mon ex, murmura-t-il.

Soudain, elle eut de la peine pour Raphael et elle faillit le serrer contre son cœur et lui dire qu'aimer quelqu'un n'était pas une faiblesse et que, contrairement à ce que le monde entier cherchait à lui faire croire, il n'était pas invincible.

— Je… Je crois que tu n'as jamais pardonné à ton père.

Il détourna la tête mais ne dit pas non.

— Il a été mon héros pendant si longtemps… Et puis un jour, il est parti, sans un mot.

Il avait laissé Raphael seul avec un fardeau qui aurait écrasé n'importe quel gamin de dix-sept ans. Un fardeau que sa mère lui avait laissé porter.

— Raphael…

— Tout ça, c'est du passé.

Il posa la bouche sur la sienne dans un baiser qui la fit frémir de plaisir. Puis il se glissa en elle tout en douceur. Elle s'abandonna à lui. Il lui fit l'amour lentement, avec précaution, comme si ses grandes mains risquaient de la briser. Il lui dit en italien l'effet qu'elle lui faisait. Et au moment de l'extase il l'embrassa si tendrement qu'elle en eut le cœur serré comme jamais.

Raphael pouvait bien penser que c'était du passé, la cicatrice était toujours visible. La colère, la blessure étaient toujours là, sous la cuirasse qui les dissimulait. Jamais plus il ne faiblirait. Jamais plus il ne pourrait aimer. Pia le savait, mais elle savait aussi qu'elle éprouvait pour lui bien plus qu'une simple attirance ou de l'admiration.

Et le plus terrifiant, c'était qu'elle ne savait pas comment s'en empêcher…

11

Durant deux semaines, Pia ne revit pas Raphael.

Il la désirait, c'était certain. Mais serait-il passé à l'acte s'il n'avait pas été sous le choc de l'attaque subie par Gio ? Cette incertitude la rongeait en permanence. Jamais elle n'avait eu une telle conscience de son corps, et chaque fois qu'elle repensait à eux dans cet immense lit, son sexe palpitait et ses seins se tendaient. Chaque fois qu'elle humait son eau de Cologne, sa peau frémissait. Chaque fois qu'elle se donnait du plaisir en prenant sa douche ou parce que le sommeil tardait à venir, son corps regrettait d'autres caresses, plus savantes et plus efficaces. Ses caresses à *lui*.

Il n'avait pas pu l'oublier, elle en était sûre.

Chaque jour, il lui avait envoyé des fleurs, ainsi qu'un bracelet de diamants venant de la boutique d'un joaillier dont toutes les femmes se disputaient les créations — c'était Gio qui le lui avait appris. D'ailleurs, elle était bien décidée à le lui renvoyer. Elle avait reçu aussi un percolateur dernier cri parce qu'elle s'était plainte que le café italien était trop fort pour elle. Et un jour était arrivé un nouveau présent, un coffret haut de gamme d'outils d'ébéniste, ainsi qu'un bois particulier qu'elle avait recherché en vain.

Le souvenir de tous ces cadeaux lui réchauffait le cœur, mais elle refusait que les choses en restent là. Elle aurait voulu plus de baisers, plus de caresses torrides, voir ce sourire qu'elle était la seule à faire naître sur ses lèvres. Avoir une vraie relation avec lui.

Mais après deux semaines d'absence, elle commença à éprouver de la rancœur et une anxiété grandissante. Spécialement quand la mère de Raphael l'informa qu'il s'occupait des problèmes d'Allegra, qui avait rendu visite à Alyssa deux jours plus tôt. Plus d'une fois, Portia Mastrantino fit allusion au travail très dur accompli par Raphael pour développer Vito Automobiles, et à tout ce que lui devait Gio. Pia ne retint qu'une chose : alors qu'il était tout près, il n'était même pas passé lui dire bonjour.

Elle apprit également que sa propre candidature à une université en ligne prestigieuse pour un master en éducation avait été acceptée ; un rêve qu'elle nourrissait depuis longtemps. Comme Gio en avait informé Raphael, celui-ci lui envoya un ordinateur portable dernier cri, une boîte de chocolats et de nouvelles lunettes car elle avait perdu les siennes et sa paire de rechange.

L'après-midi, la plupart du temps, Pia s'installait dans la véranda pour suivre ses cours sur l'ordinateur pendant que son grand-père faisait la sieste. De peur de le contrarier, elle avait définitivement renoncé à son projet de quitter l'Italie.

Un soir, en rentrant de promenade, elle aperçut de loin Raphael sur la terrasse, un verre de vin blanc à la main. L'ombre de ce corps qui avait enlacé le sien se découpait à contre-jour : larges épaules, taille étroite et cuisses puissantes. La force personnifiée, et pourtant, si doux avec elle…

Pia ne se faisait aucune illusion : son cœur n'était pas pour elle. D'ailleurs, elle doutait qu'il appartienne jamais à une femme. Toutefois, en voyant celui qui resterait à jamais son premier amant, elle fut envahie par une bouffée de tendresse. Comme si elle avait mis au jour une facette cachée de cet homme si dur et lui avait donné quelque chose qu'il n'avait jamais connu avant elle.

Elle gravit la pente, et son cœur se serra à la vue des cernes qui marquaient ses yeux. Il porta le verre à sa bouche, mais se figea en la voyant. L'intensité de son regard fit battre plus vite le cœur de Pia et un sentiment familier d'excitation s'empara d'elle.

Le regard de Raphael exprimait un désir si vif qu'elle sut dans l'instant qu'il éprouvait la même émotion qu'elle. Comme elle venait de marcher plus d'une heure, elle avait le visage en sueur et les cheveux emmêlés. Elle regretta qu'il la voie dans ce vieux jean et ce T-shirt usé.

Puis elle se détesta d'avoir pensé ça.

— Bonjour, Pia.

Elle se dirigea vers Raphael sans trop s'approcher, craignant sa propre réaction, et se versa un verre d'eau glacée. Ce ne fut qu'après en avoir avalé une gorgée qu'elle osa lever les yeux.

— Bonjour, Raphael.

Il y avait une table entre eux, mais rien ne pouvait endiguer l'attirance qu'ils ressentaient l'un pour l'autre, ni cacher le déplaisir que Raphael en éprouvait — ses doigts s'étaient crispés sur le pied du verre.

— Pourquoi ne pas m'avoir répondu quand je t'ai appelée ?

— Ce n'était pas... le bon moment.

— Aucune des cinq fois ?

Gio les fixait comme s'il assistait à une partie de tennis. Pia n'avait aucune envie de lui répondre en présence de son grand-père.

— J'ai été très occupée à étudier. Je me suis aussi inscrite à un cours de sculpture sur bois au village. Merci pour les nouveaux outils et pour le bois. Et l'ordinateur. Et mes nouvelles lunettes. J'ai beaucoup apprécié tous tes cadeaux.

— Vraiment ? demanda-t-il en reposant son verre.

— Parle-lui un peu de l'homme que tu as rencontré à la *trattoria*, l'autre soir, intervint Gio. Tu l'as revu ?

Comme un fauve fondant sur sa proie, Raphael se précipita vers Pia, de l'autre côté de la table.

— Quel homme ?

Pia se tourna vers Gio et grimaça. Pourquoi signaler à Raphael ce non-événement ?

— Un type que j'ai croisé au café, Antonio.

— Quelqu'un d'ici ? Tout le monde sait que tu es la petite-fille de Gio. Pourquoi Emilio ne m'a-t-il rien dit ?

— Tu me fais espionner par le chauffeur ? s'offusqua-t-elle.

— Emilio garde un œil sur Gio, et maintenant sur toi aussi.

— Je n'ai pas à te répondre. Et toi, ajouta-t-elle à l'attention de Gio, tu le laisses me questionner comme ça sans rien dire !

— Allons, Raphael, dit son grand-père d'un ton moqueur.

Pia s'accrocha à la table quand Raphael s'approcha d'elle pour lui effleurer la joue. Du bout des doigts, il lui repoussa une mèche de cheveux derrière l'oreille.

— Tu essaies de me rendre jaloux, *tesoro* ?

Elle le fixa droit dans les yeux.

— C'est toi qui en as tiré cette conclusion. Jamais je ne m'abaisserais à un tel procédé.

— Vraiment ? Tu ne m'as toujours rien dit de cet homme.

— Antonio est serveur au café du village. Il a remarqué mes outils, on a commencé à parler et il se trouve que la menuiserie est son passe-temps favori. Nous avons découvert que nous avions des tas de points communs, et quand il m'a parlé de ce cours, je m'y suis inscrite. Il nous arrive même de prendre un café ensemble. J'ignorais que je devais te rendre compte de mes activités au jour le jour et que je n'étais pas autorisée à me faire des amis.

— Bien sûr que si, *cara mia*. Mais tu es tellement...

— Stupide et naïve ?

— Non, innocente. Peu m'importent tes amis du moment que je suis le seul à qui tu permets de te serrer de près.

Innocente... Elle commençait vraiment à détester cet adjectif !

— Raphael, s'il te plaît...

Elle ne put terminer sa phrase car il avait posé tendrement la bouche sur la sienne, ce qui fit vibrer jusqu'au plus infime de ses nerfs. Comment pouvait-elle le désirer à ce point et lui en vouloir à mort en même temps ?

Ses lèvres étaient si douces et pourtant si fermes, si familières même si chaque baiser lui semblait le premier. Elle aurait pu passer sa vie dans ses bras. Leurs langues se joignirent et Pia mit tout son cœur dans ce baiser. Quand Raphael la tenait de cette façon, quand il la contemplait avec un désir aussi tendre, elle ne voyait plus tant de différence entre le désir et l'amour. Ce qui vibrait dans son corps suffisait à calmer les réticences de son âme. Tout se mettait en ordre.

— *Maledizione !* Comment ai-je pu me passer si longtemps

de tes lèvres ? murmura-t-il, déclenchant, à des endroits bien particuliers du corps de Pia, des sensations scandaleuses. Dis-moi que je t'ai manqué, *cara mia*, et que comme moi tu t'es réveillée au milieu de la nuit, frustrée de mon corps comme moi du tien.

Nouant les bras autour de son cou, elle se blottit contre lui, cuisses contre cuisses : leurs corps s'emboîtaient magiquement.

Pia n'avait aucune idée de ce qui se serait passé si Raphael ne s'était pas soudain écarté. Elle mit quelques instants à comprendre que Gio venait de dire quelque chose et rougit de honte.

— Pia, j'aimerais parler à Raphael seul à seul.

Elle écarquilla les yeux. Jamais il ne l'avait congédiée de cette façon.

— Je n'ai pas envie que vous discutiez de moi, répliqua-t-elle, frustrée. *Nonno*, je sais que tu te fais du souci pour moi à cause de ce qui s'est passé avec Frank, mais je suis assez grande pour m'occuper de moi et...

— Au diable cet escroc ! Mais je connais l'enjeu de ta relation avec mon filleul et j'ai certains projets pour toi. Raphael, tout ceci n'a que trop duré. Si tu ne te comportes pas comme tu le dois, je...

— Du calme, Giovanni. Tant que tu es resté à l'hôpital, ma relation avec Pia n'était pas à l'ordre du jour.

— Et maintenant ?

— Cela me regarde, rétorqua Raphael sur un ton tranchant.

— Vous comptez vous marier bientôt ?

Pia faillit répondre, mais Raphael la prit de vitesse.

— Le plus tôt possible, répondit-il.

Pia eut l'impression de recevoir un coup de poing à l'estomac. Contrairement à ce qu'on aurait pu attendre, Gio éclata de rire.

— Cette année, Raphael, dit son grand-père, avant de se tourner vers elle. Tu seras heureuse avec lui, *piccola*.

Elle ne protesta pas. Comment aurait-elle pu vouloir ôter à ce visage son expression si heureuse ?

— *Nonno*, avant de parler de nos projets, je voudrais que tu sois parfaitement remis.

Il la prit dans ses bras pour l'embrasser sur la joue, les yeux pleins de larmes.

— Je me souviens comme c'est merveilleux d'être jeune et amoureux, mais n'oublie pas ce qui s'est passé avec Lucia, dit-il. Ta grand-mère aurait approuvé mon choix. Mais cela fait beaucoup d'excitation pour un vieil homme, *si* ? Je vais aller me reposer.

« Ta grand-mère aurait approuvé mon choix. »

Ces mots avaient fait frémir Pia. Dès que Giovanni eut disparu, elle s'écarta de Raphael. Au moment même où elle commençait à accepter l'idée d'avoir une relation avec lui, à la perspective de l'épouser, d'être son égale, son amante, sa femme, elle s'était sentie gagnée par la panique.

— Pia, attends !

— Non. Il faut que je...

Elle tenta de lui échapper, mais il la prit par le poignet et l'attira à lui. Cet homme avait les plus beaux yeux noirs du monde et quand ils la fixaient de cette façon, elle redoutait de s'y perdre et d'être obligée d'obéir à ses ordres formulés sur ce ton si arrogant.

— Laisse-moi t'expliquer, *cara mia*. Tu vas...

Pia lui fit face, haletante.

— Ne m'appelle pas comme ça !

Les doigts de Raphael se crispèrent sur son bras nu.

— Je t'appellerai comme j'en ai envie !

Il y avait une telle possessivité dans sa voix qu'un frisson la parcourut. Maintenant, il ne se moquait plus d'elle et semblait très contrarié, même s'il refusait de le reconnaître.

— Et de toute façon, je ne suis pas *ta* Pia, s'écria-t-elle en le fixant droit dans les yeux. Je n'ai rien dit devant Gio parce que je ne voulais pas le tracasser. Et puis je n'ai pas compris pourquoi il faisait appel à ton sens de l'honneur. Il y a quelque chose qui se trame entre vous deux, c'est évident.

De nouveau ce regard impénétrable. Que projetaient-ils donc qu'elle était censée ignorer ? Pourvu que ce ne soit pas encore une nouvelle manœuvre pour soi-disant la protéger !

— Jamais je n'ai accepté de t'épouser, reprit-elle, et d'ailleurs, je ne me souviens pas que tu me l'aies demandé. Encore un mensonge et une tromperie !

— C'est parce que je ne t'ai pas fait de demande officielle que tu es si contrariée ?

— Je ne suis pas contrariée. Je constate simplement que nous n'avons aucune relation véritable.

— *No ?* Donc toi, tu couches avec des types comme ça, pour t'amuser ?

— Il n'y a rien de mal à coucher avec un homme pour s'amuser. Le sexe, c'est drôle, agréable et tendre, tu ne trouves pas ?

Il lui jeta un regard narquois.

— Je suis ravi de t'avoir laissé une impression si positive, *bella*. Je reconnais que le sexe devrait toujours être drôle et agréable et qu'on devrait pouvoir s'y adonner quand on en a envie.

La température entre eux était montée de plusieurs degrés. Il la prit par la nuque et la contempla d'un air coquin. Pia ferma les yeux. Elle fut aussitôt assaillie pas des images de leurs corps enlacés, humides de sueur, de Raphael qui bougeait en elle... Ces sensations la submergèrent.

— Mais nous ne sommes pas en train de discuter des pratiques sexuelles des femmes du XXIe siècle, reprit-il. C'est de toi dont nous parlons, Pia. Ce qui s'est passé l'autre nuit, pour toi, c'est important, je le sais.

— C'est vrai. Mais une nuit merveilleuse ne peut être la base d'un mariage. Tu aurais dû dire à *nonno* que nous étions seulement...

— Que ce soit maintenant ou dans quelques mois, la coupa Raphael, il va bien falloir faire face à ce problème.

— Peut-être. Mais tu m'avais dit que tu ne voulais plus avoir de liaison avec une femme, encore moins te remarier.

— Tu crois donc que j'ai couché avec toi, que je t'ai pris ta virginité sans avoir réfléchi aux conséquences ? Tu crois qu'on va pouvoir faire notre petite affaire sous le nez de Gio et après reprendre chacun sa route ? Reprendre des relations polies après avoir partagé pareille intimité ? Et quand tu me verras avec une autre femme, tu seras ravie, peut-être ?

— Oui, répondit-elle avec un calme que démentaient les battements de son cœur. Parfaitement ravie. On pourrait d'ailleurs en rester là dès maintenant avant que cette histoire prenne consistance et risque de nous faire mal.

Il lui fit face, mâchoires serrées.

— C'est bien vrai, *mia bella* ? Si je couchais avec une autre, cela ne te ferait ni chaud ni froid ? Et si je la menais à l'extase avec ma langue et mes doigts, comme je l'ai fait avec toi ? Et si...

Incapable d'en entendre davantage, Pia lui mit la main sur la bouche.

— Je ne sais pas comment on en est là après une seule nuit ensemble. On ne s'entend pas. Je ne suis ni belle ni sophistiquée, je ne ressemble en rien aux filles dont tu as l'habitude. Et toi...

— Et moi quoi, Pia ? Dis-moi pourquoi je ne te conviens pas.

— Tu ne crois pas en l'amour.

— Et toi, tu te croyais amoureuse de Frank.

— Jamais tu ne me laisseras oublier cette erreur, n'est-ce pas ? Tu me prends pour une idiote, alors comment peux-tu vouloir faire de moi ta femme ?

— Tu ne ressembles pas aux femmes que j'ai connues. Tu es franche et ouverte. Tu te moques des signes extérieurs de richesse. Tu sais que tu peux me faire confiance et moi, je sais qu'Alyssa et moi nous pouvons avoir confiance en toi. Quand nous sommes ensemble, la température s'affole. Excepté l'amour, toi et moi, nous attendons la même chose du mariage.

— Par exemple ?

— La fidélité, le respect et beaucoup d'enfants.

— Tu veux vraiment d'autres enfants ?

— Oui. Myopes, intelligents et beaux, comme toi.

— Il faut que j'y réfléchisse. J'ai besoin de temps. De passer du temps avec toi.

— J'en serai ravi.

— Vraiment ?

— *Si*, Pia. D'habitude, quand un homme se sent attiré par une femme, qu'il a envie de lui faire des tas de vilaines choses et qu'il est décidé à l'épouser, il a envie de passer du temps avec elle. La faire crier de plaisir, lui faire des bébés...

Pia se précipita vers Raphael, heureuse qu'ils soient enfin sur la même longueur d'onde.

— Pourtant, il vaut mieux qu'on ne recouche pas ensemble pour le moment, dit-elle.

— Quelle est cette nouvelle condition ?

— Quand on fait l'amour, je n'arrive plus à penser raisonnablement. Je... Je trouve que si le sexe intervient ça te donne trop de pouvoir sur moi.

Il éclata d'un rire rauque.

— Et toi, tu crois n'en avoir aucun ?

Elle l'attira à elle, le cœur gonflé de joie, pour caresser son dos puissant. Elle adorait sentir sa peau sous ses doigts. Quand sa main s'attarda sur ses fesses, elle sentit l'érection de Raphael contre son ventre.

— Je ne savais pas que j'avais un tel pouvoir, déclara Pia.

Il s'écarta d'elle.

— Non, je t'en prie, laisse-moi te toucher.

— Ce petit jeu est dangereux, *cara mia*. Ça va faire deux semaines, et je sais que si je te touche tu vas te liquéfier...

— Je le reconnais : d'un simple regard, tu me fais fondre comme une glace au soleil, dit-elle en le prenant par le cou.

Elle se blottit contre lui et vit le désir briller dans ses yeux. Elle jouait peut-être un jeu dangereux, mais jamais elle ne s'était sentie aussi vivante.

— Sois sage, Raphael, dit-elle avant de l'embrasser au coin de la bouche. Je ne sais pas encore vraiment ce dont j'ai envie.

— Laisse-moi participer et te présenter les différentes possibilités, *bella*. Tu aimes les expériences, pas vrai ?

Elle eut un petit rire de gorge. Ses lèvres avaient un goût de vin, de virilité et de séduction qui lui montait à la tête. Ses jambes chancelèrent. Un gémissement lui échappa et ses seins se tendirent soudain. Raphael se mit à l'embrasser passionnément, langue contre langue. Sur la pointe des pieds, elle lui répondit avec tout autant de fougue. Leurs dents s'entrechoquèrent, leurs lèvres se soudèrent.

Il coinça une cuisse entre les siennes, juste à l'endroit où elle avait tellement envie de le sentir.

— Viens au lit, *cara mia*. Je vais te montrer tout le pouvoir que tu as sur moi. On pourrait y passer le reste de la journée et ce soir, tu saurais si tu me préfères dessus, dessous ou derrière toi. Je vais t'apprendre comment te servir de ta jolie bouche pour me faire jouir, et moi, je te montrerai tout ce que je peux te faire, là, conclut-il en plaquant la main contre son sexe brûlant.

Pia reprit son souffle et s'écarta de Raphael. Cet homme était capable de la séduire uniquement avec des mots. Comme elle, il haletait doucement, les pupilles et les narines dilatées. Son pantalon était gonflé et quand il la vit regarder là, il eut un sourire en coin.

— Restons-en là, dit-elle dès qu'elle eut repris ses esprits. Je sais que tu veux passer la journée avec Alyssa ; moi, je dois étudier.

Elle était ravie de lui faire le même effet qu'il provoquait en elle. Cette petite victoire lui suffisait, et elle n'avait nulle envie d'engager la guerre. Il la fixa longuement, d'un regard si intense qu'elle crut qu'elle était allée trop loin.

Il passa à côté d'elle en prenant garde de ne pas la frôler.

— Pia ?

— Oui, Raphael ?

— Quand tu seras ma femme, je sais déjà comment je me vengerai de toi.

12

Le mois suivant, le mot « torture » prit pour Raphael un sens nouveau et tout personnel. En effet, Pia refusait toujours de faire l'amour, même s'ils en avaient tous deux désespérément envie. S'il l'avait cru docile, il s'était bien trompé. Sous sa naïveté, son sourire et sa gentillesse, elle dissimulait une volonté de fer.

Lorsqu'elle avait exigé qu'ils passent davantage de temps ensemble, ce n'était pas comme son ex, sa mère ou ses sœurs, qui lui demandaient seulement de les emmener dans des fêtes ou au théâtre pour exhiber leurs toilettes et montrer qu'elles étaient liées au P-DG de Vito Automobiles et à ses puissants amis. Pia, elle, voulait *effectivement* passer plus de temps avec lui, pour en apprendre un peu plus à son sujet.

Ainsi, elle avait insisté pour qu'il lui montre la vieille voiture qu'il restaurait en ce moment. Un vendredi après-midi, il l'avait invitée dans sa maison de Côme. Il s'attendait à ce qu'elle pousse quelques cris d'admiration devant la voiture avant de lui demander de visiter Côme, qu'elle ne connaissait pas encore. Mais pas du tout.

Elle était arrivée, conduite par Emilio et vêtue d'une salopette. Sans s'inquiéter de se salir ou d'être décoiffée (en fait, elle était toujours décoiffée, mais il adorait cela), elle avait plongé la tête sous le capot et lui avait demandé de lui expliquer ce qu'il faisait.

Tout en parlant carburateur et cylindres, il percevait son odeur, son souffle tiède sur sa joue. Jamais il n'avait passé un après-midi plus agréable. Ils avaient terminé en mangeant un croque-monsieur confectionné par Pia dans la cuisine, accompagné d'un verre de chianti. Elle l'avait auparavant informé que ses talents de cuisinière s'arrêtaient là.

Raphael, qui n'avait jamais aussi longuement parlé à quiconque de sa passion, avait passé le dîner à se demander comment il pourrait réussir à lui enlever ses vêtements pour lécher et embrasser les courbes voluptueuses de son corps.

Mais partager un moment de silence avec Pia, c'était déjà merveilleux.

Ils s'étaient quittés de bonne heure le soir car elle avait un examen le lendemain matin. Ils avaient donc échangé un gentil baiser, qui n'avait pas manqué de produire un certain effet sur Raphael mais l'avait rempli d'une joie tranquille qu'il n'avait jamais connue auparavant.

Un autre jour, elle l'avait invité à lui servir de modèle, sous prétexte que ses traits réguliers, son nez droit et son menton arrogant s'accordaient parfaitement à une certaine essence de bois. Il était resté assis durant presque une heure, mais quand il avait demandé à voir son œuvre, la friponne s'était mise à rire.

— *Mi dispiace*, Raphael. Je suis si nulle que j'ai fait de toi un monstre. La prochaine fois, je demanderai à Antonio de poser pour moi.

Évidemment, il avait protesté. Elle l'avait alors attiré à elle et avait passé ses doigts un peu rêches sur son visage, avant de l'embrasser de façon si érotique, avec la langue et les dents, qu'il s'était senti plus dur qu'un morceau de chêne.

Ils étaient tous les deux occupés, lui à travailler et garder Alyssa, elle à étudier, sculpter et se faire de nouveaux amis, il ne leur restait guère de temps à passer ensemble. Ils le partageaient dans le bureau de Gio, que celui-ci avait été très heureux de leur abandonner.

Raphael étalait ses dossiers sur le vaste bureau d'acajou, tandis que Pia disposait ses manuels dans la partie salon. La vision de Pia, les lunettes perchées sur le nez, les sourcils froncés par la concentration, excitait Raphael au plus haut point, tout comme la perspective de passer les cinquante prochaines années de sa vie dans cette intimité. Il s'imaginait, assis dans un silence confortable qui n'avait rien d'indifférent, levant les yeux de son travail pour rencontrer le regard bienveillant de sa femme posé sur lui. Que sa fortune augmente d'un milliard ou pas, qu'il en perde la plus grande partie en prenant de mauvaises décisions, comme son père, il savait qu'elle s'en moquait éperdument. La certitude que jamais elle ne cesserait de le regarder comme s'il était la perfection faite homme suffisait à lui donner envie de la prendre dans ses bras et de ne plus jamais la laisser partir.

Un soir, n'y tenant plus, Raphael verrouilla la porte. Puis il traversa la pièce, défit le chignon de Pia et s'agenouilla devant elle. Il avait cru pouvoir tenir sa parole et lui laisser le temps de venir d'elle-même à lui. Il s'était surestimé. Il remonta la longue jupe qu'elle portait ce jour-là, lui écarta les jambes et lui embrassa l'intérieur des cuisses, dont la peau était si douce. En entendant ses gémissements de désir, il devint fou et écarta la frêle barrière de dentelle qui le séparait du sexe de Pia. Il le trouva gonflé et moite de désir. Il y plongea la langue.

Elle le prit par les cheveux et lui pressa le visage contre sa tendre féminité, arc-boutée contre sa bouche. Soudain, elle poussa un long cri. En la sentant trembler entre ses bras, Raphael fut envahi par une onde de satisfaction virile d'une puissance inconnue.

Haletante, les joues écarlates, les cheveux en désordre, elle le fixait de ses grands yeux bruns emplis d'un sentiment dont il préféra ignorer le nom. Jamais il n'avait connu de femme si belle, si authentique. Elle le prit de nouveau par les cheveux pour le faire remonter vers sa bouche.

— J'ai éprouvé tant de plaisir que j'aurais pu en mourir, susurra-t-elle, pantelante.

— Tu ne mourras pas sans que je t'aie punie de nous avoir privés de sexe, dit-il en lui mordillant la paume de la main.

— Pauvre Raphael ! Et ça fait trois semaines que ça dure...

— Trois semaines et quatre jours !

À son tour, elle se mit à genoux devant lui, la bouche à quelques centimètres de la bosse qui déformait son pantalon. Elle le fixa d'un petit air narquois.

— Raphael, je peux... ?

Instantanément, son érection devint plus dure encore. À cause du contact des mains de Pia sur ses cuisses, oui, mais surtout du désir timide et hésitant qui brillait dans ses yeux.

— Que veux-tu dire, *cara mia* ?

Si elle lui avait demandé la lune, il la lui aurait donnée.

— Je veux te rendre la faveur que tu m'as faite.

— Quelle faveur ?

— Je veux te faire exactement ce que tu viens de me faire, chuchota-t-elle. Je veux que toi aussi tu perdes ton sang-froid.

Au moment où il allait répondre, son téléphone se mit à sonner.

Pia sortit de la limousine et fit quelques pas en direction de la Scala. Elle aurait pu tout aussi bien prendre le tramway, mais jamais Raphael n'aurait accepté.

Heureuse d'avoir choisi une robe de soie vert émeraude qui rendait supportable la moiteur de Milan, elle regarda autour d'elle, bouche bée. Comme tous les soirs, la Piazza della Scala bruissait de monde — surtout des touristes car durant les week-ends, les Milanais préféraient partir vers les plages.

Quand elle sentit un frémissement courir sur sa nuque, elle se retourna. Elle aperçut alors Raphael devant le célèbre opéra, au milieu d'hommes et de femmes élégamment vêtus.

Les lumières de la place mettaient en valeur sa haute et puissante silhouette, son costume sombre bien coupé et sa chemise blanche. Les mains dans les poches, adossé à un pilier, il la regardait avancer, un étrange sourire aux lèvres. De la main, il lui fit signe de venir vers lui. Son arrogance espiègle et la promesse coquine qui brillait dans ses yeux firent courir un frisson le long de l'échine de Pia. Il la contemplait comme s'il avait envie de la dévorer. Cela faisait dix longs et horribles jours qu'elle ne l'avait pas vu, dix jours que sa bouche lui avait procuré cette jouissance presque insupportable. En repensant à ce moment, elle sentit le sang bourdonner à ses oreilles.

Elle s'approcha de lui, le cœur battant, consciente qu'il attirait les regards de toutes les autres femmes. « Il est à toi », susurra une petite voix au fond de son cœur.

Il la tint à bout de bras et posa un regard possessif sur ses épaules et ses bras nus que dévoilait le fourreau à fines bretelles. Il descendit sur ses jambes hâlées, et Pia se réjouit alors d'avoir nagé durant des heures pour garder la forme.

Il la prit par la taille pour lui chuchoter à l'oreille :

— Je n'ai aucune envie qu'un autre homme voie tes jambes, *cara mia*. Je les veux rien que pour moi, pour que tu les enroules autour de mes hanches pendant que je te pénètre. En public, tu devrais toujours porter un jean et un chemisier.

Pia faillit lui répliquer vertement, mais déjà Raphael l'entraînait à l'intérieur. Une ouvreuse les conduisit à leur loge, qui comportait un vestiaire privé. Pia prit le temps d'admirer ce théâtre à l'italienne dont elle avait tant entendu parler, splendidement décoré d'or et de velours pourpre. La quintessence du luxe et du raffinement. Elle mit ses lunettes pour examiner le public élégant. Quand Raphael l'invita à s'asseoir, elle lui sourit, penaude.

— Tu dois trouver mon enthousiasme bien provincial, mais Gio m'a tellement décrit ce théâtre et tous les opéras qu'il y a vus avec Lucia avant qu'elle quitte l'Italie que je n'arrive pas à croire que je m'y trouve enfin ! C'est comme si j'avais toujours attendu ce moment. *Nonna* avait toujours rêvé que je le connaisse, ajouta-t-elle, les larmes aux yeux.

Sa grand-mère en parlait souvent avec mélancolie. C'était peu après une soirée ici qu'ils s'étaient disputés. Lucia avait quitté l'Italie, et de rage, Giovanni s'était fiancé à une héritière.

Soudain le cœur de Pia se serra. Elle frissonna. Raphael la prit immédiatement dans ses bras. Elle enfouit le visage au creux de son cou, embarrassée par cette angoisse irraisonnée. C'était ridicule. Raphael et elle n'avaient rien de commun avec Lucia et Gio. Plus âgés et plus sages, ils se comprenaient bien mieux. Et il avait beau proclamer que, contrairement à elle, il ne croyait pas à l'amour, ne lui avait-il pas prouvé de mille façons durant ces dernières semaines qu'elle comptait vraiment pour lui ? Les actes n'avaient-ils pas plus de valeur que les mots ? Malgré le cynisme et la dureté qu'avait suscités son mariage avec Allegra, et l'obligation de rendre de nouveau prospère sa famille déchue, il n'avait cessé de proclamer son désir de fonder leur mariage sur la loyauté et le respect.

Jamais elle n'aurait espéré que l'homme qui l'avait si durement accusée d'imposture et de tromperie le soir de leur rencontre et qui avait menacé son ex-femme de la priver de leur enfant change à ce point de comportement. Mais il avait d'emblée tiré les conséquences de leur première nuit et n'avait pas hésité un instant à envisager l'avenir avec elle.

Ce qu'elle éprouvait pour Raphael — et qu'elle n'osait appeler amour — était bien plus complexe que son attirance pour Frank, qui n'avait réussi qu'à combler un vide dans sa vie. Raphael, lui, si exaspérant et arrogant soit-il, ne lui mentirait jamais. Jamais il ne la tromperait, jamais elle n'aurait l'impression qu'elle devait le récompenser de rester avec elle, malgré sa timidité et son physique quelconque. Malgré son absence d'éclat.

Alors qu'importe s'il ne voulait pas reconnaître qu'il l'aimait... Ce qui existait entre eux était bien plus réel que cette vague notion d'amour qui l'avait tant fait rêver.

De ses paumes, il caressa ses bras nus.

— Tu es glacée. Que t'arrive-t-il ?

— Rien. Je te remercie beaucoup, Raphael.

Elle jeta un regard surpris aux sièges vides à côté des leurs : l'opéra était sur le point de commencer.

— Antonio m'a pourtant dit que cette mise en scène de *Rigoletto* se jouait à guichets fermés. Tu crois qu'ils sont en retard ?

— J'ai réservé toute la loge.

— Pourquoi ?

— Parce que je te veux pour moi seul. Et je veux que tu te souviennes de cette soirée.

Pia remarqua alors un seau à champagne sur une table. Soudain, la paume de Raphael s'ouvrit sur un petit écrin de velours. Son pouls s'emballa tandis qu'il l'ouvrait pour en tirer un superbe diamant serti d'émeraudes et monté sur un simple anneau d'or blanc.

— Pia Alessandra, veux-tu devenir ma femme ?

— Oh...

Elle ne put en dire plus, car elle venait de reconnaître la bague. C'était celle que Giovanni avait offerte à Lucia lors de leurs fiançailles, et que celle-ci lui avait renvoyée après leur rupture. Elle la contempla en frissonnant.

— Pia ?

Elle releva la tête. Le désir qu'elle lut dans les yeux de Raphael anéantit son angoisse.

— Excuse-moi. C'est Gio qui te l'a donnée ?

— *Si.*

— Quand ?

Une ombre passa dans le regard de Raphael.

— Quelle importance ?

À l'impatience contrôlée de sa voix, Pia comprit sa maladresse. En souriant, elle lui tendit sa main gauche.

— Oui, Raphael, je veux devenir ta femme.

Avec un sourire vainqueur, il lui glissa la bague au doigt. Elle lui tendit les lèvres. Sa bouche était chaude et douce sous la sienne. Ils s'embrassèrent avec douceur et tendresse, se taquinant du bout de la langue, jusqu'à ce que la passion les enflamme. Raphael s'écarta alors.

— Si tu continues comme ça, il va nous falloir partir avant d'assister à cette belle mise en scène de *Rigoletto*. Et jamais tu ne me pardonneras de t'avoir gâché ta soirée.

Un murmure parcourut la salle, le rideau s'ouvrit et, avant que les premières notes retentissent, Pia eut le temps de murmurer :

— Tant que tu m'embrasseras de cette façon, Raphael, je pourrai tout te pardonner.

La représentation venait de se terminer et l'assistance applaudissait à tout rompre. Raphael tapota l'épaule de Pia. *Rigoletto* n'était pas son opéra préféré, mais il avait été ému par les performances des chanteurs et par la noirceur de l'intrigue. À moins que ce ne soit par la présence de la femme avec qui il venait de partager cette expérience. Une femme qui lui appartenait désormais, corps et âme. Pour un homme qui avait juré de ne jamais se remarier, c'était un choc de découvrir à quel point il avait envie de posséder l'âme de Pia.

Ce qui avait débuté pour eux comme une comédie, un arrangement commode, avait changé du tout au tout. Raphael n'était plus motivé par la perspective de s'emparer de Vito Automobiles, ni par le désir de rendre à son parrain tout ce qu'il lui avait donné, en épousant sa petite-fille et en assumant la responsabilité de protéger Pia et la fortune que son grand-père lui léguerait.

C'était Pia elle-même qu'il voulait. Pour la vie. Il en était désormais aussi certain que des battements de son cœur. Oui, il voulait cette femme et en retour, il lui offrirait tout ce qu'elle désirerait, tout ce qu'il était capable de donner.

Le drame auquel il venait d'assister renforçait la satisfaction qui gonflait son cœur. En contemplant le diamant qui brillait au doigt de Pia, il se sentait plus fier de lui qu'après avoir gagné son premier million, ou avoir racheté la maison que son père avait dû céder autrefois à ses créanciers.

Elle ne l'avait pas accompagné à la Scala pour être vue dans un lieu célèbre vêtue d'une robe de grand couturier, mais pour se plonger dans le drame qui se jouait sur la scène. Et elle était au bord des larmes parce qu'elle en appréciait la grandeur à travers les yeux de sa grand-mère et revivait ce moment avec elle. Toutes les émotions jouées sur scène se reflétaient sur son visage. En comprenant à quel point elle était sensible, Raphael se sentit bouleversé par un trouble qu'il ne maîtrisait plus.

— Nous sommes à deux pas du Duomo. Tu aimerais manger une glace pour te rafraîchir ? proposa-t-il quand ils eurent quitté le théâtre. Ou prendre un vrai *espresso* italien, au lieu de cette lavasse que tu appelles café ?

Elle se tourna vers lui, et la candeur de son regard le cloua sur place.

— Non merci, pas ce soir. Je préfère rester sur l'impression de ce spectacle, dit-elle en faisant tourner la bague autour de son doigt comme si elle lui pesait.

Elle n'avait cessé de jouer avec durant toute la représentation.

— Pia, si cette bague ne te plaît pas, nous en trouverons

une autre. Sur le moment, je n'ai pas pu dire non à Gio, mais je tiens à t'offrir un bijou qui te plaise, *cara mia*.

— Mais non, elle me plaît beaucoup. Et rien ne pourra rendre cette soirée plus magnifique qu'elle ne l'est déjà.

— Dans ce cas, terminons-la en allant manger ces *calamari* que tu adores. Comme Gio est parti voir sa sœur aujourd'hui, je suis certain que tu as oublié de manger, dit-il, les yeux rivés sur les seins de Pia.

C'était la première fois qu'il lui voyait porter une tenue aussi révélatrice. Et ça le rendait fou.

— Tu crains que je ne perde le peu de courbes que j'ai ? demanda-t-elle d'une voix mi-taquine, mi-inquiète.

— Désormais tu es à moi, et je me dois de te protéger. J'aimerais te prouver à quel point je te trouve parfaite.

— Je commence à le croire.

— *Bene.*

Il baissa la tête, attendant qu'elle se décide. La lueur d'hésitation dans les yeux de Pia le rendit fou de désir, car il comprit ce qu'elle signifiait. Pourtant, il continua à attendre en silence. Il voulait entendre les mots sortir de sa bouche. Il tenait à ce que ce soit elle qui décide.

— Je veux seulement rentrer.

— Dans ce cas, je vais te ramener chez toi.

— Non.

Elle se serra contre lui et l'étreignit si fort qu'un frisson le parcourut. Même s'ils vivaient cent ans ensemble, jamais il ne s'habituerait à la voir exprimer ses sentiments avec une telle franchise, un tel naturel. Le diamant qui brillait à son doigt lui rappelait que cette âme généreuse lui appartenait désormais, et qu'il devait la protéger contre tout ce qui pourrait lui faire du mal. Y compris lui-même. Jamais il n'avait senti peser sur ses épaules une si lourde responsabilité.

Elle fit la moue en remontant ses lunettes sur son nez.

— Je ne veux pas rentrer chez Gio, ni aller manger une glace.

— *No* ? Mais alors, *bella*, qu'est-ce qui te fait envie ?

Elle posa un tendre baiser sur sa joue et le fixa de ses grands yeux bruns.

— Toi.

Dans son regard, il ne lut aucune réserve. Mais elle ne prit pas un air coquin, elle ne cambra pas le corps, elle ne battit pas des cils. Un pur désir, sans artifices.

— Ce soir, je te veux toi, Raphael. Seulement toi.

13

Dans l'ascenseur de verre qui les emmenait au neuvième étage, Pia fut submergée par le désir qui l'avait tenaillée durant les dix kilomètres de trajet en taxi jusqu'à l'appartement de Raphael, situé dans un quartier résidentiel.

À peine étaient-ils entrés que la sonnerie du téléphone de Raphael la fit violemment tressaillir. Tout en regardant l'écran, il la prit par la taille avant de jurer à mi-voix.

— Il faut absolument que je prenne cet appel.

Pia resta debout au milieu de l'immense salon, le cœur battant. Raphael revint au bout de quelques minutes avec sur le visage une expression dure et crispée. Durant les semaines précédentes, leurs relations s'étaient détendues et ils étaient devenus plus proches. Mais c'était elle qui avait dû clairement formuler son désir d'intimité sexuelle (elle rougissait encore à ce souvenir), même si chaque mot, chaque regard qu'ils échangeaient était chargé de promesses.

— Qui était-ce ?

— Rien d'important, répondit-il avant d'enlever sa veste et de la déposer sur une chaise.

— C'est ce que tu réponds quand tu ne veux pas me dire la vérité, dit-elle en s'efforçant de dissimuler sa contrariété.

Les doigts de Raphael se figèrent sur les boutons de sa chemise.

— Je ne veux pas t'en parler parce que c'est sans importance.

— Mais moi, je t'ai entendu jurer dans ta barbe. Et je constate que tu as perdu ton arrogance et ton assurance. Je sais que tu n'aimes pas te livrer, mais...

— Cela ne te regarde pas, Pia. *Bene ?*

Elle acquiesça en ravalant les larmes qui lui montaient aux yeux. Raphael poussa un soupir en passant la main dans ses cheveux.

— Je n'avais pas l'intention d'être désagréable avec toi. *Mi dispiace.*

Ces excuses sincères suffirent à apaiser la tristesse de Pia, mais elle se dit que le problème était encore loin d'être résolu. En tant que future épouse, son vœu le plus cher était de tout partager avec lui. Elle saurait attendre. De toute façon, il en valait la peine.

— Tout va bien, Raphael ?

— Veux-tu boire quelque chose ? J'ai un excellent chianti.

En dépit de la tension qui emplissait l'air, Pia sourit. Elle aimait qu'il se rappelle ainsi les petits détails, qu'il soit plein d'attentions à son égard. C'était dans sa nature, elle le savait. Le sens des responsabilités qu'il avait dû endosser tout jeune ne l'avait jamais quitté.

Il était de ces hommes qui prennent immédiatement en charge la situation, protègent les faibles et éloignent les menaces, tout en sachant garder leurs distances. Mais s'il cherchait à la protéger, c'était surtout parce qu'elle était la petite-fille de Gio, envers qui il était parfaitement loyal. Et aussi, elle l'espérait, pour ce qu'elle était elle-même.

Elle s'approcha de lui jusqu'à sentir son torse contre les pointes de ses seins.

— Merci, mais je crois que j'ai déjà assez bu.

Il la prit par les poignets et l'attira tout contre lui.

— Raphael, attends…

Elle s'écarta de lui pour le forcer à croiser son regard.

— Tu ne veux pas me dire pourquoi tu as eu l'air si contrarié tout à l'heure, après avoir pris cet appel ?

Il la plaqua à nouveau contre lui, et elle sentit la vigueur de son érection.

— J'avais l'air contrarié ?

Elle gémit comme il se frottait contre elle.

— Je l'ai lu dans ton regard. Tu m'as demandé d'être ta femme et j'ai dit oui, alors tu ne dois plus rien me cacher. Je veux tout partager avec toi, le bon et le mauvais. Je veux être à tes côtés si tu as besoin de moi, comme tu l'as été toi-même quand j'ai eu besoin de toi.

Elle vit une lueur sombre passer dans son regard.

— Si je te demande quelque chose, tu le feras ?

— *Si.* Tout ce que tu veux.

— Déboutonne les poignets de ma chemise.

Elle obéit. Le gauche, puis le droit. Il déboutonna les autres boutons et ôta le vêtement. La vue de son torse puissant et de ses larges épaules fit trembler Pia d'excitation.

— Déshabille-toi pour moi, ordonna-t-il.

— Ici ?

— Oui, ici, tout de suite.

— *Bene.*

Puisqu'il en avait envie, elle allait le faire. Elle rougit mais soutint son regard. Elle lui faisait entièrement confiance, en dépit de sa timidité et de la mauvaise image qu'elle avait de son propre corps.

Elle défit la fermeture de sa robe, qui glissa d'elle-même sur le sol avec un léger froufrou. Pia frissonna, non pas de froid mais du désir qui illuminait les prunelles de Raphael. Ses seins lui semblèrent soudain plus lourds et leurs pointes devinrent presque douloureuses quand le regard de son fiancé s'attarda sur eux.

— Déshabille-toi entièrement.

Abandonnant toute retenue, elle s'exécuta. Le regard de Raphael quitta ses seins pour venir se fixer plus bas.

— Tu es prête pour moi ?

Un geyser de chaleur inonda Pia.

— Raphael, *per favore*...

— Je voudrais savoir, *bella*.

— J'étais déjà prête dès que je t'ai vu appuyé à ce pilier. Et pendant que le duc, impitoyable, séduisait Gilda. Pendant que Rigoletto recrutait l'assassin. Pendant que Gilda se sacrifiait pour cet amant sans scrupule. Tu es content ? Et maintenant, peux-tu m'emmener au lit ?

— Pas encore, murmura-t-il avec un sourire, comme s'il

cherchait à la pousser à bout. Je veux que tu me déshabilles. J'ai envie d'être nu maintenant.

Elle défit la fermeture de son pantalon et passa les doigts sous son boxer, avant de faire glisser les deux en même temps, libérant son érection. Elle sentit un spasme dans son sexe et poussa un cri rauque. D'un mouvement, il se débarrassa de ses vêtements.

— Tu te souviens de ce que tu m'as proposé l'autre soir dans le bureau, Pia ? Est-ce que ça tient toujours ?

— Oui, ça tient toujours.

Sans le quitter des yeux, elle s'agenouilla devant lui. S'il s'imaginait qu'elle n'était pas son égale, elle allait lui prouver le contraire.

— Je veux satisfaire tous tes fantasmes. Dis-moi simplement si je m'y prends bien ou mal, d'accord ?

Le cœur de Raphael battait à se rompre. Il repensa à sa colère contre Allegra, qui rusait pour retrouver la garde d'Alyssa. Après toutes les liaisons qu'elle avait eues, oser prétendre qu'il n'était pas un père convenable... Instantanément, son humeur s'était assombrie, et quand Pia lui avait innocemment proposé de partager ses soucis, cela l'avait agacé. Les ordres qu'il lui avait donnés n'étaient qu'une provocation, une façon d'éliminer la compassion qu'il lisait dans ses yeux, de reprendre le contrôle sur le sentiment qu'il sentait naître entre eux. Car depuis le début de la soirée, depuis qu'il lui avait offert la bague de Gio, quelque chose avait changé.

Malgré les prétentions ridicules d'Allegra, il avait obtenu ce qu'il voulait. Alors pourquoi éprouvait-il tant d'angoisse au fond de son cœur ? Il cessa d'y penser lorsque la main de Pia se posa sur son sexe dressé et le caressa doucement. Avec sa chevelure qui lui encadrait le visage d'un halo doré, elle ne lui avait jamais paru aussi belle. Tout son corps se mit à brûler au contact de ses doigts innocents, comme jamais avec une maîtresse rompue à ces caresses. Elle ouvrit la bouche et se mit à le lécher doucement. Il sentit son cœur manquer un battement.

Ses petits seins aux bouts roses, ses cuisses hâlées tendues par sa position... Après un mois d'abstinence, il se sentait plus prêt que jamais. Dès qu'elle prit son sexe en bouche, il poussa le bassin en avant ; une onde de plaisir courut de ses cuisses vers son bas-ventre.

Se rendait-elle compte de l'effet qu'elle lui faisait ? En le sentant grossir encore, elle laissa échapper un petit gémissement et ses doigts enveloppèrent doucement ses testicules. Elle jouait avec ses lèvres, sa langue, ses doigts. Elle leva vers lui des yeux qui semblaient deux lacs sombres et accueillants.

— Je te donne du plaisir ?

Même sa question était ingénue. Elle cherchait vraiment à lui faire du bien. Non pas pour le mettre au défi, ni se prouver ou lui prouver qu'elle avait un pouvoir sur lui. Non, simplement parce qu'elle était contente de lui faire plaisir. Parce que, pour elle, une telle intimité avait un sens.

Plus bouleversé qu'il ne l'avait jamais été, il la guida comme il le voulait. Il lui dit où il aimait qu'elle s'attarde et comment faire, comment elle pouvait utiliser sa langue. En bonne élève, elle suivit ses instructions à la lettre ; bientôt, il sentit qu'il allait atteindre le paroxysme. Alors, il la souleva dans ses bras pour l'emporter jusqu'au lit.

Avec sa peau tiède et son corps tremblant de désir, elle était une invitation à la luxure. Et à lui pour toujours. Chaque jour et chaque nuit, elle lui appartiendrait, et jamais il ne toucherait à une autre. À cette pensée, il fut bouleversé par une émotion qui allait bien plus loin que le sexe.

Elle gémit quand il lui couvrit le corps du sien. Quand il lui prit la bouche pour l'embrasser paresseusement, elle protesta en lui enfonçant les ongles dans le dos et se cabra quand ses lèvres descendirent vers ses seins, qu'il aspira avec délice. Ses doux gémissements le poussèrent à bout. Il lui ouvrit les jambes et elle se cambra contre son érection pour y presser la partie la plus brûlante, la plus tendre de son corps.

— J'ai envie de toi, Raphael. Tout de suite, murmura-t-elle en se hissant sur lui, les yeux clos, les cheveux dans les yeux, les seins tendus vers lui.

Lentement, doucement, il la pénétra. Mais la vue que lui

offrait cette position lui causa une irrésistible frénésie érotique. Un dernier gémissement lui fit perdre le peu de contrôle qu'il gardait encore et, d'une seule poussée, il s'enfonça complètement en elle.

Elle poussa un petit cri.

— *Cara mia*, je t'ai fait mal ?

Elle s'arc-bouta contre lui, un petit sourire aux lèvres.

— Non. J'avais juste oublié ce que ça me faisait de te sentir dans moi. Et dans cette position, j'ai l'impression de te sentir... partout.

Elle lui prit la main pour la poser contre son cœur.

— Tu es aussi là, Raphael, dans mon cœur. Tu sais quoi ? Tu as réussi à me rendre follement amoureuse de toi.

Des mots qu'il attendait, qu'il espérait même, parce qu'il savait que pour Pia c'était la condition nécessaire à leur mariage. Des mots qui lui coupaient le souffle, qui le mettaient à genoux. Des mots qui jusque-là n'avaient aucun sens pour lui, mais qui pénétraient jusqu'au fond de son âme.

Avec un sourire radieux, elle se mit à bouger sur lui, s'élevant et s'abaissant en rythme, lui offrant un plaisir intense. Ses aveux continuaient à résonner à ses oreilles tandis que son sexe bougeait en elle, plus profond, plus vite, encore et encore.

Soudain, elle explosa et sa féminité se contracta spasmodiquement, dans un cataclysme de plaisir qui provoqua en lui une jouissance absolue.

Tandis qu'il reprenait son souffle, Pia se pencha et posa sur sa bouche un tendre baiser. Leurs odeurs se mêlaient en un puissant parfum, une drogue magique dont Raphael savait désormais qu'il ne pourrait plus jamais se passer.

— *Ti amo*, chuchota-t-elle avec un sourire timide.

Et avant même qu'il ait pu réfléchir au poids de ces mots et lui répondre, elle s'endormit sur lui alors qu'il était encore en elle.

En se réveillant, à l'aube, Raphael sentit le poids du corps de Pia, encastré dans le sien comme la pièce d'un puzzle dont il avait toujours ignoré qu'il était incomplet. Repoussant ses cheveux, il contempla son visage aux yeux cernés. Passait-elle trop de temps à étudier pour ce maudit examen ? Ou était-ce lui qui l'avait fatiguée par ses incessantes exigences ? Même dans le sommeil, le visage de Pia ne perdait rien de son charme sans artifices. Quelque chose se noua dans sa poitrine quand elle se blottit plus étroitement contre lui.

Sa confiance en lui était totale, absolue. Jamais il n'avait été l'objet d'un sentiment si inconditionnel. Il ignorait comment le gérer, et une part de lui aurait préféré prendre ses distances, refermer cette porte. Il aurait voulu la réveiller et lui dire : « Demande-moi quelque chose en échange. » Sinon, il ne saurait jamais la valeur de ce qu'elle lui offrait, et leur relation resterait toujours déséquilibrée.

Elle bougea contre lui en poussant un petit soupir. De nouveau, le désir l'envahit. Son bras était coincé sous les seins de Pia, dont la tête reposait sur son épaule. Sa main chercha la courbe de ses fesses. Il durcit et examina le corps nu de sa fiancée. En découvrant l'empreinte de ses doigts sur ses fesses et à l'intérieur de ses cuisses, il eut un sursaut de honte. Il était un homme civilisé, pas un animal — et pourtant incapable de contrôler sa libido. En prenant soin de ne pas la réveiller, il se glissa hors du lit.

« Seulement toi. »

Comment deux petits mots avaient-ils pu déchaîner un désir aussi incontrôlé ? Et anéantir l'angoisse qui le taraudait ? Car jamais pour quiconque il n'avait été *seulement Raphael*.

Il avait été boursier durant ses études d'ingénieur à la fac, un fils qui avait perdu son père dans un scandale financier, sans avoir pu faire son deuil, puis un jeune homme qui devait subvenir aux coûteux besoins de sa mère et de ses sœurs. Il avait été un ambitieux, acharné à effacer le scandale de la mort de son père, protégé par le génie de Giovanni Vito. Et finalement un P-DG qui avait choisi d'épouser un papillon superbe et étincelant et d'en faire le trophée de sa nouvelle vie.

Mais depuis qu'il avait accepté le défi tacite que lui avait lancé Gio, le regard de Pia, plein d'une émotion venue des profondeurs de son cœur, l'avait profondément déstabilisé.

S'il perdait tous les privilèges attachés à sa situation et à sa fortune, son ambition, son désir d'être différent de son père et de ne pas connaître le même destin, qu'allait-il devenir ? Sans la honte de l'échec paternel, sans l'amertume nourrie durant des années par la cruelle indifférence de sa mère, sans le cynisme qu'il avait dû cultiver pour supporter les liaisons d'Allegra, qu'allait-il devenir ?

Giovanni s'était-il seulement demandé si son filleul était digne de sa précieuse Pia Alessandra ?

14

Voilà, c'était le grand jour, celui de ses fiançailles avec Raphael !

Or il était absent depuis deux semaines…

Cette journée de mi-octobre était plutôt ensoleillée, avec juste ce qu'il fallait de fraîcheur dans l'air. Comme d'habitude, Pia prit son petit déjeuner avec Gio dans la petite véranda. Un appel d'une de ses sœurs obligea celui-ci à partir avant d'avoir terminé. Pia n'aimait pas cette Thea Rosa, qui, malgré son âge avancé, semblait se complaire à torturer Giovanni par ses frasques incessantes. Pia termina son petit déjeuner seule en remâchant ses doutes au sujet de Raphael.

Elle regrettait que son travail l'accapare toujours au moment où elle aurait eu le plus besoin de sa présence. Par exemple le jour où elle s'était rendu compte qu'elle avait trois semaines de retard et où elle avait tant paniqué. Après la première nuit passée avec lui, elle avait commencé à prendre la pilule ; donc si elle se retrouvait enceinte, il en serait tout aussi responsable qu'elle. Mais non, il se trouvait à Tokyo pour négocier un nouvel accord entre Vito Automobiles et une firme japonaise. Elle avait donc demandé à Emilio de la conduire à une pharmacie située à vingt kilomètres au moins des résidences de Gio et de Raphael, afin d'éviter les ragots, pour y acheter un test de grossesse. Heureusement, le test s'était révélé négatif.

Elle était restée une demi-heure assise sur les toilettes, en proie à un besoin aussi violent qu'inexplicable de pleurer.

Ce qui lui manquait, c'était la présence réconfortante et inébranlable de l'homme qu'elle aimait et pour qui elle avait l'impression de compter si peu. Quand il était rentré du Japon et qu'elle avait effleuré le sujet de son engagement démesuré au travail, elle s'était attiré un regard totalement dissuasif. Pourtant, Gio l'avait soutenue en assurant à Raphael qu'il pourrait déléguer davantage.

— Mon père déléguait beaucoup, avait répondu celui-ci. Il faisait confiance à des gens dont il aurait dû se méfier et en deux ans, il a coulé son entreprise.

Comme elle ne voulait pas le contrarier, et que son père avait toujours été un sujet sensible, Pia s'était tue. Maintenant, elle comprenait qu'elle avait trop laissé passer — mais n'était-ce pas normal dans une relation naissante ?

Raphael n'avait pas l'habitude de se confier, et il avait toujours résolu seul tous ses problèmes. Plus ils se voyaient, plus ils préparaient leurs fiançailles, et plus il semblait se mettre en retrait. Il était redevenu l'étranger qu'elle avait rencontré le premier soir, sombre et inaccessible ; à la différence que désormais, ils couchaient ensemble. Pia ressentait d'ailleurs toujours le même besoin qu'il la touche, qu'il la possède.

Il l'emmenait chez lui et la gardait jusqu'à l'aube, ou alors il venait la voir chez Gio quand la maisonnée était couchée. Là, il la trouvait en train d'étudier ou de sculpter. Il ôtait alors ses chaussures et sa chemise en attendant qu'elle ait terminé. Puis il l'emmenait au lit. Il lui faisait l'amour tantôt avec tendresse, tantôt avec une passion sauvage, et jamais elle ne pouvait retenir les mots d'amour qui lui venaient à la bouche. Dans ces moments-là, elle retrouvait le Raphael qu'elle aimait, qui s'ouvrait à elle et ne se comportait plus en étranger.

Ses règles avaient repris après les trois semaines de retard, mais s'étaient arrêtées au bout d'un jour. Pia avait alors dû demander à une sœur de Raphael l'adresse d'un gynécologue, en prétendant souffrir d'une mycose pour éviter tout malentendu…

Raphael devait rentrer deux heures seulement avant la réception donnée pour leurs fiançailles. De nouveau, Pia dut refouler une inexplicable envie de pleurer. Enfin, pas si inexplicable que ça…

Quelque chose avait changé entre eux depuis le coup de fil

qu'il avait reçu après leur soirée à l'opéra. À moins que ce ne soit depuis qu'elle avait accepté de l'épouser. *Ou plutôt, depuis qu'elle lui avait dit qu'elle était amoureuse de lui !*

Brusquement, la pièce manquante du puzzle venait de se mettre en place. C'était exactement à ce moment-là que tout avait changé, que Raphael avait commencé à se refermer sur lui-même.

Pourquoi ? Elle ne lui avait rien demandé. Jamais elle n'avait exigé de réciprocité. Elle le lui avait dit parce que c'était vrai et elle voulait qu'il le sache. Qu'il sache qu'elle l'appréciait et qu'elle comprenait pourquoi il ne pourrait sans doute jamais lui rendre la pareille. Elle l'aimait comme il était. Avait-il cessé de s'intéresser à elle pour cette raison ?

Puis elle avait entendu sa mère et ses sœurs dire qu'Allegra était de retour à Milan et qu'on avait vu Raphael avec elle dans un restaurant. Durant une seconde, la confiance que Pia avait en lui avait vacillé. Même quand elle insistait, jamais il ne lui avait dit plus de deux mots sur Allegra. Désirait-il reprendre la vie commune avec elle ? Et elle-même, que valait-elle en comparaison de cette célèbre beauté ?

L'estomac noué, en plein désarroi, elle vit arriver un bataillon d'employés, qui commencèrent à installer une gigantesque tente immaculée devant la maison. Un quart d'heure plus tard, l'organisateur de la réception se présenta, accompagné des camions frigorifiques et des décorateurs.

Pia se hâta d'appeler Portia, qui avait tout organisé, pensant qu'il y avait une erreur. Mais non. Elle apprit qu'on attendait deux cent cinquante invités pour célébrer les fiançailles de Raphael Mastrantino avec la petite-fille de Giovanni Vito... Les administrateurs de Vito Automobiles et leurs familles, les principaux actionnaires, la famille étendue de Gio, les innombrables cousins Mastrantino, des personnalités : c'était comme si le monde entier brûlait de contempler Raphael et sa nouvelle fiancée.

— Ils cherchent tous à se faire bien voir de Raphael. Évidemment, ils savaient que cela devait arriver, mais désormais, la situation est plus... claire, *si* ? lui dit Portia au téléphone.

Quand Pia déclara qu'elle ne comprenait pas, la mère de Raphael répondit :

— Quand Gio vous a désignée comme sa petite-fille et héritière, cela a posé problème à mon Raphael.

— Mais pourquoi ?

— Giovanni et Raphael possèdent chacun 35 % des actions de V.A. Quand vous êtes apparue, on a compris que votre futur mari hériterait des actions, et donc que Raphael ne resterait plus longtemps P-DG. Tout le monde n'apprécie pas les principes ni la façon d'agir de mon fils. Certains ont même pensé le trahir pour s'attirer les faveurs de l'homme que Gio allait vous choisir. Mais maintenant que Raphael vous épouse, tous cherchent à rentrer en grâce.

Les doigts de Pia se crispèrent sur son téléphone ; la nausée lui tordait l'estomac. Elle lâcha l'appareil, qui tomba par terre. À l'autre bout du fil, Portia continuait à parler tandis que les décorateurs disposaient des monceaux d'orchidées rares. Pia eut le plus grand mal à regagner sa chambre.

Si Raphael l'épousait, avec 70 % des actions en main, plus personne ne pourrait le contester dans sa position de P-DG ni lui prendre ce qui comptait le plus à ses yeux : sa richesse, son statut social et surtout son pouvoir.

Car pour lui, rien d'autre n'avait d'importance.

Et ce pouvoir, c'était la seule raison qui l'avait poussé à lui demander sa main. Elle comprenait enfin que si Giovanni avait accepté de donner Vito Automobiles à Raphael c'était à une seule condition : qu'il lui passe la bague au doigt.

Oh ! mon Dieu...

Gio resStait invisible. Quant aux autres membres des deux familles Vito et Mastrantino, ils devaient arriver à 16 heures, ce qui ne laissait guère de répit à Pia, incapable d'échapper à la détresse de ses pensées. Au risque de sembler grossière, elle avait refusé de s'habiller pour la fête. Elle tenait d'abord à voir Raphael pour clarifier la situation.

Vêtue d'un jean et d'un sweat, elle allait sortir prendre un café au village quand on vint la chercher pour lui demander de se rendre dans le bureau de Gio. Elle obtempéra.

Raphael s'y trouvait. En sentant peser sur elle son regard plein de désir, elle chancela. Ses vêtements n'étaient pas aussi impeccables que de coutume et ses yeux étaient marqués de cernes.

Il lui était toujours aussi cher ; hélas, pour lui, bien des choses passaient avant elle. Pia avait même fini par l'accepter. Mais pourrait-elle vivre avec l'idée que si elle n'avait pas été l'héritière de Gio jamais il ne se serait intéressé à elle... ?

— *Ciao, bella.*

— Tu arrives seulement ?

— Il n'y a même pas cinq minutes.

— Raphael, il faut que...

Sans lui laisser le temps de terminer, il referma sans douceur la porte et posa la bouche sur la sienne. Sous la caresse de ses lèvres avides, sa détresse se dissipa.

— *Dio*, tu m'as tellement manqué ! Ton corps m'a tellement manqué ! Et maintenant, cette fichue maison est remplie de cousins et de tantes, murmura-t-il en introduisant la main sous son sweat.

Tout en lui caressant les seins, il se réjouit qu'elle n'ait pas mis de soutien-gorge. Pia comprit qu'ils avaient atteint le point de non-retour et qu'il n'était pas question de l'arrêter, d'autant moins qu'elle ne pouvait s'empêcher de se blottir contre lui pour goûter l'incroyable plaisir que lui procurait ce contact.

— Toi aussi, tu m'as manqué, tu ne peux pas savoir à quel point, répondit-elle dans un sanglot. Je déteste ton travail, je ne peux pas supporter que tu sois absent si longtemps alors que j'ai tant besoin de toi et que...

Elle s'interrompit : de la langue, il lui agaçait un mamelon, et Pia perdit ce qui lui restait de raison. Comme s'il réalisait enfin combien il lui avait manqué, un torrent de mots en italien sortit de la bouche de Raphael, qui lui avoua qu'une nuit, à l'hôtel, il avait imaginé qu'elle le prenait dans sa bouche... Il lui ôta son jean et appuya Pia debout contre la porte. Elle enroula les jambes autour de ses hanches. Raphael la pénétra alors dans un long râle sauvage.

Tête en arrière, bras noués autour de son cou, Pia s'abandonna aux incroyables sensations qui la traversaient tandis qu'il plongeait en elle à coups redoublés. En proie à un plaisir indescriptible, livrée à la magie qu'il lui prodiguait, elle ne contrôlait plus les mots qu'elle balbutiait :

— Je t'aime, Raphael. Et en même temps je te hais pour ce que tu es en train de me faire.

Il s'immobilisa et la fixa d'un regard sombre, les muscles tendus, visiblement choqué.

— Pia ?

Mais ils étaient allés trop loin. Elle en voulait plus. Elle l'embrassa et le mordilla au creux du cou. Il se mit alors de nouveau à bouger en elle, à grandes poussées, sans la délicatesse dont il avait toujours fait preuve jusque-là. Quelques secondes plus tard, ils jouirent ensemble. Cet orgasme puissant fit monter des larmes aux yeux de Pia, balayant la tension qui l'habitait depuis des semaines. Sans cesser de s'enlacer, ils glissèrent sur le sol. L'odeur de Raphael l'enveloppait, et Pia ne put s'empêcher de souhaiter qu'il lui appartienne, corps et âme, et que jamais il ne la trompe.

Quelle naïveté stupide !

D'un geste tendre, il voulut remettre de l'ordre dans ses vêtements, mais elle s'écarta de lui.

— Laisse-moi, s'il te plaît.

Elle pleurait. Raphael semblait fasciné par ses larmes. Il ne fit pas un geste dans sa direction.

— *Bene*, dit-il seulement.

Pia se cacha le visage entre les mains. Elle aurait voulu se blottir dans ses bras pour y sangloter comme une enfant. Mais comment aurait-il pu apaiser une souffrance dont il était la cause ?

— Pia, j'ai été trop brutal ? demanda-t-il enfin, d'une voix pleine de tendresse.

— Non. Ou plutôt si, mais j'en avais tout autant envie que toi. Et puis je ne suis pas en sucre.

Il poussa un long soupir. Il semblait troublé par sa réponse.

— Non, pas en sucre, *cara mia*, mais fragile, corrigea-t-il en regardant ses mains d'un air coupable. Et je reconnais que je devrais davantage déléguer au travail. Je te promets que je vais faire un effort. Nous allons nous en sortir.

— C'est un peu tard, répondit-elle, résignée.

— Que veux-tu dire par là ?

— Pourquoi ne te montres-tu tendre avec moi qu'avant ou après avoir fait l'amour ? Pourquoi dissimules-tu toujours tes sentiments et refuses-tu de communiquer avec moi ?

— Tu te fais des idées. De toute façon, je t'ai déjà dit que je n'étais pas du genre à dire des mots doux.

Elle eut un rire amer qui l'alarma elle-même. Raphael n'était-il pas en train d'achever ce qu'avait commencé Frank ? Et pourquoi l'amour qu'elle ressentait lui faisait-il aussi mal ?

— Ne me prends pas pour une imbécile. Tu es bouillant dès qu'il s'agit de sexe, glacial le reste du temps. Je n'ai pas le droit de faire allusion à ton travail...

— Je viens juste de reconnaître que j'avais un problème ! s'exclama-t-il, agacé.

— ... Ni de te parler d'Allegra, ou de ton père, poursuivit Pia sans tenir compte de l'interruption. Tout ce que je sais de ta vie, je l'ai appris par ta mère !

Il laissa échapper un juron.

— C'est elle qui t'a contrariée ! Mais entre Allegra et moi, il n'y a rien. Tu me fais donc si peu confiance ?

— Elle ne m'a pas contrariée. C'est ce que tu fais qui me contrarie, en particulier quand tu me dis que tu veux priver Allegra de son droit de visite. Tu veux que je devienne une mère pour Alyssa, mais là-dessus, je n'ai pas mon mot à dire.

— Je ne te forcerai pas à devenir sa mère si tu...

— Mais j'aime ta fille !

— Alors, où est le problème ?

— Le problème, c'est que tu t'imagines que je vais me plier à ce que tu as décidé ; c'est ton incapacité à me faire partager ce qui compte dans ta vie. Tout ce qui t'intéresse, c'est le sexe. Et j'ai mis longtemps à me rendre compte...

— À te rendre compte de quoi, Pia ?

— Que tu as commencé à t'éloigner de moi dès que je t'ai dit que je t'aimais. Tu t'es senti trop coupable.

— Coupable ?

— Oui, coupable de m'avoir rendue amoureuse de toi, coupable que je te regarde avec des yeux pleins d'adoration, coupable surtout de m'avoir caché que si tu m'épouses c'est uniquement pour devenir actionnaire principal de V.A.

Elle crut qu'il allait exploser, mais son silence anéantit le faible espoir de Pia qu'il lui fournisse une explication différente, une autre raison. Comment un homme aussi beau et puissant que Raphael Mastrantino serait-il tombé amoureux d'une fille quelconque, timide et insignifiante comme elle ?

— Pia, dès le premier soir, nous avons ressenti une attirance réciproque, déclara-t-il d'un ton las.

Seigneur, il ne cherchait même pas à faire semblant...

— À en croire ta mère, tu as séduit plus de la moitié de la population féminine de Milan, pour ne pas dire de toute l'Italie. Sans pour autant penser au mariage.

— Non, et je reconnais que quand Gio m'a proposé de...

— Évidemment, c'est *nonno* qui t'a convaincu, dit-elle en donnant un coup de pied dans la porte derrière elle.

— Pia, cesse de te comporter comme une enfant !

— Comme si, Gio et toi, vous me traitiez en adulte ! Il est clair qu'il ne me fait guère confiance. Quant à toi, qu'est-ce qui t'a décidé ? La perspective de devenir l'actionnaire majoritaire ? Ou le fait qu'en tant que P-DG incontesté de V.A. tu allais montrer au monde entier que jamais tu ne serais un faible, comme ton père. T'es-tu vendu à Gio pour prouver que tu étais incapable d'aimer, Raphael ?

— Gio n'a agi comme il l'a fait que pour tenter de te protéger, dit-il en la prenant dans ses bras.

— Me protéger des hommes comme Frank. Parce que je suis naïve et quelconque, prête à tomber dans les bras de la première fripouille venue. Ça, je l'ai compris. Mais il aurait pu se contenter de mettre les actions à ton nom et de m'expliquer que je ne devais pas tomber amoureuse parce que c'était à sa fortune que mes soi-disant amoureux en voulaient.

— Pia, ce n'est pas vrai !

— En tout cas, c'est ce que j'ai déduit de ton comportement. Et ça m'a fait très mal. Il m'a poussée vers toi comme un paquet dont il avait hâte de se débarrasser. Félicitations, Raphael : tu possèdes l'entreprise, le monde entier t'adore et jamais tu ne laisseras la moindre place dans ta vie à l'amour, cette faiblesse. Mais moi, tu m'as perdue.

Elle s'écarta de lui en s'efforçant de ravaler ses larmes.

— Il faut que tu me dises ce que tu attends de moi, reprit-elle. C'est notre soirée de fiançailles et deux cents personnes ne vont pas tarder à arriver. Toutes ces dernières semaines, j'ai eu terriblement besoin de toi. Tu vas me protéger des grands méchants loups qui peuplent le monde, doubler la valeur de mes actions de V.A. Tu vas me couvrir de luxueux cadeaux. Tu vas me séduire pendant des nuits entières et me faire jouir au point de me faire oublier mon nom. Mais tu es incapable de m'aimer, n'est-ce pas ? Tu avais raison, tu n'es pas doué pour ça. Et moi qui croyais que c'étaient seulement les mots qui te manquaient...

— Tu es en colère, et ça te rend bien trop cynique.

— Tu devrais au contraire être heureux que je voie désormais le monde comme toi !

— Rien n'a changé.

— Si, Raphael, tout a changé, explosa-t-elle. Tu ne t'en rends pas compte ? Moi, j'ai changé. Et ma façon de te voir a changé. Désormais, à mes yeux, tu ne vaux pas mieux que Frank.

Il tressaillit comme si elle l'avait giflé et serra les poings.

— Tu ne peux pas penser ça !

— Il m'a courtisée et il a fait semblant de m'aimer parce qu'il me considérait comme une proie facile. Toi, tu m'as demandée en mariage et tu m'as achetée avec ta bague pour la même raison. Donc tu ressembles à Frank.

— Si tu le penses vraiment, répondit-il en pâlissant, tu as raison : entre nous, il n'y a plus rien à sauver.

Pia sentit les larmes lui monter aux yeux, mais pas question de pleurer de nouveau devant lui. Soudain, elle comprit pourquoi cela lui faisait si mal, comme si on lui arrachait une part d'elle-même. Pourquoi même les pires insultes de Frank ne lui avaient pas causé autant de douleur. Pourquoi il était si important de préserver sa fierté devant Raphael alors qu'elle s'était effondrée face à Frank.

Parce que, en la trahissant, il lui avait déchiré le cœur. Parce qu'elle ne cesserait jamais de l'aimer, même si elle ne pouvait supporter de vivre avec lui.

— Dis à tous tes fans qu'il n'y aura pas de fiançailles. Je ne peux plus supporter ta présence. Et dis à Gio que je reprendrai contact avec lui quand il cessera de tenter de manœuvrer chaque fois qu'un homme se montre à l'horizon. Peut-être que dans *Rigoletto* Gilda ne s'est pas sacrifiée par amour, Raphael. Peut-être voulait-elle seulement la liberté, pour son père et pour elle, et que c'était le seul moyen de l'obtenir.

15

« Tu ne vaux pas mieux que Frank. »

Des semaines après, les mots de Pia provoquaient encore la même brûlure dans le cœur de Raphael.

Durant la première semaine, il n'avait pas décoléré. Comment pouvait-elle le comparer à ce salaud qui l'avait trompée pour la plumer ? Si elle avait de lui une si piètre opinion, mieux valait en effet mettre un terme à leur relation.

La semaine suivante, sa colère s'était tarie mais lui avait laissé une douleur sourde au creux de l'estomac, une brûlure au fond de la gorge. Comme si ses accusations le rongeaient en permanence de l'intérieur. Et il pouvait à peine dormir tant le remords le tenaillait. Malgré tout ce que ce Frank lui avait fait, Pia ne lui avait jamais voulu de mal. Mais ce jour-là, elle s'était révélée si indignée, si cynique. Si meurtrie par ce que lui, il lui avait fait…

La première fois qu'il avait envisagé une relation avec elle, il avait en tête la proposition de Gio. Et cela l'avait vraiment culpabilisé, comme elle en avait eu l'intuition.

Les jours avaient passé, leurs fiançailles approchaient, ils étaient de plus en plus liés l'un à l'autre, et il avait commencé à se dire que Pia méritait bien plus qu'il ne pourrait jamais lui donner.

C'était pour cette raison qu'il s'était mis à l'éviter, et qu'il s'était dit, pour la première fois de sa vie, qu'il serait incapable d'assumer le rôle qu'il aurait voulu jouer. Rien ni personne ne l'avait préparé à être l'objet d'une affection aussi pure, aussi inconditionnelle.

Alors, au lieu de lui avouer la vérité, et de reconnaître ses torts, il l'avait rejetée quand elle s'était opposée à lui.

« J'avais tellement besoin de toi, Raphael. »

Jamais personne n'avait autant compté dans sa vie, et quand elle avait eu besoin de lui, il n'avait pas été là. Il aurait voulu la combler, lui donner tout ce qu'elle voulait. Être capable de l'aimer.

En fait, il l'aimait.

Il avait été si obsédé par sa propre insécurité qu'il n'avait pas compris que son but suprême c'était son bonheur à elle, plus encore que le sien. Au lieu de le lui dire, au lieu de partager avec elle son manque de confiance en lui, il s'était privé de ce qu'il avait connu de meilleur dans sa vie. Et il avait brisé le cœur de la seule femme qui lui ait jamais paru réelle, et qui l'aimait tel qu'il était vraiment.

« Je te veux toi, Raphael. Seulement toi. »

Cette fois, ces mots le remplirent de bonheur et d'énergie, et il réalisa enfin la chance qu'il avait d'avoir trouvé Pia.

Incroyable qu'une femme aussi généreuse ait vu en lui quelqu'un qui valait la peine d'être aimé. Et qu'il ait la chance de l'aimer lui aussi et de passer sa vie avec elle. Qu'il réussisse ou non dans ses affaires, Pia l'aimerait toujours. Parce que c'était dans sa nature. Mais lui, il lui avait fait du mal parce qu'elle l'aimait.

Sans attendre, il se précipita chez Gio.

— Elle n'est pas là, lui lança son parrain depuis le salon avant même que Raphael ait pu lui poser la question.

Gio avait l'air fatigué. Raphael s'assit à côté de lui, la gorge serrée.

— J'ai tout gâché, murmura-t-il en se cachant le visage entre les mains. Jamais je n'aurais dû me mêler… l'obliger… Jamais je n'ai voulu lui faire du mal, Gio. Je me suis comporté comme un imbécile et pourtant, tu m'avais prévenu. Mais je ne t'ai pas écouté.

— Toi et moi, nous avons sous-estimé Pia. Parce qu'elle était indulgente et généreuse, nous avons cru qu'elle avait besoin de nous pour veiller sur elle, et nous l'avons traitée comme une enfant. Mais je pense qu'elle est même plus forte que ma Lucia. Il faut qu'elle le soit pour nous avoir pardonné le mal que nous lui avons fait.

Raphael releva la tête, pris d'un fol espoir.

— Que veux-tu dire ? Elle te parle de nouveau ? Elle est revenue de la maison de son... *ami* ? demanda-t-il en trébuchant sur le mot.

En apprenant qu'elle s'était installée chez Antonio, son ami serveur et menuisier, il avait éprouvé un terrible choc. Pourtant, malgré leur rupture, il savait que Pia l'aimait toujours. Qu'elle ne cesserait jamais de l'aimer. Dès qu'il avait appris qu'elle partageait un minuscule studio avec Antonio, il avait eu envie d'aller la chercher pour la ramener chez lui.

— *Si*, répondit Gio. Elle a dit qu'elle se faisait trop de souci à mon sujet. Mais moi, je me fais du souci pour elle.

— Pourquoi ?

Son parrain détourna la tête, fuyant son regard.

— Je lui ai promis de me tenir à l'écart de toutes vos histoires, répondit-il en soupirant. Je ne peux pas t'en dire plus. Tu es venu réparer tes erreurs ?

— *Si*. Et lui demander pardon.

— Tu lui as fait beaucoup de mal. Et si tu ne l'aimes pas, tu lui en feras davantage encore.

— Giovanni, cette fois, fais-moi confiance. Je me comporterai bien. *Per favore*. Où est-elle ?

— Dans sa chambre. Elle doit avoir terminé sa sieste.

Depuis quand Pia avait-elle besoin de faire une sieste l'après-midi ? Elle aurait dû être en train de sculpter, de se promener avec ses amis ou d'apprendre l'italien. Il allait se précipiter vers la chambre quand Gio l'arrêta tout net.

— Rappelle-toi ce que tu lui as fait et tout ce qu'elle a à te pardonner. Ne te mets pas en colère. Et ne laisse pas ton ego prendre le dessus.

Raphael monta l'escalier quatre à quatre et ouvrit la porte de la chambre. Pia était debout, appuyée au mur. Quand il referma la porte derrière lui, elle le vit et devint très pâle. Elle lui parut différente, et il se souvint des paroles mystérieuses qu'avait prononcées Gio.

En quelques semaines, elle semblait avoir beaucoup maigri. Ses cheveux relevés en chignon au sommet de son crâne lui tiraient les traits. Était-ce par sa faute qu'elle se retrouvait dans cet état ?

— Pia, qu'est-ce qui t'est arrivé ? dit-il en se précipitant vers elle.

Elle s'écarta de lui, menton dressé, lèvres serrées. Seuls ses grands yeux bruns reflétaient son trouble.

— Arrête de me parler comme si j'étais idiote. Ou mieux, laisse-moi tranquille. Je n'ai rien d'autre à te dire.

Il ne pouvait pas supporter qu'elle le regarde de cette façon. Il ne pouvait supporter qu'elle n'aille pas bien. Sa gorge se serra.

— Tu es malade ?

À cette pensée, il vacilla.

— C'est Gio qui t'a demandé de venir ? dit-elle, visiblement courroucée à cette idée. Je lui ai dit de ne jamais me refaire ce coup-là. Il m'avait pourtant juré de ne pas t'avertir...

Raphael la prit dans ses bras, le cœur battant.

— Calme-toi. Gio ne m'a rien demandé du tout. Je suis venu de moi-même prendre de tes nouvelles. Parce que je ne pouvais pas... Pia, tu es certaine que tu n'es pas malade ?

— Arrête de dire ça, à la fin ! Je vais me sentir encore plus mal. Je sais que j'ai l'air...

— Pour moi tu es toujours aussi belle. Mais j'ai l'impression que, si je te touche, tu vas te briser.

— Je ne suis pas malade. Mais...

Elle s'interrompit et détourna la tête.

— Pourquoi es-tu venu ? Je t'en prie, si tu me respectes, laisse-moi tranquille. Tu ne peux pas savoir comme c'est pénible pour moi de te voir. D'ailleurs, j'ai des décisions à prendre. Après, nous pourrons parler.

Il acquiesça, le cœur serré.

— J'ai quand même quelque chose à te dire. Es-tu prête à m'écouter ?

— Du moment que tu me promets de ne pas me toucher...

— *Bene.*

Il lui prit les mains pour l'entraîner vers le canapé, où il la fit asseoir avant de s'agenouiller devant elle. Elle tentait en vain de ravaler des larmes qui coulaient déjà sur ses joues.

— Je t'en prie, *bella*, ne pleure pas. Pia, du fond du cœur, je t'adore.

Elle fit non de la tête.

— Laisse-moi une chance. Laisse-moi continuer. Je... C'est Gio qui m'a manipulé. Tu avais raison. Il m'a fait miroiter tout ce que je désirais le plus. J'ai résisté autant que j'ai pu et j'ai vécu un enfer. Mais la nuit où il a eu son attaque, je n'ai plus pu refuser. Tu avais raison. J'ai senti peser sur mes épaules le fait d'être responsable de toi. Gio me regardait et... Tout ce que tu as dit est vrai. Mais même s'il n'avait rien fait, dès le début, nous avons été attirés l'un par l'autre. Ou plutôt non, *cara mia*, c'est bien plus profond. J'ai beau être blasé, j'ai tout de suite su que tu étais une femme merveilleuse, d'une extraordinaire générosité, et que Giovanni avait raison quand il disait que j'avais besoin de toi pour vivre. Mais cette attirance, je ne pouvais pas l'admettre, parce que jamais je n'avais vécu quoi que ce soit de semblable. Avec le temps, j'aurais sûrement fini par reconnaître à quel point tu es précieuse et tout le bonheur, toute la paix que tu m'as déjà apportés. Ton amour m'a fait réaliser ce qui compte, et je voudrais passer tout le reste de nos vies à te rendre heureuse si tu veux bien m'offrir une seconde chance.

Il lui prit les mains pour les couvrir de baisers avant de poser le visage contre sa poitrine. Il sentit le cœur de Pia battre contre ses lèvres. Avec elle, il était enfin chez lui.

— En toi, j'aime tout, *cara mia*. Chaque centimètre de ta peau, chacun de tes sourires.

— Je voudrais tant te croire, Raphael. Tu m'as tellement manqué.

Ce fut comme si on lui ôtait un énorme poids de la poitrine. Son cœur se gonfla de joie et il se mit à la couvrir de baisers.

— Épouse-moi, Pia. Je ne veux plus rester un jour sans te voir, sans te serrer contre moi, sans t'embrasser. Épouse-moi parce que je veux être à toi. Quand je suis avec toi, je me sens meilleur.

Elle se jeta en sanglotant dans ses bras et il la serra contre lui en murmurant des mots sans suite parce qu'il ne pouvait supporter de la voir malheureuse.

— Tu me fais douter de moi-même, murmura-t-elle. Je me déteste. L'amour ne devrait pas...

— Non, dit-il en la forçant à regarder vers lui, il ne devrait pas. Mais sache que chez toi, Pia, il n'y a rien à changer et que je t'ai aimée dès le premier regard.

Elle acquiesça et s'essuya les joues d'un geste résolu.

— Alors, moi aussi, j'ai quelque chose à te dire. Promets-moi de ne rien me cacher de tes réactions, même si ça te met en colère ou si ça te blesse.

— Tu peux me dire ce que tu voudras.

Elle reprit son souffle.

— Je suis enceinte.

Raphael fixa la jeune femme qui se tenait devant lui, ébahi. Il manquait soudain d'air. Voilà donc à quoi Gio avait fait allusion. Mais depuis quand le savait-elle ? Depuis quand lui cachait-elle la vérité et gardait-elle ce secret ?

— Il est de toi, ajouta-t-elle.

— Pia, jamais je n'ai douté de ta loyauté ni de ton amour. De combien es-tu enceinte ?

— Presque dix semaines. Je crois que ça s'est produit dès la première fois. Je sais que tu dois être choqué, mais...

Il se leva d'un bond.

— Quelle est cette décision que tu dois prendre ? demanda-t-il en pâlissant. Tu pensais quitter l'Italie sans rien me dire, comme Lucia l'a fait avec Gio ? Pour toi, l'amour, c'est ça ?

Pia le prit par les épaules pour le forcer à la regarder.

— Raphael, écoute-moi. Je n'ai jamais envisagé de partir et jamais je n'aurais quitté l'Italie sans te dire que j'étais enceinte.

Ravagé par l'émotion, Raphael la prit par les poignets.

— Mais alors, pourquoi ne m'avoir rien dit ?

— Si je l'avais fait, tu aurais insisté pour qu'on se marie.

— Et toi, tu préférais que notre enfant soit illégitime ?

— Ça m'est complètement égal. Je t'aime de tout mon être, Raphael, et je t'aimerai toute ma vie. Mais t'épouser en sachant que tu ne le faisais que pour nous protéger, notre enfant et moi, parce que tu te sentais responsable de nous, cela aurait suffi à détruire l'amour que je ressens pour toi. Je n'aurais pas pu vivre de cette façon.

— Et si je n'étais pas revenu te chercher ?

— Une fois ma colère passée, j'ai espéré que tu le ferais. Gio m'a appris qu'Alyssa n'était pas ta fille biologique.

— C'est pourtant moi le premier qui l'ai tenue dans mes bras. Le premier qu'elle a connu, celui qu'elle vient voir quand elle s'est fait mal. Elle est autant à moi qu'à Allegra. Si je ne suis pas son père biologique, quelle importance ?

— Si Gio me l'a révélé, c'est uniquement pour que je garde espoir. Et il a eu raison. Après tout ce qu'Allegra t'a fait subir, cela m'a donné de l'espoir de voir à quel point tu aimais Alyssa. Il m'a dit que, cette fois, je ne m'étais pas trompée et que tu étais capable de m'aimer. Et quand Gio m'a annoncé que tu avais changé d'avis concernant les requêtes d'Allegra et donné ton accord pour des visites encadrées, cela m'a rendue plus amoureuse de toi encore.

— Allegra et moi, nous nous sommes fait beaucoup de mal tout au long de notre mariage. Mais pour garder la moindre chance que tu me pardonnes, que tu m'aimes de nouveau, je devais devenir moins intransigeant. Pour toi, Pia. Parce que tu es capable de mettre au jour ce qu'il y a de meilleur en moi.

Folle de joie, Pia attira à elle l'homme de sa vie pour l'embrasser. Son goût familier la bouleversa. *Il l'aimait. Il l'aimait !* Elle aurait aimé le crier au monde entier.

— C'est cet événement que tu voulais m'annoncer ? demanda-t-il en s'écartant d'elle.

— Oui. Le premier test avait été négatif et comme j'avais eu un petit saignement, j'ai cru que c'étaient mes règles. Mais apparemment, cela peut se produire en début de grossesse. Finalement, un gynéco m'a confirmé que j'étais enceinte.

Il la serra si fort dans ses bras que pendant quelques secondes elle eut le souffle coupé.

— Et maintenant ? Ça s'est arrêté ? Il n'y a pas de danger pour toi ni pour le bébé ?

— Non. Mais je ne peux toujours rien manger, et ça m'a fait perdre beaucoup de poids.

Raphael poussa un soupir. Dans ces circonstances, il aurait dû être à ses côtés.

— Quand as-tu vu le médecin ?

— Le lendemain du jour où... Où tout s'est effondré.

Il la souleva dans ses bras, s'assit sur une chaise et la posa sur ses genoux. En lui caressant doucement le ventre, il ressentit un immense bonheur.

— Ça a dû être très dur pour toi ?

— Surtout ces horribles nausées. À un moment, je ne pouvais même pas avaler une biscotte sans...

— Pourras-tu me pardonner de ne pas avoir été là quand tu avais besoin de moi ?

Souriante, elle posa la bouche sur celle de Raphael.

— Raphael, je t'aime du plus profond de mon cœur. Si tu veux vraiment passer le reste de ta vie avec moi, il n'y a pas besoin de pardon.

— Tu en doutes encore ?

Elle haussa les épaules d'un air dubitatif. Il se leva alors pour la porter jusqu'au lit et s'étendit à côté d'elle, le cœur battant.

— Dans ce cas, reprit-il, il va falloir que je passe les prochains mois à tenter de te convaincre que sans toi ma vie est dure, froide et vide.

— Ta vie ou ton lit ?

— Mon lit aussi, affirma-t-il, avant de l'embrasser passionnément.

Pour la première fois, Raphael se sentait pleinement heureux, comblé par sa famille, et totalement aimé pour ce qu'il était. Et il savait qu'avec Pia à ses côtés cela pourrait durer l'éternité.

SARA CRAVEN

Retrouvailles à Whitestone Abbey

AZUR

HARLEQUIN

Titre original :
THE INNOCENT'S ONE-NIGHT CONFESSION

Ce roman a déjà été publié en 2019.

1

— Allez, Becks, raconte-moi tout. Il est comment, au lit ?

Alanna Beckett faillit s'étouffer avec sa gorgée de citronnade et jeta un regard inquiet sur les clients qui se pressaient au comptoir du bar à vins.

— Susie, pas si fort, s'il te plaît ! On ne pose pas des questions pareilles.

— Pourquoi ? Mets-toi à ma place, je m'interroge. Je pars six semaines en Amérique en te laissant seule à ta vie d'ermite. Je me fais un sang d'encre en imaginant que tu as adopté un chat et que tu prends des cours de tricot... Et quand je reviens, tu es sur le point de te fiancer. Alléluia !

— N'exagère pas, protesta Alanna. Il m'a juste invitée à la soirée d'anniversaire des quatre-vingts ans de sa grand-mère.

— Hum, une réunion de famille à la campagne... C'est une grande occasion, Becks. Il s'appelle Gerald, c'est cela ?

— Gerard, corrigea Alanna. Gerard Harrington.

— Comment est-il, physiquement ?

Alanna soupira.

— Un mètre quatre-vingts, blond aux yeux bleus, très séduisant.

— Vous êtes-vous rencontrés comment ?

— Il m'a sauvé la vie. Sans lui, j'aurais été écrasée par un bus.

— Oh la la ! Où cela ?

— À King's Road, pas loin du Bazar Vert. J'étais perdue dans mes pensées et j'allais traverser quand il a bondi pour me ramener sur le trottoir.

— Eh bien ! Heureusement qu'il était là. À quoi rêvais-tu, Becks ?

Alanna haussa les épaules.

— J'avais cru reconnaître quelqu'un.

Elle hésita.

— Lindsay Merton, ajouta-t-elle, saisissant le premier nom qui lui venait à l'esprit.

— Lindsay ? Elle vit en Australie avec son mari !

— C'est vrai, répondit Alanna avec un rire forcé. Quelle étourdie !

— Qu'a fait ensuite le preux chevalier Galahad, alias Gerard ?

— Comme j'étais un peu chamboulée, il m'a emmenée au Bazar Vert et a demandé qu'on me serve une tasse de thé.

— Pourquoi le Bazar Vert ?

— Son cousin est P-DG de la chaîne, et lui dirige le magasin de Londres.

— Il est riche alors, et écolo en prime ! Tu m'impressionnes ! En plus, ne dit-on pas que si quelqu'un te sauve la vie, tu lui appartiens pour toujours ?

— On dit beaucoup de choses stupides. Il n'est pas question de cela. Pour l'instant, en tout cas.

— Il attend peut-être l'approbation de Grand-Maman…

— Peu importe. Pour moi, il s'agit d'un simple week-end à la campagne. Nous ne partagerons pas la même chambre, si tu te poses la question.

Susie éclata de rire et leva son verre.

— Il trouvera peut-être le moyen de te rejoindre pendant la nuit… À ta santé, ma belle ! Puisse ce week-end voir tous tes rêves se concrétiser !

Qui sait ? songea Alanna en trinquant. Si au moins son cauchemar secret cessait enfin de la harceler… Elle aspirait vraiment à recommencer à vivre pour oublier le souvenir honteux qui l'avait transformée en recluse. Tout le monde commettait des erreurs, mais il ne servait à rien de se flageller en s'empoisonnant l'existence. Cela durait depuis trop longtemps, et Susie le lui reprochait assez.

— Pourquoi vis-tu repliée sur toi-même ? Laisse de côté

les manuscrits de tes chers auteurs et viens t'amuser ! Tout le monde me demande de tes nouvelles.

Invariablement, Alanna invoquait les mêmes excuses, les échéances à respecter, la peur du licenciement... Pour garder son poste, elle devait se consacrer corps et âme à son travail. Ce qui ne lui coûtait d'ailleurs aucun sacrifice. Elle adorait son métier.

Pour renforcer sa crédibilité, elle s'était créé un avatar, calme et réservé, un peu en dehors du monde. Désormais, elle attachait ses jolies boucles auburn sur la nuque avec une barrette en argent, ne prenait plus la peine de maquiller ses beaux yeux verts et se contentait d'une touche discrète de rouge à lèvres, presque invisible.

Elle seule connaissait la raison de ce camouflage délibéré. Elle n'en avait même pas parlé à Susie, son amie d'enfance avec qui elle avait emménagé, et qui se réjouissait maintenant de sa renaissance inattendue.

Alanna n'avait d'ailleurs pas l'intention, pour l'instant, de renier son personnage, qui plaisait à Gerard. Il serait toujours temps de dévoiler sa vraie personnalité par la suite, selon la tournure que prendraient les événements.

L'invitation de Gerard l'avait surprise. Même s'il était charmant et attentionné, leurs relations restaient empreintes d'une courtoisie distante. Non seulement elle n'y voyait pas d'objection, mais elle s'en félicitait.

Le premier jour, elle avait accepté de dîner avec lui par pure politesse. Puis, l'occasion s'était renouvelée et elle avait pris plaisir à sa compagnie. Quand il l'avait embrassée, la troisième fois, en lui disant au revoir, elle avait été soulagée, et même rassurée, de n'être ni émue, ni bouleversée. Cela ne lui déplaisait pas non plus. C'était même agréable.

Nous sortons ensemble, avait-elle pensé, amusée mais aussi reconnaissante à l'idée d'une cour démodée. *Cette fois-ci, tout se passera bien.*

Malgré tout, le week-end qui s'annonçait à Whitestone Abbey marquerait peut-être une étape à laquelle elle ne s'était pas suffisamment préparée. D'un autre côté, il aurait été hasardeux de refuser.

Elle avait donc entamé ses économies pour s'acheter une robe longue. Grise, en soie et dentelle, elle était assez sage pour plaire à la plus sévère des grands-mères, mais mettait subtilement en valeur les courbes de sa silhouette. Elle conviendrait pour le cocktail du samedi après-midi avec les amis et voisins aussi bien que pour le dîner familial qui suivrait.

— J'espère que tu ne t'ennuieras pas, avait dit Gerard. Autrefois, Grandam aurait dansé toute la nuit, mais elle commence à accuser son âge.

— Grandam ? avait questionné Alanna, intriguée. C'est délicieusement désuet.

— Quand on m'a mis en pension, elle m'avait envoyé un colis et je l'avais remerciée par lettre, en écrivant Grandam au lieu de Grandma. Le surnom est resté.

— C'est charmant.

— N'imagine pas pour autant une atmosphère qui fleure bon la lavande et la dentelle. Elle sort à cheval tous les jours avant le petit déjeuner, hiver comme été.

Il marqua une pause.

— Tu montes ?

— J'ai fait de l'équitation jusqu'à mon entrée à l'université, quand mes parents ont vendu leur grande maison au milieu des prés pour acheter un cottage.

— Apporte tes bottes cavalières. On te trouvera une bombe et je te ferai visiter la propriété.

— Super !

Niamh Harrington était sans doute une vieille dame redoutable, mais la perspective de découvrir ce coin de campagne enchantait Alanna.

— La mère de Gerard est veuve, expliqua-t-elle à Susie ce soir-là en déballant le repas thaï acheté au coin de la rue. Son mari, l'aîné des enfants Harrington, était le seul garçon.

Elle compta sur ses doigts.

— Ensuite il y a sa tante Caroline et l'oncle Richard avec leur fils et sa femme, sa tante Diana et son mari, Maurice, avec leurs deux filles, dont l'une est mariée et l'autre célibataire.

— Grands dieux ! s'écria Susie. J'espère qu'ils auront des badges ! Il y aura des enfants ?

Alanna goûta une crevette.

— Oui, avec leurs nounous. Mme Harrington a sur l'éducation des conceptions très strictes, d'un autre âge. Elle avait une troisième fille, Marianne, la plus jeune, mais elle est morte, ainsi que son mari. Leur fils ne sera pas de la fête.

— C'est le fils de Marianne qui est P-DG du Bazar Vert ?

Alanna haussa les épaules.

— Sans doute. Gerard ne m'en a pas beaucoup parlé.

Elle ôta le couvercle d'une barquette.

— Je te sers du riz ?

— Volontiers. En tout cas, tu as de la chance, les prévisions météo sont excellentes.

Il faisait même très chaud ce vendredi-là. Au travail, la réunion du matin se déroula dans une atmosphère étouffante et Alanna fut soulagée, à la fin, de se réfugier dans son minuscule bureau.

— Oh ! Hetty, murmura-t-elle. Tu me manques, j'ai besoin de toi...

La directrice de la collection romance de Hawkseye Publishing était en congé maternité, ce qui expliquait la promotion temporaire de son assistante. D'abord réjouie de cette occasion, Alanna s'était vite rendu compte que la position n'était pas des plus enviables. Il lui fallait batailler continuellement contre Louis Foster, qui voulait imposer des auteurs masculins, à l'univers parfois cru et violent.

Elle venait d'essuyer une défaite cuisante en essayant de promouvoir une voix nouvelle dans la littérature, qu'elle avait défendue avec enthousiasme. Cependant, la détermination et l'autorité de Louis avaient eu raison de ses arguments.

— Notre maison d'édition ne peut pas courir de risque en ce moment avec une inconnue, avait-il déclaré. D'autant que Jeffrey Winton, avec lequel j'ai déjeuné l'autre jour, est prêt à se lancer dans le même registre que celui qui vient de nous être présenté par Alanna. La signature de Maisie McIntyre suffit à nous garantir d'excellentes ventes.

Les doigts de pied d'Alanna s'étaient recroquevillés dans ses chaussures. Jeffrey Winton, auteur à succès mais sans talent, publiait sous un pseudonyme féminin des sagas sirupeuses dénuées d'intérêt. En plus, c'était un auteur de Hetty. Pourquoi discutait-il de ses futurs projets avec Louis, qui n'était pas son agent ?

Non qu'Alanna eût la moindre envie de se retrouver face à lui… Leur seule et unique rencontre lui avait laissé un souvenir cuisant. Sans parler de ce qui avait suivi…

Malgré les efforts qu'elle avait déployés pour effacer l'incident de sa mémoire, tout lui était revenu dans les moindres détails. Littéralement paralysée, elle n'avait pas réagi pendant que Louis usait de sa force de persuasion pour rallier les autres collègues à son point de vue. Maintenant, il ne lui restait plus qu'à annoncer la mauvaise nouvelle à cette nouvelle auteure qu'elle adorait et en qui elle croyait.

Son amour-propre avait subi un cruel revers.

Si elle échouait à s'imposer, Louis risquait d'atteindre son but, réunir les deux grandes collections à grand tirage dans un seul et même service, sous sa direction.

Ces problèmes la tourmentaient alors qu'elle avait besoin de toute son assurance pour rencontrer, dans quelques heures, la grande famille des Harrington… Elle baissa les yeux sur sa petite valise, dans un coin, qui contenait un jean et des bottines, sa magnifique robe enveloppée dans du papier de soie, et le cadre à photo en argent ciselé, cadeau d'anniversaire qu'elle destinait à son hôtesse.

Un instant, elle eut envie d'invoquer un mystérieux virus qui la clouait au lit. Puis, presque aussitôt, elle rejeta cette idée.

Elle avait déjà perdu une bataille avec son auteure et ne laisserait pas tomber Gerard, qui semblait anxieux à la perspective de ce week-end. En le décevant, elle risquerait de compromettre ses chances de voir leur relation évoluer.

Leurs sentiments s'affirmeraient-ils un jour ? Cette histoire qui avait commencé timidement connaîtrait peut-être un dénouement heureux. En tout cas, elle l'espérait, car elle aspirait à la tranquillité et ne voulait pas d'une passion tumultueuse qui ne pouvait mener qu'à la culpabilité et au désastre.

Ses mauvais souvenirs finiraient par sombrer dans un oubli définitif, même si un incident récent les avait malencontreusement ravivés...

Le voyage se déroula sans encombre dans la Mercedes confortable que Gerard conduisait souplement, tout en racontant l'histoire turbulente de l'abbaye.

— Des nobles en avaient fait l'acquisition à l'époque des Tudor, en soudoyant l'intendant du roi pour expulser les moines. Le père abbé les a maudits. Que cette légende de malédiction soit vraie ou pas, ces gens ont ensuite connu des temps difficiles, à cause de dettes de jeu et de boisson, et mon arrière-arrière-grand-père Augustus Harrington a racheté Whitestone Abbey à bas prix. C'est lui qui l'a restaurée.

— Le bâtiment d'origine est resté intact ? demanda Alanna.

— Non, seulement le cloître. Les premiers propriétaires avaient tout laissé à l'abandon. Il a fallu démolir et reconstruire.

— Quel dommage ! L'entretien doit coûter une fortune...

— Oui, acquiesça Gerard après un silence pensif. C'est une charge très lourde.

— Le lieu en vaut la peine, j'imagine.

— Oui. Tu jugeras bientôt par toi-même. Nous sommes presque arrivés.

En effet, du sommet d'une colline, ils aperçurent bientôt l'architecture imposante de l'abbaye nichée dans la vallée, avec ses cheminées qui s'élançaient à l'assaut du ciel et ses fenêtres à meneaux qui reflétaient la lumière du soleil couchant.

Deux ailes étroites avançaient de chaque côté du corps principal, à la perpendiculaire, pour former une grande cour ou plusieurs voitures étaient déjà garées. Gerard se glissa entre une Jaguar et une Audi, à droite de l'escalier de pierre menant au perron de l'entrée principale. Pendant qu'il prenait les bagages dans le coffre, la lourde porte en bois s'ouvrit sur une femme aux cheveux gris, vêtue d'une élégante robe rouge.

— Ah, te voilà ! s'écria-t-elle un peu sèchement.

Puis elle se tourna vers un homme qui se tenait dans son sillage.

— Richard, va prévenir Mère que Gerard est enfin arrivé.

— Bonsoir, Tante Caroline ! lança Gerard. Ne t'inquiète pas, Oncle Rich. Je nous annoncerai moi-même.

— Nous t'attendons depuis plus d'une heure, lui reprocha sa tante en les précédant dans un vaste hall lambrissé. Cela risque de retarder le moment du dîner.

— De toute façon, avec Grandam, les horaires sont toujours très fantaisistes, répliqua Gerard sans perdre son calme. Je vous présente Alanna Beckett. Chérie — mon oncle et ma tante, M. et Mme Healey.

Un peu décontenancée par ce mot tendre, Alanna leur serra la main poliment.

— Tout le monde est dans le salon, dit Mme Healey. Laissez votre valise ici, mademoiselle Beckett. La gouvernante la montera dans votre chambre.

Elle se tourna vers Gerard.

— Nous avons été obligés de faire des changements de dernière minute. Ton amie logera dans l'aile est, à côté de Joanne. Désolée, mais vous partagerez la salle de bains, ajouta-t-elle en s'adressant à Alanna.

— J'ai habitude, je vis en colocation à Londres.

Sans faire de commentaire, Mme Healey reporta son attention sur Gerard.

— Viens, maintenant. Ta grand-mère déteste qu'on la fasse attendre, tu le sais.

Alanna ne se sentait pas vraiment prête à rencontrer la matriarche et aurait préféré faire d'abord un brin de toilette. En fait, elle avait déjà envie de rentrer à Londres...

Gerard se pencha vers elle.

— Ne te formalise pas, chuchota-t-il. Depuis que ma mère s'est installée dans le Suffolk, Tante Caroline prend très au sérieux son rôle de fille de la maison.

— J'ai failli lui faire la révérence ! avoua Alanna avec un sourire.

Il lui prit la main.

— Tout se passera bien, je te le promets.

Elle se retrouva dans une vaste pièce toute en longueur, avec une cheminée assez grande pour y rôtir un bœuf. Les vieux canapés et les fauteuils au chintz fané donnaient une impression de décrépitude, comme les tapis usés et les rideaux de damas vert qui encadraient les grandes baies vitrées. Rien de riche et d'ostentatoire, constata-t-elle avec soulagement.

Pour son plus grand embarras, tout le monde se tut lorsqu'ils entrèrent et s'approchèrent de Niamh Harrington, une petite femme assez replète, avec des yeux bleus très vifs, des pommettes roses et des cheveux d'un blanc de neige coiffés en un chignon haut.

Elle offrit une joue au baiser de son petit-fils.

— Mon très cher garçon !

Puis elle détailla longuement sa compagne avant de lui sourire.

— Bienvenue à Whitestone, ma chère.

Son accent irlandais très prononcé surprit Alanna.

— Merci de m'avoir invitée, madame Harrington. Vous... Vous avez une très belle demeure.

Elle était intimidée. N'avait-elle pas fait une remarque déplacée ? Comme si elle s'imaginait déjà en châtelaine... Gerard avait-il averti sa grand-mère qu'ils se connaissaient à peine ?

Mme Harrington leva une main chargée de bagues.

— Elle a connu des jours meilleurs... Asseyez-vous près de moi — Alanna, n'est-ce pas ? — et faisons connaissance.

— Je ne vois pas maman, dit Gerard en jetant un regard circulaire.

— Cette pauvre Meg est exténuée après son long voyage depuis le Suffolk. Elle a dû s'allonger, soupira Mme Harrington.

Gerard pinça les lèvres et se détourna sans mot dire.

— Mon petit-fils m'a dit que vous travaillez dans l'édition.

— Je m'occupe de romans féminins, expliqua Alanna d'une voix un peu guindée.

— Comme je vous envie ! J'adore lire. Vous avez certainement quelques titres à me recommander.

Que me conseilleriez-vous pour une vieille dame passionnée par la lecture ?

Aussitôt, Alanna se remémora avec un frisson la question

qu'on lui avait posée dans une librairie londonienne presque un an plus tôt, et qui avait marqué le début du cauchemar qu'elle tentait vainement d'oublier.

— Vous avez froid, observa Niamh Harrington.

Puis elle haussa la voix.

— Rentre, maintenant, Zandor ! Et ferme ces portes-fenêtres derrière toi, pour l'amour du ciel ! Il y a un courant d'air terrible et l'amie de Gerard va attraper un rhume à cause de toi.

Alanna se figea instantanément en serrant les poings. *Zandor*, répéta-t-elle, incrédule, dans son for intérieur. *Zandor* ?

Non, c'était impossible. Elle avait mal entendu.

— Désolé, Grand-mère. Tu as raison de veiller sur la ravissante amie de mon cousin.

Il n'y avait pas que le nom. La voix, grave, légèrement ironique, si facilement reconnaissable, ne laissait aucun doute.

Lui aussi l'avait reconnue.

Elle s'obligea à lever les yeux pour croiser le regard de l'homme imposant dont la silhouette se dessinait à contre-jour. Celui-là même dont le souvenir la hantait sans répit depuis plusieurs mois.

Depuis qu'elle s'était enfuie précipitamment de sa chambre. Parce qu'il s'était passé quelque chose d'épouvantable.

Quelque chose qu'elle ne parvenait pas à oublier.

2

Zandor ferma avec soin les baies vitrées derrière lui, puis s'avança nonchalamment vers le milieu de la pièce. Sa chemise noire, assortie à son jean et déboutonnée, laissait entrevoir un torse bronzé et bien musclé. Quand Alanna avait quitté son lit lors de leur première rencontre, il était nu...

— Je suis Zandor, Zandor Varga, dit-il en s'inclinant.

— Alanna Beckett, répondit-elle, surprise par la sonorité de sa voix, presque naturelle.

— Enchanté, mademoiselle Beckett...

Elle attendit la suite.

— Mon cousin Gerard a toujours eu bon goût, ajouta-t-il simplement avant de se détourner.

Elle réprima un soupir de soulagement, mais ce répit ne durerait pas. Cette journée qui avait si mal commencé allait de mal en pis...

En tout cas, son imagination ne l'avait pas trompée le jour où elle avait cru le voir à Chelsea. C'était bien lui, le P-DG de la chaîne Bazar Vert, qui sortait de l'établissement de King's Road avec son cousin Gerard.

Si elle en croyait les remarques de ce dernier et les réflexions irritées de sa tante Caroline, Zandor n'était pas le bienvenu à la fête familiale.

Pour quelle raison s'était-il imposé ?

Quoi qu'il en soit, ils se seraient fatalement revus si elle continuait à fréquenter Gerard. Le pouvait-elle, étant donné les circonstances ? Le regard que Zandor Varga lui avait jeté ne prêtait pas à équivoque. Il ne passerait pas l'éponge sur ce qui était arrivé. Cette bombe à retardement risquait d'exploser n'importe quand.

La fuite imprévue et précipitée d'Alanna avait sans doute offensé son orgueil de mâle. C'était probablement lui qui partait, d'habitude… Eh bien, tant pis pour lui !

— Avez-vous lu *Middlemarch* ? demanda Mme Harrington, qui n'avait apparemment rien remarqué. Quel livre magnifique ! Mais la pauvre Dorothée est bien sotte d'épouser un individu aussi austère et desséché. Et elle tombe de Charybde en Scylla avec le suivant, un bon à rien. Comment une jeune fille sensée peut-elle commettre autant d'erreurs ?

Sa remarque arracha un sourire à Alanna.

— Je n'en ai pas la moindre idée. Mais c'est un grand roman, je vous l'accorde.

C'est moi qui l'ai conseillé à votre petit-fils l'année dernière…

Elle accueillit avec soulagement l'interruption de Mme Healey.

— C'est l'heure de se préparer pour le dîner, maman, tu ne crois pas ? Mlle Beckett aimerait certainement se rafraîchir. Joanne va lui montrer sa chambre.

Niamh Harrington tapota la main d'Alanna.

— Nous aurons l'occasion de reprendre ce passionnant bavardage.

Joanne était une jolie blonde très volubile.

— Je vous cède volontiers ma place auprès de Grandam ! confia-t-elle en la conduisant à l'étage. Elle a l'art de poser des questions dont elle connaît déjà la réponse. Au moins, vous, elle ne vous collera pas en littérature. Moi, je ne lis que les magazines people et Kate ne vaut pas mieux. Mais elle a l'excuse d'avoir un bébé.

Elles tournèrent à gauche en haut de l'escalier de pierre monumental.

— Nous sommes logées ici, dans le couloir des célibataires ! Sauf que le terme ne vous convient pas, puisque vous êtes en couple avec Gerard.

— C'est un peu tôt pour dire cela, observa Alanna, prudente. Nous sortons ensemble depuis quelques semaines à peine.

— Mais il vous a amenée ici ! gloussa Joanne malicieusement. Pour vous soumettre à l'examen de tous les Harrington réunis. Je parie que Grandam vous a jaugée au premier coup d'œil. Comme une pouliche... Son père possédait un haras à Tipperary. La lignée de ses ancêtres remonte au Xe siècle. Elle voudra tout savoir sur l'honorabilité de votre famille et de vos aïeux.

— Vous plaisantez !

— Pas du tout. Elle prend tout cela très au sérieux. Je n'ai jamais osé lui présenter un petit ami de peur qu'elle lui découvre une tare qui le rende infréquentable.

Elle ouvrit une porte.

— Vous êtes ici. Nous partageons la salle de bains qui est entre votre chambre et la mienne.

Elle regarda sa montre.

— Je reviens vous prendre dans quarante minutes. Cela ira ?

Alanna se contenta de hocher la tête.

À l'intérieur, elle se laissa tomber sur le lit en examinant la pièce, faiblement éclairée par une fenêtre étroite. Le mobilier massif assombrissait encore l'atmosphère, ainsi que la tapisserie démodée, aux motifs fleuris flamboyants, d'un rose soutenu.

Alanna ouvrit sa valise et déplia sa robe du soir, qu'elle suspendit dans la grosse armoire pour le lendemain. Il faudrait se méfier de Joanne, qui était très curieuse mais se révélerait peut-être une source d'information utile, si on lui posait quelques questions ciblées.

Il était clair que le second petit-fils de Niamh Harrington détonnait au milieu du clan. Son arrivée impromptue avait perturbé tout un chacun, et complètement détruit la sérénité d'Alanna.

Une fois encore, d'instinct, elle eut envie de se sauver en courant, en invoquant n'importe quel prétexte pour rentrer à Londres en urgence. Mais ce qui lui restait d'orgueil lui interdisait de fuir devant Zandor Varga, qui en déduirait très justement qu'elle avait peur de lui.

La grande réunion familiale constituait en outre un avantage. Perdue au milieu des autres, elle éviterait tout contact avec Zandor. Et Gerard lui servirait de bouclier. Pourquoi n'y avait-elle pas pensé en premier lieu ?

Pour l'instant, il fallait s'habiller pour le dîner. Sa petite robe noire ressemblait beaucoup trop à celle qu'elle portait le jour où elle avait rencontré Zandor, et qui était allée directement à la poubelle le lendemain… D'un autre côté, elle avait envie de se changer car sa jupe était froissée. Elle n'avait pas le choix. Qu'il pense ce qu'il voudrait, après tout !

Sa décision prise, elle se doucha dans la vieille baignoire au style désuet, s'habilla à la hâte et se brossa les cheveux avec soin, avant d'accrocher un collier en argent à son cou et un bracelet assorti à son poignet.

Elle appliqua un peu de blush sur ses pommettes pour dissimuler une pâleur importune et une touche de rose foncé sur ses lèvres. Au moment de se parfumer, elle hésita. Sa marque d'élection, Azalea, de Lizbeth Lane, était signée d'une jeune styliste dont elle avait visité l'atelier avec Susie en arrivant à Londres. C'était une fragrance très particulière, que Zandor reconnaîtrait à coup sûr… Le cœur battant, elle reposa le vaporisateur.

Elle essayait de se calmer avec quelques respirations profondes de yoga lorsque Joanne frappa.

— Prête pour entrer dans l'arène ? lança-t-elle joyeusement. Vous avez des cheveux magnifiques, de la même couleur que la table d'acajou de ma grand-mère. Grandma Dennison, pas Grandam.

— Vous avez aussi adopté ce surnom ?

— Comme tout le monde le fait. Sauf Zan, bien sûr. Il s'en tient à Grand-mère quand il lui rend visite, ce qui n'arrive pas très souvent.

Elle soupira.

— Comme d'habitude, personne n'était au courant de sa venue. Ils vont encore se disputer pour des questions d'argent, j'imagine. Ce n'est pas très agréable, surtout un jour d'anniversaire… Encore heureux qu'il n'ait pas amené Lili.

Elle s'empourpra en croisant le regard interrogateur d'Alanna.

— Oh ! je parle trop ! Je n'aurais même pas dû prononcer son nom… Désolée.

— Ne vous inquiétez pas, j'ai déjà oublié, l'assura Alanna avec un rire forcé.

Elle ne s'était pas trompée sur Joanne, très bavarde et prompte à commettre des indiscrétions.

M. Varga avait apparemment besoin d'argent... L'enseigne Bazar Vert subissait sans doute comme tant d'autres le contrecoup de la crise économique. Gerard n'en avait pas parlé, mais cela n'avait rien d'étonnant. Alanna n'avait rien dit non plus de ses craintes au sujet du rachat de Hawkseye.

Peu importaient maintenant les difficultés financières qui les guettaient. Dans moins de quarante-huit heures, leur histoire serait terminée. Heureusement qu'Alanna avait découvert assez tôt l'identité de son cousin. Il aurait été beaucoup plus compliqué de rompre s'ils étaient devenus intimes entre-temps.

Quant à Zandor, ses ennuis d'argent ne l'empêchaient pas de mener une vie tapageuse. Inutile de s'interroger sur cette Lili, qu'il avait jugé bon de ne pas amener ce week-end, sans doute pour épargner sa grand-mère.

Mais pourquoi se posait-elle toutes ces questions ? se reprocha Alanna en pénétrant dans le salon.

La réapparition inattendue de Zandor l'avait prise de court, comme une tempête qui éclatait soudain dans un ciel pur et sans nuages.

Ressaisis-toi !

Il ne fallait pas dramatiser. Zandor n'était certainement pas content non plus de la revoir, mais du temps avait passé depuis leur rencontre. Ils avaient pris du recul, tous les deux. Il fallait juste supporter sa présence pendant deux jours. Ensuite, l'occasion ne se représenterait plus.

— Ah, te voilà, mon cœur.

Gerard s'avança à sa rencontre et l'attira dans ses bras pour l'embrasser longuement. Décontenancée par cette démonstration inaccoutumée, elle s'écarta en rougissant. Puis, en apercevant Zandor tout près, qui les observait de ses yeux bleu acier, elle changea d'attitude. Elle glissa un bras sous celui de Gerard, avec un sourire charmeur. Zandor se détourna.

— Viens saluer ma mère, dit Gerard.

— Elle va mieux ? s'enquit-elle en traversant la pièce à ses côtés.

Elle surprit des regards curieux et des haussements

d'épaules. Manifestement, le comportement de Gerard en étonnait plus d'un.

— Elle n'était pas vraiment fatiguée, répondit-il. Ses relations avec Grandam ont toujours été un peu tendues. Ses migraines lui fournissent un prétexte pour se dérober.

— Ah...

Décidément, l'atmosphère de Whitestone Abbey n'était pas des plus sereines...

Bien installée dans un fauteuil, Meg Harrington était vêtue avec élégance d'un pantalon de soie blanche et d'une tunique dans des tons bleus, rouille et or. Ses cheveux blonds, à la coupe impeccable éclairés par des mèches, encadraient un visage parfaitement maquillé.

Elle salua Alanna d'un signe de tête pendant que Gerard faisait les présentations, puis tendit son verre vide à son fils.

— Va me chercher un cocktail, s'il te plaît. J'ignorais que Gerard venait accompagné, ajouta-t-elle quand il s'éloigna. Vous le connaissez depuis longtemps, Mlle Beckett ?

— Non... Quelques semaines.

— Alors, vous êtes courageuse d'avoir accepté son invitation !

Alanna haussa les épaules.

— Je suis fille unique, et donc assez curieuse des grandes réunions de famille... La grand-mère de Gerard m'a accueillie très gentiment.

— Je n'en doute pas, reprit Meg Harrington d'un ton sec.

— Cette demeure chargée d'histoire est étonnante...

— Et tout à fait décadente, coupa la mère de Gerard. Ah, voici mon cocktail !

Mais c'était Zandor qui l'apportait.

— Tu noies ton chagrin, Tante Meg ? lança-t-il en lui donnant son verre.

— Je l'anesthésie, répondit-elle. Je me demande ce que ce week-end me réserve encore comme surprises... Tu es venu seul ?

Il se crispa légèrement.

— Bien sûr. Pour affaires plus que pour le plaisir, d'ailleurs.

— Rien de nouveau, alors. Je te souhaite bonne chance. À ta santé !

Elle leva son verre d'un air amusé.

— Va donc chercher une coupe pour l'amie de Gerard. La pauvre enfant en a visiblement besoin.

— Non, pas du tout ! Merci, répliqua Alanna en s'écartant avec empressement.

Mais Zandor lui emboîta le pas.

— Tu te sauves encore, Alanna ?

Le cœur battant, le rouge aux joues, elle garda les yeux fixés droit devant.

— Je cherche Gerard.

— Comme c'est attendrissant ! Grand-mère Niamh l'a convoqué dans la bibliothèque et ne souhaite pas être dérangée... Si nous en profitions pour boire quelque chose et discuter tranquillement tous les deux, sur la terrasse par exemple ?

— Non merci. Je n'ai rien à te dire. Et je ne bois plus d'alcool. Tu comprends pourquoi, j'imagine ?

— Pas vraiment. Sauf si tu fais allusion à notre dernière rencontre ? Tu ne t'es tout de même pas retrouvée dans mon lit parce que tu avais bu ?

— Si.

Elle serra les poings pour empêcher ses mains de trembler.

— Tu plaisantes ! Deux coupes de champagne n'ont jamais enivré personne.

— Laisse-moi tranquille.

— Je ne t'ai pas trop importunée, depuis un an ! ironisa-t-il. En tout cas, tu me dois une explication. Un jour, ou une nuit, il faudra bien me la donner. Alors prépare-toi.

Et il la planta là sans plus de cérémonie.

La bouche sèche, elle se précipita vers la porte. Elle avait besoin d'être seule. Pour réfléchir...

— Zan t'a embêtée ? lança Joanne en lui barrant le chemin. Il exagère ! Vraiment, il dépasse les bornes ! Il ne peut pas s'empêcher de faire son numéro de charme.

Ainsi que Joanne venait de le confirmer, Zandor était un séducteur invétéré qui s'était amusé à ses dépens, l'espace d'une nuit.

— Ne t'inquiète pas, je n'y ai pas prêté attention, dit-elle avec un sourire contraint.

— De toute manière, tu es à Gerard ! ajouta Joanne gaiement.

Rien n'était moins sûr, songea Alanna, qui ne savait plus qui elle était, ni ce qu'elle faisait là... Elle redressa le menton.

— Exactement !

— Viens, mes parents ont hâte de te rencontrer, dit Joanne en l'entraînant de l'autre côté. Ne t'inquiète pas, Maman ne ressemble pas du tout à Tante Caroline. On ne croirait jamais qu'elles sont sœurs.

Mme Dennison était en effet avenante et très chaleureuse.

— On vous a jetée dans la fosse aux lions ! plaisanta-t-elle en lui indiquant une chaise à côté d'elle. Il ne faut pas blâmer Gerard. Il ne pouvait pas savoir comment cela tournerait.

Elle interpella son mari.

— En plus, ma mère a invité Tom Bradham demain soir. Elle cherche vraiment les ennuis !

Maurice Dennison haussa les épaules.

— Elle adore les complications. Détends-toi, chérie, et laisse Caroline s'occuper du plan de table.

Il jeta un coup d'œil à sa montre.

— Je vais chercher Kate et Mark à la nursery.

— Ma mère, expliqua Diana Dennison, est probablement la seule arrière-grand-mère du monde à ne pas supporter ses petits-enfants. Kate et Mark passent donc leur journée avec eux à l'étage, à la nursery. Les parents de Mark seraient ravis de les garder, mais Maman insiste sur leur présence lorsqu'elle organise une réunion familiale, même si elle ne les voit qu'une fois par jour, au goûter.

Elle secoua la tête.

— Même avec nous, elle n'avait pas la fibre maternelle... C'est choquant, n'est-ce pas ? Gerard ne m'en voudra pas de ces confidences, j'espère.

— Nous ne nous connaissons pas depuis très longtemps, avoua Alanna prudemment.

— En tout cas, je suis très contente que mon neveu précipite un peu les choses. Je vais même le féliciter.

— Mme Dennison... S'il vous plaît...

— J'aime beaucoup Gerard et j'ai envie que le bonheur lui sourie pour de bon, cette fois-ci. Mais si vous insistez, je ne dirai rien. Pour l'instant ! Laissons la nature suivre son cours.

Mme Dennison marqua une pause.

— Ah, voici ma sœur qui a l'air tout affolée. Maman est sûrement dans la salle à manger en train de s'impatienter.

Le dîner ne fut pas la corvée qu'Alanna redoutait. Placée loin de Gerard — et de Zandor — elle se retrouva entre Desmond Healey et sa jolie femme, Julia, tous deux passionnés de théâtre. La conversation fut animée et intéressante.

À la fin du repas, quand tout le monde repassa au salon pour le café, l'heure était assez tardive pour qu'elle prenne congé poliment et se retire dans sa chambre. Niamh Harrington et Gerard avaient à nouveau disparu, ainsi que Zandor.

Tout en tournant la clé dans la serrure, elle repensa aux propos de Diana Dennison. Gerard était-il malheureux ? Il n'était peut-être pas facile d'être employé par son cousin... Pourquoi acceptait-il de travailler avec quelqu'un qui était visiblement *persona non grata* dans la famille ?

De toute manière, ce n'était pas son problème... Elle éteignit la lumière et ouvrit les rideaux pour laisser entrer le clair de lune.

Elle s'endormait quand on frappa un coup léger à la porte. S'appuyant sur un coude, elle vit qu'on tournait la poignée.

Elle resta immobile, silencieuse, en retenant son souffle. Quelques minutes plus tard, des pas s'éloignèrent dans le couloir.

Il était parti.

Elle n'avait aucun doute sur l'identité du visiteur.

Vivement dimanche matin, qu'elle quitte Whitestone Abbey et dise adieu à la famille Harrington !

3

Alanna se réveilla très tôt le lendemain, avec l'impression d'avoir été tourmentée toute la nuit par de mauvais rêves.

Elle sortit du lit pour regarder au-dehors. Mais un brouillard épais recouvrait le jardin, comme un linceul. Vers l'est, cependant, une lueur vermillon, annonciatrice d'une belle journée, embrasait le ciel. Elle se rappela un dicton de son enfance. *Rougeur du matin fait tourner les moulins...* Quel vent soufflerait aujourd'hui sur Whitestone Abbey ?

Elle passa un peignoir en soie sur sa chemise de nuit et se pelotonna sur le rebord de la fenêtre en frissonnant un peu. Jamais elle n'aurait dû accepter cette invitation qui l'avait malencontreusement remise face à Zandor. De plus, sa présence suscitait des espoirs aussi prématurés qu'embarrassants dans la famille de Gerard. Tout à fait inutilement, car dorénavant leur relation était vouée à sombrer dans l'oubli.

Elle ne savait même pas quoi en penser. Devait-elle déplorer la fin d'une histoire qui avait à peine débuté ?

Elle était surtout préoccupée par Zandor qui semait le désordre dans sa vie en détruisant la sérénité de son esprit.

Tout avait commencé par l'événement *« À la rencontre des lecteurs »* organisé pour le détestable Jeffrey Winton...

Les pieds endoloris, Alanna avait discrètement ôté une chaussure. Jamais elle n'aurait mis ces hauts talons si elle avait su. Elle n'avait pas prévu de passer sa soirée de vendredi debout dans une librairie, à écouter Jeffrey Winton raconter sa vie et parler d'une carrière d'écrivain qui avait débuté sous le pseudonyme de Maisie McIntyre. À présent, il pérorait sur ses projets d'avenir devant un parterre d'adoratrices.

Il était vraiment bouffi d'orgueil...

Izzy, l'attachée de presse de Hawkseye qui devait l'accompagner, avait dû rentrer chez elle à cause d'une violente migraine. Ne trouvant personne pour la remplacer, Hetty avait dépêché Alanna malgré ses protestations.

— Il faut parfois mettre la main à la pâte, avait-elle décrété. Ce n'est pas très compliqué, de toute façon. Tu auras juste à gérer les livres et faire avancer les gens dans la queue.

Elle avait jeté un regard réprobateur sur la tenue décontractée d'Alanna, jean, T-shirt et baskets.

— Il faudra t'habiller mieux. Il aime les femmes élégantes. Autre chose : il demande à signer tous les livres en stock dans la boutique, pour empêcher le libraire de les renvoyer. Il faudra le dissuader, parce que le propriétaire de SolBooks n'apprécie pas le procédé.

Depuis plus d'une heure, M. Winton décrivait par le menu les intrigues à rebondissements de ses sagas rurales, et Alanna avait des envies de meurtre.

Du travail l'attendait à l'appartement, des manuscrits à lire et des comptes rendus à rédiger. Elle pensait aussi au délicieux gratin de pommes de terre qu'elle pourrait être en train de déguster, confortablement installée en robe de chambre devant la télévision.

Si seulement quelqu'un se levait pour dire : « On raconte que votre femme écrit la moitié de vos romans. C'est vrai ? »

Naturellement, cela n'arriverait pas.

Les lectrices, conquises, adhéraient au monde imaginaire de Maisie McIntyre. Hypnotisées par leur auteur préféré, elles n'avaient qu'une hâte, mettre la main sur un exemplaire du dernier livre de la série qu'elles adoraient. Clive Solomon, le libraire, en apportait des piles de la réserve.

— Ce sera ma dernière rencontre d'auteur, avait-il confié à Alanna à son arrivée. Je prends ma retraite et passe le flambeau à mon neveu, puisque aucune de mes deux filles ne veut me succéder.

Il aurait pu choisir un meilleur écrivain pour sa fin de carrière, songea Alanna en réprimant une grimace pour remettre sa chaussure.

À ce moment-là, on poussa la porte du magasin. C'était un homme, très grand, brun, avec un visage singulier. Il était élégamment vêtu d'un costume gris anthracite, avec une chemise blanche immaculée et une cravate en soie rouge vif.

Il détonnait, parmi ce public essentiellement composé de femmes. Sans doute un journaliste envoyé en mission contre son gré, *comme moi*, songea-t-elle.

Elle se dirigea vers lui avec une conscience aiguë de son regard. Il avait les yeux gris, très clairs, presque argentés, avec de longs cils noirs. Elle faillit lui rendre son sourire.

— Je suis désolée, c'est une soirée privée, déclara-t-elle. À moins que vous ayez une invitation ?

— Non.

Il jeta un regard circulaire.

— Puisque je suis là, pourriez-vous me conseiller un livre pour une vieille dame passionnée par la lecture ?

Elle hésita. M. Solomon était occupé, et Jeffrey Winton la fusillait du regard. Il aurait été plus sage de renvoyer le client importun...

— Elle aime quel genre de romans ?

— Des histoires avec beaucoup de personnages.

Il haussa les sourcils d'un air interrogateur.

— C'est un auteur, là-bas ?

— Oui, chuchota Alanna. Mais ses livres risquent de ne pas lui plaire. A-t-elle lu *Middlemarch*, de George Eliot ?

— Je n'en ai pas la moindre idée. Vous me le recommandez ?

— C'est mon roman préféré, depuis toujours.

— Alors je l'achète.

Son sourire et ses yeux si étonnants éveillèrent en elle un trouble étrange.

— Je dois retourner à mon poste, dit-elle précipitamment. Je vous laisse avec M. Solomon.

— À mon grand regret, murmura-t-il.

Elle s'éloigna en rougissant.

À la fin de la conférence, pendant les applaudissements,

elle s'autorisa un regard vers la porte. Mais l'inconnu avait disparu et elle éprouva un petit pincement de déception.

La séance de signature se déroula avec succès. Toutefois, elle sursautait chaque fois que M. Winton l'appelait *« mon adorable assistante »*. Il avait également un peu trop tendance à rapprocher sa chaise alors qu'elle aurait préféré garder ses distances.

Il lorgnait aussi sur son décolleté et le bas de sa robe avec une insistance qui la mettait de plus en plus mal à l'aise. Heureusement, la file diminuait. Les dernières admiratrices ne tarderaient pas à partir. Se souvenant des recommandations de Hetty, Alanna se rendit dans l'arrière-boutique pour mettre du ruban adhésif sur les cartons d'exemplaires non vendus. Pour le lancement du prochain roman de Maisie McIntyre, ce serait elle qui aurait une migraine...

L'image d'un homme au sourire charmeur et aux yeux d'argent la hantait, au point qu'elle n'entendit pas Jeffrey Winton entrer dans la petite pièce.

— Ce n'est pas très gentil de refermer ces cartons, ma chère, au lieu de promouvoir mes ventes.

Elle se raidit.

— Il n'y a plus personne, monsieur Winton, répondit-elle.

Il lui barrait le passage. Où était Clive Solomon ?

— Mais il y aura d'autres clients demain matin, reprit-il d'un ton jovial, en avançant d'un pas. Puisque vous êtes jeune et jolie, vous saurez peut-être me persuader de ne pas me plaindre à Hetty.

Horrifiée, Alanna recula et se retrouva coincée contre une étagère.

— Si vous êtes très gentille avec moi..., poursuivit-il avec une expression lubrique, en tendant la main.

Risquait-elle le licenciement, si elle lui assenait un coup de genou à l'entrejambe ?

Elle n'eut pas le temps de passer à l'acte, car une autre voix s'éleva.

— Tu n'as pas encore fini, chérie ?

Le client aux yeux d'argent était revenu. Appuyé contre le

chambranle, il lui souriait, ignorant Jeffrey Winton qui s'était brusquement retourné, cramoisi et furieux.

— Tu m'avais promis la fin de la soirée, tu te souviens ?

— Je... J'arrive, bredouilla-t-elle. Juste le temps d'attraper ma veste et mon sac.

Elle passa sans un regard devant M. Winton, alla au fond du magasin chercher ses affaires et saluer M. Solomon, et rejoignit son sauveur inespéré.

— Apparemment, je suis arrivé au bon moment, commenta-t-il en l'aidant à enfiler sa veste.

— Oui, vraiment.

Elle prit une profonde inspiration.

— Je... Je ne sais comment vous remercier... Mais pourquoi êtes-vous revenu ? Vous avez changé d'avis, pour le livre ?

— Non. Je voulais vous inviter à dîner.

Gênée, les mains moites, elle hésita.

— C'est très aimable. Mais... Ce n'est pas la peine.

— Je ne partage pas votre avis. D'abord, j'ai très envie de poursuivre notre conversation sur la littérature anglaise. Ensuite, je déteste manger seul.

— Je ne connais même pas votre nom...

— Zandor. Ou Zan, si vous préférez. Et vous ?

— Alanna, articula-t-elle, la gorge nouée.

— Eh bien, voilà qui est plus convenable. Le reste peut attendre.

Tandis qu'il hélait un taxi, elle s'interdit d'imaginer que cette soirée en tête à tête puisse bouleverser son existence.

Pourtant, dès le premier instant où elle l'avait vu, tous les signaux d'alerte s'étaient allumés. Devant cet homme dangereusement séduisant, son corps réagissait avec une acuité intense, une sensibilité à fleur de peau.

Jeffrey Winton lui lança un regard venimeux en sortant de SolBooks. Preuve qu'il était mauvais perdant, se dit-elle, alarmée, en se tassant sur la banquette arrière du taxi. L'incident aurait peut-être des conséquences désastreuses.

— Qu'y a-t-il ? s'enquit Zan en s'installant à côté d'elle.

— Je suis désolée, mais je n'ai pas très faim, bredouilla-t-elle. Je voudrais rentrer chez moi.

— Vous habitez chez vos parents ?

— Non, j'ai un appartement.

En réalité, un studio minuscule…

— En colocation ?

— Euh… Non.

Il hocha la tête.

— Dans ce cas, tenons-nous-en à ma première idée, répliqua-t-il, pragmatique. Vous venez de vivre une expérience désagréable. Un bon repas et de la compagnie vous aideront à la surmonter. Cela vaut mieux que de ressasser toute seule dans son coin.

— Ce n'est pas aussi simple, répondit-elle. Après le fiasco de ce soir, je risque tout simplement de perdre mon job. Jeffrey Winton est un auteur de best-sellers. S'il veut se venger en racontant n'importe quoi, je ne ferai pas le poids. C'est lui qu'on croira…

Il fronça les sourcils.

— Je peux témoigner, parler à votre patron en lui expliquant ce que j'ai vu. Il a l'air d'un homme sensé.

Zan la prenait pour une employée de SolBooks et elle ne le détrompa pas. Elle ne voulait pas se lancer dans des explications compliquées sur la précarité de son poste aux éditions Hawkseye.

Elle n'avait pas l'énergie pour parler d'elle, ni pour résister à l'invitation. Après tout, il essayait d'être gentil, et il aurait été impoli de refuser.

Brusquement, sa vue se brouilla et elle se rendit compte qu'elle pleurait… Zandor la prit dans ses bras en lui tendant un mouchoir et, la tête au creux de son épaule, elle s'abandonna au réconfort. Il sentait délicieusement bon. La tiédeur de son étreinte la rassura.

— Quel individu immonde ! sanglota-t-elle. Si vous n'aviez pas été là… Si vous n'étiez pas revenu…

— Chut… C'est fini, maintenant. Vous êtes en sécurité.

Elle l'avait cru, pendant qu'il lui caressait doucement les cheveux.

Au bout d'un moment, elle s'était redressée.

— Je me sens complètement stupide.

— Il ne faut pas.

Il avait repoussé une mèche, sur son front, et ce geste pourtant banal avait résonné profondément en elle.

Le taxi s'était arrêté devant la façade imposante du Métro-Imperial Hotel. Un portier en livrée avait ouvert la portière pendant que Zandor payait le chauffeur.

Dans le grand hall dallé de marbre, Alanna avait marqué un temps d'arrêt.

— Que faisons-nous ici ?

— Je n'ai pas eu le temps de réserver ailleurs, mais la cuisine est bonne.

Il la prit par le coude pour la guider vers l'ascenseur et appuya sur le bouton du dernier étage.

— Le restaurant est en haut ?

— Non, je loue une suite où je réside lorsque je suis à Londres.

Il glissa une carte magnétique dans une fente et ils pénétrèrent dans un salon immense, qui aurait pu contenir deux fois le studio d'Alanna. Des canapés en cuir ivoire complétaient une décoration raffinée, tout en dorures et bois précieux.

— Si vous voulez vous rafraîchir, c'est par là, dit Zandor. La porte du fond.

Il s'interrompit.

— Vous aimez les pâtes ?

— Euh... Oui, dit-elle timidement.

— Parfait.

Pour trouver la salle de bains, Alanna dut traverser la chambre à coucher au milieu de laquelle trônait un lit gigantesque, recouvert de satin violet. Une valise en cuir, ouverte, était posée sur un meuble porte-bagages. Un dressing était sans doute discrètement dissimulé derrière les lambris couleur crème.

Dès qu'elle aperçut son reflet dans la glace de la salle de bains, Alanna comprit pourquoi Zandor lui avait épargné la salle de restaurant. Elle avait les yeux rouges, tout gonflés, et son mascara avait coulé en laissant des traînées noires sur ses joues. Elle répara tant bien que mal les dégâts.

Lorsqu'elle revint dans le salon, un serveur disposait

deux couverts sur une table devant la fenêtre, tandis qu'un autre s'affairait avec une bouteille et un seau à glace.

Installé sur le canapé, Zandor avait ôté sa veste, desserré sa cravate et déboutonné son col de chemise. Il examinait avec attention l'écran de son ordinateur portable, qu'il rabattit dès qu'Alanna arriva.

— Cela va mieux ?

— Oui, merci.

Elle s'assit à côté de lui, mais à une distance respectable et jeta un regard circulaire sur la pièce.

— C'est... luxueux.

— Pratique, surtout, quand je séjourne à Londres. Je passe beaucoup de temps dans les avions. D'ailleurs, je m'envole demain matin pour les Etats-Unis.

Ce qui expliquait la valise en attente.

— Vous aimez voyager ?

— Cela ne me dérange pas, répliqua-t-il avec une petite grimace. Il paraît que j'ai du sang de gitan dans les veines.

— Oh ! c'est... original !

Elle faillit dire *romantique*, mais se retint au dernier moment.

— Sauf que ce n'est pas forcément un compliment...

Un serveur arriva avec deux flûtes.

— Du champagne ? s'écria-t-elle, embarrassée. Mais pourquoi ?

Il haussa les épaules.

— Pour vous remonter le moral. On a tort de réserver ces délicieuses bulles aux grandes occasions.

— Eh bien... Merci.

— Nous devrions porter un toast. Santé et bonheur !

Elle répéta les mots en trinquant avec lui et but une gorgée.

— Vous avez raison, c'est très agréable, murmura-t-elle.

On leur servit le dîner, des filets de saumon, accompagnés de savoureuses pâtes à l'estragon aux asperges et petits pois.

Comme dessert, ils eurent des aumônières aux fruits, nappées d'un sirop à l'armagnac.

La conversation était passionnante. Après avoir parlé de livres, ils discutèrent de musique et Alanna se détendit totalement.

Elle était néanmoins de plus en plus sensible au charme puissant de Zandor. Son regard argenté exerçait sur elle un singulier pouvoir, qu'elle ne maîtrisait pas. Les battements de son pouls s'accéléraient tout à coup et des frissons couraient le long de son dos...

Elle n'était plus une enfant et menait une vie sociale satisfaisante depuis son arrivée à Londres, après ses études universitaires. Mais aucun des jeunes hommes qu'elle avait fréquentés n'avait réussi à la conquérir. La passion n'avait jamais éclos dans son cœur.

Les relations sans lendemain ne l'intéressaient pas et jamais elle n'avait été tentée de mettre un terme à son célibat, préférant consacrer son énergie à sa carrière professionnelle.

Surprise par le cours de ses pensées, elle s'était ressaisie. Heureusement, la soirée touchait à sa fin.

Tout compte fait, ils avaient échangé des propos assez impersonnels. Ils ne connaissaient même pas leurs noms de famille...

Elle ferait mieux de chasser de son esprit cette sensation de bien-être et de sécurité qu'elle avait éprouvée dans le taxi, songea-t-elle. Zandor se montrait courtois. Il ne fallait rien imaginer de plus.

Elle jeta ostensiblement un coup d'œil à sa montre.

— Mon Dieu, il est très tard ! Je dois rentrer. Je... J'ai abusé de votre temps.

— Vous et moi savons très bien que ce n'est pas vrai, observa-t-il en remplissant deux tasses. Prenez le temps de boire votre café. Ensuite, j'appellerai la réception pour commander un taxi.

Un frisson la parcourut lorsque leurs doigts s'effleurèrent. La pièce était si calme et silencieuse qu'elle eut l'impression qu'on entendait les battements de son cœur. Elle rejeta nerveusement une mèche de cheveux en arrière, puis baissa les yeux, gênée.

C'était complètement fou...

Elle reposa sa tasse et sa soucoupe.

— Délicieux ! Il faut que j'y aille, maintenant.

— Bien sûr.

Il décrocha le téléphone.

— Le taxi sera là dans quelques minutes. Apparemment, il commence à pleuvoir.

— Cela n'a pas d'importance.

Elle bondit sur ses pieds et attrapa sa veste et son sac.

— Je l'attendrai dans le hall. Ne vous dérangez pas.

Il haussa les sourcils.

— Comme vous voudrez.

Sur le seuil, Alanna se retourna et lui tendit la main.

— Merci encore... Pour tout.

Mais au lieu de lui serrer la main, il la porta à ses lèvres. Puis, souriant devant son étonnement, il la retourna et en caressa doucement la paume.

Une foule de sensations l'assaillit. En même temps que le plaisir, elle éprouvait un désir très vif, qu'elle n'avait encore jamais ressenti, dangereux et irrésistible.

Si bien qu'elle n'opposa pas de résistance lorsque Zandor la serra dans ses bras. Un peu chancelante, elle se laissa envelopper par la douce tiédeur de sa peau, qu'elle sentait à travers les vêtements.

Il enfouit les doigts dans ses cheveux et posa sa bouche sur la sienne. Cédant à ce contact intime, elle s'agrippa à ses épaules comme à une bouée de sauvetage, tandis que le monde alentour se mettait à tourner. Ses jambes ne la portaient plus.

Leur baiser se fit plus profond, plus urgent aussi. La même impatience fébrile les gagnait tous les deux.

Alanna ne protesta même pas lorsque Zandor baissa la fermeture Éclair de sa robe pour la faire glisser sur son épaule et l'embrasser dans le cou.

Elle était ailleurs, captivée et perdue dans la magie de l'instant, quand la sonnerie insistante du téléphone les dérangea.

Etouffant un grognement de protestation, Zandor la lâcha pour répondre.

— Très bien, dit-il avant de raccrocher très vite.

Il se retourna vers Alanna.

— Ton taxi est là.

De toute façon, l'interruption avait suffi pour la rappeler à la raison. Elle remettait déjà sa robe en place.

— Oui… Oui, bien sûr, répliqua-t-elle en tremblant.

Elle ramassa sa veste et son sac tombés à terre. Comme elle n'arrivait pas à ouvrir la porte, Zan s'approcha et poussa le loquet.

— Eh bien… Bonne nuit.

— Attends, l'exhorta-t-il d'une voix rauque. Ne t'en va pas.

— Je… Si, il le faut.

— Non.

Il la regarda sombrement.

— Laisse-moi renvoyer le taxi. Reste avec moi cette nuit.

— Je ne peux pas.

Elle considéra le couloir désert d'un air absent.

— Je ne… C'est-à-dire, je n'ai jamais…

Elle butait sur les mots, gênée de trahir ainsi son désarroi.

— Laisse-moi partir, n'insiste pas.

Il hésita, puis s'écarta pour libérer le passage.

— Si c'est ce que tu souhaites…

Elle parcourut les quelques mètres qui la séparaient de l'ascenseur en s'efforçant de ne pas courir. Son intuition l'avertissait que Zandor était toujours là.

Elle appuya sur le bouton.

Ne regarde pas en arrière, ne regarde pas en arrière…

4

Non, il ne faut plus y penser. Plus jamais.

Alanna avait froid. Recroquevillée, les bras autour de sa poitrine comme pour se protéger, elle se redressa en maudissant sa propre stupidité. Les erreurs du passé ne devaient pas empiéter sur le présent.

Cela aurait pu être pire. Si Zandor n'était pas venu ce week-end, elle n'aurait pas découvert son lien de parenté avec les Harrington. Ses relations avec Gerard auraient peut-être pris un tour plus sérieux… et la vérité aurait fini par la rattraper avec perte et fracas ! Au moins, à ce stade, elle pouvait se dégager sans dommage.

On frappa à la porte.

— Qui est-ce ? demanda-t-elle en se levant.

— Joanne. Avec du café.

— Super !

Elle tourna la clé dans la serrure et Joanne entra avec une expression étonnée, une tasse dans chaque main.

— Tu as peur du fantôme de l'abbé, pour te cadenasser à double tour ? Rassure-toi, il ne hante que le cloître.

— Je ne savais même pas qu'il y en avait un. De toute manière, les fantômes passent à travers les murs, non ?

Elle hésita.

— C'est un réflexe qui remonte à ma vie d'étudiante.

Joanne gloussa.

— Pauvre Gerard ! S'il a osé braver l'interdiction de Grandam…

Alanna se força à sourire.

— Il m'avait expliqué les règles à l'avance.

Et il n'était du genre à les enfreindre...

— Il faudra vous ménager un peu de temps à vous dans la journée. Enfin, demain à cette heure-ci, ce sera fini...

— C'est une fête d'anniversaire, pas une corvée !

Joanne soupira.

— Avec Grandam, le pire peut toujours arriver ! Elle a bien invité Lord Bradham.

— Il est antipathique ? questionna Alanna en se souvenant des appréhensions de Mme Dennison.

— Oh ! il est charmant. Un gentleman-farmer fortuné, anobli en récompense de ses bons et loyaux services.

— Alors, quel est le problème ?

— Ah, Gerard ne t'a rien dit ?

Joanne baissa la voix.

— Il a été fiancé à ma tante Marianne. La date de la cérémonie était même fixée. Marianne est partie avec sa marraine à Paris pour acheter sa robe de mariée. Là-bas, elle a été invitée à une réception à l'ambassade, où elle a rencontré un certain Timon Varga, un homme assez mystérieux, très séduisant, mais aux origines assez obscures. Un peu après son retour, alors que la robe de mariée avait été livrée la veille, Marianne a quitté la maison avec son passeport, en laissant un mot annonçant qu'elle allait épouser cet illustre inconnu.

Elle roula des yeux.

— Naturellement, cela a déclenché un terrible scandale. Elle ne le connaissait que depuis quelques jours ! Ils s'étaient sans doute revus en secret, mais personne n'avait le moindre soupçon. Folle de rage, Grandam criait sur les toits que cet homme était un escroc, un Tzigane qui n'en voulait qu'à l'argent de sa fille. Elle voulait alerter la police, mais Grand-père l'en a dissuadée. Agée de dix-huit ans, Marianne était libre de ses choix, même si elle commettait des erreurs. Et si cela tournait mal, qu'elle revienne sans le sou, enceinte peut-être, ils s'en occuperaient...

— Comment a-t-on annoncé la nouvelle à son fiancé ?

— Elle lui avait déjà écrit. Choqué, il a émigré au Canada. Lorsqu'il est revenu deux ans plus tard, il était lui aussi marié, à une jeune femme rencontrée à Montréal.

Elle eut un rire moqueur.

— Grandam l'a tout de suite détestée. Et encore plus quand elle est devenue Lady Bradham parce que son mari avait été anobli. Cela aurait dû arriver à Marianne...

— Qui n'a été ni ruinée, ni abandonnée, je présume ?

— Loin de là. Quand Grand-père a insisté pour les inviter à l'abbaye, elle arborait un diamant gros comme le rocher de Gibraltar. Timon Varga était richissime et le couple s'adorait. Evidemment, Grandam refusait d'y croire. Elle a fait des pieds et des mains pour connaître l'origine de sa fortune et n'a jamais accepté de ne pas découvrir un secret honteux. Elle a raconté à tout le monde que c'était un dégénéré, un criminel qui finirait en prison et que Marianne aurait de la chance si on ne l'enfermait pas avec lui.

Alanna faillit s'étrangler avec son café.

— Comment a-t-elle osé ?

— Elle a un toupet monstre. Quand Zan est né, elle l'appelait « le bâtard », même devant lui, quand il a été assez grand pour comprendre.

— Je... vois.

— Lord Bradham est veuf, maintenant. Grandam l'a invité pour rappeler à Zan que sa mère aurait dû épouser cet homme et non un étranger qui n'a jamais vraiment été accepté dans la famille... Enfin, entre autres, conclut Joanne avec une expression embarrassée.

La vieille dame aux cheveux blancs n'était pas un modèle de bonté, se dit Alanna en finissant son café.

Elle tendit sa tasse vide à Joanne.

— Merci.

— Pas de problème. J'ai une bouilloire électrique dans ma chambre. La cuisine est inaccessible avant le petit déjeuner, qui est servi à neuf heures précises !

Alanna sortit un jean et ses bottes cavalières de sa valise. Le soleil avait dissipé le brouillard. Gerard l'emmènerait probablement faire une promenade à cheval et ce samedi serait la dernière journée qu'ils passeraient ensemble.

À leur retour à Londres, elle romprait en douceur. Bizarrement, elle n'éprouvait ni tristesse ni déception.

Niamh Harrington présidait la table du petit déjeuner. Les joues roses et l'œil brillant, elle était encore en tenue d'équitation. Alanna lui souhaita poliment un joyeux anniversaire et se servit de toasts et de café.

— Ainsi, vous montez à cheval, ma chère ? s'enquit son hôtesse. Si j'avais su cela plus tôt, je vous aurais emmenée.

— Malheureusement, j'ai beaucoup perdu en pratique, répondit Alanna.

— Ce n'est pas grave. On vous donnera Dolly. Elle est calme et facile. Je peux toujours appeler Felicity pour vous tenir compagnie.

Autour de la table, tout le monde se tut.

— Ce n'est pas la peine, Grandam, intervint Gerard. Felicity est certainement très occupée. J'accompagnerai moi-même Alanna.

— Pas ce matin, mon chéri, répliqua sa grand-mère avec un sourire. Nous allons à Home Farm voir M. Hodson qui nous attend. Je ne te l'avais pas dit ?

Elle s'interrompit.

— Pour Felicity, tu as raison, bien sûr. Son pauvre père ne la voit pas si souvent.

Alanna surprit un échange de regards entre Joanne et sa mère.

— Ne t'inquiète pas pour moi, Gerard, dit-elle. J'explorerai le cloître et je flânerai dans le parc.

— Non, non, protesta Mme Harrington. Un peu d'exercice vous fera du bien et vous donnera des couleurs. Je vais demander à Jacko, le garçon d'écurie, d'aller avec vous.

Alanna, qui commençait à se sentir de trop, eut envie de regagner Londres sur-le-champ. Cependant, elle se ravisa de crainte que Zandor interprète mal ce départ précipité. Son orgueil lui commandait de rester jusqu'au bout.

Elle termina son petit déjeuner, puis s'excusa poliment. Gerard la suivit.

— J'ai besoin de te parler. Je vais dire à Jacko de t'emmener jusqu'à Whitemoor. Je t'y rejoindrai dès que j'aurai fini avec le vieux Hodson.

Alanna hésita.

— Tu es sûr ?

— Absolument. C'est d'accord ?

Elle soupira.

— Oui.

Après tout, cette entrevue en privé permettrait peut-être d'éclaircir la situation.

Dolly était une jument grise pommelée, plus robuste qu'élégante, mais tranquille. Jacko, taciturne et laconique, se contenta de la guider à travers une lande rocailleuse jusqu'à Whitemoor Common. Après quoi, il salua Alanna avec brusquerie et retourna à l'abbaye.

Alanna mit pied à terre et attacha les rênes de Dolly à un frêne. Puis elle enleva sa bombe et son pull et s'assit sur une grosse pierre pour offrir son visage au soleil.

Elle était en train de s'assoupir quand le hennissement de Dolly la fit sursauter. Un cavalier solitaire arrivait au petit trot sur un beau cheval bai. Il avait fière allure et elle se reprocha de s'en étonner. Après tout, Gerard était le digne héritier du domaine de l'abbaye...

Sauf que...

Elle fronça les sourcils et mit sa main en visière.

Ce n'était pas lui.

Elle n'avait pas la moindre envie de se retrouver seule avec Zandor dans cet endroit isolé. La bouche sèche, le cœur battant, elle reprit les rênes de Dolly, monta en selle et partit, très imprudemment, au grand galop.

Zandor l'appela mais elle l'ignora. Penchée sur l'encolure de la jument, la gorge nouée, elle se rendait compte un peu tard que le mauvais chemin ne se prêtait guère à cette course effrénée.

Derrière elle, Zandor gagnait du terrain. Dolly, qui se piquait au jeu, accéléra l'allure. Maudissant sa propre stupidité, Alanna tira sur les rênes, mais sa monture protesta d'un violent mouvement de tête, si bien qu'elle les lâcha et dut s'accrocher à sa crinière.

Zandor les rattrapa et, d'une poigne de fer, il arracha Alanna à sa selle et immobilisa son cheval.

Elle commença à se débattre.

— Lâche-moi ! Repose-moi par terre !

— Avec plaisir.

Il obtempéra avec une telle brusquerie qu'Alanna, à peine retombée sur ses pieds, partit à la renverse et se retrouva sur les fesses, dans une posture pour le moins désavantageuse.

Dolly avait maintenant ralenti et décrivait de petits cercles en trottinant, un peu surprise que le jeu n'ait pas duré plus longtemps. Zandor l'attira en lui parlant calmement, dans une langue inconnue. Puis il descendit de son cheval, l'attacha à une branche d'arbre et s'avança vers la jument en sifflant.

D'abord, elle fit un écart. Mais au bout d'un moment, elle baissa la tête et se laissa approcher. Il put alors la conduire à côté de sa monture.

Pendant ce temps, Alanna avait repris son souffle et s'était relevée, recouvrant un peu de dignité.

— La prochaine fois que tu voudras risquer ta peau, saute plutôt du haut d'un building, maugréa Zandor, les lèvres pincées. Même si Dolly a connu des jours meilleurs, elle ne mérite pas de finir avec une jambe cassée, ou pire encore. On ne part pas au galop sur un terrain inconnu. Et sans bombe.

Alanna redressa le menton avec un air de défi.

— J'en avais une, mais je l'ai oubliée au bord du chemin. Que fais-tu ici ?

— Je voulais te voir. Finalement, mon cousin ne pourra pas venir comme convenu.

— Comment es-tu au courant ?

— J'étais à l'écurie tout à l'heure, quand il a parlé à Jacko. Comme notre grand-mère lui impose une corvée supplémentaire après la visite à Home Farm, j'ai préféré te prévenir pour t'éviter d'attendre pour rien.

— Ne compte pas sur moi pour te remercier.

Il haussa les épaules.

— Je me suis dit aussi que nous pourrions en profiter pour discuter.

— Je n'ai rien à te dire.

— Je ne suis pas du même avis, encore une fois.

Il la détailla de ses yeux argentés, d'une intensité troublante.

— Revenons un peu en arrière, reprit Zandor. Tu es partie pendant que je dormais, sans même laisser un mot, ni donner de nouvelles ensuite.

Il s'interrompit.

— Qu'avais-je fait pour mériter cela ?

Alanna avait la gorge sèche.

— D'habitude c'est toi qui t'en vas, n'est-ce pas ? Disons que je suis l'exception.

— Ne sois pas insultante.

— C'était une aventure d'un soir. On ne va pas en faire un drame.

— Je ne suis pas d'accord. Tu veux savoir pourquoi ?

— Non ! s'écria-t-elle avec un peu trop de véhémence.

Elle se reprit.

— Ce n'est pas la peine. C'est de l'histoire ancienne...

— Pour moi, c'était hier.

— Eh bien, c'est ton problème. Cela ne sert à rien de ressasser le passé. Cela ne changera rien, ni pour toi, ni pour moi, ajouta-t-elle, sur la défensive.

Il garda le silence un long moment, avec une expression impénétrable.

— Puisque tu veux te tourner vers l'avenir, permets-moi de te lancer un avertissement. Gerard et toi n'avez rien à faire ensemble. Tu ferais mieux de prendre tes distances.

Elle se raidit. De quel droit lui donnait-il des conseils ?

— Ma relation avec Gerard est une affaire privée.

— Pas dans cette famille, ironisa-t-il.

— Tout le monde s'est montré gentil et accueillant avec moi.

Il haussa un sourcil sarcastique.

— Même Tante Meg et Tante Caroline ? Ma grand-mère aussi ?

Elle hésita une fraction de seconde.

— Elle est... charmante.

— Elle peut l'être, en effet. Même parfois avec moi. Mais cela ne modifie en rien ses projets à long terme pour Gerard, dont tu es exclue, ma jolie, je peux te l'assurer.

— Ne m'appelle pas ainsi ! protesta-t-elle. L'avenir de Gerard lui appartient en propre. Il jugera lui-même de la place qu'il veut m'accorder.

— Alors pourquoi n'est-il pas ici avec toi en ce moment ? C'est pourtant l'endroit rêvé pour des amoureux.

Elle le dévisagea sans répondre.

— Vous n'êtes peut-être pas encore très intimes ?

Elle secoua la tête d'un air outré.

— Comment oses-tu ? Cela ne te regarde pas.

— Si. C'est moi qui t'ai initiée au plaisir. Je n'aimerais pas que tu sois... frustrée.

Alanna pressa les paumes contre ses joues brûlantes.

— Je ne le suis pas !

Avec une expression de défi, elle ajouta :

— Tu ne veux tout de même pas des détails ?

— Non merci, répliqua-t-il, imperturbable. Je préfère mes souvenirs.

Il attendit un peu, comme s'il guettait une réaction.

— Donc Niamh est charmante et Gerard, aux petits soins, poursuivit-il d'un air songeur. Mais ne t'y trompe pas. Il ne peut pas se permettre de se marier.

— Tu n'as qu'à l'augmenter, puisque tu es son employeur, rétorqua-t-elle impulsivement.

— Il ne s'investit pas assez.

Il marqua une pause.

— Quoi qu'il en soit, je ne parlais pas de son niveau de vie. Avec son salaire, il peut tout de même s'offrir un appartement à Chiswick, une Mercedes et un yacht amarré à Chichester, sans parler des vacances aux sports d'hiver et aux Caraïbes. Il n'est pas exactement désargenté.

— Moi non plus.

— En effet. Tu travailles aux éditions Hawkseye, et non comme vendeuse à la librairie SolBooks, ainsi que je le croyais. Malgré tout, tu ne possèdes pas la fortune personnelle qui ferait de toi l'épouse idéale pour l'héritier de Whitestone Abbey. Pour convaincre Niamh du contraire, il faudrait que tu sois très courageuse et téméraire. Or, même si tu possèdes ces deux qualités, tu ne t'en sortirais peut-être pas aussi bien que la première fois.

— Que veux-tu dire ?

— La fois où tu as laissé repartir le taxi que je t'avais commandé...

Malgré ses efforts, Alanna ne trouva rien à dire.

— Pourquoi as-tu fait cela ? reprit Zandor. Pourquoi es-tu restée ? Ne me ressers pas l'excuse du champagne, s'il te plaît.

Elle soutint son regard.

— Disons que j'étais... curieuse. À notre époque, je me sentais presque anormale de ne jamais avoir connu un homme.

— Tu m'as choisi par caprice pour cette première expérience ? N'espère pas ma gratitude.

— Je n'en voudrais pas, bredouilla-t-elle. Je... J'ai vite pris conscience que je commettais une erreur impardonnable. Je me suis sauvée parce que je n'aurais pas pu te regarder en face... Après...

— Il ne t'est pas venu à l'esprit de me parler ? De m'expliquer que tu avais changé d'avis ?

— Si c'était aussi simple, il n'y aurait pas autant d'horreurs dans les journaux. Les hommes ne peuvent pas comprendre...

— Pourquoi me classes-tu dans la catégorie des goujats sans cervelle ?

— Zan...

— Non, protesta-t-il presque violemment. Ne m'appelle plus ainsi. Plus maintenant. Plus jamais.

Il se ressaisit.

— Cela risquerait de t'échapper devant Gerard qui se poserait des questions. À moins que tu lui aies tout raconté ?

— Non. Ce n'est pas à mon honneur...

— En effet.

Il devint cassant.

— Il est temps que tu rentres avant que ma grand-mère trouve d'autres occupations à Gerard pour le reste de la journée. Tourne à droite après ces gros rochers, tu tomberas sur une piste qui te conduira tout droit aux écuries.

Il détacha la longe de Dolly et la lui tendit.

— En tout cas, ne te fais pas d'illusion, pour Gerard. Que tu sois pure ou pas ne fait aucune différence. Il n'est pas pour toi.

— Merci, mais j'en déciderai moi-même.

— Ce qui risque d'être une nouvelle erreur. Ne les collectionne pas.

Il sauta en selle.

— Je me débrouillerai seule, inutile de me raccompagner ! lança-t-elle.

— Ce n'était pas mon intention. Je vais chercher la bombe que tu as oubliée.

Il s'inclina avec une expression moqueuse avant de s'éloigner.

La gorge nouée, elle le regarda partir tandis que des larmes brûlantes lui montaient aux yeux.

Zandor ne saurait jamais la vérité.

5

Le retour à l'abbaye fut paisible. Comme Dolly connaissait le chemin, Alanna s'absorba dans ses pensées.

Zandor avait-il compris ? La laisserait-il tranquille dorénavant ? Elle l'espérait, en tout cas.

À l'approche de l'écurie, le hennissement de la jument la rappela à des préoccupations plus immédiates. Elle avait été bien avisée d'aborder avec circonspection ses relations avec Gerard. Si elle s'était autorisée à tomber amoureuse, elle serait maintenant exposée à des souffrances inutiles.

Non à cause des avertissements de Zandor... Le clan Harrington semblait obéir à un schéma propre, très particulier. L'abbaye avait manifestement besoin d'argent frais qu'elle-même, fille d'un modeste avocat de province, serait incapable d'apporter. L'entretien de cette antique demeure était un gouffre.

Elle avait mal interprété les propos de Joanne. Ce n'était pas le Bohémien Zandor, l'outsider, qui avait besoin de l'aide financière de sa grand-mère, mais le contraire... Quoi qu'il en soit, cela ne la regardait pas.

Son histoire avec Gerard n'aurait pas duré longtemps, mais l'intermède lui aurait au moins permis de sortir de sa réclusion. Susie serait ravie qu'elle reprenne une vie sociale.

Un jour, elle finirait peut-être par s'engager dans une vraie relation sentimentale. C'était son souhait le plus cher.

Elle était en train de desseller Dolly dans son box quand Jacko apparut.

— Laissez cela, je m'en occupe. Ces dames vous demandent.

Eh bien, *ces dames* attendraient, se dit Alanna en se dirigeant vers une porte sur le côté. Elle avait d'abord besoin d'un bain chaud et de se changer.

Mais la gouvernante l'intercepta dans le hall.

— Oh ! vous êtes rentrée, mademoiselle Beckett. Tant mieux. Mme Harrington vous invite à prendre un café dans la bibliothèque.

N'ayant manifestement pas le choix, Alanna suivit Mme Jackson qui l'introduisit sans une pièce tapissée du sol au plafond de rayonnages en chêne remplis de beaux livres reliés de cuir. Le quatrième mur s'ornait d'une cheminée en pierre dans laquelle, à cette période de l'année, on avait disposé un gros bouquet de fleurs séchées.

Niamh Harrington, assise dans l'un des deux fauteuils, en face de l'entrée, portait un caftan de soie bleu saphir brodé de papillons.

— Vous voilà enfin ! s'écria-t-elle. Je m'inquiétais, depuis que Jacko est rentré sans vous. Comment avez-vous trouvé Dolly ? Un peu trop placide, sûrement.

Elle lui indiqua l'autre siège sans s'interrompre.

— Si vous venez avec moi demain, vous monterez Caradoc, un étalon que mon beau-frère Patrick avait acheté en Irlande. Comme il le jugeait trop fougueux à son goût, il l'a fait castrer et me l'a offert pour Gerard. Mais il restait très rétif. Alors, je l'ai revendu au cousin de Gerard qui l'aimait bien et l'a très bien dressé. Les Tziganes sont doués avec les chevaux, ils ont cela dans le sang.

Son ton méprisant choqua Alanna. Comment une grand-mère pouvait-elle se montrer aussi dédaigneuse avec son petit-fils ?

— Donc, nous monterons ensemble demain matin, c'est entendu, reprit Niamh Harrington avec un sourire condescendant.

La gouvernante apporta un plateau et elle la congédia d'un geste pour faire elle-même le service.

— Un peu de sucre ?

— Non, merci.

Alanna hésita un peu.

— En fait, nous repartons à Londres demain de bonne heure, après le petit déjeuner. Donc, pour la promenade, ce ne sera malheureusement pas possible. Une prochaine fois peut-être...

— Nous verrons, acquiesça Mme Harrington d'un ton tranquille. Je crains cependant de vous décevoir, ma chère. En tant qu'héritier, Gerard doit faire face à un certain nombre de responsabilités concernant Whitestone, d'autant que je ne suis plus toute jeune. Nous avons des locataires qui voudront le voir demain et il risque de devoir dormir ici. Mais je comprends tout à fait que vous soyez obligée de rentrer.

Elle soupira.

— Les jeunes femmes d'aujourd'hui mènent une vie tellement active ! Le travail est la clé de l'indépendance. De mon temps, il n'était pas question de quitter le domicile familial avant le mariage. C'est si différent de nos jours ! Profitez de votre liberté !

Elle s'interrompit brièvement, puis reprit :

— Diana et son mari s'en iront en fin de matinée. Je peux leur demander de vous prendre avec eux, si vous voulez ? À moins que vous parliez à Joanne. Vous avez l'air de bien vous entendre, toutes les deux.

Zandor avait vu juste, même s'il en coûtait beaucoup à Alanna de le reconnaître. Néanmoins, Mme Harrington n'aurait pas la satisfaction de l'humilier. Elle partirait dignement, la tête haute.

— Ne vous donnez pas cette peine, Mme Harrington. Je vais m'organiser, répliqua-t-elle avec calme.

Elle n'allait certainement pas quémander une place dans une voiture... Gerard n'avait qu'à lui commander un taxi, ou la conduire à la gare. Pourquoi diable l'avait-il invitée ? Elle ne se priverait pas de le lui demander.

En attendant, elle accepta avec un large sourire hypocrite une deuxième tasse de ce *délicieux café*.

Ce qui se révéla être une erreur.

— Votre père est juriste, n'est-ce pas ? reprit Niamh Harrington. Il connaît probablement le fils de mon cousin, Dermot Connor-Smith, conseiller de la couronne, qui s'est fait un nom dans le droit pénal.

— J'en doute, mon père ne travaille pas à Londres.

— Ah ?

— Il exerce à Silworth, une petite ville de province, et s'est spécialisé dans les affaires familiales et les successions.

— Il a de quoi s'occuper suffisamment ?

Alanna sourit.

— Oh oui !

— Et votre mère ?

— Elle travaille à mi-temps dans une association de défense pour les sans-abri. Elle est aussi très impliquée dans un groupe de femmes. Papa et elle gardent du temps pour leurs loisirs. Ils adorent le jardinage.

L'inquisition se poursuivit pendant un moment. Le milieu dont Alanna était issue devait paraître horriblement provincial à la maîtresse des lieux, qui finit par la congédier.

— Les invités jouent au croquet sur la pelouse, ma chère. Allez donc les rejoindre, ils seront ravis...

Alanna bouillait. Même si sa décision était déjà prise, il était extrêmement déplaisant d'être traitée d'une manière aussi cavalière. Elle avait l'impression d'avoir été recalée à un examen...

Elle monta les escaliers et se retint de claquer la porte de sa chambre, tout en refoulant rageusement ses larmes. Puis elle se dirigea vers la salle de bains et se fit couler un bain parfumé à l'huile de gardénia.

Elle resta longtemps dans l'eau, suffisamment pour recouvrer son calme. Elle parvint même à sourire en songeant au récit qu'elle ferait à Susie. Expurgé, bien sûr. Zandor Varga, si elle le mentionnait, figurerait seulement comme le patron arrogant de Gerard. Leur précédente rencontre demeurerait secrète.

Un jour, son souvenir finirait par disparaître complètement de sa mémoire.

Elle se sécha avec un drap de bain moelleux, hydrata sa peau avec du lait pour le corps et s'enveloppa dans une serviette nouée comme un sarong. Tout en regagnant sa chambre, elle dénoua ses cheveux en les ébouriffant.

— Ah, te voilà, dit Zandor d'une voix douce.

Il l'attendait, nonchalamment appuyé contre la porte.

Alanna sursauta en agrippant la serviette qui commençait à glisser.

— Comment oses-tu ? Sors d'ici tout de suite !

Il haussa les épaules.

— Je suis juste passé te rendre un objet perdu.

Il pointa du doigt le pull-over qu'elle avait oublié dans l'herbe et qu'il avait posé sur son lit.

Elle redressa le menton.

— Tu aurais pu frapper.

— Je l'ai fait. Mais tu n'as pas répondu et ce n'était pas fermé à clé. Pas comme cette nuit.

C'était bien lui !

— Ne me remercie pas, railla-t-il en la détaillant longuement. Je suis déjà récompensé de ma peine.

Alanna s'empourpra.

— Maintenant va-t'en, s'il te plaît. Je voudrais m'habiller.

— Ne te gêne pas pour moi.

— Si tu ne pars pas immédiatement, je crie, répliqua-t-elle d'une voix tremblante.

Il la considéra d'un air moqueur.

— Une réaction un peu extrême envers quelqu'un que tu connais à peine, non ? Que va-t-on penser ?

— Que tu es fidèle à ta réputation.

— Il faut se méfier des rumeurs. Je vois que ma cousine Joanne n'a pas perdu de temps.

— Elle parle peut-être d'expérience ?

— Pas du tout.

Il s'avança et Alanna se recroquevilla sur elle-même.

— Garde tes distances. Et ne t'avise pas de me toucher.

— Ne sois pas ridicule.

Il jeta un coup d'œil à sa montre.

— Il reste à peine une heure avant le déjeuner. Certainement pas assez de temps pour ce à quoi je pense. Si tu te rappelles...

— Va au diable !

Il eut un geste excédé, tourna les talons et ouvrit la porte.

— *L'enfer est ici, je n'en suis pas sorti,* lança-t-il par-dessus son épaule. Je suis sûr que tu connais cette citation.

Et, à ces mots, il disparut dans le couloir.

Alanna demeura un long moment immobile, comme paralysée. Puis, elle alla tourner la clé dans la serrure.

Elle avait conscience du ridicule, mais ne se sentirait pas en sécurité avant d'avoir quitté l'abbaye, à tout jamais. Et elle regretterait sans doute jusqu'à la fin de ses jours d'avoir croisé le chemin de Zandor Varga.

Le buffet était déjà dressé sur la terrasse quand elle descendit, vêtue d'une jupe en coton kaki et d'un haut assorti. Ses cheveux étaient retenus en chignon sur la nuque avec une jolie pince en écaille de tortue. Un examen attentif devant le miroir l'avait rassurée. Rien ne transparaissait de son tumulte intérieur.

À sa surprise, Gerard l'attendait en bas des marches.

— J'allais monter te chercher.

— Heureusement, parce que je n'aurais pas su où te trouver, répliqua-t-elle un peu froidement. Je ne suis pas en retard, j'espère ? Sinon je vais avoir droit à des remontrances de la part de ta tante Caroline...

— Non, pas du tout.

Il s'interrompit.

— En fait, j'avais envie d'oublier le buffet pour t'emmener au pub du village, ou à Aldchester. Mais nous pouvons aussi rester ici. Comme tu veux.

Il faisait visiblement des efforts et Alanna se radoucit.

— Je serais ravie d'aller au pub avec toi.

— Comme il fait très beau, je peux demander à Zan de me prêter sa Lamborghini pour l'après-midi.

— Non ! protesta-t-elle un peu trop vivement.

Elle se reprit.

— J'aime beaucoup la Mercedes.

— Allons-y.

Ils déjeunèrent de jambon fumé et de fromage, avec de la

salade et du pain croustillant, le tout arrosé d'un cidre artisanal délicieux. Alanna mangea avec appétit.

— C'était une idée géniale ! Bravo !

— Nous avions besoin d'être un peu seuls, admit Gerard avec regret. Le week-end ne se passe pas exactement comme je l'avais prévu. Je suis très sollicité.

Il esquissa un sourire confus.

— Mais à partir de maintenant, c'est toi et moi contre le reste du monde.

— Que veux-tu dire ? demanda Alanna, un peu inquiète.

Il lui prit la main.

— Alanna... Je sais que c'est trop tôt, mais je voudrais me fiancer.

Elle poussa une exclamation de surprise.

— Nous nous connaissons à peine...

— Pas intimement, c'est vrai.

Il hésita.

— Alanna, je traversais une mauvaise passe quand tu es entrée dans ma vie et j'ai l'impression que c'est un peu la même chose pour toi. Je ne t'ai jamais posé de questions, et je ne t'ai pas non plus parlé de mes problèmes parce que cela ne sert à rien de ressasser le passé.

— Certes, répliqua-t-elle, la gorge nouée. Mais, Gerard...

— Écoute-moi jusqu'au bout, continua-t-il en pressant ses doigts entre les siens. Je ne veux rien précipiter. Malgré tout, j'ai l'impression que nous pourrions être heureux ensemble.

Elle le regarda dans les yeux.

— Cela risque de mécontenter certaines personnes.

— C'est-à-dire Grandam.

Il pinça les lèvres.

— Je l'aime beaucoup, mais elle ne peut pas tout contrôler et certainement pas ma vie.

Alanna n'en était pas persuadée. En tout cas, ce projet de fiançailles ne lui disait rien qui vaille. Parce que le mariage était hors de question.

Même si elle avait été amoureuse, vingt-quatre heures à l'abbaye l'auraient convaincue de s'enfuir en courant. Pour toutes sortes de raisons.

Mais elle ne voulait pas l'annoncer brutalement à Gerard.

— Je suis très étonnée. C'est si soudain... Je veux réfléchir.

— Aussi longtemps que tu veux, bien sûr. Je ne veux pas te forcer si tu n'es pas prête. Voyons simplement comment cela se passe entre nous. D'accord ?

— Oui.

Elle se tut un instant.

— Gerard, je ne te promets rien. Pas encore.

Jamais...

Elle était encore sous le choc quand ils remontèrent en voiture.

En fait, cette proposition inattendue s'accordait avec l'attitude possessive que Gerard avait depuis leur arrivée, et que Niamh Harrington n'avait pas manqué de remarquer...

Eh bien, Alanna se ferait un plaisir d'aviver les inquiétudes de la vieille dame. Pendant la réception, elle se comporterait en femme amoureuse, sans se soucier des conséquences.

6

— Ta robe est magnifique ! s'exclama Joanne.

— Ravie qu'elle te plaise, répondit Alanna avec un sourire.

Il est vrai qu'elle lui allait à ravir. Elle l'avait achetée en prévision de ce week-end qui allait peut-être marquer un changement dans sa vie… Mais elle était loin d'imaginer la tournure que prendraient les événements.

— Je veux que Gerard soit fier de moi, ajouta-t-elle.

— Oh ! il le sera ! Mais la pauvre Felicity va pâlir d'envie.

— Felicity ? Oh ! la jeune femme qui devait faire du cheval avec moi ?

— Oui. C'est la fille unique de Lord Bradham, une riche héritière donc.

Elle roula des yeux.

— Gerard et elle ont eu un petit flirt d'adolescents que Grandam s'efforce périodiquement de rallumer. Mais c'est peine perdue, en tout cas du côté de Gerard. Tu n'as rien à craindre.

— Oh ! je ne suis pas inquiète, assura Alanna, quoique pour de tout autres raisons.

— Et si Grandam réussissait, elle s'en mordrait les doigts d'après papa, poursuivit Joanne. Felicity, qui dirige une agence de location très haut de gamme, s'empresserait de la mettre dehors pour louer l'abbaye à des oligarques étrangers.

— Gerard ne la laisserait tout de même pas faire cela.

— On voit que tu ne connais pas Felicity, commenta Joanne avec une moue comique. Bon, dépêchons-nous de descendre.

Les invités vont arriver et Grandam tient à ce que la famille soit au complet pour les accueillir.

Gerard les attendait dans le hall. Après les avoir admirées et complimentées, il les prit chacune par le bras pour les escorter solennellement dans le salon.

— Ah, les retardataires sont enfin là ! s'écria Niamh Harrington.

Puis elle leur adressa un large sourire.

— Mais cela valait la peine d'attendre !

Son regard d'acier n'échappa cependant pas à Alanna, non plus que le geste impérieux réclamant Gerard à ses côtés. Il s'ensuivit une dispute à voix basse dont elle resta prudemment à l'écart, en compagnie des Dennison.

Le salon ne tarda pas à se remplir. Alanna avait serré un nombre de mains incalculable et la tête lui tournait d'entendre tous ces noms qu'elle s'empresserait d'oublier. À un moment, elle aperçut Zandor qui, l'observant de loin, leva son verre avec un regard moqueur.

En se détournant, elle faillit bousculer une grande femme maigre, vêtue d'une robe bleu pâle, avec des cheveux auburn coiffés en un chignon sophistiqué.

— Bonjour ! lança-t-elle d'une voix haut perchée. Je vous ai vue tout à l'heure avec Joanne, qui semble avoir disparu. Vous êtes probablement une de ses amies ? Dites-lui que j'attends toujours des nouvelles de son copain journaliste. Depuis plusieurs semaines maintenant !

Puis, avec un hochement de tête, elle s'éloigna.

— C'était cette chère Felicity, annonça Joanne en apparaissant brusquement.

— Tu te cachais ? demanda Alanna.

— Oui ! Je la fuis comme la peste. Depuis qu'elle s'est mis en tête de remporter le titre de femme d'affaires de la décennie, elle me harcèle pour que je la mette en relation avec un ami qui travaille au *Chronicle*. Mais Chris n'a pas l'intention de lui faire de la publicité gratuitement. Elle se prend pour le nombril du monde.

Alanna hocha la tête.

— Nous avons le même problème avec certains auteurs.

Suggère à ton ami de rédiger un article très général, pour présenter toutes les candidates en lice, et pas seulement elle.

— Quelle bonne idée ! Heureusement que nous allons avoir quelqu'un comme toi dans la famille, Alanna !

Contrairement à son attente, Gerard ne la rejoignit pas. Impavide, il demeurait auprès de sa grand-mère, où il fut bientôt rejoint par Felicity Bradham et un homme aux cheveux gris, son père sans doute.

La fête connut son apogée lorsqu'on apporta un énorme gâteau d'anniversaire que Niamh Harrington découpa elle-même, selon la tradition. On lui offrit ensuite une non moins gigantesque gerbe de fleurs, présentée par Lord Bradham.

— Payée par les villageois, chuchota Joanne. Quel système féodal ! On se croirait au Moyen Âge...

Plus qu'un repas à endurer, et Alanna serait débarrassée des Harrington...

À table, elle fut placée aussi loin de Gerard que possible, alors que Felicity était assise à côté de lui. Si Alanna avait été amoureuse, elle aurait eu le cœur lourd mais, étant donné les circonstances, cela valait sans doute mieux. De toute manière, elle n'était pas fâchée de se retrouver en compagnie des Dennison. Il fallait juste oublier la présence de Zandor en face d'elle, entre Caroline Healey et la mère de Gerard.

Après la soupe d'avocats glacée, on servit un saumon poché, suivi d'un canard aux airelles et d'un cheese-cake au miel et à la vanille. Après le dessert, Gerard fit un petit discours, et tout le monde se leva lorsqu'il porta un toast en l'honneur de sa grand-mère.

Il resta debout lorsque les convives se rassirent.

— J'ai un autre toast à proposer. Et une heureuse surprise à vous annoncer.

Il marqua une pause.

— Cet après-midi, Alanna et moi avons décidé de nous fiancer. Buvons à notre futur bonheur !

Un choc, presque tangible, ébranla l'assistance. Si Alanna n'avait pas été concernée au premier chef, elle aurait peut-être trouvé la situation amusante. Cependant, pétrifiée, elle ne savait comment réagir. Quant à Niamh Harrington, elle était blême de consternation.

De l'autre côté de la table, Zandor jeta à Alanna un regard stupéfait. Puis il la fixa avec une colère mêlée de pitié et de mépris.

En même temps, il secoua légèrement la tête, comme pour lui rappeler sa mise en garde.

Il n'est pas pour toi.

Un violent ressentiment s'empara de la jeune femme. Comment osait-il la regarder ainsi ? Qui était-il pour la juger et présumer de son avenir ?

Qu'ils aillent tous au diable !

Le plus calmement possible, elle plaqua un sourire sur ses lèvres, se leva et se dirigea vers Gerard pour glisser une main sous son bras.

— Chéri, il ne fallait pas dévoiler notre secret aussi vite. Nous étions convenus d'attendre un peu...

Et elle leva son visage pour offrir ses lèvres à un baiser.

Ce fut Maurice Dennison qui brisa le silence.

— Félicitations, mon garçon, et tous mes vœux de bonheur à vous, Alanna, s'écria-t-il chaleureusement. Nous sommes très heureux pour vous deux.

Toute la tablée acquiesça. Même Zandor leva son verre, mais avec une expression narquoise.

— Pourquoi as-tu fait cela ? demanda Alanna à Gerard un peu plus tard, sur la terrasse au clair de lune. Nous étions pourtant d'accord.

— Nous le sommes toujours. Rien n'a changé. Mais tu n'as pas idée des pressions que je subis.

— Je crois que si. Mais je déteste être instrumentalisée.

— En tout cas, merci de m'avoir soutenu.

— Je ne pouvais guère te traiter de menteur devant tout le monde !

Elle soupira.

— Oh Gerard, quel gâchis !

— Pas du tout. J'étais parfaitement sincère en te proposant de prendre notre temps.

— Ce ne sera pas facile avec la moitié de ta famille qui demande déjà si nous avons fixé la date du mariage, et les autres qui semblent s'interroger sur ta santé mentale, répliqua-t-elle amèrement.

Et moi je suis complètement folle de ne pas avoir refusé alors que je n'ai pas la moindre intention de t'épouser.

— J'en ai assez d'affronter leur curiosité pour ce soir, ajouta-t-elle. Accompagne-moi jusqu'à la porte de derrière, s'il te plaît. Je monte dans ma chambre.

— Tu es sûre ? Cela va paraître bizarre.

— Pas plus que les autres événements de la soirée...

Enfin seule, la porte fermée à clé, Alanna enleva sa robe, la suspendit avec soin sur un cintre et s'allongea sur son lit en se repassant la soirée.

Après l'annonce fracassante de Gerard, Niamh avait singulièrement manqué d'enthousiasme pour ouvrir ses cadeaux, et avait considéré celui d'Alanna d'un air songeur.

— Quelle charmante attention ! avait-elle murmuré en croisant son regard. J'y mettrai une photo de votre mariage, ma chère enfant.

Hormis Alanna, personne ne perçut son ironie mordante.

Lorsqu'ils retournèrent dans le salon pour le café, Joanne se précipita pour serrer Alanna et Gerard dans ses bras avec exubérance.

— Vous avez bien gardé le secret ! Quel coup de théâtre ! À propos, Felicity et son père ont déjà pris congé. Grandam n'est pas très contente, mais comme Zandor s'en va aussi, cela compense.

Gerard lui pressa affectueusement l'épaule.

— Jo, tu exagères.

— Tu crois vraiment ? lança-t-elle avec un rire moqueur en s'éloignant.

Après son départ, Alanna posa la question qui lui brûlait les lèvres.

— Ton cousin n'avait pas prévu de repartir ce soir ?

Gerard haussa les épaules.

— Oh ! il va et vient à sa guise, comme toujours. Il n'a même pas de domicile fixe à Londres, où il loue une suite à l'année. Dans un hôtel qui lui appartient probablement de toute façon...

Il s'interrompit.

— Il a des affaires florissantes, aussi bien dans les médias que le tourisme et la restauration. Bazar Vert ne représente qu'une toute petite partie de son empire.

— Je vois...

Alanna n'avait pas eu le temps de s'appesantir sur la question car tout le monde se pressait pour les féliciter, plus ou moins cordialement.

— Je vous souhaite bonne chance, avait déclaré Meg Harrington.

Elle aurait tout aussi bien pu dire *bon courage*, et il en aurait certainement fallu beaucoup pour s'introduire dans ce milieu très fermé de l'aristocratie.

Envahie par ces sombres pensées, dans la solitude de sa chambre, Alanna aurait éclaté en larmes s'il s'était agi de fiançailles réelles. D'autant que Gerard l'avait prévenue, la matriarche ne manquerait pas de l'interroger sur son histoire familiale en remontant plusieurs générations. Pour gagner son approbation, il fallait satisfaire à des exigences hors du commun.

Dieu merci, Alanna n'avait plus aucun désir de faire partie du clan. Demain, sur le chemin du retour, elle inventerait une excuse plausible pour ne pas publier les bans. Ses parents connaissaient à peine l'existence de Gerard. Il faudrait au moins qu'ils se rencontrent...

Elle pouvait toujours invoquer le surmenage professionnel ou l'incertitude de son avenir chez Hawkseye. Quoique la future épouse de Gerard Harrington n'aurait sans doute pas à travailler. Cantonnée à ses fonctions de mère de famille, elle serait trop occupée à élever de beaux enfants qui descendraient en droite ligne de Guillaume le Conquérant.

— Grand bien lui fasse ! marmonna-t-elle.

Tout en se brossant les cheveux et en se préparant pour la

nuit, elle se demanda comment elle raconterait son week-end à Susie, qui lui poserait évidemment une foule de questions. Si Gerard la raccompagnait, elle serait aussi obligée de les présenter.

Comme tous ces secrets étaient embarrassants ! Elle s'était malheureusement fourrée dans une situation inextricable.

Et si elle annulait tout ?

Ce serait malgré tout concéder la victoire à Niamh Harrington, et surtout à son autre petit-fils. Cette bombe à retardement anéantirait peut-être à tout jamais une tranquillité chèrement acquise.

L'enfer est ici, je n'en suis pas sorti.

Elle se rappela tout à coup où elle avait entendu cette phrase. Au théâtre, à une représentation d'une pièce de Christopher Marlowe, *La Tragique histoire du docteur Faust*. Elle frissonna en se répétant les paroles du démon tentateur Méphistophélès, à jamais banni du paradis.

En succombant elle aussi à la tentation, elle avait perdu à jamais la paix de l'âme.

Il en serait ainsi tant qu'elle conserverait un lien avec la famille Harrington… Pour l'instant, elle s'en tiendrait néanmoins au choix qu'elle avait fait et qui semblait le bon, puisqu'il avait provoqué le départ précipité de Zandor. Maintenant qu'il avait admis sa défaite, leurs chemins ne se croiseraient plus.

En tout cas, elle l'espérait de tout son cœur.

Malgré cette pensée positive, le sommeil se refusa à elle. Les allusions de Gerard avaient ravivé les souvenirs de la nuit qu'elle avait passée dans la suite de Zandor, et elle n'arrivait pas à les chasser.

Les moindres détails s'étaient gravés dans sa mémoire, jusqu'à la couleur des coussins dans le salon ivoire, et le motif des broderies du magnifique dessus-de-lit, qu'elle aurait pu décrire avec précision.

Inévitablement, elle repensa à ce qui était arrivé.

Je suis partie. J'ai eu raison. C'était la seule chose à faire. D'ailleurs, il ne m'a pas retenue.

Le champagne suffisait-il à excuser l'étrangeté de son comportement ? Elle avait déjà bu bien davantage au cours de soirées étudiantes… En quoi cette fois-là avait-elle été différente ?

Pourquoi y avait-il tant d'animosité entre Zandor et elle ? Comprendre, c'est pardonner, disait-on. Il fallait sans doute en passer par là pour restaurer son estime d'elle-même. Mais elle préférait considérer Zandor comme un dangereux prédateur auquel elle n'avait pas pu échapper par manque d'expérience. Elle se raccrochait à cette idée.

En réalité, c'était elle qui, devant l'ascenseur, au lieu d'appuyer sur le bouton, était revenue sur ses pas. Cela ne la transformait pas en victime et ne faisait pas de lui un agresseur…

Il avait suffi d'un regard en arrière, et tout avait changé. Debout sur le seuil, immobile et silencieux, les yeux fixés sur elle, il lui avait paru tout à coup terriblement seul.

Alors elle avait couru vers lui, en trébuchant même un peu, pour se jeter dans ses bras. Il l'avait soulevée de terre et embrassée avec fougue. Puis il l'avait portée à l'intérieur en claquant la porte derrière eux.

Pendue à son cou, elle s'était offerte à ses baisers pendant qu'il l'emmenait dans la chambre. Il l'avait déposée doucement sur le lit et s'était étendu à côté d'elle, sans cesser de l'embrasser. Sans hâte, ses mains avaient commencé à explorer son corps.

Malgré la barrière des vêtements, des frissons ineffables couraient sur la peau d'Alanna. Lorsqu'il avait de nouveau tiré sur la fermeture Éclair de sa robe pour la lui ôter, elle n'avait plus protesté, laissant même échapper un petit soupir de contentement. Elle avait besoin de sentir ses mains sur son corps nu.

La lueur qui s'était allumée dans les yeux de Zandor l'avait rassurée. Ils partageaient le même désir.

Du bout des doigts, très légèrement, il avait dessiné le contour de son visage, puis était descendu le long de sa gorge, vers la courbe des épaules et les seins dressés sous la dentelle.

Alanna avait renversé la tête en arrière en creusant les reins, dévastée par la torture exquise de sa bouche. Elle avait à peine eu conscience de l'instant où il lui avait enlevé son soutien-gorge. Le plaisir qu'il lui donnait était si fort qu'il en était presque douloureux. Zandor éveillait un désir d'une intensité inouïe, dont elle ne soupçonnait pas l'existence jusque-là, et qui réclamait l'assouvissement...

À présent, seule dans l'obscurité, si longtemps après, elle s'entendit murmurer, d'une voix brisée :

— Je ne savais rien. Jusqu'à ce moment-là, j'ignorais tout...

7

C'était peut-être la seule explication valable, sa seule excuse. Son horloge biologique l'avait mystérieusement avertie que l'heure avait sonné de se départir de son innocence pour devenir une vraie femme.

Zan s'était trouvé là au bon moment. Le hasard en avait voulu ainsi.

Il ne fallait pas chercher plus loin.

Sauf que...

Elle serra le poing contre ses lèvres tandis qu'un flot de souvenirs l'assaillait. Elle se rappelait le toucher soyeux des cheveux de sa nuque, quand elle pressait son visage contre ses seins en gémissant de plaisir.

Aurait-elle été la même avec un autre homme ? se demanda-t-elle avec une ombre de pudeur, presque honteuse. Était-ce par peur qu'elle se raccrochait férocement au célibat depuis cet épisode ? En tout cas, elle préférait le croire.

Elle ne voulait pas envisager d'autres raisons.

Elle ferma les yeux, si fort que des petits points multicolores dansèrent derrière ses paupières. Comment se débarrasser de ces souvenirs qui la hantaient sans répit ?

Elle ne parvenait pas à trouver la paix.

Sais-tu comme tu es belle ?

La voix grave de Zandor résonna à l'intérieur de sa tête. Son expression, pendant qu'il la contemplait, s'était à jamais gravée dans son esprit. Il avait l'air tellement sérieux et pénétré du sens de ses paroles qu'elle y avait presque cru, elle qui ne se considérait pourtant pas comme une beauté.

Encore maintenant, elle brûlait et frissonnait tout à la fois en se remémorant le contact de ses mains sur son ventre, puis sur ses hanches. Avec lenteur et délicatesse, il lui avait ôté la petite culotte en dentelle qui la recouvrait encore.

Un instant, sa timidité était revenue. C'était la première fois qu'elle était nue devant un homme, et la perspective de ce qui allait arriver l'affolait un peu, naturellement.

Elle allait perdre son innocence, pour toujours...

Zandor l'embrassa à nouveau, tandis que ses doigts caressaient l'intérieur de ses cuisses satinées. Elle se rendit avec une sorte de sanglot et lui offrit le secret de sa féminité...

Il répondit généreusement à ce cadeau, explorant avec une douceur et une précision exquises la chaleur moite et soyeuse, la guidant avec une tendresse et un soin infinis vers le plaisir...

Les sensations d'Alanna s'épanouirent comme les pétales d'une fleur au soleil. Sa respiration s'accéléra et le petit bouton de rose enfla voluptueusement sous les doigts habiles de Zan.

La maîtrise de ses réactions, dont elle n'avait jamais douté jusque-là, commença à lui échapper. Elle en fut effrayée. Cela arrivait beaucoup trop tôt, et trop vite.

Elle voulut demander un répit, au moins momentané, pour recouvrer la maîtrise de l'être rationnel qu'elle était encore au début de la soirée. Mais les mots lui manquèrent. Son gémissement inarticulé ressemblait davantage à une supplique qu'à une protestation. Il était déjà trop tard. Elle était perdue, consumée par l'intensité incroyable du désir que Zan suscitait en elle, avec une facilité confondante.

Au supplice, elle se tordit de plaisir et s'arc-bouta contre la paume de sa main. Rien n'existait plus, que l'intensité qui montait en elle, inexorablement, dans chaque atome de son corps. Alors, une spirale ascendante l'engloutit tout entière.

À sa grande honte, elle entendit sa propre voix, méconnaissable, le supplier de mettre fin aux délicieux tourments qu'il lui infligeait.

Il consentit seulement à obéir quand un sanglot rauque s'échappa de sa gorge. Il la conduisit alors vers une extase effrénée, presque violente. Ravagée par le plaisir, elle eut l'impression d'être précipitée dans un vide vertigineux.

Lorsque les spasmes se calmèrent enfin, incapable de parler, elle jeta à Zandor un regard mouillé de larmes.

— Ah non, répondit-il tendrement en la serrant contre son torse. Ne pleure pas, ma chérie.

Mais elle pleurait de joie...

— Je... Je ne savais pas..., bredouilla-t-elle d'une voix rauque.

Il déposa un baiser sur son front.

— Tu n'as pas besoin de me le dire.

Il avait tout deviné, bien sûr, songea-t-elle, accablée. Il avait beaucoup vécu et connaissait les femmes. Mais il ne servait à rien de s'inquiéter maintenant. Elle était la seule à blâmer.

Devait-elle vraiment se faire des reproches ? Elle était si bien, blottie au creux de ses bras. Et elle avait encore tant à apprendre...

Surgie de nulle part, cette pensée s'imposa avec force et demeura dans un coin de son esprit comme une promesse chuchotée mais insistante. Intrigante. Irrésistible.

Elle n'essaya même pas de résister et se coula plus près, langoureusement, tout contre le corps de Zan. Réalisant avec un choc qu'il était encore habillé, elle déboutonna sa chemise, mais il l'arrêta lorsqu'elle commença à dégager ses épaules.

— Ce n'est pas raisonnable. Il serait plus sage de dormir un peu.

Elle effleura des lèvres son torse bronzé, en humant le parfum de sa peau, enivrant, avec une note de bois de santal.

— Mais je ne suis pas fatiguée ! Toi non plus d'ailleurs.

Elle dégagea sa main et, comme libérée de ses inhibitions par l'euphorie de son premier orgasme, défit la boucle de sa ceinture de pantalon.

— Es-tu certaine que c'est bien ce que tu veux ?

Elle rit doucement.

— Que faut-il pour te convaincre ?

— Pas grand-chose.

Il sembla hésiter encore un moment. Puis avec un haussement d'épaules, il se redressa, enleva sa chemise et la jeta par terre avant de se débarrasser de son pantalon et de son caleçon.

Il était absolument magnifique. La gorge serrée par l'émotion, elle le contempla sans mot dire.

La joue contre ses cheveux, il l'étreignit.

— Tu ne vas rien regretter, Alanna ?

— Non. C'est juste que...

Elle s'interrompit en cherchant ses mots. Il hocha la tête.

— Tu es nerveuse ?

— Un peu, oui...

— Moi aussi, admit-il. C'est aussi une première fois pour moi.

Incrédule, elle le fixa d'abord sans comprendre, puis s'empourpra.

— Oh... Je vois. Est-ce... un problème ?

— Uniquement parce que j'ai peur de te faire mal.

Il porta sa main à ses lèvres.

— Je peux seulement promettre d'essayer d'être le plus doux possible.

Avait-elle réellement envie de douceur ? Elle voulait juste appartenir à cet homme. Rien de plus, mais rien de moins...

Sa rougeur s'accentua.

— J'ai très peur de te décevoir.

Il l'attira plus près et elle sentit son sexe érigé contre son ventre.

— Détendons-nous, murmura-t-il. Tous les deux. Jouissons simplement du moment et du plaisir d'être ensemble.

Il pencha la tête et prit ses lèvres dans un baiser ardent.

— Oui... Oh ! oui...

Comme mues par une volonté propre, ses mains se promenèrent sur les épaules de Zandor. Elle découvrait avec une sorte d'émerveillement la puissante musculature, sous la peau.

Le corps masculin était jusqu'alors pour elle un territoire totalement inconnu, mais Zandor poussa un soupir de contentement qui lui donna confiance. Elle s'aventura plus bas, puis s'arrêta pour caresser cette zone particulièrement sensible. Quand un gémissement rauque s'échappa de la gorge de Zandor, elle poursuivit hardiment son exploration.

Ce simple geste lui donnait un plaisir qui s'apparentait à du triomphe et elle se laissa guider par un instinct inconnu.

En même temps, un besoin mystérieux se faisait jour en elle. Elle avait envie de se glisser sous la peau de Zandor, de se fondre en lui, dans sa virilité. Pour devenir la chair de sa chair.

Il lui jeta un regard embrumé, lourd de désir.

— Attention, je ne suis pas de marbre.

— Non ?

Avec un petit sourire, mi-timide mi-malicieux, elle s'écarta légèrement pour découvrir son sexe, dont elle osa à peine effleurer la pointe dressée.

— Alanna... Non. Tu ne sais pas ce que tu fais.

— Sans doute. Mais tu me corrigeras si je me trompe.

Les paupières closes, Zandor se tenait immobile, presque rigide. Ses longs cils jetaient une ombre sur ses pommettes. Alanna comprit qu'il luttait farouchement pour garder le contrôle et ne pas succomber à ses caresses.

Très sensible à la moindre de ses réactions, elle tremblait irrésistiblement, avec l'impression de se liquéfier.

— Zan...

Tout en chuchotant son nom, comme un soupir, elle s'allongea sur le dos pour l'accueillir. Tout son être le réclamait. Son corps s'ouvrait pour lui.

En appui sur les coudes, il la pénétra avec mille et une précautions, en guettant sur son visage le plus petit signe d'inconfort ou de douleur.

Alanna noua les jambes autour des hanches de Zandor, pour l'exhorter silencieusement à s'enfoncer davantage en elle, au plus profond. Pour la posséder tout entière.

— Oh ! mon ange, murmura-t-il en imprimant un rythme régulier à ses mouvements.

Puis, dans le feu de la passion, il prit de nouveau sa bouche, presque sauvagement.

Elle se raccrocha de toutes ses forces à ses épaules pendant que leurs corps chauds et moites se mouvaient à l'unisson, dans un accord parfait. Les coups de reins puissants de Zandor l'emmenaient au-delà d'elle-même...

Bientôt, elle capitulerait.

— Maintenant..., souffla Zandor.

Au paroxysme, elle poussa un cri, puis retomba, secouée par les convulsions de l'extase.

Zandor explosa à son tour, avant d'enfouir le visage au creux de son cou. Des frissons couraient sur son corps brûlant.

Longtemps, elle demeura pelotonnée dans ses bras, jusqu'à ce qu'un peu de calme revienne.

Elle aurait voulu dire quelque chose, mais *merci* était le seul mot qui se présentait à son esprit, ridicule et puéril.

Elle se contenta donc de caresser son visage, longuement, de la tempe au menton.

Zandor captura sa main pour lui mordiller le bout des doigts.

— J'ai peut-être besoin de me raser, mais je n'ai pas la force d'aller dans la salle de bains.

— Non, ce n'est pas cela.

Elle hésita.

— J'adore te toucher, avoua-t-elle candidement.

— Tant mieux ! répliqua-t-il avec un sourire. Malgré tout, il vaudrait mieux dormir maintenant. Car demain, nous aurons à parler sérieusement, toi et moi.

Elle voulut protester, mais une agréable léthargie s'insinua en elle à la perspective de passer la nuit dans le même lit.

Elle vivait tant de premières fois en même temps, réfléchit-elle, à demi assoupie, pendant que Zandor retapait les oreillers et ramenait les couvertures. Toutes plus merveilleuses les unes que les autres...

Elle se réveilla en sursaut et resta un long moment désorientée, à observer les pâles lueurs de l'aube qui pénétraient dans une pièce qu'elle ne reconnaissait pas.

En sentant un mouvement dans le lit à côté d'elle, elle tourna la tête et aperçut Zandor, dont la peau bronzée tranchait sur le drap blanc.

Paniquée, le cœur battant, elle se remémora les événements de la nuit. Tout ce qu'elle avait fait, et dit.

— Ce n'est pas possible, se dit-elle. Je suis en train de faire un mauvais rêve...

Mais les courbatures de son corps prouvaient le contraire. Négligeant toutes les défenses qu'elle avait érigées pour se protéger des aventures sans lendemain, elle s'était donnée à un inconnu. Elle avait offert sa virginité à un oiseau de passage, quasiment anonyme.

Cet homme risquait d'ailleurs de se réveiller à tout moment. Pour « parler sérieusement ». Et peut-être plus...

S'il insistait, elle ne ferait pas le poids et, honnêtement, elle n'avait même pas envie de résister.

Elle étouffa un gémissement de honte.

Calme-toi. Oublie ce qui s'est passé et dépêche-toi de sortir d'ici. Avant qu'il t'explique qu'il est marié ou te propose de le revoir de temps en temps. Ou te demande si tu prends la pilule...

Subitement, elle prit peur et se rappela le rêve qui l'avait tirée du sommeil.

Bella, songea-t-elle, horrifiée. *Oh ! mon Dieu, je rêvais de Bella...*

Avec une prudence extrême, elle se rapprocha du bord du lit et mit les pieds par terre. Le cœur battant, elle rassembla ses vêtements épars et se dirigea sur la pointe des pieds dans l'autre pièce, où elle s'habilla très vite, l'oreille aux aguets.

Elle poussa le loquet et sortit sans un bruit dans le couloir.

Quand l'ascenseur s'arrêta à mi-course, elle se figea. Zandor l'avait-il rappelé ? Mais les portes s'ouvrirent devant deux femmes de ménage en uniforme, qui s'excusèrent immédiatement et restèrent sur le palier en appuyant sur le bouton du rez-de-chaussée. Le regard qu'elles échangèrent n'échappa pas à Alanna, qui se sentit mortifiée.

Dehors, le temps était froid et couvert. Elle enfila sa veste en essayant de se repérer pour trouver l'arrêt de bus le plus proche, ou une station de métro.

Comme elle hésitait, un taxi noir s'arrêta le long du trottoir. Il n'était pas en service, mais le conducteur, un homme entre deux âges, se pencha pour lui parler, les sourcils froncés.

— Il est bien tôt pour se promener seule dans les rues, mademoiselle. Vous avez un souci ? Vous vous êtes disputée avec votre petit ami ?

Alanna se mordit la lèvre.

— Il y a un peu de cela, répondit-elle, sur la défensive.

— J'ai fini mon service et je rentre chez moi, vers Wandsworth. Si cela vous arrange, je peux vous déposer quelque part.

— Merci beaucoup, je veux bien.

Il la laissa au bout de sa rue et refusa même de se faire payer.

— Ce n'est rien, je vous en prie. J'espère que quelqu'un ferait la même chose pour ma fille si elle se retrouvait dehors à une heure pareille.

Il lui sourit gentiment.

— Votre ami devrait avoir honte.

On était samedi, les autres locataires faisaient la grasse matinée, et Alanna put occuper la salle de bains commune le temps qu'elle voulut. Elle prit une douche brûlante et se frotta vigoureusement des pieds à la tête, comme s'il était possible d'effacer les événements de la nuit.

Elle aurait voulu appliquer la même méthode à son esprit, se nettoyer mentalement aussi bien que physiquement. Ce qui était impossible, hélas. Elle s'était comportée comme une sotte, elle devrait en supporter les conséquences.

Quelles qu'elles soient.

En se séchant les cheveux dans sa chambre, elle étudia son reflet avec un détachement étrange. Qu'est-ce qui, en elle, avait attiré d'abord le répugnant Jeffrey Winton, puis Zandor ? Quels signaux son corps envoyait-il à son insu ?

Elle qui s'était résolument juré de ne pas coucher avec un homme avant de s'engager dans une vraie relation amoureuse...

Bella ne lui avait-elle pas servi de contre-exemple ?

Elle ne comprenait pas ce qui était arrivé. Peut-être n'avait-elle pas été sérieusement tentée jusqu'ici, tout simplement.

Du coup, elle ne prenait pas la pilule.

Elle prit une profonde inspiration. Même si elle avait projeté de travailler sur un manuscrit ce week-end, elle en était maintenant incapable.

Elle avait besoin de compagnie, la meilleure qui soit.

Elle enfila un jean et une tunique en coton, mit dans un grand sac en cuir une tenue de rechange, une chemise de nuit et sa trousse de toilette, et rajouta le manuscrit au dernier moment.

Elle avala ensuite une tasse de café noir avec un toast et

fourra ses vêtements de la veille dans un sac-poubelle qu'elle jeta en partant pour la gare.

Une heure plus tard, en remontant la petite allée qui menait au cottage de ses parents, Alanna remarqua un panneau *À vendre* sur la maison voisine. Même s'il était encore très tôt, sa mère, vêtue d'un pantalon en coton et d'un chemisier à fleurs, inspectait les plates-bandes, une tasse de thé à la main.

— Coucou maman ! s'écria Alanna en s'accoudant au portail.

— Ma chérie, quelle bonne surprise ! Ton père va être ravi. Nous parlions justement de toi hier soir. Il est en train de préparer le petit déjeuner, je vais lui dire d'ajouter des œufs et du bacon.

— J'ai déjà mangé.

Mme Beckett inspecta sa fille d'un coup d'œil maternel.

— Tu as maigri et tu as l'air fatigué. Cela ne te fera pas de mal de nous tenir compagnie.

— D'accord, maman. Je ne discute même pas.

Elle se dirigea vers la porte de la cuisine, à l'arrière.

— Les Eastwood déménagent ? reprit-elle. C'est inattendu, non ?

— Bien compréhensible malgré tout. Tu n'as toujours pas de nouvelles de Bella ?

— Non. Elle n'a plus donné signe de vie depuis qu'elle a abandonné la fac. C'est drôle, je pensais à elle récemment.

— Elle est enceinte, annonça sa mère.

— Encore ? s'écria sa fille sans pouvoir s'en empêcher. Oh ! désolée, ce n'est pas très gentil de ma part.

— Tu n'es pas la première à le dire. Bob et Hester sont effondrés. Et cette fois-ci, elle veut garder le bébé.

— Alors, elle va vivre avec le père ?

Mme Beckett fit la moue.

— Pour cela, il faudrait qu'elle connaisse son identité… Ses parents vendent la maison pour lui venir en aide. Apparemment, c'est quelqu'un qu'elle a rencontré à une fête. Ils n'ont même pas échangé leurs numéros de téléphone. Tu te rends compte, gâcher sa vie ainsi, à cause d'une nuit sans lendemain avec un parfait étranger !

Elle ouvrit la porte pour interpeller son mari, occupé aux fourneaux.

— Harry, regarde qui est là !

Elle se tourna vers Alanna.

— Eh bien, va l'embrasser, ma chérie ! Ne reste pas plantée là !

8

Alanna était littéralement pétrifiée. Debout dans la cuisine inondée de soleil, accablée par le poids de la culpabilité, elle n'en croyait pas ses oreilles.

Bella et elle, nées la même année, avaient fréquenté la même école et s'étaient suivies tout au long de leurs études secondaires. En dépit de l'amitié qui liait leurs parents, elles n'avaient jamais été très proches.

Par pur hasard, elles s'étaient retrouvées dans la même université, mais dans des sections différentes puisque Alanna étudiait l'anglais et Bella, l'histoire.

Elles menaient des vies sociales très différentes. D'un naturel timide et réservé, Alanna se concentrait sur son travail tandis que Bella, une blonde tapageuse, sortait beaucoup. Elle avait très vite rencontré Charlie Mountney, le fils aîné d'un vicomte, qui était déjà en troisième année, et ils étaient devenus inséparables.

— J'espère qu'elle s'amuse sans rien attendre de lui, avait commenté la compagne de chambre d'Alanna. Parce que, après sa licence, Charlie retourne dans le Staffordshire diriger le domaine familial et épouser la fille de ses voisins. Si Bella est ton amie, il vaudrait peut-être mieux l'avertir.

— Oh ! je ne vais pas m'en mêler, avait répliqué Alanna avec désinvolture. Elle sait ce qu'elle fait, j'imagine.

En réalité, elle se trompait. Quelques mois plus tard, Bella arrêtait ses études et disparaissait au prétexte d'une mononucléose infectieuse. Charlie, lui, ne tarda pas à parader de nouveau sur le campus en compagnie d'une jolie rousse de deuxième année.

— Apparemment, elle s'est servie de sa grossesse pour obliger Charlie à s'engager, mais cela n'a pas marché, déclara la compagne d'Alanna.

— L'expérience lui servira de leçon, avait conclu Alanna.

Mais les choses s'étaient mal passées. Après un avortement traumatisant, Bella avait sombré dans une dépression aiguë. Devant ses parents affolés, elle clamait que Charlie était le seul homme qu'elle aimerait jamais et les suppliait de le contacter.

— Cela ne servirait à rien, avait expliqué Hester Eastwood à Mme Beckett. Tout est fini entre eux. Elle doit l'accepter et aller de l'avant.

Malheureusement, ainsi qu'Alanna l'avait découvert par la suite, ce n'était pas aussi simple.

A l'époque toutefois, en toute candeur, elle avait jugé le comportement de Bella stupide et condamnable. On ne prenait pas de tels risques avec son avenir, et Bella représentait un modèle à ne pas suivre...

Pourtant, elle avait un peu plus tard commis la même erreur impardonnable, avec autant d'imprudence et d'inconscience.

Elle aurait brisé le cœur de ses parents si elle avait dû leur annoncer qu'elle était enceinte d'un parfait inconnu. La vie de chacun en aurait été irrémédiablement changée.

À sa sortie de clinique, Bella s'était installée à Londres où elle avait trouvé un job dans une agence de publicité. Elle avait recommencé à mener la grande vie, mais ses relations avec ses parents demeuraient tendues. Elle leur reprochait de ne pas l'avoir dissuadée d'avorter.

Alanna, Dieu merci, n'avait pas eu à traverser la même épreuve. Au bout de dix jours d'une angoisse abominable, ses règles étaient arrivées miraculeusement à la date prévue. Elle en avait pleuré de soulagement et s'était promis de mener une vie monacale pour ne plus être exposée à la tentation.

L'expérience l'avait malgré tout rendue très vulnérable, ce qui l'avait décidée à emménager avec Susie quand l'occasion s'était présentée.

Elle n'avait vraiment pas de chance. Juste au moment où

elle se croyait assez forte pour affronter de nouveau le monde, par une cruelle ironie du sort, Zandor réapparaissait dans sa vie. Mais fugitivement, Dieu merci.

Son départ inattendu, la veille, avait de quoi rassurer. La situation embrouillée du clan Harrington l'avait convaincu de se tenir à l'écart.

C'est ce qu'Alanna espérait en tout cas. En même temps, une vague appréhension l'avertissait que ce ne serait peut-être pas aussi simple.

— Il est très séduisant ! commenta Susie après le départ de Gerard. Mais méfie-toi tout de même. À mon avis, M. Gerard Harrington cache un secret qu'il ne te sera pas facile de découvrir.

Alanna se resservit un café. Tout aurait été tellement plus simple si Susie avait joué au squash comme tous les dimanches matin. Elle n'aurait pas eu à lui présenter Gerard qui, naturellement, avait insisté pour porter son bagage à l'intérieur.

Le trajet de retour s'était effectué dans un silence pesant. Ni la grand-mère de Gerard, ni sa mère ne s'étaient montrées au petit déjeuner. Alanna avait attendu dans le hall pendant qu'il montait à l'étage leur dire au revoir. Joanne lui avait tenu compagnie et avait insisté pour qu'elles échangent leurs coordonnées.

— Tu fais partie de la famille, maintenant. Restons en contact ! avait-elle lancé avec enthousiasme.

Joanne serait déçue...

Dans la voiture, Alanna avait insisté pour retarder l'annonce officielle de leurs prétendues fiançailles. Gerard avait accepté à contrecœur. Il voulait néanmoins lui offrir une bague.

— Si tu veux, avait concédé Alanna. Mais je la porterai seulement devant ta famille.

Elle espérait bien que l'occasion ne se représenterait pas de sitôt. Il fallait à tout prix se sortir de ce guêpier.

La première complication avait surgi avec Susie. Au grand soulagement d'Alanna, Gerard avait simplement accepté un café et décliné l'invitation à déjeuner.

— Si, comme tu crois, il a vraiment un secret, je poserai la question à sa cousine Joanne, dit-elle à Susie. Elle est bavarde comme une pie, une mine d'informations ! De toute manière, je ne suis pas certaine de vouloir m'engager sur le long terme.

— Le week-end a été tendu ?

— Un peu.

— La grand-mère est plus sorcière que bonne fée ?

— Oui !

Alanna aurait attaché moins d'importance à la réprobation à peine voilée de la vieille dame si elle avait été amoureuse de Gerard. Elle se serait battue pour lui. Dans les circonstances présentes, elle souffrait surtout dans son orgueil. Mais cela justifiait-il la supercherie des fiançailles ?

Alanna y aurait en tout cas gagné le départ précipité de Zandor, ce qui représentait en soi une petite victoire. Donc, oui, cela valait la peine.

Elle inspira profondément.

— J'ai besoin de me concentrer sur mon travail, expliqua-t-elle à Susie. J'ai échoué à imposer un manuscrit pourtant excellent mais d'une auteure inconnue, à laquelle on a préféré un très mauvais roman signé par un grand nom.

— C'est si grave ?

— Oui. Je dois réussir à m'affirmer dans l'équipe éditoriale, surtout si la compagnie est rachetée. Hetty aurait sans doute mieux défendu Gina Franklin...

Susie lui donna une tape amicale sur l'épaule.

— Ne te décourage pas. Oublie les impressions négatives de ce week-end et tâche de voir la vie en rose !

Le lundi, le déjeuner avec Gina Franklin se déroula mieux que prévu. La jeune romancière était bien sûr déçue, mais les compliments de l'éditrice la réconfortèrent. Alanna prit soin de lui expliquer les raisons purement économiques qui avaient présidé au refus de son manuscrit et l'adressa à un agent littéraire à la recherche de nouveaux talents.

L'ambiance était tendue quand elle retourna au bureau.

— Bookworld vient d'annoncer que TiMar International a

lancé une OPA sur nous, lui annonça Sadie près de la machine à café. Personne ne nous avait prévenus !

Alanna fronça les sourcils.

— Qui est TiMar International ?

— Une grande compagnie de production américaine, spécialisée dans les séries dramatiques et les documentaires pour la télévision. Ils ont aussi des actions dans le tourisme. Apparemment, ils cherchent à s'implanter dans le milieu éditorial. On n'en sait pas davantage pour le moment.

Les rumeurs allèrent bon train pendant toute la semaine. Mais Alanna, bien déterminée à rester dans l'équipe, s'absorba dans son travail sans se préoccuper des folles spéculations qui se propageaient. De toute façon, il ne servait à rien de s'inquiéter tant qu'on n'avait pas davantage de précisions. Et elle avait assez de problèmes personnels à gérer.

Un jour en sortant, elle eut la surprise de voir Gerard dans le hall de Hawkseye.

— Dînons ensemble, proposa-t-il.

Comme la situation avait changé ! Seulement une semaine plus tôt, elle aurait accepté avec plaisir...

— Pas ce soir, répondit-elle en montrant un porte-documents bien rempli. J'ai des lectures urgentes.

— Alors juste un verre. Nous avons besoin de parler.

Elle se força à sourire.

— D'accord.

Ils allèrent dans le bar à vins au coin de la rue.

— Qu'y a-t-il de si urgent ? demanda-t-elle en sirotant un spritz.

Gerard examina son verre de chardonnay en plissant le front.

— Ma tante Caroline m'a téléphoné deux fois. Elle est même venue au magasin pour me demander pourquoi aucune annonce officielle de nos fiançailles n'avait paru dans les journaux. Elle espère tout bonnement que nous sommes revenus à la raison et avons tout annulé.

— Je vois. Que lui as-tu dit ?

— Que je voulais d'abord rencontrer tes parents qui sont en voyage à l'étranger. Encore un mensonge... Je les collectionne.

Alanna se mordit la lèvre.

— C'est peut-être le moment de passer à la sincérité.

— Nous aurons l'air de deux idiots et je serai revenu à la case départ.

Il secoua la tête.

— Non, il est encore trop tôt. Tenons-nous à notre arrangement. Il faudra parler à ta famille. Tu les vois bientôt ?

Elle hésita.

— J'avais l'intention d'y aller ce week-end.

— Excellente idée. Je peux venir avec toi ?

— Ah non ! protesta-t-elle avec un peu trop de véhémence.

À la vue de son expression, elle essaya de tempérer sa réaction.

— Je suis désolée mais ils connaissent à peine ton existence. Je... Je dois d'abord préparer le terrain.

— D'accord. Tu es meilleure juge que moi.

Il s'interrompit.

— Tante Caroline nous a aussi invités à dîner samedi prochain.

Alanna chercha désespérément un prétexte pour refuser, mais rien ne se présenta à son esprit.

— C'est... inattendu, mais très gentil.

— Nous irons acheter une bague d'ici là.

Elle réfléchit un instant.

— Ne t'inquiète pas. Ma grand-mère m'a laissé sa bague de fiançailles, une opale sertie de diamants. Je la porterai.

— Je préférerais t'en offrir une.

— Pas dans la situation actuelle, dit-elle fermement.

Malgré une légère hésitation, Gerard n'insista pas, comme s'il n'était pas convaincu que les choses évolueraient...

Le vendredi après-midi, la réunion éditoriale traîna en longueur. Louis se positionnait déjà comme directeur du département fiction et contestait la moindre décision. Excédée, Alanna dut modifier ses projets et prendre le train le samedi matin.

C'était un week-end prometteur, chaud et ensoleillé. Tout en se rendant à pied de la gare à la maison familiale, elle sentit les tensions de la semaine se dissiper. En poussant le portail, elle entendit des voix dans le jardin à l'arrière et fit le tour du cottage. Ses parents prenaient le café dehors, avec quelqu'un qu'elle ne reconnut pas tout de suite, tant sa présence en ce lieu était improbable.

Mais quand il se leva poliment pour la saluer, elle se figea de stupéfaction.

— Alanna, ma chérie, je te présente M. Varga, dit Mme Beckett d'un ton enjoué. En nous voyant sur le pas de notre porte, il s'est arrêté pour demander son chemin. Nous avons bavardé… Et voilà !

— Assez étonnamment, nous nous sommes déjà rencontrés, votre fille et moi… à une soirée. Tu ne t'en souviens peut-être pas ? ajouta-t-il en s'adressant à Alanna.

— Au contraire, je me rappelle très bien. Mais… Que fais-tu ici ?

— Je cherche une maison.

— Tu te moques de moi ! lança-t-elle sans pouvoir s'en empêcher.

— Alanna ! lança sa mère d'un ton réprobateur.

Elle s'installa en rougissant sur une chaise et accepta la tasse que celle-ci lui tendait en s'efforçant de ne pas trembler.

— Tu t'ennuierais mortellement, dans une petite ville de province.

— J'ai envie de poser mes valises, répondit Zandor sans sourciller.

— Londres te conviendrait mieux.

— J'achèterai aussi quelque chose là-bas, mais je partagerai mon temps entre la capitale et la province.

Il huma l'air avec contentement.

— La campagne a son charme, surtout le week-end avec un temps pareil.

— M. Varga va visiter Leahaven Manor, intervint Mme Beckett. Il s'est perdu, mais nous lui avons indiqué le bon chemin.

Vraiment bizarre…, pensa Alanna qui ne se remettait pas du choc.

— C'est curieux que vous vous soyez déjà rencontrés,

observa M. Beckett. Quelle heureuse coïncidence ! À une soirée, en plus.

Il se tourna vers sa femme.

— Notre fille vivait comme une recluse et nous nous inquiétions pour elle, n'est-ce pas, chérie ?

— Papa, tu exagères !

Comme si elle n'était pas déjà assez mal à l'aise, son père insista.

— Pas du tout ! D'ailleurs, Susie nous l'a dit. Tu n'as quasiment pas eu de vie sociale de l'année. Tu ne sortais plus et tu venais nous voir presque tous les week-ends.

Il secoua la tête.

— Comme si tu te cachais. Cela ne te ressemble pas.

— J'étais débordée de travail, coupa-t-elle avec empressement. Avec cette histoire de rachat de société, je mets les bouchées doubles pour être sûre de garder ma place.

Zandor l'enveloppa d'un regard charmeur.

— Si je comprends bien, j'ai eu beaucoup de chance de croiser ton chemin. Heureusement que tu avais décidé de t'amuser un peu, le soir où j'ai fait ta connaissance !

Pourquoi faisait-il cela ? Et comment ses parents avaient-ils ouvert leur porte à un inconnu, quel que soit le prétexte ? S'ils avaient su ce qui s'était passé... Elle préférait ne pas y penser. Zandor Varga ne serait pas là en train de boire un café, en tout cas.

— Le manoir vous plaira sûrement, M. Varga, dit sa mère. C'est un bijou d'architecture géorgienne.

Elle soupira.

— C'est triste que le colonel Winslow ait décidé de vendre. Mais il était déjà veuf quand ce pauvre Toby a été tué en Irak. Il n'a plus d'attaches en Angleterre.

— Il est parti à l'étranger ? demanda Zandor.

— Oui, en Australie. Sa fille Clare a épousé un gros éleveur de moutons dans la Nouvelle-Galles du Sud. Cela fait des années qu'elle essaie de le persuader de déménager pour voir grandir ses petits-enfants.

Elle s'interrompit.

— Rassurez-vous, il règne une atmosphère très joyeuse dans cette maison. Pleine de bons souvenirs.

Zandor lui sourit.

— Vous seriez une excellente vendeuse, Mme Beckett. Je vous emmènerais volontiers pour avoir un point de vue féminin.

— Ce serait avec plaisir, mais Harry et moi devons préparer la salle des fêtes pour une exposition de peinture.

— Alanna peut vous accompagner, suggéra son mari. Elle est de très bon conseil. Et pourquoi ne pas nous retrouver ensuite pour déjeuner au King's Arms ? C'est un pub très agréable.

— J'en serais ravi. Si toutefois elle accepte, bien sûr.

— Tu n'as besoin de personne pour prendre tes décisions, objecta-t-elle.

— Cela dépend des circonstances...

Dans le silence qui suivit, les parents d'Alanna guettèrent la réponse de leur fille, les yeux pleins d'espoir. Sa mère était déjà conquise par ce beau parti, évidemment.

Sans savoir comment, mais sans doute pour ne pas avoir l'air trop impolie, elle réussit à figer un sourire sur ses lèvres.

— Eh bien d'accord. Allons-y.

9

— Tu t'intéresses vraiment à Leahaven Manor ou tu me harcèles ? demanda-t-elle dans la voiture, d'une voix glaciale.

— Le descriptif de l'agence est dans la boîte à gants, répliqua-t-il en démarrant.

— Tu n'as pas répondu à ma question.

— Je suis très intéressé, même si la perspective de m'avoir comme voisin ne semble pas t'enthousiasmer.

— En effet, j'aimerais autant garder mes distances, même si tu es parvenu à conquérir mon père et ma mère.

— Nous allons pourtant devenir cousins par alliance… À propos, tes parents n'ont pas l'air au courant de ton prochain mariage. J'ai jeté le nom de Gerard dans la conversation sans obtenir la moindre réaction. J'ai trouvé cela bizarre. Je constate aussi que tu ne portes pas de bague.

— Ne t'inquiète pas. Nous attendons seulement le bon moment.

— Bien sûr ! railla Zandor. Comme le week-end dernier.

Elle ne daigna pas répondre et s'absorba dans la contemplation du paysage. Zandor conduisait la Lamborghini à vive allure sur les petites routes de campagne, et paraissait savoir parfaitement où il allait.

— Comment as-tu eu l'adresse de mes parents ? questionna-t-elle au bout d'un moment. Par Gerard, j'imagine, ou Joanne.

Il haussa les épaules.

— Cela n'a pas été très difficile.

Quoi qu'il en soit, il se fatiguerait vite de jouer au chat et à la souris, se dit-elle pour se rassurer.

Tôt ou tard, dès que prendrait fin cette stupide mascarade de fiançailles, elle serait pour toujours libérée des Harrington. Elle pourrait alors envisager une vraie relation amoureuse, avec un homme qu'elle aurait envie de présenter à ses parents. Elle oublierait sans regrets cet épisode honteux et malheureux.

Inévitablement, sa mère lui poserait des questions sur Zandor Varga. Eh bien... Elle répondrait tout simplement qu'il n'était pas son genre, qu'il avait en outre beaucoup trop de maîtresses de par le monde. Ce qui était vrai. Une certaine Lili occupait la première place, en ce moment...

Comme si Alanna n'avait déjà pas assez de sujets de préoccupation, l'agent immobilier n'était autre que Jerry Morris, qui l'avait poursuivie de ses assiduités pendant tout un été. Cela s'était terminé par un coup de pied dans les tibias. Il se contenta de plisser les yeux d'un air inquisiteur et resta sur un terrain purement professionnel.

Un portique à colonnes soulignait l'élégance classique de la façade en pierre et brique rouge. Le manoir ressemblait à la maison idéale qu'Alanna avait si souvent représentée dans ses dessins d'enfant. Même si ses rêves n'étaient pas aussi grandioses.

À la gauche du grand hall aux dalles noires et blanches, un escalier en chêne menait au premier étage. On avait enlevé tout le mobilier à l'intérieur. Une odeur de renfermé flottait dans les pièces vides.

Peu loquace, Zandor prit son temps pour observer les lieux et contempler la vue par les grandes fenêtres sans rideaux. Sur les murs, des rectangles plus clairs marquaient l'emplacement des tableaux. Dans l'ancienne bibliothèque du colonel, les rayonnages en bois massif étaient complètement vides.

Une cuisine à l'ancienne s'étendait sur un côté, avec des buanderies attenantes et une petite pièce où on rangeait les armes.

— Il faudra tout rénover bien sûr, dit Jerry Morris d'un ton enjoué. Mais le prix de vente prend cela en compte. La porte du fond donne directement sur l'écurie et le hangar à bois. On accède aussi par là au potager et au verger.

Il attendit un peu.

— Vous avez des chevaux, M. Varga ?

— Un, pour le moment. Mais je projette d'en avoir d'autres.

— Parfait, alors. À l'étage, vous avez six chambres, dont une suite et une autre qui servait de nursery.

Il glissa un regard en direction d'Alanna.

— Nous montons jeter un coup d'œil ?

— Je vais plutôt visiter le jardin, répondit-elle sans enthousiasme.

Dans l'écurie, tout en respirant profondément pour calmer son agitation intérieure, elle se représenta des chevaux dans les box, auxquels elle donnerait des carottes ou des pommes.

Elle avait beaucoup trop d'imagination. Tout à l'heure, elle choisissait mentalement des couleurs pastel pour les tapisseries et rêvait de transformer la cuisine pour en faire le cœur de la demeure. Comme si son avis avait de l'importance...

Le potager, très négligé, était envahi par les mauvaises herbes. Son père se serait lancé avec plaisir dans une opération de sauvetage, se dit-elle en écrasant une feuille de menthe entre ses doigts pour en humer le parfum.

Elle se retourna en soupirant. La maison était grande, mais pas démesurément. Un peu de soin et d'attention lui rendrait vite sa splendeur passée.

Mais avec ses innombrables occupations, Zandor n'aurait jamais le temps et la patience nécessaire. Il voudrait des résultats rapides, aussitôt visibles.

Le verger avait mieux survécu, avec une récolte de pommes qui s'annonçait prometteuse. Mais qui les ramasserait ? Alanna offrit son visage au soleil tout en marchant dans l'herbe sèche. Quelques fruitiers portaient des écriteaux à moitié effacés — cox, worcester, bramley. Tout au fond, une balançoire était encore suspendue aux branches d'un vieil arbre dégarni.

Toby et Clare avaient joué ici, mais aucun enfant ne marcherait dans leurs pas. Clare avait émigré en Australie et Toby avait été tué dans une embuscade en Irak.

Malgré tout, une autre génération leur succéderait... Inexplicablement, Alanna eut les larmes aux yeux. Qu'elle était sotte !

Elle sursauta en entendant son nom et se retourna. Zandor était là, tout près. Il l'avait surprise dans sa rêverie ridicule...

— Tu n'es pas resté longtemps à l'étage, remarqua-t-elle.

— Suffisamment pour me faire une idée.

Il avança en scrutant son expression, et surtout son regard brillant.

— Qu'y a-t-il ?

— Rien.

Elle redressa le menton.

— Partons, si tu as terminé.

— Pourquoi es-tu si pressée ?

— Jerry... M. Morris a peut-être d'autres rendez-vous.

— Tu crois que ce manoir n'est pas pour moi, alors ?

— Tu le sais très bien. C'est une demeure familiale, un endroit où s'enraciner, pas un nid pour un oiseau de passage comme toi.

— Mais j'ai dit que j'avais envie de poser mes valises.

Alanna haussa les épaules.

— Chassez le naturel, il revient au galop... Tu te lasseras vite d'une vie sédentaire.

Il plissa les yeux.

— C'est pour cela que tu es en colère contre moi ? Parce que notre aventure est restée sans lendemain ?

— C'est moi qui suis partie, lui rappela-t-elle.

Il secoua la tête.

— Tu as tout faux, Alanna. Dès mon retour des Etats-Unis, je suis retourné à la librairie pour te revoir. Le propriétaire avait changé, et je n'ai obtenu aucune information sur la jeune employée qui était là le jour de la signature. Je ne savais pas par où commencer pour te retrouver.

Il l'avait cherchée... Alanna lutta contre la sensation bizarre qui lui nouait l'estomac.

— Tu étais vexé ? lança-t-elle sèchement.

— Nous avions eu une relation non protégée. Il était normal que je prenne des nouvelles.

— Heureusement, il n'y a pas eu de conséquences. Mais s'il y avait eu un problème, je l'aurais affronté seule. Je n'aurais pas apprécié que tu interviennes.

Elle comprit tout de suite qu'elle avait fait une erreur, avant même de voir l'éclat glacial dans son regard d'argent. Il l'attrapa par les épaules avec rudesse et prit ses lèvres en un baiser rageur.

Instinctivement, elle sut qu'il fallait supporter sa colère pour ne pas l'aggraver, et laisser passer l'orage.

Mais en dépit d'elle-même, elle eut une réaction inattendue. Peu à peu, une urgence s'empara de son corps, se propageant partout, et jusqu'en haut des cuisses. Comme cette première fois, inoubliable, gravée à tout jamais dans sa mémoire...

Un petit soupir lui échappa, de protestation et d'impatience mêlées, tandis que la rage de Zandor se muait en passion. Les bras d'Alanna se tendirent vers lui et ses paumes se posèrent sur son dos pour le serrer plus près, comme si elle voulait revivre la communion totale qu'elle avait connue naguère.

Ce qui ne pouvait pas et ne devait pas se produire.

Le désastre la guettait si elle ne réagissait pas... Si elle le laissait déboutonner son chemisier pour prendre ses seins dans ses mains et les caresser doucement.

Il ne faut pas. Surtout pas... Les mots dansaient dans son esprit alors que la logique et la raison n'avaient déjà plus aucun pouvoir.

Zandor se pencha et prit entre ses lèvres les pointes de seins durcies. En même temps, il commença à déboutonner sa jupe. Immobile, elle avait l'impression d'être dans un doux cocon. On n'entendait que le frémissement du feuillage au-dessus de leurs têtes et le roucoulement d'une tourterelle.

Puis, soudain, la voix de Jerry Morris retentit au loin, brisant toute la magie de l'instant.

— Monsieur Varga ? Vous êtes là ? J'aimerais fermer maintenant. Sauf si vous voulez refaire un tour, bien sûr.

Zandor s'écarta et se retourna en cachant Alanna de son corps.

— J'arrive ! lança-t-il.

Après une profonde inspiration, il se dirigea nonchalamment vers la maison pendant qu'elle remettait à la hâte de l'ordre dans ses vêtements.

Cette interruption avait miraculeusement sauvé Alanna...

Mais elle avait montré combien elle était vulnérable. En quelques minutes, Zandor avait non seulement vaincu son hostilité, mais réveillé un désir qu'elle croyait enfoui et qui l'affolait. S'il avait voulu, il l'aurait prise là, dans l'herbe. Elle se serait offerte sans réserve. Et il le savait.

Elle avait honte de découvrir la frustration qui la taraudait et la transformait en objet sexuel, comme si ses hormones la contrôlaient en lui retirant toute estime de soi. Elle ne voulait pas dépendre du bon plaisir de Zandor.

Cet homme s'était insinué en elle et la hantait à son insu, anéantissant les efforts de ces derniers mois. Tout était à recommencer si elle voulait se tourner pour de bon vers l'avenir.

Et cela commençait maintenant, résolut-elle en contournant la maison d'un pas décidé pour retourner à la voiture.

Jerry Morris était parti, et Zandor l'attendait au volant, le visage sombre. Pendant qu'elle s'approchait, les poings serrés, il se pencha pour lui ouvrir la portière.

— Je n'avais rien prémédité, dit-il d'une voix altérée.

— Comment oses-tu dire une chose pareille ? Tu as délibérément trompé mes parents et tu m'as obligée à t'accompagner. Comme si cela ne suffisait pas, Jerry Morris, le pire colporteur de ragots qui soit, m'a surprise à moitié nue dans le verger !

Elle ne se reconnaissait pas dans ce rôle de harpie. Pourtant, il n'y avait pas d'autre attitude possible.

— Il n'a rien vu, répondit Zandor avec calme. Quant à tes parents, je ne suis pas le seul à leur avoir menti... Nous devons parler, Alanna. Cet endroit me semblait idéal.

— Pourquoi me harcèles-tu ? Je n'ai rien à te dire.

— Il y a des paroles qu'on n'oublie pas. Dois-je te rappeler ce que tu m'as dit la nuit...

— *Non !* coupa-t-elle avec violence. C'est du passé. Combien de fois devrai-je le répéter pour que tu comprennes enfin ? Je ne veux plus te voir ! Plus jamais !

— Cela risque de causer quelques problèmes à l'avenir.

Elle garda les yeux fixés droit devant elle.

— Aux réunions de famille ? lança-t-elle avec une pointe de mépris. De toute manière, tu n'es pas vraiment le bienvenu.

Surtout si je raconte à Gerard comment tu t'es comporté avec moi aujourd'hui.

— Il fera quoi, à ton avis ?

— Tu te crois tout-puissant parce que tu es son patron ? Il peut aussi démissionner et chercher du travail ailleurs.

— Bien sûr. Mais il choisira toujours la solution de facilité. Ce n'est pas toi qui le changeras.

— Je n'en crois pas un mot, répondit-elle, la gorge serrée. Quoi qu'il en soit, je n'aurais jamais dû te suivre, le soir où nous nous sommes rencontrés. C'est la plus grosse erreur de ma vie. Je la regrette amèrement.

Un long silence accueillit ses paroles. Quand Zandor se décida à le rompre, il lui décocha une moquerie acérée.

— Si tu penses m'avoir découragé, tu te trompes lourdement.

Puis il démarra.

Le King's Arms était bondé, comme toujours le week-end. Les parents d'Alanna avaient réservé une grande table devant la fenêtre.

— Nous n'avons pas encore commandé. Va te chercher quelque chose à boire, dit M. Beckett. Où est M. Varga ?

— Oh ! il était pressé de rentrer à Londres, répondit Alanna avec une fausse désinvolture.

— Qu'a-t-il pensé de la maison ?

Elle haussa les épaules.

— Qu'il y avait beaucoup de travaux à faire.

Elle se dirigea vers le comptoir. Comme dans la voiture pendant le trajet du retour, elle avait du mal à réprimer ses tremblements et son envie de pleurer.

Quand Zandor l'avait déposée devant le pub, elle avait failli retourner directement au cottage. Mais son absence aurait alerté ses parents. Il valait mieux répondre tout de suite à leurs questions...

Elle s'apprêtait à les rejoindre, un verre à la main, quand Jerry Morris l'interpella, furieux.

— Que lui as-tu raconté ? Tu cherches à me porter tort ?

— Je ne sais pas de quoi tu parles...

Elle voulut passer son chemin mais il la retint par le bras.

— À cause de toi, je viens de rater l'affaire du siècle avec ton amant milliardaire.

— Il n'est ni mon amant, ni milliardaire, protesta-t-elle en se dégageant.

— Je me suis renseigné sur sa fortune, figure-toi, reprit-il avec mépris. Que faisais-tu avec lui au fond du verger ? Tu l'aguichais pour te refuser ensuite à la dernière minute ? Il ne serait pas le premier à tomber dans le piège.

Elle redressa le menton avec colère.

— Ne m'insulte pas, je te prie. M. Varga est le cousin de mon fiancé.

Les mots étaient sortis tout seuls. Il était trop tard pour les rattraper... Reléguant aux oubliettes les fantasmes qui l'assaillaient à peine une heure plus tôt, Alanna s'enfonçait encore davantage dans des complications.

10

En se couchant ce soir-là, Alanna, pour la première fois de sa vie, aurait souhaité être déjà au lendemain pour rentrer à Londres.

Naturellement, ses parents avaient été stupéfaits d'apprendre ses fiançailles avec un homme dont ils n'avaient jamais entendu parler, et ses explications maladroites sur les détails de leur rencontre n'avaient rien arrangé. Mais mieux valait leur annoncer elle-même, avant la rumeur que Jerry Morris ne manquerait pas de colporter.

— Alors, Gerard est le cousin de M. Varga ? avait répété Mme Beckett, incrédule. Qu'a-t-il dû penser de nous, qui ignorions jusqu'à son existence ?

— Tout s'est passé si vite, avait bredouillé Alanna. J'attendais juste le meilleur moment pour vous l'annoncer.

— Tu es sûre de toi ? était intervenu M. Beckett.

— Tu as bien eu le coup de foudre pour maman ! Pourquoi cela ne m'arriverait-il pas ? Vous n'êtes pas contents pour moi ?

— Tu n'as même pas une photo à nous montrer ! avait soupiré Mme Beckett. Tout est tellement étrange. Surtout la visite de ce M. Varga... Nous pensions...

Elle s'était reprise en rougissant.

— Tu imagines ce que les gens vont dire.

— Eh bien, rien n'est plus éloigné de la vérité. De toute façon, nous n'avons pas l'intention de nous marier tout de suite.

Jamais, en fait...

— Tu as fait la connaissance de ses parents ?

— Oui, sa mère est veuve. Elle habite dans le Suffolk.

— Que pense-t-elle d'une décision aussi hâtive ?

Alanna avait haussé les épaules, feignant la désinvolture.

— Nous sommes suffisamment adultes pour savoir ce que nous faisons. Ne vous inquiétez pas, tout va bien.

— Nous l'espérons... Les deux cousins se ressemblent beaucoup ? avait demandé Mme Beckett, pensive.

— Pas du tout. Ils sont comme le jour et la nuit !

— Ah...

Les choses en étaient restées là. Pour l'instant.

Alanna passa une nuit épouvantable, à tourner et retourner dans son lit sans trouver le sommeil, dans un chaos émotionnel indescriptible. Elle ne pouvait même pas avouer la vérité à quelqu'un.

Tout était arrivé par sa faute.

À Londres, ce soir-là, elle aurait pu appeler l'ascenseur. Elle serait montée dans le taxi qui l'attendait et son existence aurait repris son cours normal.

À l'abbaye, elle aurait pu repartir en conseillant à Gerard de gérer seul ses problèmes matrimoniaux.

Ce matin, elle aurait pu inventer n'importe quelle excuse, une migraine, du travail — *n'importe quoi* — pour ne pas accompagner Zandor au manoir. Là-bas, elle aurait dû l'attendre sagement dans le hall, au lieu de s'abandonner à des fantasmes ridicules au fond du verger, à l'abri des regards.

Quand Zandor l'avait rejointe, elle aurait dû dire qu'elle était pressée. Rien ne l'obligeait à subir une scène de séduction.

Chaque fois, inexplicablement, la raison et le bon sens la désertaient, d'une manière inconcevable. Elle prenait même un malin plaisir à provoquer Zandor, comme lorsqu'il s'était soucié d'une éventuelle grossesse après leur relation non protégée.

C'était stupide. Surtout pour capituler ensuite d'une façon aussi humiliante.

Dans un mouvement brusque, elle se redressa pour ôter sa chemise de nuit. Mais la sensation du drap sur sa peau continua à l'irriter. Une tension insupportable l'empêchait de dormir.

Elle se revoyait dans le verger, les paumes de Zandor sur ses seins, le souffle court, impatiente de lui appartenir... Elle brûlait de désir, voulait le sentir en elle, connaître de nouveau la volupté exquise de l'amour entre ses bras...

Avec un hoquet, elle réussit à rompre le sortilège qui la frappait. Horrifiée, elle porta les mains à ses joues cramoisies. Il fallait mettre un terme à cette folie. Non, elle ne sombrerait pas.

D'ailleurs, elle avait clairement signifié son refus de ne jamais le revoir. Il avait compris, puisqu'il était reparti à Londres. Elle devait le chasser... *de son cœur et de son esprit. De sa mémoire.*

L'amnésie tardant à venir, elle se releva, enfila une vieille robe de chambre et alla dans la salle de bains où sa mère rangeait un flacon de somnifère léger qu'elle utilisait occasionnellement. Elle ne croyait guère en son efficacité, mais la dose recommandée lui permettrait peut-être de relâcher la tension qui la tenait éveillée.

Dans le train, Alanna appela Gerard pour le mettre au courant de l'évolution de la situation, sans toutefois mentionner Zandor. On pouvait donc, s'il le souhaitait, annoncer publiquement leurs fiançailles.

— Avec joie ! s'écria-t-il, enthousiaste. Tu ne le regretteras pas, chérie, je te le promets.

Elle raccrocha, le cœur serré. À présent, il fallait affronter Susie.

— Waouh ! lâcha celle-ci à la fin de ses explications. Toi qui prétendais il y a peu ne pas vouloir t'engager...

— Nous n'en sommes pas encore au mariage, répliqua Alanna prudemment.

— Tout dépend qui décide !

Susie réfléchit un instant.

— Tu n'as pas encore percé son secret...

Le regard fixe, Alanna se leva pour sortir du four le gratin qu'elle avait préparé pour le dîner. Susie se trompait. Il y avait bel et bien un secret, mais c'était elle qui le détenait, pas Gerard.

Une agitation intense régnait au bureau le lundi quand Alanna arriva. Apparemment, des réunions s'étaient tenues toute la journée du dimanche. L'affaire était conclue, la société rachetée. Les éditions Hawkseye appartenaient désormais à l'empire TiMar.

— Heureusement, pour une fois, il n'est pas question de licenciements, lui apprit Jeanne, la directrice artistique. Steve et moi venons d'acheter un appartement. Je ne sais pas comment nous aurions fait.

Puis elle donna une petite tape amicale sur l'épaule d'Alanna.

— Tu n'avais pas d'inquiétudes à avoir. Tu es la protégée de Hetty.

Sauf que Hetty était absente en ce moment...

L'annonce officielle aurait lieu à onze heures dans la grande salle de réunion. Tout le monde devait être là, avait dit Louis avec sa suffisance coutumière.

Comme il n'y avait pas assez de places assises, Alanna se tint debout dans un coin.

— On attend le grand patron en personne, le P-DG de TiMar, confia sa voisine, tout excitée.

Elle s'était parfumée et avait retouché son maquillage. Alanna, fidèle à elle-même, portait un tailleur-pantalon noir sur un chemisier vert amande et un chignon strict sur la nuque.

La porte du fond s'ouvrit enfin sur un petit groupe de cadres mené par un homme brun imposant, vêtu d'un costume gris anthracite, avec une cravate en soie impeccablement nouée.

Le souffle coupé, Alanna se recroquevilla sur elle-même. Elle devenait folle. Elle avait cru reconnaître Zandor à la place de ce nouveau chef d'entreprise.

Hélas, elle ne rêvait pas.

Avec un tremblement irrépressible, elle se remémora la première fois où elle l'avait vu, à SolBooks. Son regard l'avait curieusement attirée, comme s'ils se connaissaient déjà. Un instant, son cœur s'était arrêté de battre. Elle avait eu l'impression qu'ils étaient seuls au monde.

Puis, ils avaient parlé, échangé quelques phrases conventionnelles, tandis qu'une petite voix lui soufflait. *C'est lui, enfin...*

Depuis, elle s'était s'évertuée à le bannir de son esprit, ainsi que tout ce qui s'était passé ensuite. Mais elle se rappelait chaque détail avec une précision troublante.

En dépit de tous ses efforts, rien n'avait changé. L'urgence qui l'avait saisie cette nuit-là à l'hôtel n'avait pas perdu de son intensité. Toutes les dénégations, tous les subterfuges dont elle avait usé pour se protéger n'avaient servi à rien.

Il fallait se rendre à l'évidence et accepter ce qu'elle savait depuis toujours : elle était tombée profondément, désespérément amoureuse d'un inconnu qui, de son aveu même, devait partir dès le lendemain pour les Etats-Unis. Elle n'avait été pour lui qu'une conquête de plus sur une liste déjà longue.

Elle avait trahi ses valeurs et ses aspirations les plus chères pour un homme qu'elle ne reverrait jamais... Quelle humiliation !

Pourtant, elle avait appris depuis qu'il avait essayé de la retrouver. Que se serait-il passé si Clive Solomon n'était pas parti à la retraite ?

Elle n'avait pas la réponse.

Elle avait forgé sa version de l'histoire avec chagrin et amertume. Convaincue d'avoir commis une imprudence inexcusable, elle avait résolu de l'oublier et croyait même y être parvenue.

Elle s'était complètement leurrée.

Il suffirait d'un regard, d'un sourire, pour qu'elle cède au besoin déchirant qu'elle avait de cet homme et se jette une nouvelle fois dans ses bras.

Zandor parcourut l'assistance avec une expression souveraine, et son regard glissa sur Alanna avec une totale indifférence.

La gorge nouée, elle serra les poings jusqu'à s'enfoncer les ongles dans la chair. Avant cet instant, elle n'avait pas mesuré pleinement ses sentiments, par manque d'honnêteté. Le prix était lourd à payer.

Car il était trop tard. Elle vivrait avec ses regrets jusqu'à la fin de ses jours.

La voix grave et forte de Zandor Varga rompit enfin le silence.

— Mesdames, messieurs, bonjour.

À la fin de la réunion, Alanna se réfugia dans son bureau en tremblant comme une feuille. Elle avait dû écouter le discours du début à la fin, sans échappatoire possible. Après avoir expliqué pourquoi son choix s'était porté sur les éditions Hawkseye, Zandor n'avait pas caché qu'il attendait des résultats. Les membres de l'assistance avaient échangé des regards inquiets. Y aurait-il finalement une compression de personnel ?

Alanna comprenait seulement maintenant la signification de TiMar. L'amalgame des prénoms de ses parents, Timon et Marianne, dont lui avait parlé Joanne. Elle n'y avait pas pensé plus tôt...

En outre, Jerry Morris avait raison. Zandor Varga était milliardaire, probablement plusieurs fois.

Même si Zan l'avait prévenue qu'on ne se débarrassait pas de lui aussi facilement, elle n'avait pas soupçonné l'étendue de son pouvoir. Jusqu'où irait cet homme qu'elle avait elle-même accusé d'être trop susceptible ?

Là-dessus, au moins, elle ne s'était pas trompée.

Allait-il la licencier pour se venger ? Auquel cas elle n'irait pas au tribunal pour exiger réparation. On risquait de la ridiculiser en brossant le portrait d'une maîtresse abandonnée et vengeresse...

Elle se replongea tant bien que mal dans son manuscrit.

À l'heure du déjeuner, elle resta dans son bureau pour manger son sandwich. Ses collègues ne parleraient que du nouveau patron. Elle essaya d'imaginer leurs têtes si elle lançait incidemment dans la conversation : « J'ai couché avec lui ! » Ce fut la seule pensée amusante de la journée.

À la fin de l'après-midi, quand Louis la convoqua, elle se prépara au pire.

— Le niveau d'exigence va monter avec le nouveau P-DG, commença-t-il d'un ton important. Nous allons développer le département fiction en nous appuyant sur des valeurs sûres. Même si je ne suis pas toujours d'accord avec tes jugements, je reconnais tes qualités et je veux te confier une mission tout à fait spéciale.

Il marqua une pause.

— Jeffrey Winton a décidé de changer d'orientation pour attirer un lectorat plus jeune. Tu seras parfaite pour le conseiller. Une voie nouvelle, excitante, s'ouvre à toi, avec une augmentation de salaire substantielle, naturellement. Eh bien, qu'en dis-tu ?

Alanna s'étonna elle-même du calme de sa réponse.

— Aucune augmentation au monde ne me persuadera de travailler avec cet horrible individu. Je ne suis sûrement pas la seule à avoir été en butte à ce pervers, ne prétends pas le contraire. Je refuse.

Louis plissa les yeux.

— Ce n'est pas aussi simple que cela. Je veux bien oublier tes propos insultants envers un auteur de réputation mondiale, mais la décision vient d'en haut, je n'en suis pas maître. De toute manière, on a déjà redistribué les services, et Jeffrey attend beaucoup de votre collaboration.

Alanna était au pied du mur. La cruauté de Zandor la laissait sans voix. Car il ne pouvait naturellement pas douter de sa réaction.

— Alors, M. Winton va être très déçu, dit-elle en se levant. Tu auras ma lettre de démission sur ton bureau avant ce soir.

— Ne sois pas sotte ! On ne refuse pas une promotion. Cela ne fera pas bon effet sur ton CV.

— Je prends le risque.

Sur le seuil, elle se retourna.

— Non seulement Jeffrey Winton est dépourvu de talent, mais c'est un porc. Tu le lui diras de ma part.

— Certainement pas. D'ailleurs, je te déconseille de colporter ce genre de commentaires, sous peine de poursuites judiciaires. Suis-je assez clair ? Tu es une irresponsable. Je me doutais que cela finirait ainsi. Puisque tu démissionnes, tu peux vider ton placard et repartir avec tes affaires ce soir.

— Compte sur moi ! lança-t-elle de sa voix la plus suave.

11

— Que vais-je devenir ?

Pelotonnée dans un coin du canapé, un verre de vin à peine entamé posé sur la table à côté d'elle, Alanna se répétait indéfiniment la même question. Une boule d'angoisse lui nouait l'estomac.

Pour la première fois depuis la fin de ses études universitaires, elle était sans emploi, et au bord de la panique. Elle avait certainement droit au chômage, même si sa démission précipitée ne la mettait pas dans une position idéale pour faire valoir ses droits. Il faudrait se renseigner.

Elle ne pourrait sans doute pas continuer à partager l'appartement avec Susie, mais il était hors de question de dépendre financièrement de ses parents ou de retourner vivre chez eux.

Elle n'avait pas seulement perdu un travail qu'elle aimait, mais toute sa vie s'effondrait.

Tout cela parce qu'elle avait repoussé Zandor.

Et accepté la proposition absurde de Gerard pour enfoncer le clou et lui faire comprendre le message.

Zandor l'avait prise au mot, il avait coupé les liens, définitivement. Elle se retrouvait seule, par sa propre faute.

C'était presque aussi stupide que son comportement à Leahaven Manor. Comment avait-elle pu s'imaginer là-bas entourée d'une ribambelle d'enfants avec Zandor ?

Un sanglot lui échappa. En fait, elle luttait contre ses sentiments depuis l'instant précis où elle s'était réveillée dans le lit de Zandor, refusant de reconnaître qu'il était l'incarnation de tous ses rêves, de tous ses désirs.

Elle s'était même persuadée du contraire. Puisque seul le sexe intéressait cet homme, il était fou d'espérer autre chose.

Quoi qu'il en soit, même si c'était faux, il était trop tard.

La raison principale qui l'avait poussée à s'enfuir, au matin de cette nuit fatale, la faisait encore rougir de honte. Non seulement elle avait renié son idéal en offrant sa virginité à un inconnu d'un soir, mais elle avait prononcé les mots irréparables. *Je t'aime...*

Pour toute réponse, Zandor avait effleuré ses lèvres d'un baiser, en disant simplement « demain ».

Il lui aurait peut-être proposé de la revoir à son retour d'Amérique, mais sans rien promettre. Une nuit de plaisir n'engageait à rien.

Et si elle espérait davantage... Il aurait joué la désinvolture, suggérant de profiter de l'instant, tant que cela durait.

Elle ne l'aurait pas supporté. Elle aurait pleuré, supplié, peut-être.

Alanna avait donc opté pour la seule solution possible : disparaître de son existence, irrévocablement.

Sauf qu'il n'était pas si facile de l'oublier.

Elle repoussa une mèche de cheveux derrière son oreille, tout en se remémorant un poème de William Blake qui avait suscité beaucoup de débats dans un cours de littérature, au lycée. *Jamais ne dis que tu aimes.*

— Il a perdu son amour parce qu'il a parlé trop vite, avait commenté Susie.

— Non, c'est bien d'être sincère ! avait protesté une autre élève.

— Pour un homme peut-être, avait dit Alanna doucement. Mais si une femme faisait la même chose ?

— L'homme partirait en courant, et deux fois plus vite, avait conclu Susie.

Alanna était d'accord. Jamais elle ne prononcerait la première un aveu d'amour...

Pourtant, dans l'euphorie de la découverte, elle avait fait fi de cette sage résolution en cédant à Zandor qui, de l'aveu de sa cousine Joanne, avait d'innombrables maîtresses. Une certaine Lili semblait durer plus longtemps que les autres. Peut-être possédait-elle assez de bon sens pour ne pas réclamer plus que Zandor n'avait à offrir.

Alanna ne se serait pas contentée d'une portion congrue. Dès le premier instant, elle avait voulu le conquérir tout entier, être tout pour lui.

Et maintenant, elle n'était plus rien.

Une larme brûlante roula sur sa joue. Puis la tension se relâcha d'un coup et elle éclata en sanglots, sans plus essayer de se retenir. Elle avait trop besoin de pleurer, de se libérer de toutes ces émotions qui l'étouffaient. Il fallait se purger de son chagrin et de ses remords, pour pouvoir recommencer à vivre.

Elle laissa donc la tempête déferler.

À la fin, soulagée, elle se redressa en frissonnant, but une gorgée de vin et se leva. Il était temps de recouvrer son self-control. Susie n'allait pas tarder à rentrer. Elle ne pouvait pas l'accueillir dans cet état.

Dans la salle de bains, elle prit une douche bien chaude, appliqua quelques gouttes de collyre dans ses yeux gonflés et s'habilla d'un pantalon kaki assorti d'un T-shirt noir.

Une demi-heure plus tard, la sauce bolognaise qui mijotait emplissait la cuisine d'arômes appétissants.

— Cela sent délicieusement bon ! s'écria Susie en jetant son sac dans un fauteuil. Et je meurs de faim !

Après dîner, elles s'installèrent au salon avec un café.

— J'ai démissionné aujourd'hui de mon travail, annonça Alanna tout à trac.

Susie écarquilla des grands yeux étonnés.

— Pourquoi ?

Alanna n'avait pas envie de rentrer dans les détails.

— La société a été rachetée. De toute façon, j'étais la dernière arrivée, j'aurais probablement été licenciée.

— Ah bon ? Qu'en pense Gerard ?

— Je... Je ne lui ai encore rien dit.

En fait, elle n'avait même pas songé à lui... Elle se mordit la lèvre.

— Je risque d'avoir quelques difficultés financières. Il vaudrait mieux que tu trouves une autre colocataire.

— Pendant que tu dors sous les ponts ? Non, pas question.

Ne t'inquiète pas, j'ai touché une prime à mon retour des Etats-Unis. J'ai un peu d'argent d'avance.

— Je ne sais pas quoi dire...

— Garde ton énergie pour refaire ton CV.

Susie fronça les sourcils.

— Je ne comprends pas que la nouvelle direction t'ait laissée partir. Qui est-ce, à propos ?

— TiMar International.

— Vraiment ? s'exclama son amie. Une société qui connaît une ascension fulgurante grâce à son jeune patron dynamique. On parle beaucoup de lui à New York. À ta place, j'aurais attendu un peu. Juste pour voir.

— Malheureusement, on me proposait une mission plus que délicate. Je n'avais pas d'alternative... J'ai sans doute besoin de changement, d'un nouveau départ.

— Peut-être, acquiesça Susie avec une expression songeuse. Mais si Gerard t'offre un job au Bazar Vert, même temporaire, promets-moi de ne pas accepter.

— Pourquoi ?

— Dans moins d'une semaine, tu casseras un vase sur la tête d'un client ! Je t'aurais avertie.

— Promis !

— Tu ne m'as pas dit, pour mon cousin...

Alanna se raidit. Qu'avait appris Gerard, au juste ?

— À quel sujet ? lança-t-elle en bravant son regard accusateur de l'autre côté de la table de restaurant.

— Eh bien, il a racheté ta maison d'édition. Quoi d'autre ?

— Oh... Cela s'est passé il y a quelques jours. Je pensais que tu étais déjà au courant.

— Non, je l'ai appris par la presse économique. En fait, j'ignorais qu'il était à Londres.

Il marqua une pause.

— Alors, cela te plaît, de travailler pour Zandor ?

Elle se mordit la lèvre.

— C'est-à-dire... En fait, j'ai démissionné lundi.

Il reposa ses couverts.

— Tu leur dois une période de préavis, de toute façon.
— Pas dans le cas présent.
— Que s'est-il passé ?
— Un différend inconciliable avec mon chef de service.
— C'est ridicule. J'en toucherai un mot à Zandor.
— Non ! protesta-t-elle, un peu trop vite. Ne fais pas cela, s'il te plaît. Je... Je retrouverai du travail. De toute façon, il a mieux à faire que de s'occuper d'une petite employée comme moi.
— Pas lorsqu'il s'agit de ma future femme. Je suis content de voir que tu portes une bague, ajouta-t-il. Ce n'est pas exactement ce que j'aurais choisi, mais ce n'est pas grave. Nous nous en occuperons un peu plus tard.

L'allusion à leur mariage mit Alanna mal à l'aise, mais ce n'était pas le moment de clarifier la situation. Un serveur débarrassa les assiettes et apporta la carte des desserts.

— Au fait, Grandam est en visite chez ma tante Caroline, reprit Gerard. Elle assistera donc demain soir au dîner. Ce sera une réunion familiale.

Alanna dissimula sa contrariété.

— Elle vient souvent à Londres ?
— Non. Généralement pour le Horse of the Year Show, c'est tout. Mais elle a sans doute envie d'arranger les choses et de prévoir une date pour rencontrer tes parents et organiser une fête de fiançailles.

Sans trop savoir comment, Alanna réussit à sourire.

Après beaucoup d'hésitations, elle choisit une robe en lin vert olive. À vrai dire, elle ne l'aimait guère et voulait s'en débarrasser depuis quelque temps, mais c'était la seule qui lui arrivait au-dessous du genou, avec des petites manches et une encolure sage. Au moins, pour la dernière fois qu'elles se voyaient, Niamh Harrington ne trouverait rien à redire à sa tenue.

La gouvernante, que Gerard appelait Nanny, leur ouvrit la porte des Healey.

— Ils l'ont engagée pour s'occuper de Des et elle n'est plus repartie, expliqua-t-il. Au moins, nous mangerons bien. C'est un fin cordon-bleu.

La soirée ne l'enthousiasmait guère non plus, se dit Alanna pour se consoler. Si Desmond et Julia étaient là, l'ambiance serait peut-être plus détendue.

Son espoir fut de courte durée. À peine avaient-ils traversé le hall qu'elle entendit un rire familier, haut perché. Gerard se rembrunit aussitôt. C'était Felicity.

Installée sur le canapé en cuir à côté de Niamh Harrington, elle accueillit Alanna avec un regard hautain, avant de s'adresser à Gerard.

— Quelle surprise, n'est-ce pas ? Ta grand-mère a insisté, je n'ai pas pu refuser.

Et Gerard qui croyait la partie gagnée ! songea Alanna.

Richard Healey se leva pour lui serrer la main.

— Ravi de vous revoir, tous les deux. Que voulez-vous boire ?

Alanna choisit un jus d'orange et Gerard, un whisky, pendant que Mme Healey leur désignait des places séparées.

— Moi aussi je suis contente ! s'écria Niamh Harrington avec un sourire hypocrite.

Elle haussa les sourcils.

— Très jolie bague, ma chère !

Puis elle se tourna vers Gerard et lui tapota le bras.

— Tu as choisi une femme économe, mon garçon.

Ce qui était tout le contraire d'un compliment...

— Heureuse qu'elle vous plaise, Mme Harrington, dit Alanna d'une voix aigre-douce.

— Oh ! appelez-moi Grandam, maintenant que vous faites partie de la famille.

La sonnette de la porte d'entrée retentit à point nommé. Sans doute Desmond et Julia. Enfin !

Mais le sourire d'Alanna se figea sur ses lèvres à la vue du nouveau venu.

— Bonsoir, lança Zandor nonchalamment.

Il n'était pas seul. La jeune femme qui l'accompagnait était d'une beauté à couper le souffle. Ses yeux d'un bleu très vif, frangés de longs cils, contrastaient étonnamment avec ses cheveux noirs. Sa robe rose, de la même couleur que ses lèvres, moulait à la perfection une silhouette exquise.

— Pardonne-nous cette intrusion, Tante Caroline, reprit Zandor en parcourant l'assistance des yeux, sans s'arrêter sur Alanna. Quand j'ai appris que ma grand-mère était à Londres, je n'ai pas résisté au plaisir d'amener Lili pour la voir. Elles sont si rarement sur le même continent !

Lili… À l'abbaye, Joanne s'était réjouie de son absence. Pourquoi était-elle ici ce soir ?

Contrairement à ce que croyait Alanna, sa crise de larmes de lundi ne l'avait pas vidée de ses émotions. Une douleur intense, comme un coup de poignard, la transperça. Elle avait sous les yeux la preuve vivante que la bataille était perdue et souffrait le martyre. Comme elle regrettait le choix de sa robe !

— Tu as bien fait, Zan, dit Richard en rompant enfin le silence pesant. Tu es très en beauté, Lili. N'est-ce pas, Caroline ? Vous restez dîner, bien sûr !

— Oui, évidemment, acquiesça Mme Healey comme si on lui arrachait les mots de la bouche. Mais tu aurais pu prévenir, Zandor. Je ne suis pas certaine…

— Mais si, ma chérie, coupa son mari. Nanny prévoit toujours pour un régiment.

— Dans ce cas, nous acceptons avec plaisir, répondit Zandor.

Il se tourna vers Niamh Harrington, très raide, un masque glacial sur le visage.

— Eh bien, Grand-mère, tu n'es pas contente de ces retrouvailles avec Lili ? Après tout ce temps.

— Si, naturellement. Viens m'embrasser, ma chère enfant.

Pendant que la jeune femme s'exécutait, Gerard se leva d'un air gêné.

— Bonsoir Gerard, dit Lili. Félicitations pour tes fiançailles. J'espère que tu m'inviteras à ton mariage, et que tu viendras au mien.

Il se gratta la gorge.

— Tu te maries ? Je… Je l'ignorais.

Elle haussa les épaules.

— Ce n'est tout de même pas une surprise.

Elle regarda les autres convives en s'arrêtant brièvement sur Alanna, qui retint sa respiration.

— Personne n'est au courant ?

M. Healey, de nouveau, s'interposa.

— Tous nos vœux de bonheur !

Tout le monde renchérit, sauf Alanna qui resta silencieuse, de peur de s'effondrer.

L'arrivée de Lili expliquait tout. D'abord, l'intérêt soudain de Zandor pour Leahaven Manor. Ensuite, l'habile éviction d'Alanna des éditions Hawkseye. Il ne s'agissait pas de vengeance, mais d'une sage précaution.

La croyait-il capable de commettre une indiscrétion ? Jamais elle ne s'abaisserait ainsi, pourtant...

La soirée s'annonçait épouvantable. Combien de temps supporterait-elle de contempler le bonheur de Zandor sans trahir le désespoir qui la rongeait ?

12

Le dîner parut interminable à Alanna. Elle s'obligea à avaler quelques bouchées de chaque plat, pourtant tous plus délicieux les uns que les autres. Les conversations forcées retombaient lamentablement, à peine entamées, dans des silences de plus en plus gênés. Même Niamh Harrington avait perdu sa vivacité et sa malice.

Cette comédie de fiançailles était sans nul doute la cause de tant d'embarras.

Pourquoi Mme Harrington avait-elle invité Felicity ? Si cette dernière avait eu le moindre sentiment pour Gerard, Alanna aurait sincèrement compati. Mais celle-ci semblait animée par son seul égoïsme, et Gerard lui manifestait une indifférence glaciale.

De toute manière, sa présence ne suffisait pas à expliquer la lourdeur de l'atmosphère.

Était-ce l'arrivée de Zandor qui avait jeté un froid ? En dehors d'Alanna, il n'y avait aucune raison pour que l'annonce de son prochain mariage affecte quiconque. À moins que son accablement ait secrètement contaminé les autres convives, tel un poison dangereux mais invisible.

Gerard paraissait absent, en proie à un combat intérieur, comme abattu. Généralement d'humeur égale et agréable, c'était la première fois qu'elle le voyait ainsi.

Alanna n'avait risqué qu'un regard en direction de Zandor, qui semblait lui aussi sombre et préoccupé, tandis que Lili gardait les yeux baissés sur son assiette. Ils ne présentaient guère l'image d'un couple heureux...

Peut-être était-ce un mauvais jour pour tout le monde, tout simplement...

Niamh Harrington la tira de ses pensées moroses en prononçant son nom sur un ton qui l'alerta aussitôt.

— Vous faites doublement partie de la famille, ma chère, depuis que Zandor a racheté votre petite maison d'édition.

Alanna soutint avec un calme apparent le regard bleu et acéré de la vieille dame.

— Je crains que vous ne soyez mal informée, Mme Harrington. Je ne travaille plus chez Hawkseye.

— Vraiment ? Il ne vous a tout de même pas licenciée ?

Elle se tourna vers son petit-fils.

— Tu n'aurais pas agi de la sorte envers ta future cousine ! Sinon, nous te demandons tous instamment de reconsidérer ta décision.

— Non, je vous en prie, intervint Alanna, rouge de confusion. C'est moi qui ai démissionné.

— D'un travail que vous adorez ? Mais pourquoi ?

Zandor s'interposa.

— Elle a invoqué des raisons personnelles.

Mme Harrington joignit les mains.

— Pouvez-vous éclaircir ce mystère ? Ne nous laissez pas dans le doute.

Alanna jeta à Zandor un regard plein de colère et d'amertume.

— Il n'y a aucun mystère, déclara-t-elle froidement, d'une voix claire. Votre petit-fils connaît aussi bien que moi les raisons de mon choix. C'est tout ce que j'ai à dire. Maintenant, pourrions-nous abandonner ce sujet qui ennuie tout le monde, s'il vous plaît ?

Lili lui lança un regard furieux et voulut rétorquer, mais Zandor l'arrêta d'une main posée sur son bras. Que lui avait-il raconté pour qu'elle réagisse ainsi ? Que la fiancée de Gerard s'était jetée à sa tête au mépris de toute pudeur ? Dès que le repas serait terminé, Alanna prétexterait une migraine et demanderait à Gerard de la raccompagner.

Malheureusement, au moment de passer au salon pour le café, Niamh Harrington monopolisa d'autorité son petit-fils préféré pour s'entretenir avec lui.

Les portes-fenêtres étaient ouvertes et Alanna sortit dans le joli patio éclairé afin d'éviter Zandor et Lili. L'air frais, chargé de senteurs de roses, lui fit du bien.

Sur ses gardes, elle sursauta en entendant des pas. Mais c'était Richard Healey, avec un plateau.

— Je viens vous tenir compagnie pour le café, dit-il en lui tendant une tasse. La soirée a été rude pour vous, je m'en excuse.

— Ce n'est pas votre faute.

— J'aurais dû m'imposer depuis longtemps, dès le début de mon mariage avec Caroline, reprit-il. Maurice et moi avons complètement sous-estimé l'influence de notre belle-mère sur ses enfants. Pour cette pauvre Meg, la bataille était perdue d'avance... Il y en a quand même une qui s'est rebellée.

— Marianne ?

— Ah, vous connaissez l'histoire, alors.

— Joanne m'a raconté les grandes lignes.

Il esquissa un sourire.

— C'est le tam-tam de la famille ! Vous a-t-elle aussi parlé de Lili ?

La gorge d'Alanna se contracta.

— Juste un peu.

— Dans ce cas, je n'ai pas besoin d'en dire davantage. Ne vous inquiétez pas pour une histoire qui appartient au passé. Tournez-vous plutôt vers l'avenir qui vous sourit.

Il soupira.

— J'aurais évidemment préféré que Zandor choisisse un autre moment pour lancer sa bombe. D'un autre côté, je suis ravi qu'il ait remis sa grand-mère à sa place.

Lorsqu'ils revinrent dans le salon, il n'y avait plus personne à l'exception de Gerard et Niamh Harrington.

— Où est tout le monde ? lança Richard Healey, déconcerté.

Mme Harrington se redressa en pinçant les lèvres.

— Zandor et Lili sont partis, et Caroline dit au revoir à Felicity, ce que Gerard a refusé de faire.

— J'aurais pu me montrer encore plus discourtois, dit ce dernier, glacial. La prochaine fois, réfléchis avant de l'inviter.

La vieille dame devint cramoisie.

— Comment oses-tu me parler sur ce ton, Gerard ?

— Je suis très en colère ! reprit-il avec une expression qu'Alanna ne lui avait jamais vue.

Du coup, elle s'empressa d'intervenir.

— Nous devrions rentrer, nous aussi. N'oublie pas que nous déjeunons avec mes parents demain.

Gerard fit un effort visible pour se calmer.

— Oui, bien sûr, chérie. Où avais-tu disparu ? Oncle Richard s'est occupé de toi ?

— Oui, très gentiment.

Elle parvint à sourire à Niamh Harrington.

— Bonsoir, Mme Harrington. Bonne fin de séjour.

Dans la voiture, Gerard demeura soucieux tout le long du trajet jusque chez elle.

— Je peux entrer ? lança-t-il abruptement en éteignant le moteur.

— Euh... Oui.

— Susie n'est pas là ? questionna-t-il en pénétrant dans le salon.

— Elle est à Lewes, pour les noces d'argent de sa tante. Un café ?

— Oui, parfait.

Elle était en train de remplir le filtre quand il arriva derrière elle pour la serrer brusquement dans ses bras. Tout le café se renversa par terre.

— Gerard ! se récria-t-elle en se retournant.

Mais il réduisit ses protestations au silence en écrasant sa bouche sur la sienne, tout en soulevant sa robe avec une brutalité qui ne lui ressemblait pas.

Choquée, elle commença à se débattre pour le repousser. Comme il ne lâchait pas prise, elle dut lui donner un coup de genou et il finit par reculer en poussant un juron.

Les épaules voûtées, il fixa le carrelage sans mot dire, pendant qu'Alanna reprenait son souffle.

— Qu'est-ce qui te prend ? s'écria-t-elle en tremblant.

— Nous sommes quand même fiancés !

— Non, objecta-t-elle. Tu m'as appelée à l'aide et j'ai eu le tort d'accepter pour te tirer des griffes de Felicity Bradham. Mais je le regrette. Toute cette histoire est en train d'échapper à notre contrôle. Pourquoi ne tiens-tu pas tête à ta grand-mère plus souvent, comme ce soir ?

— À quoi bon livrer une bataille quand la guerre est perdue d'avance ? répliqua-t-il avec lassitude.

— Oh ! épargne-moi tes lamentations ! rétorqua-t-elle, exaspérée.

Oubliant la cafetière, elle brancha la bouilloire, prit deux sachets de thé et sortit le lait du réfrigérateur.

— Tu es en bonne santé, tu as un emploi bien rémunéré, un appartement superbe et des loisirs que bien des gens t'envieraient. De quoi te plains-tu ?

— J'échangerais volontiers tout cela contre la possibilité d'effacer l'année écoulée pour la revivre autrement.

— Moi aussi, figure-toi, répliqua-t-elle. Hélas, tu peux toujours rêver, cela n'arrivera jamais. Ce qui est fait est fait.

Il lui jeta un regard curieux.

— C'est quoi au juste, cette histoire de démission ? Pourquoi as-tu quitté Hawkseye ?

Elle haussa les épaules.

— Je venais d'annoncer officiellement mes fiançailles avec le cousin de mon nouveau patron. Je ne voulais pas être taxée de favoritisme, surtout s'il y a des licenciements.

— Une réaction un peu extrême...

— C'est mieux ainsi.

— Pour en revenir à nos fiançailles, je veux bien t'épouser.

Elle lui tendit sa tasse de thé.

— Pas moi, désolée. Je n'ai jamais envisagé l'idée sérieusement.

Il but une gorgée en silence.

— Le rendez-vous de demain avec tes parents est maintenu ?

— Oui, ne t'en fais pas. Nous garderons les apparences quelque temps, jusqu'au mois prochain.

Elle se força à sourire.

— Qui sait ? D'ici là, tu auras peut-être rencontré quelqu'un d'autre.

— Non. C'est très improbable.

Il s'interrompit un instant.

— Excuse-moi, pour tout à l'heure. Je n'ai pas l'habitude de me comporter ainsi.

— Je sais.

Comme Gerard ne paraissait pas disposé à s'en aller, elle finit par le pousser dehors, en lui rappelant de passer la prendre à onze heures le lendemain.

Enfin seule, Alanna se versa un verre de chablis et se pelotonna sur le canapé en se repassant cette soirée mouvementée.

L'attitude de Gerard, surtout, la déconcertait. Il n'avait pas réagi à la vue de Felicity, mais beaucoup plus tard, à l'annonce du mariage de Lili et Zandor, en fait. Sur le moment, elle était trop choquée elle-même pour s'en rendre compte. Mais pourquoi ?

Une pensée incongrue lui traversa l'esprit. *Gerard ? Gerard et Lili ?* Non, impossible.

Pourtant, les paroles de Joanne, à l'abbaye, lui revinrent en mémoire. *Encore heureux qu'il n'ait pas amené Lili.* Ces mots prenaient tout leur sens, à présent.

Gerard avait très bien pu rencontrer Lili avant Zandor et tomber follement amoureux. Et ensuite quoi, une dispute ?

Une intervention de sa grand-mère, plus probablement. Peut-être l'avait-il présentée à la famille lors du précédent anniversaire de Niamh, quand Zandor lui avait offert *Middlemarch* ?

Alanna imagina la scène. Le patron de Gerard, son cousin milliardaire, avait posé sur la somptueuse Lili ses yeux gris argent. Dès ce premier regard, elle avait été séduite, même si Zandor, sur le moment, ne songeait qu'à une brève aventure. Dans ce milieu privilégié, on se souciait surtout, très égoïstement, de son propre plaisir.

Les choses s'étaient-elles passées ainsi ? Gerard n'était certes pas dénué de charme ni de fortune, mais il ne faisait pas le poids face à Zandor. Et ce dernier, conquis à son tour par l'incroyable beauté de Lili, payait finalement le prix fort en l'épousant.

Mais alors, comment Gerard pouvait-il continuer à travailler avec Zandor ?

Quand Zandor lui avait traîtreusement imposé une collaboration inacceptable avec Jeffrey Winton, Alanna avait démissionné sans la moindre hésitation. Pourquoi Gerard n'avait-il pas réagi de même ? Qu'y avait-il de si important dans la balance ?

Tout à coup, Alanna comprit. L'abbaye. Gerard vouait un véritable culte à la demeure ancestrale. Il en parlait avec un enthousiasme qui confinait à la dévotion. Mais cette immense propriété était un gouffre sans fond. Et contrairement à ce qu'Alanna avait cru au début, Zandor pourvoyait à son entretien, ce qui le mettait en position de force. Gerard avait dû choisir entre son héritage et la femme qu'il aimait…

Il y avait aussi autre chose à considérer. Quoi qu'on pense de Niamh Harrington, c'était une très vieille dame de quatre-vingts ans qu'il fallait tout de même ménager.

Tout cela paraissait plausible.

Quand un coup de sonnette retentit, Alanna fut tentée de ne pas répondre. Était-ce Gerard qui insistait ? Ou alors, Susie rentrait plus tôt que prévu, sans ses clés… Elle se leva avec un soupir pour ouvrir le verrou et se figea de surprise.

— Si tu n'es pas encore couchée, c'est que tu m'attendais, dit Zandor.

Et il rentra dans le salon avant qu'elle puisse lui claquer la porte au nez.

13

— À quoi joues-tu ? explosa-t-elle quand elle recouvra l'usage de sa voix.

Les poings serrés, elle le dévisagea furieusement pour cacher sa vulnérabilité.

— Comment oses-tu forcer ma porte ?

— Je n'ai rien fait de tel, répondit-il avec froideur.

— Comment as-tu eu mon adresse ? Oh ! ta cousine Joanne, je présume.

— Pas du tout. Hawkseye ne t'a pas encore rayée de la liste des employés.

Il jeta un coup d'œil circulaire.

— C'est très mignon. Tu vis seule ?

— Non, avec une colocataire. Elle… va rentrer d'un instant à l'autre.

— Ah… Gerard n'est pas là ? Je m'attendais à le trouver. En mal de consolation, ajouta-t-il délibérément.

Sa cruauté la confondit.

— Tu ne vas pas lui en tenir rigueur !

Il haussa les épaules.

— Quand on fait un mauvais choix, il ne faut pas se plaindre ensuite. Tu ferais bien de retenir la leçon, ma douce.

— Ne m'appelle pas ainsi !

— Pourquoi ? Cela te va bien. Je n'ai rien oublié…

Il la détailla avec une expression moqueuse.

— Si Gerard était là, il t'aurait enlevé cette robe affreuse.

Elle s'empourpra.

— Je ne m'habille pas pour te plaire.

— C'est évident. Pas ce soir, en tout cas. Tu devrais plutôt te déshabiller, pour me plaire ! Hélas, j'ai peu d'espoir. Ne t'inquiète pas, je n'insisterai pas.

Elle le fixa d'un air incrédule.

— Tu n'as vraiment aucun scrupule !

Pour toute réponse, il se contenta de la toiser.

— Tu ne m'invites pas à m'asseoir ?

— Non.

Elle se dirigea vers la porte, qu'elle ouvrit en grand.

— Au contraire, je te demande de partir.

— Pas tout de suite. En attendant, je prendrais volontiers un café.

Il s'arrêta sur le seuil de la cuisine.

— Il y a eu une dispute, apparemment. Intéressant...

En voyant la bouteille de vin, il prit un verre dans le placard et se servit. Comme elle commençait à se sentir un peu ridicule, elle referma la porte et revint s'installer à un bout du canapé.

— Où est...

Les mots *fiancée* et *future femme* s'étranglèrent dans sa gorge, et elle choisit un compromis.

— Où est Lili ?

— À l'hôtel, en train de dormir j'espère.

— Pourquoi n'est-elle pas avec toi ?

— J'avais peur de croiser Gerard. Il est encore un peu tôt... Il t'a tout dit, je présume ?

— Suffisamment, répliqua-t-elle en mentant un peu.

Zandor avait troqué son costume sombre pour un pantalon de toile et une chemise bleu clair qui faisait ressortir son teint bronzé. Comment pouvait-elle encore éprouver du désir pour cet homme ?

Elle but une gorgée de vin.

— Lili... est très belle.

— Oui, acquiesça Zandor aussitôt, avec un sourire tendre et chaleureux. Physiquement, mais aussi moralement.

— Lui as-tu parlé de... moi ? questionna-t-elle sans pouvoir s'en empêcher.

— Suffisamment, dit-il, non sans ironie.

— Elle est assez large d'esprit.

— Cela reste à voir.

Un silence étrange tomba, qu'elle jugea plus sage de briser.

— Gerard et moi déjeunons avec mes parents demain. Il n'a pas encore fait leur connaissance.

— Je vois.

Elle rougit.

— Tu as peut-être un message à lui transmettre ?

— Non, aucun. Je ne suis pas venu ici pour voir Gerard mais pour discuter avec toi. N'aie pas peur, rien de très personnel.

Il marqua une pause.

— Tout à l'heure, à table, tu as eu l'air de m'imputer la responsabilité de ton départ de Hawkseye Publishing. Je n'y suis pourtant pour rien et je te demande de reconsidérer ta décision. Je te propose même une augmentation de salaire.

Alanna garda les yeux fixés sur son verre.

— Tu sais très bien que c'est impossible.

— Si je le savais, je ne serais pas ici. Qu'est-ce qui t'en empêche ? L'orgueil ?

Elle lui fit face avec un air de défi.

— Non. La peur du harcèlement moral.

Zandor sursauta comme si elle l'avait giflé.

— Vraiment ? Tu n'as aucune estime pour moi si tu me crois capable de régler des griefs personnels sur mon lieu de travail.

— Pour te venger, sans doute... Sinon, pourquoi me livrerais-tu à l'abominable Jeffrey Winton ? Tu as pourtant été témoin de son ignominie, à la librairie ! Malgré cela, en toute connaissance de cause, tu as permis à Louis Foster de me livrer à lui, comme agent littéraire... Simplement parce que tu étais offensé dans ton amour-propre !

Elle reprit son souffle.

— Dans ces circonstances, rien ne pourrait me persuader de revenir.

Elle s'arrêta, au bord de la crise de larmes, tandis que Zandor serrait les mâchoires.

— Comment peux-tu croire une chose aussi invraisemblable ?

— Louis m'a dit que les ordres venaient d'en haut. Que M. Winton avait insisté pour me prendre personnellement à son service comme assistante.

Zandor se passa la main dans les cheveux et garda un long silence.

— Je te jure que je ne sais rien de cette histoire. De l'avis général, à l'exception de Louis Foster apparemment, M. Winton n'a plus aucun avenir littéraire. Les ventes de Maisie McIntyre, son pseudonyme, sont en chute libre et son nouveau projet n'a aucune chance d'aboutir. Le comité de direction a même décidé de l'adresser à une autre maison d'édition.

Il prit le verre d'Alanna et le posa sur la table avant d'enserrer ses doigts entre les siens. Puis il lui caressa doucement l'intérieur du poignet.

— Cet argument peut-il te convaincre de réintégrer Hawkseye Publishing ?

Son contact la brûlait, littéralement. Ce serait si facile de céder... De capituler en lui offrant sa bouche, son corps, pour leur plaisir mutuel.

Car il avait envie d'elle. La lueur de ses yeux ne mentait pas. Son pouce, sur sa peau, se fit plus pressant, comme s'il percevait son trouble.

La tentation était grande.

Mais pour Alanna, il ne s'agissait pas uniquement d'une fusion des corps. C'était aussi une affaire de cœur. Elle voulait tout de lui, pour toujours, depuis le début.

Alors que lui s'apprêtait à trahir sans scrupule la jeune femme qui l'attendait à son hôtel, peut-être en comptant les minutes qui la séparaient de son retour.

La situation était inacceptable. Il fallait y mettre un terme une bonne fois pour toutes, avant qu'il ne soit trop tard, avant que ses lèvres touchent les siennes...

Elle se dégagea.

— Non, merci.

Il parut surpris, mais sa voix résonna calmement.

— Pour Hawkseye ou pour moi ?

— Les deux. Professionnellement, j'ai envie de changement. Et sur un plan personnel, je ne partage pas ta désinvolture concernant l'infidélité.

Il attendit un instant.

— Vas-tu vraiment épouser mon cousin ?

— Peut-être… Après tout, tu m'as connue avant lui, mais Gerard a connu Lili avant toi, donc nous serons quittes.

Il se leva si précipitamment qu'il renversa la table et les verres.

— Ce sont des paroles impardonnables ! cria-t-il, des éclairs dans ses yeux d'argent.

Et il disparut.

Alanna dormit peu cette nuit-là, et Gerard n'avait pas meilleure mine quand il passa la prendre. C'était peut-être mieux ainsi. Leur rupture, irrévocable, serait plus vraisemblable que s'ils avaient eu l'air heureux et épanouis…

Les parents d'Alanna leur firent bon accueil, comme toujours, avec toutefois des efforts visibles. Mme Beckett veilla même à s'entretenir avec sa fille en aparté.

— Il est très gentil, ma chérie, tout à fait charmant. Mais réfléchis bien. Il me semblait vraiment… Enfin, peu importe. Ton bonheur est la seule chose qui compte.

Pendant le trajet silencieux de retour jusqu'à Londres, Alanna eut tout le temps de méditer sur les mystérieux non-dits de sa mère…

Susie n'était pas là, mais il y avait un message de Joanne sur le répondeur.

Si nous déjeunions ensemble vendredi ? Midi et demi, Gibby's Place. Rappelle-moi si tu n'es pas disponible.

Cela lui ferait du bien de parler, songea Alanna.

Peut-être…

Le jour dit, elle regrettait pourtant de ne pas avoir décommandé.

Elle n'arrêtait pas de penser à Zandor. Son expression dure, méprisante, la poursuivait. En même temps, elle regrettait la méchanceté railleuse dont elle avait fait preuve inutilement, par dépit et jalousie.

C'était impardonnable.

Pourquoi y attachait-elle tant d'importance ? De toute façon, tout était irrémédiablement perdu.

Malgré des efforts incessants pendant toute une année, elle n'avait jamais réussi à l'oublier. Maintenant que, contre toute attente, ils s'étaient revus, elle doutait d'y arriver un jour.

Elle arriva à Gibby's Place en avance et commanda une eau minérale. Pendant qu'elle vérifiait ses messages sur son téléphone, une voix connue résonna à son oreille.

— Alanna ? Je suis si contente de vous voir !

C'était Gina Franklin.

— Gina ! Quelle bonne surprise ! Comment allez-vous ?

— Très bien. Je suis en train de fêter mon succès avec Barbara, l'agent littéraire que vous m'avez recommandée.

— Votre livre a été accepté !

— Oui, mais je regrette de ne pas avoir été publiée par Hawkseye, car je vous aimais beaucoup.

— Moi aussi. Malheureusement, je ne travaille plus chez eux... Pas de regrets, donc.

— En effet on m'a annoncé votre départ quand j'ai téléphoné pour vous annoncer la bonne nouvelle. Cela m'a beaucoup étonnée.

— La vie est pleine de surprises...

À peine Gina avait-elle pris congé que Joanne arriva.

— J'ai eu des échos de la soirée chez Caroline ! lança-t-elle en entrant dans le vif du sujet.

Alanna s'absorba dans la lecture du menu pendant qu'elle continuait.

— Grandam a dû avoir un sacré choc, avec la réapparition de Lili à Londres. Caroline a téléphoné à maman pendant au moins une heure dimanche matin. Apparemment, Oncle Richard, à bout de patience, était sur le point d'interdire le seuil de sa maison à Grandam quand Lord Bradham est arrivé, furieux. Il s'est violemment disputé avec elle, et lui a interdit, à l'avenir, d'inviter Felicity. Puisque Gerard n'est pas intéressé, il refuse de voir sa fille humiliée ainsi. Il a même ressorti l'histoire de Marianne, qui aurait dû lui servir de leçon ! On ne manipule pas les gens impunément.

— Qu'a répondu Mme Harrington ? questionna Alanna en profitant d'une pause.

— Pas grand-chose... Surtout qu'Oncle Richard a pris la suite pour lui reprocher son attitude avec toi. Une demi-heure plus tard, Grandam repartait à l'abbaye en jurant ses grands dieux qu'elle ne mettrait plus les pieds chez aucun de ses enfants.

Le sourire aux lèvres, elle commanda une salade niçoise et un verre de vin blanc.

Le sommelier arriva peu après avec une bouteille de Veuve Clicquot dans un seau à glace.

— Il y a une erreur, protesta Alanna.

— Non, madame. C'est de la part des deux dames qui sont assises là-bas.

Il lui tendit une carte de visite.

Merci encore pour vos excellents conseils. J'aimerais beaucoup vous avoir comme agent littéraire. Si vous êtes intéressée, appelez-moi. Barbara Franklin.

— En quel honneur ? lui demanda Joanne.

— On me propose un emploi...

— C'est super ! En effet, j'ai entendu dire que tu avais quitté Hawkseye. Pour ne pas avoir affaire à Zan comme patron, j'imagine. Gerard a pourtant survécu... Et maintenant que Lili est fiancée à un banquier, il ne devrait plus y avoir de problèmes. À propos, tu sais qui c'est ? Avec toutes ces histoires, maman a oublié de demander son nom à Tante Caroline.

Alanna reposa sa flûte avec circonspection.

— Mais non, elle se marie avec Zandor.

Joanne la fixa, bouche bée, avant d'éclater de rire.

— Alanna ! Même Grandam, qui le considère comme le fils de Satan en personne, ne l'a jamais accusé d'inceste !

Devant la mine consternée d'Alanna, elle ajouta, avec un nouveau fou rire :

— Ils sont frère et sœur, voyons, tu ne savais pas ?

14

— Lili est sa sœur ? répéta Alanna, interloquée. Gerard ne l'a jamais mentionnée. À vrai dire, à part toi, personne ne m'en a parlé. J'ai cru qu'il s'agissait d'une amie de Zandor.

— Tout est la faute de Grandam, expliqua Joanne en recouvrant son sérieux. Quand Lili est partie vivre à New York, elle a fait comme si elle n'existait plus. Et nous avons tous suivi son exemple, comme d'habitude.

— Sa propre petite-fille ? Mais pourquoi ?

Joanne hésita d'un air gêné.

— Lili et Gerard étaient amoureux et voulaient se marier. Mais Grandam n'était pas d'accord. Ils se sont donc séparés et le sujet est devenu tabou… Gerard ne t'en a rien dit ?

— Pas explicitement.

C'était donc cela, son secret. Susie avait raison…

— Mais je l'ai deviné à sa réaction quand Lili a annoncé son mariage, chez ta tante. Elle semblait très proche de Zandor, j'en ai donc conclu, à tort…

Joanne hocha la tête.

— Je comprends. Zan et Lili sont comme les deux doigts de la main. D'abord parce qu'ils ont toujours fait front contre le clan Harrington. Ensuite, comme il est un peu plus âgé qu'elle, il est devenu son tuteur à la mort de leurs parents.

— Elle est vraiment très belle, remarqua Alanna. Pourquoi ta grand-mère était-elle contre le mariage ?

Joanne haussa les épaules.

— Parce qu'ils sont cousins.

— S'ils s'aimaient, ils auraient pu passer outre à son interdiction, non ?

Joanne soupira.

— Si Gerard lui avait désobéi, elle l'aurait déshérité. Il a été mis en demeure de choisir. Mais je ne devrais pas te raconter tout cela. Vous êtes fiancés, maintenant. C'est de l'histoire ancienne.

Un vertige s'empara d'Alanna. *Qu'avait-elle fait ?*

Elle grignota du bout des lèvres en s'aidant de longues gorgées de champagne, pendant que Joanne, excessivement bavarde, lui racontait une séance de *speed dating*, désopilante.

Peu à peu, un plan se forma dans son esprit, délicat à mettre en œuvre, mais elle se sentait obligée de réagir.

Après une délicieuse mousse au chocolat qui la rasséréna, elle régla l'addition.

— Merci beaucoup d'avoir pris cette heureuse initiative, Joanne. Nous recommencerons.

— Tu vas accepter le job ?

— Certainement. Mais d'abord, je vais rompre mes fiançailles avec Gerard.

Elle prit un taxi jusqu'au Bazar Vert et réfléchit beaucoup pendant le trajet.

À part un déjeuner rapide et quelques échanges de textos, elle n'avait pas eu beaucoup de contacts avec Gerard au cours de la semaine écoulée. Peut-être accueillerait-il avec soulagement sa décision... De toute manière, puisqu'il n'avait plus rien à craindre du côté de Felicity Bradham, il n'y avait aucune raison de poursuivre cette mascarade.

Elle comprenait mieux, à présent, les regards hostiles de Lili, qui n'était manifestement pas guérie de son histoire avec Gerard. Quel idiot, de préférer un tas de vieilles pierres à cette beauté hors du commun !

En sortant de Bazar Vert, Alanna irait directement chez Hawkseye Publishing pour voir Zandor. Même si elle n'espérait plus rien, elle voulait au moins lui présenter ses excuses et lui expliquer sa méprise.

Ensuite, il faudrait repartir de zéro.

Une atmosphère étrange régnait dans le magasin. Malgré les nombreux clients, les employés parlaient dans un coin avec l'air de tenir un conciliabule.

Alanna s'avança vers le comptoir.

— Bonjour... J'aimerais parler à M. Harrington, s'il est disponible.

La jeune vendeuse réprima un gloussement nerveux.

— Suivez-moi, mademoiselle. Mais je crains que vous ne tombiez à un mauvais moment.

Elle frappa presque révérencieusement à la porte d'un bureau.

— Mlle Beckett, annonça-t-elle. Pour M. Harrington. Je... Je ne savais pas quoi dire.

À la surprise d'Alanna, ce fut Zandor qui répondit.

— Ne vous inquiétez pas, Mme Trevor, je lui expliquerai.

Et Alanna se retrouva enfermée avec lui.

Alors que tout aurait dû se passer autrement. Elle voulait d'abord voir Gerard.

— Où est-il ? questionna-t-elle à voix haute. Il est arrivé quelque chose ?

— Assieds-toi.

— Non. Dis-moi d'abord ce qu'il y a. Il a eu un accident ?

— Pas du tout.

Ses yeux s'arrêtèrent un instant sur l'opale de sa main gauche.

— Il risque d'être absent pendant un certain temps, c'est tout.

— Tu l'as licencié ? À cause de Lili ?

— Au contraire. Lui et Lili sont partis ensemble. Dieu sait où. Ils vont se marier. Elle m'a laissé une lettre ce matin.

Alanna était stupéfaite.

— Elle était pourtant fiancée à quelqu'un d'autre en Amérique, non ?

— Oui. Il y a aussi une lettre pour lui. Et c'est à moi qu'incombe l'honneur d'annoncer la nouvelle à la famille. Quel enfer ! J'ai paré au plus pressé en réglant d'abord le problème à Bazar Vert. Ensuite je comptais aller te voir.

— Oui. Tu m'avais bien prévenue que cela n'arriverait jamais... Gerard et moi.

— Je ne m'en serais pas vanté ! protesta-t-il d'une voix lasse. La situation doit être suffisamment pénible pour toi.

Maintenant que le choc initial était passé, Alanna éprouvait un immense soulagement.

— Non, détrompe-toi. Ce n'étaient pas des vraies fiançailles, dit-elle. Gerard cherchait juste un moyen de se protéger de Felicity ! Je voulais refuser, mais il m'a forcé la main en l'annonçant à la cantonade. J'ai donc joué le jeu à contrecœur. Comme maintenant il n'a plus rien à craindre de Felicity, je suis venue éclaircir la situation avec lui. Mais il m'a épargné cette peine.

Elle fit passer sa bague à l'annulaire de sa main droite.

— L'opale de ma grand-mère a fini son office !

Elle se tut un instant.

— Ensuite, j'avais également l'intention d'aller te voir.

— Pour reprendre ta démission ? Tu as réfléchi ?

— Oh non ! J'ai peut-être une possibilité de devenir agent littéraire.

Elle prit une profonde inspiration.

— Je voulais te présenter mes excuses. Pour ce que j'ai dit et la façon dont je me suis comportée. En fait, jusqu'à il y a une heure, je pensais que Lili et toi... vous étiez amants. Amants infidèles. L'idée m'était insupportable.

— Gerard ne t'avait jamais parlé de ma sœur ?

— Non. Ni personne d'autre. J'avais tiré toutes sortes de conclusions, toutes plus fausses les unes que les autres... À midi, j'ai déjeuné avec Joanne, qui m'a tout expliqué. Je suis désolée.

— Nous allons poursuivre cette conversation ailleurs, déclara Zandor après un silence.

— Non. Ce n'est pas la peine, et tu es très occupé.

Il la prit par le bras.

— Moi aussi, j'ai des choses à te dire.

Elle essaya de résister.

— Zandor... Non. Je t'en prie.

— Tu vas venir avec moi. Ne m'oblige pas à te porter devant tous les employés.

— Où m'emmènes-tu ?

— Ce n'est pas évident ?

Sur le trottoir, il héla un taxi.

— Nous avons perdu assez de temps. Nous retournons où tout a commencé, et où tout aurait dû continuer. Toi et moi. Ensemble... Pour toujours.

Dans le cab, ils se tinrent la main en tremblant tous les deux.

Un mélange confus de peur, d'excitation et d'espoir envahit Alanna lorsque l'ascenseur les emmena au dernier étage de l'hôtel où Zandor logeait toujours. La suite était comme dans son souvenir, comme si la solitude et les incompréhensions des derniers mois n'avaient pas existé. Mais cela ne pouvait pas être aussi simple.

Elle se posta face à lui au milieu du salon.

— Tu voulais me parler. Je t'écoute.

— J'ai une question. Cette nuit-là, la seule... Tu m'as dit « Je t'aime » en t'endormant.

Il rejeta la tête en arrière, une lueur d'angoisse au fond de ses yeux d'argent.

— Le pensais-tu ? Ou étais-tu simplement sous le coup de l'émotion ? Je ne suis longtemps interrogé là-dessus. Sur le moment, je me suis contenté de te serrer avec ravissement en croyant au miracle. J'ai cru sans le moindre doute que nous nous étions enfin trouvés. Que, comme moi, tu m'avais reconnu au premier regard.

Un muscle tressaillit sur sa joue.

— Je pensais que tu répéterais ces mots merveilleux au matin en te réveillant avec un sourire auprès de moi. Mais cela ne s'est pas produit. Alors je t'en prie, dis-moi pourquoi tu es partie.

— J'avais peur de ce que je ressentais. J'étais éblouie, mais en même temps paniquée à la pensée que cette nuit soit sans lendemain. Je ne l'aurais pas supporté. Après tout, je m'étais jetée à ta tête avec une folle imprudence. Tu risquais de me trouver ridicule ou pitoyable... J'avais aussi terriblement honte d'avoir couché avec un inconnu. Une fille que je connaissais a détruit son existence en tombant enceinte dans des circonstances analogues. Alors, quand j'ai rencontré ton cousin, j'ai eu l'impression de t'avoir enfin oublié, comme si tout redevenait normal. En réalité, ni lui ni moi n'étions libérés du passé.

— As-tu couché avec lui ?

— Non ! se récria-t-elle. Je n'aurais pas pu.

Elle se reprit.

— Le pauvre... Ça paraît affreux, rétrospectivement.

— Un peu, oui. Pour la première fois j'ai pitié de lui.

Il se tut un instant.

— Je n'avais pas du tout l'intention d'assister à la fête d'anniversaire de ma grand-mère. Mais quand j'ai su, par Joanne, que Gerard amenait une petite amie qui s'appelait Alanna et travaillait dans l'édition, j'ai voulu en avoir le cœur net. Ensuite, je ne t'ai plus laissé de répit.

Il la fixa droit dans les yeux.

— La première nuit, à l'abbaye, tu te doutais bien que je viendrais. Pourquoi as-tu fermé ta porte à clé ?

— Pour cette raison, précisément.

Zandor secoua la tête.

— Quelle erreur, ma chérie.

— Non, question de survie. Il était essentiel, pour moi, de ne pas te revoir, si je voulais construire quelque chose de nouveau.

— Pourtant, si tu m'avais laissé entrer, j'aurais dissipé tous les malentendus, après ou avant t'avoir fait l'amour, peu importe. Je t'aurais fait part de mes soupçons légitimes à propos de Gerard et Lili. Le matin, nous serions repartis ensemble pour Londres. J'aurais encore une fois mérité ma réputation de mouton noir de la famille ! conclut-il avec amertume.

— Tu en souffres ?

— Oui, mais c'est inévitable. Ma grand-mère haïssait mon père, qu'elle considérait comme un moins-que-rien, même si elle n'avait aucun scrupule à profiter de son argent quand l'occasion se présentait. En digne fils de mon père, j'ai hérité de cette hostilité. Et je continue aussi à l'aider financièrement... Niamh a remué ciel et terre pour séparer Gerard et Lili, non parce qu'ils étaient cousins, ainsi que tout le monde le prétend, mais parce qu'elle ne supportait pas que ma sœur, une Varga, devienne un jour la maîtresse de Whitestone Abbey.

— Elle devra s'y résoudre, maintenant.

— J'en doute. Gerard et Lili s'installeront à Paris ou New York. Gerard reprendra la direction de Bazar Vert s'il le souhaite, mais il a fait une croix sur l'abbaye.

— Pourquoi ta sœur a-t-elle renoué avec lui, après la façon dont il l'a traitée ?

— Elle l'aime. C'est aussi simple que cela. Et elle l'aimera toujours. À propos...

Il disparut un instant dans la chambre et revint avec un écrin qu'il posa sur le canapé.

— En dépit de tout, j'étais convaincu que nous nous reverrions et je voulais être prêt. J'ai acheté cela pour garder espoir.

Sur un fond de velours noir, un énorme solitaire brillait de mille feux. Il le passa à son doigt.

— Au lieu de ressasser nos erreurs passées, vivons le présent et tournons-nous vers le futur. Épouse-moi, Alanna. Prends ce risque. Sois ma femme pour me redonner la sensation que ma vie vaut la peine d'être vécue.

— Je t'aime, répondit-elle simplement en lui offrant ses lèvres.

— Et moi, je t'aime plus que ma vie.

— Je me demande ce que mes parents vont penser, murmura-t-elle longtemps après, en se serrant contre lui avec un délicieux sentiment de plénitude.

— Nous le saurons bientôt. Nous pourrions y aller demain, pour tout faire dans les règles. Je veux demander ta main à ton père. Tes parents ne seront peut-être pas si surpris. Je ne sais pas s'ils ont vraiment cru à mon histoire, le jour où je leur ai demandé mon chemin.

— Peut-être pas...

— Pendant que nous y serons, nous pourrions retourner visiter Leahaven Manor. Je dois être un peu fou. Je me suis tout de suite imaginé là-bas avec toi et plein d'enfants...

Elle l'embrassa au creux du cou.

— Alors nous sommes fous tous les deux. Parce que j'ai eu la même vision. C'est merveilleux...